魅丽文化 花火工作室

二十四番花信风

迟非 作品 / Chi Fai's work

江苏凤凰文艺出版社
JIANGSU PHOENIX LITERATURE AND ART PUBLISHING, LTD

图书在版编目（CIP）数据

二十四番花信风 / 迟非著. — 南京 : 江苏凤凰文艺出版社，2018.11

ISBN 978-7-5594-2817-2

Ⅰ. ①二… Ⅱ. ①迟… Ⅲ. ①长篇小说－中国－当代 Ⅳ. ①I247.5

中国版本图书馆CIP数据核字(2018)第201280号

书名	二十四番花信风
作者	迟 非
出版统筹	汪修荣　邹立勋
选题策划	喻 戎
责任编辑	胡小河　姚 丽
文字编辑	赵 倩
责任监制	刘 巍　江伟明
出版发行	江苏凤凰文艺出版社
出版社地址	南京市中央路165号，邮编：210009
出版社网址	http://www.jswenyi.com
印刷	湖南凌宇纸品有限公司
开本	880mm×1230mm 1/32
字数	318千字
印张	10
版次	2018年11月第1版，2018年11月第1次印刷
标准书号	ISBN 978-7-5594-2817-2
定价	38.00元

目录

C O N T E N T S

目录

C O N T

E N T S

目录

CONTENTS

1、二十四番花信风·立春

立春：斗指东北，太阳到达黄经315°，是二十四个节气的头一个节气。其含义是开始进入春天，“阳和起蛰，品物皆春”，过了立春，万物复苏生机勃勃，一年四季从此开始了。

二〇一七年二月三日，农历正月初七，丁酉年，壬寅月，辛酉日，立春。

〔第一番〕
立春日的婚礼

1

宋安宁路过“藻云轩”的时候，正巧遇上一场婚礼，新郎骑着高头大马，新娘坐着八抬大轿。

这婚礼十分有意思，从新郎到轿夫，一溜的红褂子，个个穿得鼓鼓囊囊，迎着风，脸笑成菊花盘子，远远看去，就好像是真的到了旧时，连轿边上的帘子这样的细节都做得极精致。

一看就不是普通人家的婚礼。架势就不说了，好几年也难得看到这么隆重的婚礼。就单说这坐在白马上的新郎，面如冠玉，鼻若悬胆，眉峰凌厉，仰头看去，那下颌的线条也是如同雕塑一般，似刀劈斧砍出来的。宋安宁瞧着，不由得摸着下巴露出猥琐的神情感慨了一阵，真真是个难得的俊俏儿郎。

不过这新郎脸色不怎么好，可能是冻的，宋安宁吸吸鼻子想道。

那新郎此刻是拉开弓的模样，手臂平直，脊背笔挺宽阔，骨子里透出一股子禁欲的性感，看得宋安宁一阵心痒，此男生在人间，真是暴殄天物，暴殄天物啊！

最后一箭要射向轿门，那一刻所有的吃瓜群众都是屏气凝神的样子，好像射箭的是他们一样，四周安静得不像话。宋安宁盯着新郎拉开弓的手，那弓慢慢被拉满，新郎正要松手放出去，她揪紧了围巾，死盯着那根箭头。

老话说得好，谁都不知道下一秒会发生什么。就在新郎即将松手的那一刻，一道男声仿佛从天外传来，带着悲怆和哭腔，由远及近：“阿清……我来带你走……我绝不会让你嫁给这个养猪的……”

四周先是一静，而后爆笑声响彻云霄，看着新郎那张谪仙一般的脸，宋安宁表示实在是太分裂了。这突如其来的琼瑶版的痛呼，让宋安宁身上不禁起了一片鸡皮疙瘩，在这冰天雪地里莫名抖了下，然后额角一痛。竟是那新郎被痛呼声吓得打了个战，箭失了准头。

宋安宁条件反射地去捂额头，正欲大声叫骂，目光一扫，就看见脚边躺着一根包个箭头的羽箭。她有些错愕，抬头去看白马上的新郎，却见那新郎面色铁青地看着远处跑来的男人，如果宋安宁没有眼花，那她应该是看见了新郎俊俏的脸蛋上一闪而过的……悲愤。

宋安宁蹲下身捡起那根羽箭，一瞬间感受到了当年唐僧被玉兔精在人群里射中的感觉。啧，有些复杂。

2

那男人从远处跑来，穿着一件单薄的衬衫，衬衫领口上还有两滴油渍没洗干净，中长发，胡子拉碴，面容憔悴，形若……流浪汉。

宋安宁心道，这副尊容还敢跟“玉兔精新郎”抢新娘，心理着实强大。

“阿同，你终于来了！”身后又是一声娇音。

众人一惊，回头望去。只见凤冠霞帔的新娘一把掀起红盖头，满脸泪水，那叫一个梨花带雨，我见犹怜。话说这新娘也是一副好颜色，哭也能哭出一种凄美之感。

宋安宁又是一阵感叹，其实这新郎新娘颜值上还是极其相配，只不过眼下这情形怕是襄王有梦，神女无心。放着这么丰神俊朗的新郎不要，竟是要与那流浪汉一般的男人从婚礼上私奔。爱情果然不分高低贵贱、高矮胖瘦、难看好看。唉！鲜花一般都是插在牛粪上的。

宋安宁不能昧着良心给那流浪汉一般的男人摇旗呐喊了，此刻她心中只有对“玉兔精新郎”生出的一股同情，连带看着他的眼神都充满了慈爱。如此佳人，却头顶绿云，真是人间惨事。

那“玉兔精新郎”从马上利索地翻身下来，伸手把胸前的大红花一把摘下往地上一摔，动了动嘴巴：“你们走吧。”

人群一阵唏嘘，那新娘望着新郎嗫嚅了半晌：“书谨，对不起……”

新郎嘴角抽抽，挥挥手转身走到一个银发老太太身边，语气无奈：“奶奶，闹够了吧。”

那银发老太太一脸不高兴，噘着嘴：“我可怜的孙儿啊，奶奶对不住你啊，居然给你选了这么个不靠谱的对象。”

宋安宁看着那老太太撒娇撒得可爱，心下想笑，嘴角刚扯出弧度就被她死死压了下来，不行不行，人家都这么惨了，怎么能笑？

那新娘跟着流浪汉走了，新娘这边的家属亲戚一脸菜色，尴尬地道了歉，夹着尾巴散了。看足了戏的吃瓜群众剔剔牙也散了，各回各家，各找各妈。

独留宋安宁一个人，手里拿着根羽箭，顶着被箭射红的额角，犹犹豫豫走上前，把羽箭往“玉兔精新郎”那一递：“你的箭还你。”

“玉兔精新郎”回头看她。凑近了宋安宁才看清他的长相，俊美二字不足以形容，眉弓下面那双眼，深邃凌厉，好看得紧，一副好的皮囊配上一双黑玉珍珠眼，眼尾微微上挑，真是天下无双啊。

果然是像只玉兔精，那玉兔精要是个男的，就该长成这副模样。

“谢谢。”他声音淡漠，面容冷峻，手接过羽箭，扶着银发老太太就往酒店里走。

见了这场丢人现眼的闹剧的人，都该拖出去把眼睛辣瞎，何书谨恨恨地想。

宋安宁傻笑两声，打了个哈欠，该回家睡觉了。

3

一转眼过了大半个月，回想起那一日的婚礼，宋安宁依然乐不可支，见天就在医院里跟同事说。每每提及那“玉兔精新郎”的颜，她都是一副口水要流下来的模样。

这日，住院部来了一位病人，八十岁的老太太在家摔了一跤，被家里人急匆匆地送到医院，骨科的医生直接把她挪进了住院部的高级病房。

宋安宁正在二十三楼查房，听见护士站的同事窃窃私语，一脸春色。

“三十楼那个老太太的孙子好帅啊，面瘫脸禁欲系……”

宋安宁是出了名地喜欢八卦，乐呵呵地凑过去问：“什么孙子？”

护士长眼睛一亮，好似找到了知己，拉着宋安宁的手兴奋地道："三十楼住进了一个老太太，小腿骨折，住在单人病房里，她孙子真是长得好，姐长这么大，第一次见这么好看的男人。"

宋安宁揣着手，十分好奇。

中午宋安宁在医院食堂吃了一碗红烧肉，吃得满嘴油。

何书谨下楼来打饭，一眼就看见了她，这个喜滋滋地吃着油腻红烧肉的小护士，分明就是那日在婚礼上看热闹的小姑娘。

他现在十分不想看到她，看到她就想到了那场闹剧，还不只一场，他人生中最丢人的两次，全被她撞上了，真是晦气。

午后宋安宁查完房，揣着手就上了三十楼。她压抑了一早上的八卦之心，随着楼层的接近越来越兴奋。宋安宁刚走到三零七病房门口，都还没来得及收拾收拾情绪，病房的门就从里面被打开了，她的鼻尖对上了一个人的胸膛，闻见了洗衣液的味道，清清淡淡很好闻。

被人家家属撞个正着，宋安宁低着头，紧张又心虚。

何书谨低头看着胸前这只"鹌鹑"，面色有些古怪："刚才查过房了。"

好听的男声在头顶响起，宋安宁心下一动，吃力地仰起头，看见一个精致的下巴，竟然是"玉兔精新郎"。约莫是看过了人家的怂样，宋安宁跟老虎借了胆，挺了挺胸膛，仰着脖子道："再查一遍。"

两人就这么艰难地对视着，谁也不肯后退一步。宋安宁想，就算你是玉兔精，我"唐僧"也不能输了气势。

"孙儿，是谁啊？"病房里传出一个年迈慈祥的声音。

宋安宁一听乐了，是那老太太。她绕过"玉兔精"，大摇大摆进了病房。

"婆婆，怎么这么不小心呀，年纪大了身体没那么容易恢复，平时就要多注意，家里不能少人照顾着。"宋安宁帮着老太太垫了垫腰，然后递了杯温开水。

老太太腿上打着石膏，脸上却看不出任何异样，笑眯眯地瞅着宋安宁，干枯的手掌在宋安宁的手上拍了拍，眨了两下眼睛："小姑娘人真好，长得也俊，我怎么瞅着你有些眼熟呢？"

何书谨头发都要竖起来了，他不想再听任何人提起那场婚礼。他快步走过去抓起宋安宁的手腕就往外走，一边走一边还不忘糊弄老太太："奶奶，我去问问护士小姐要注意些什么，刚刚有些忘了。"

宋安宁就这样被一路拖出了病房。

何书谨盯着宋安宁的胸牌，看了好一会儿。

宋安宁大惊失色，双手抱胸："看哪儿呢？你个色坯流氓，小心我打死你。"

何书谨看着一边跳脚一边大放厥词的宋安宁，心里竟然有几分好笑，就这小身板，还打死他，真是心比天高。

"宋安宁，你来我奶奶的病房干什么？"何书谨面上十分严肃。

"我……"

"别说你是来查房的，值班护士里没有你的名字。"楼层入口那里挂着楼层值班护士的照片和名字，别想糊弄他。

宋安宁把到嘴边的话生生给吞了下去，心虚得耳朵都红了，却还是死鸭子嘴硬："我路过，路过不行啊。我上来找护士长有事。"

"行。"何书谨利落地拍了拍身上的黑呢子大衣，转身就回了病房。

宋安宁半口气一直憋在胸口，上不去也下不来。她此刻哪还记得美色为何物，只觉得心里一阵气愤，"唐僧"的气势和面子都丢光了。

4

士可杀，气势不可辱；头可断，气场不可丢。宋安宁因着那日在何书谨面前失了气势的事恹恹了好几天，连医院食堂中午的红烧肉都不能让她兴奋起来。

护士长端着一盆青菜坐到了宋安宁对面，一筷子夹走了宋安宁的两块红烧肉，动作那叫一个潇洒："三零七的那个老太太真的是太可爱了，你知道吗？她居然让我把全院的单身小护士都介绍给她，她好选一个当孙媳妇。"

恰巧何书谨坐在她们身后吃饭，听见护士长的话，不禁有几分害羞，耳根浮起了几缕粉红，面上却还是一副禁欲的冷淡样。

他正不好意思，就听见宋安宁说："你可以想一下他在猪圈里喂猪的模样。"

宋安宁正不遗余力地抹黑何书谨，却不承想被人听了个正着。

何书谨霎时脸色阴沉，都快把筷子给捏折了，站起来转身一把夺过宋安宁桌上的红烧肉："喂猪怎么了？喂猪碍着你了？猪吃你家饲料了？有本事你别吃我家的猪啊！"

哦，对，滨城最大的养猪场就是何家的，他家的猪肉好，健康，顶着行业里最好的口碑，医院的猪肉都是从何家进的。

宋安宁张大了嘴愣住，这次确定自己没看错，何书谨脸上确实是……悲愤，配上那张高冷禁欲的“玉兔精”脸，“精分”得厉害。然后就见何书谨气冲冲地拂袖而去，委屈得像个小娘子。

护士长一脸难以置信，瞧着何书谨那委屈的模样，一颗姐姐心软成了一摊水。她转头就去骂宋安宁：“口无遮拦，人家可是企业家，猪是随随便便能养的？你去养养试试，看你能养出个什么来？”

宋安宁这会儿倒乖乖闭了嘴，用筷子拨了拨那盘红烧肉，脸上有些为难，一想到这猪是何书谨养大的，莫名生出一种吃了它就犯了罪的错觉。

唉，心好累，“玉兔精”竟然还是个玻璃心，白瞎了那张都市精英、高冷面瘫的皮。算了，为了日后能够坦然地吃肉，宋安宁决定去哄哄他。

在楼下买了两斤橙子，宋安宁等到下午快下班的时候，拎着橙子去了三十楼。可巧了，何书谨中午的时候因为太憋屈了，一时气得慌，草草跟护工交代了两句，就回公司了。这会儿病房里只有一个看《喜羊羊与灰太狼》看得正带劲的老太太。

宋安宁鬼鬼祟祟地伸了个头进去，和老太太对视了一眼，老太太冲她直招手，绿豆小眼闪着精光：“小护士，快过来快过来……”

宋安宁咽了一口口水，怎么看都觉得有几分忐忑不安。

“婆婆，怎么你一个人在病房啊？你孙子呢？”宋安宁轻咳两声，装模作样地挤出一个十分标准的微笑，把橙子往桌上一放，顺便帮老太太调整了一下坐姿。

“臭小子回家喂猪去了，咱不理他。”老太太说话直，差点没把宋安宁呛着。

老太太瞅着宋安宁，笑得见牙不见眼，一只手拉过宋安宁的手，一下一下地摸着：“小姑娘长得真好看。”

诡异感越发深了，宋安宁不禁挺直了脊背：“嘿嘿。”

“小姑娘叫啥名啊，我来瞅瞅……”说着老太太就往宋安宁胸前的名牌看去，眯着眼睛，看得宋安宁浑身发毛，动都不敢动。

“小宋啊，你今年多大年纪啊，有男朋友没有啊？”老太太两眼冒绿光。

宋安宁被吓得浑身一抖，试图把手从老太太手里抽出来，奈何老太太力气太大，抓得紧。人为刀俎，我为鱼肉，想我宋安宁一世英名，今天怕是要被这狼外婆生吞活剥了。

那老太太扭头扫了一眼电视，大骂道：“这灰太狼，生了个猪脑子，蠢成这么一副鬼样还想去捉羊，先应该……再应该……最后……这羊就跑不了了，哈哈哈。”

她一边骂一边还狠狠拍了一下手，那一下正拍在宋安宁的手背上，疼得她龇牙咧嘴，眼泪都要冒出来了，果然是狼外婆！

何书谨回来的时候，一开门就瞧见这个场景。

奶奶一脸激愤，小护士宋安宁转着脑袋仰头看他，一双大眼睛湿漉漉的，含着泪眼巴巴地望着他。何书谨一愣，顺着那手看过去，只见自家奶奶把人家一双小藕似的手拍得通红。

何书谨看着宋安宁的眼睛，心里像被狗尾巴草扫过一样，微微泛着痒。

5

“奶奶，我回来了。”他说着走过去，十分自然地握住宋安宁的手腕，轻轻地将她的手从自家奶奶手里抽出来，藏到了自己背后。

宋安宁看着何书谨站进了她和老太太中间，高大的身子把她挡了个结结实实，手背在背后，还握着她的手腕。

她盯着那只手，只觉得手腕微微发烫，那烫顺着胳膊蔓延到了脸上。

“孙儿回来啦，来来来，我跟你说，这小护士可好了，陪着我这个老人家看电视唠嗑，耐心得很，比之前那个好多啦！”老太太高兴地说个不停。

何书谨背对宋安宁，听着奶奶的话，又想起了身后那双眼睛，抿了抿嘴：“人家护士还有事要做呢，一会儿我陪您聊天看电视啊。”何书谨安抚着老太太，然后转身垂头看着宋安宁，做了个出去的眼神。

宋安宁乖乖跟在何书谨身后往外走，走到门口还听见老太太对她喊：“小宋啊，再来啊！”

宋安宁简直欲哭无泪：嗯嗯，下次我戴双手套再来。

出了病房，两人站在楼梯口转角，你看我一眼，我看你一眼，有些尴尬。

“你……”

“我……”

何书谨眼神有些飘忽，转啊转啊的，就是不落到宋安宁身上，手指在栏杆上画来画去。

“对不起！”宋安宁眼一闭，大声说道。等了半天也没等到回音，她又悄悄睁开一丝眼缝瞧着何书谨，“我不该背后抹黑你的形象，我错了。”

何书谨看着她这副心虚的模样就有些好笑，想起了第一次见到她，那还是在四年前，他的第一次婚礼上。

四年前的二月四日，农历腊月廿一，也是立春日，他的第一场婚礼，同相恋了五年的女友，在城南滨城大学旁边的一家教堂里举行。

五年时间，水到渠成，相约白首。可笑的却是，他心尖上的女朋友，怀着另一个人的孩子，在婚礼上，堂而皇之地跟着那个人跑了，留给他一场天大的笑话。

教堂里的人散尽了，只剩下一捧花陪他在教堂里坐着。

宋安宁就是这时候和一个男生一起出现的。她看起来很小，扎一个高高的马尾辫，围一条鲜红的围巾，不施粉黛，如剥了壳的鸡蛋一般鲜嫩。

她从地上捡起捧花，走到他跟前蹲下，把捧花上的灰尘拍了拍，递过来，眉眼弯弯：“花还给你，下次把眼睛擦亮一点，娶个好姑娘。”

他呆愣地接过捧花，看着她走远，马尾辫在空中划出一道弧线，她拉着那个男生的手道：“像我这么好的姑娘不多啦！你可得好好珍惜。”

第二次婚礼，是同奶奶相中的姑娘。他对感情心灰意懒，娶谁不是娶，他也知晓那姑娘不爱他，他只想着既然要结婚了，那就好好处着，好好待她，凑合着过日子。可还是出了岔子，他再一次在婚礼上成了个笑话，而她拿着那箭走过来说：“你的箭还你。”

他在马背上就认出她了，四年时间，她好像没变多少，还是围着那条大红色的羊绒围巾，依然嫩得像只小猪仔，长发披肩，看上去温柔了许多，眉眼却是一样狡黠。可显然，她已经不记得他了。不知道当年那个陪她一起的男生，如今又在哪里。

回过神来，就见宋安宁正眯着眼瞧他，他手心有些痒，抬手想去摸她的脑袋顶，却摸到一顶护士帽，何书谨顺其自然地拍拍护士帽，微微一笑：“没关系，我原谅你。”

宋安宁眼睛要被闪瞎了，原来“玉兔精”笑起来更好看。宋安宁晕晕乎乎地转身下楼，差点儿一脑袋撞到门框上。

何书谨右手在口袋里搓了搓，刚刚握过她的手腕，肌肤细腻又柔软，果然像剥了壳的鸡蛋。

6

老太太坐在病房里吃橙子，护士长来查房，瞧着老太太大快朵颐的模样，乐了。

“哟，老太太，这不是咱们楼下小宋护士前儿天买的橙子嘛，原来是拿来孝敬您了。”护士长笑眯眯道。

老太太吃橙子的动作一顿，她拉过护士长，眼睛还往门口望了几眼，这才问道：“宋安宁那个小姑娘是单身吧？”

“可不是单身嘛。老太太我可跟您说啊，小宋那丫头原来有个男朋友，都到了谈婚论嫁的时候，结果那男的跑了，一声不吭扔下小宋就去了国外，可怜咱们小宋在民政局门口等了一个星期呢。”

“哟，这么可怜哪。”老太太撇了撇嘴，“真是身在福中不知福的臭小子。”

“可不是！”护士长又凑近了道。

“不过我觉得小宋和我家那个臭小子倒是配得很，都是遇人不淑，这不天生一对嘛。”老太太琢磨着，要不要给自家孙儿暗示一下。

护士长眼睛一亮，拍拍老太太的手臂，一副老熟人的模样：“哎哎，我也觉得配。您是不知道，她总是一个人偷着跑上来看您，好几次和何先生遇见，那模样羞答答的，我都没眼看。哈哈哈，我还看到过两个人一起在医院食堂吃饭，何先生还给小宋夹红烧肉呢。”

门里两个人越说越带劲，门外两个当事人把里头的对话听得清清楚楚，你看我我看你，一脸尴尬慌张。

宋安宁情绪崩溃，我没有羞答答，我只是因为背后议论他，看到他的时候有些心虚，他给我夹红烧肉是因为他在给我推销他家的猪，护士长啊，您如此八卦究竟是为哪般！

何书谨心里一阵窘迫，老太太的想法倒是和他不谋而合，心思被戳穿，他多少有些不好意思，眼神有一阵没一阵地往宋安宁脑袋顶上看。

两人对视一眼，脸上一红，又赶紧把视线挪开。

“我……我先下去了。”宋安宁落荒而逃，脸上红成一片，心里像揣了只玉兔精一样蹦个不停。

何书谨却暗暗地摸起了下巴，奶奶眼神一直都不怎么好，这次倒是好了一回。

宋安宁一下午都飘飘忽忽的。她不能闲下来，一闲下来脑子里都是“玉兔精”那双眼睛，尤其是看着她的时候，眼尾上挑，眼瞳漆黑，像是能把人的魂都勾走。

下午下班在电梯口又遇见了何书谨，宋安宁一看到那张脸对着自己笑，脸又红得不行，转身撒腿就跑。何书谨在原地，一句“我送你回家”生生卡在了嘴边，丈二和尚摸不着头脑，不知道哪里又得罪了这位小祖宗。

何书谨堵了宋安宁很长一段时间，可宋安宁见着他就跑，一开始是跑了就跑了，后来是跑了还要回头对他做个鬼脸，再后来是跑了回头还要冲他笑一笑，像是玩猫捉老鼠的游戏似的。何书谨拿她没办法，又无奈又觉得可爱得紧。

不知不觉，就到了老太太要出院的时候。这天，天气转暖，医院外面的迎春花开得正好，阳光暖暖洒下来，透过花瓣缝隙斑斑驳驳投到地上。

宋安宁刚值了晚班，换了衣服背了包准备下班，不料在医院门口见着了一个老熟人——前男友。那人西装革履，一派海归精英范，捧着花冲着宋安宁笑。

宋安宁被早上的太阳晒眯了眼，远远望着他，他看上去还和从前一样，笑得和煦明媚，就像是四月的阳光一样。

只是宋安宁心底知道早就不一样了，看到这样熟悉的笑，她第一反应竟然觉得还是“玉兔精”比较好看，平日里不常笑，一笑起来就会让人怦然心动。

“安宁，我回来了。”好听的声音从春风里渗过来，夹杂着喜悦和情意。

宋安宁却在想何书谨昨天在楼梯间堵她的时候说的话：“宋安宁，你跑够了没有，我追得够久了。”

昨天，她没回答他，只是像一尾鱼一样窜逃，回头冲着何书谨笑。新的感情，她多少有些害羞和不适应。现在她却在想，应该回答他的，跑够了，不跑了。

身后拢上来一截手臂，浅蓝色的衬衣袖子卷到小臂上，露出一截白皙的手臂，大掌握住宋安宁的肩膀，胸膛也紧跟着贴了上来。

“在这里傻站着干什么，出院手续我办完了，走吧，我们送奶奶回家。”何书谨温和的声音在宋安宁头顶上响起。

何书谨盯着那个捧花的男人，他认得，当年和宋安宁一起出现在教堂的男孩。

宋安宁放松了脊背靠在何书谨怀里。她瞧着那个男人脸色变个不停，甚至试图走过来。

隔着四月的阳光，宋安宁冲他礼貌地点了点头。我可以理解你的抱负，理解你对未来的努力和期许，但我无法原谅你对我毫无理由、毫无音信的抛弃。

我和你的过去早在民政局门口，就被一场大雨冲走了。

“走吧。”她伸手拽下何书谨的胳膊，两只藕臂环上去，抬头对何书谨一笑，露出一对小虎牙，明媚得不成样子，晃了何书谨的眼睛。

老太太坐在车里，笑得一脸褶子越发深了，对着前头的司机说：“老杨啊，这回我孙儿肯定能结成婚。”

小剧场

两人交往的第二年年底，感情稳定下来，双方父母见了个面，商量结婚的事情。

未来婆婆是位少女心爆棚的女士，一回家就撺掇着小两口赶紧去拍婚纱照。

宋安宁挑来挑去，挑中了一家童话风的摄影馆，何书谨看得嘴角抽搐。

宋安宁很是不满，说他都拍过一次婚纱照了，怎么就不能依着她？

未来婆婆嘴上没把门的，说：“不是一次，是两次，拍了两次了，唉，我可怜的儿子。”

“两次？”宋安宁大惊。

何书谨脸色很是僵硬，谁都不愿意承认自己被戴了两次绿帽子。而且，何书谨对当年自己对她念念不忘，她转头却忘了自己的事很是耿耿于怀，抿着嘴一言不发，坐在沙发上生闷气。

未来婆婆大嘴一张：“对啊，五年前在滨城大学旁边的那个小教堂里，被人甩了一次，去年年初在‘藻云轩’又被甩了一次。我就纳闷了，我儿子长得又不丑，怎么就是老被戴绿帽子呢？”

“是你啊！”宋安宁想起来了。果然，“玉兔精”只有“唐僧”才能制住，宋安宁笑得美滋滋的。

去拍婚纱照的时候，那摄影师看见何书谨的第一眼就乐了：“兄弟，这是三婚哪！厉害厉害。”

何书谨脸色一黑，差点拖着宋安宁就走了。

宋安宁还乐呵呵地问：“你咋知道？”

何书谨无奈扶额，他媳妇怕是个缺心眼吧？

“咱们圈子就这么点大，你老公长得这么出众，看过一遍都不会忘啦。”

宋安宁轻哼了一声，拧着何书谨的腰狠狠转了个圈，何书谨疼得脸都白了。

“说，以前那些婚纱照呢？”

“都扔了扔了，松手……”何书谨绷紧了肌肉。

“拍的什么样的？”

“很含蓄的，合照少，大部分是她们的单人照。”

宋安宁眼珠子一转，翻了翻册子，点了一套尺度十分大的，每一组都是亲密合影，何书谨看了之后差点夺门而去。

2、二十四番花信风·雨水

雨水：斗指壬，太阳到达黄经330°。这时春风遍吹，冰雪融化，空气湿润，雨水增多，所以叫雨水。老话常说：“立春天渐暖，雨水送肥忙。”

二〇一七年二月十八日，农历正月廿二，丁酉年，壬寅月，丙子日，雨水。

〔第二番〕
雨后是你

1

常言道，职场得意，情场失意。

余雨换了份工作，被辽市一家上市公司录取了，年纪轻轻就应聘成了设计总监，薪水翻了好几番，整个人面泛红光，两眼透亮，心里美滋滋的。

余雨把这事跟男朋友一说，颇为豪迈地大手一挥，拉着男朋友出去准备吃顿好的，可就这顿晚饭吧，吃得心塞憋气，难以下咽。

男朋友顶着一张晦气脸，言之凿凿地指责余雨因为工作忽略了他们之间的感情，然后毅然决然要求分手，一言不合就甩袖子走人。

看着那些又贵又少的菜一道道上桌，余雨一边伤心一边肉疼得不得了，早知道是散伙饭，那路边摊大排档就好了。她无奈，只能忍着内心被甩的悲痛，执起刀叉，切牛排的动作就像是切人肉一般，她咬牙切齿，满脸杀气，细看之下，那一双黑白分明的大眼睛里还强忍着一簇泪花。

她正是伤心欲绝之时，隔壁卡座传来一道尖锐的女声，不用看，光听着那声音就觉得刻薄：“谈嘉铭，老娘不陪你玩了！”

话音将落，男声骤起：“我早就跟你说过，我是消防员，没有那么多时间陪你。”这声音带着点委屈，低沉沙哑，仿佛可以感受到说话之人胸腔的震动。

余雨躲在自己的卡座里，支着耳朵偷听得津津有味，转眼就忘了自己刚刚被抛弃的残酷事实。

只听见隔壁先是一阵寂静，然后就是泼水声。余雨扭过身子去偷瞄，看见那女人站着，手里拿着一个空杯子，而那男人一脸一身的水，脖子上还贴着两片柠檬片。

光线昏暗，加上近视，余雨愣是没能看清那两人的长相，只看到了男人一个模糊的脸部轮廓，额头饱满宽阔，眉弓直挺，连带着鼻梁山根又高又挺，只是下巴往里收的角度过于刚硬，愣是让人看出了几分凶悍的模样。加上他语气硬邦邦的，怎么瞧都不是一个好脾气的人。

可再怎么不好的脾气，今晚大家也同是天涯沦落人。

余雨看着一桌狼藉，再看看隔壁卡座两杯孤零零的水和那个沉默的男人。她想了想，招来服务员埋单："把隔壁那桌一起结了吧。"看在今天一起被抛弃的分上，她就当是花钱买个心里痛快。

谈嘉铭准备结账的时候，被告知已经结过了，他想着叶蓓那女人不可能主动结账，便多问了一句。

服务员笑眯眯地说："是隔壁的女士帮您结的。"

"能给我看看账单吗？"

服务员拿来账单和刷卡的签单，只见上面写了两个规规矩矩、秀秀气气的字：余雨。

2

平宁区消防中队左边是个地铁站口，右边是万达大厦，两边相差不过五百米，每天早上上班的人都会从地铁站出来，路过消防中队的门口，往万达大厦去。

最近一连好几天天空都是阴沉沉的，温度低，刮着风，时不时还下个雨，这日却是个难得的好天气。谈嘉铭一大早出完操，和队友一起在消防中队门口的空地上洗车，完了之后就蹲在车旁边跟新分来的消防员聊天。

早上八点半左右，那个女人准时从地铁站里出来。她今天穿了一件青色羊绒大衣，里面是高领的白色毛衣，一圈毛领裹着小巧的下颌，越发显得一张脸粉嫩秀气。

是了，余雨第一天去公司报到上班，从消防中队门口走过的时候，谈嘉铭就认出她了。没有人会不认得无缘无故给自己结账的冤大头，还是个长得很漂亮的冤大头。

那天，谈嘉铭其实早就注意到了她，坐在隔壁，说话声音软软糯糯，喜气洋洋地跟男朋友分享自己的开心事，结果莫名其妙被数落、被分手，留下她一个人苦哈哈地坐在卡座里，要哭不哭的。

他当时心想，真是跟自己的情况一样一样的，不由得对那个女人生出了几分同病相怜的心思。可他万万没想到，那女人竟然还是个土大款、冤大头，支着耳朵偷听完他和叶蓓的对话之后，脸上一阵古怪的表情，然后竟然把他那桌的账给结了。

活了三十年，他真是第一次见这样的姑娘。

他和余雨可不一样，他的视力那是一等一的，夜间视物也是没问题的，虽然隔着纱帘，光线也昏暗，那些个枝枝节节的细处瞧不很明白，但想看清楚模样，对谈嘉铭来说还是不难。

所以，余雨第一天经过消防中队门口，他就认出来了。

不知道是抱着什么样的心情，他每天洗完车就那么蹲在门口等着她、观察她，一看就看了大半个月。越看他越觉得，这个“冤大头”着实朴素单纯。

每天提着自己带饭的小布包包，穿着简简单单的，顺溜的长发在脑袋后面扎成一束马尾，偶尔披散下来，小脸又白又嫩，还有着明显的婴儿肥，不施粉黛，偶尔长两颗痘痘，也毫不介意地袒露在外。

他见过路上有她的同事叫她，每每都要叫上好几声，她才突然反应过来，回一声“啊”，面上懵懵懂懂，一副还没睡醒的模样。

每次这个时候，谈嘉铭蹲在一边看着，都忍不住想笑。

3

余雨是半点没发现自己被人观察了半个多月。

这日公司做新图，室内设计图纸出来之后，余雨在公司加班做模型，一个人做完了一大半，细致又妥帖。

第二日她和同事一起做另外一半，有个环扣套在了她的食指上，直接卡住了。

余雨先是一愣，然后就想用左手拔下来，可偏偏它就像是涂了胶水一样，死死黏在手指上，怎么拔都越不过那个指节，手指更是越拔越粗，到最后，肿成了一根小胡萝卜。

同事举着余雨的手指头，拉着她就往外走，念叨着：“走走走，去找消防员给你搞下来，咱公司隔壁就有个消防局，直接去……”

余雨越是想忽略手上的痛感，就越是觉得痛，那环扣就像是孙悟空头上的紧箍咒一样，越勒越紧，恨不能吃到皮肉里去，那被卡住的地方突突发疼，手指又疼又烫，折腾得余雨在三月初的天气里竟是生生出了一身的汗。

同事拖着余雨直奔隔壁消防中队门岗，高举着余雨那根手指头道：“江湖救急，还请消防员大佬们救我们同事一条小命。”

只见那门口站岗的消防员嘴角一抽，伸长了脖子往牌子后面的小道上呼喊了两声，接着，一个穿着制服的男人从后面走出来。

那男人相当高大，余雨站得远，都要微仰着头才能对上那双眼睛，眼神是十足的血性坚毅。余雨仔细瞅了瞅，是很凶，可更多的是一种眼熟，她盯着那男人细细地看，眼睛都不眨一下，好像在哪儿见过？

谈嘉铭第一次被人这么不加掩饰地盯着，面上有些烧得慌。她就这样盯着男人看，也不害臊？眼神这样赤裸裸的，就不能收敛一点吗？

谈嘉铭一时间有些不自在，装模作样地咳了两声。他步伐快，步幅又大，没一会儿就走到了余雨跟前：“怎么了？”

他的声音很有辨识度，带着军人特有的沙哑，却比一般军人更为低沉，仿佛能听到胸腔的振动和共鸣。

几乎是电光石火，余雨就想起了他，不得不提，她还在互不相识的情况下请他吃了一顿饭，现在想想真是肉疼，当时怕是脑子被驴给踢了。

“那啥，消防员大佬，能帮着把这个给取下来吗？”同事举着余雨那根肿成胡萝卜的手指，声音都不由得轻了些许。

谈嘉铭皱着眉从那同事手里接过余雨的手指，捏在自己的指间，放在眼前细细看了看。

他的手几乎是余雨的两倍大，掌心宽阔，覆着一层硬硬的茧，暖乎乎就像一个手炉，托着余雨玉雕似的小手，又轻又柔，和那副模样一对比简直就是一个天上一个地下。

余雨能感觉到相触的那小块皮肤，染上谈嘉铭手上的温度，十分干燥，只不过有点烫。谈嘉铭眼神太认真，一时让余雨有些窘迫和尴尬，面上也浮起了一丝红晕。

谈嘉铭的目光从余雨的手指上转到了她的脸上，瞧着白嫩得跟白皮包子似的小脸蛋上粉嫩嫩一片，他心里不由得一紧，喉头有些发干。

瞧着她这副面色含春的模样，莫不是对我动了什么心思？不过说起来，也不是不可能，毕竟第一次见面，他就遇上她最伤心的时候，加之两个人处境相似，难免不会生出什么惺惺相惜之感。

见她脸色越来越红，都快烧起来了，谈嘉铭这才慌慌张张赶跑了那些个莫名其妙的脑补。

“进来吧，我给你把这东西切断。”他放开了手，转身走在前面给余雨引路。

4

拿工具切开环扣的时候，余雨心里其实怕得要死，放在谈嘉铭手里的手一直在微微发抖，谈嘉铭却轻轻握着那几根纤细的手指，皱着眉，全神贯注盯着环扣，比画了半晌，还是怕这个娇姑娘害怕，绷紧了神经，额角都沁出了一层薄薄的汗。

余雨间歇半睁着眼，有几分出乎意料，这男人看着五大三粗的，面相又有些凶恶，下手却出奇温柔。她垂眸盯着谈嘉铭头顶的发旋，短短的头发一根根直竖在他的头皮上，听说头发硬的人脾气不好，可眼前这个男人，却并非如此。

她盯着盯着就有些出神，莫名又想起那日躲在隔壁卡座偷听到的话，一时觉得，那个叫“叶蓓”的女人眼神着实不怎么利索，看不到这个男人的好。

她还没回过神，手指上突然一松，血液流向指尖的热感和舒畅感瞬间席卷整个大脑神经。

环扣卡着的地方有些瘀紫，谈嘉铭看着那细细一圈痕迹，在那个手指上突兀又难看，下意识想要伸手去给她把那圈瘀紫给揉散，手刚抬到一半又觉得这想法、动作十分不妥，余雨迷茫地看着那只半抬起的手，气氛一时变得有些尴尬。

“你等我一下。”谈嘉铭呫哝出一句话，转身就往后面一个房间里跑，出来的时候手里攥着一管药膏，“这是我们的内部药，活血化瘀效果很好，你拿去用吧。”他一张脸依然板着，凶巴巴的模样，声音低沉，说话有些僵硬，耳根后面不自觉浮起一抹红，不过他皮肤黑，没人看出来。

余雨原本是不想接的，两人既不认识也不熟悉，她没理由要人家的药膏，可看着谈嘉铭那双凹陷在高挺眉弓下面的眼睛，那眼神依旧坚毅，可坚毅下面又有几分别扭和害羞。

动作快于意识，她接过了药膏，轻咬下唇：“谢谢。”

谈嘉铭摆摆手，送她们出去。看着余雨的背影，他又想起刚刚她接过药膏的时候，贝齿轻咬下唇，嫣红上一抹亮白，怎么看都是一副羞答答的样子，看得人心里怪痒的。还有那根肿成胡萝卜的手指，倒是可爱得紧。

再说余雨，从消防中队回来，整个下午都心不在焉，像是丢了魂儿一样。

那只手上似乎还留着谈嘉铭掌心的温度，灼人却又温柔。

第二天一大早，余雨照例路过消防中队，三辆大红色的消防车停在门口的空地上，消防员都穿着工服，袖子卷得高高的，拿着抹布擦车，这要是换成之前，她肯定只会自顾自地赶路上班，一眼都不会看。

可经过昨天那一遭，不知怎么，一大早她就在中队门口停了脚步，转头看了过去。瞅了好一会儿都没找着那人，她正准备老老实实去上班，却见那人从消防车后面走了出来。

他不经意地转头，二人四目相对，均是一愣。

余雨下意识把手背到背后，拇指在食指勒痕处蹭了蹭，然后转头避开谈嘉铭的注视，加快了脚步，没一会儿就把那束目光远远抛在了身后。

谈嘉铭眯着眼，舌尖顶了顶左颊，暗自思忖，这么一副样子，很难不让人想歪啊，看来他想的是对的，这女人果然暗恋自己。

他心里滋味一时有些复杂，莫不是自己最近魅力难当？

5

万达大厦的写字楼和消防中队中间只隔一条羊肠小道，余雨站在十九楼窗户边，低头就能看见隔壁消防中队一群人围观，看上去十分热闹。

恰逢五点半，正是下班的点。余雨屁股底下跟生了刺一样，飞快收拾好东西，拎起她的小布包就往办公室外面冲。她出了写字楼右转，路过消防中队，门口的空地上围了一圈人，正叽叽喳喳地看热闹。

余雨被挡在人群外面，抬头看过去，只看见红色消防车停在门口，车门大开。原是想走，可她又实在是个喜欢凑热闹看八卦的性子。

她仗着自己身材娇小，抱着小布包愣是挤进了人群里，脚下没注意，被不知道谁的脚一绊，以一种狗吃屎的姿势向前扑去。一张包子脸正扑到一个宽阔硬朗的后背上，入鼻是一股洗衣粉的味道和淡淡的汗味，却一点不难闻，清清爽爽。只是那后背也忒硬了，把余雨的鼻子撞得生疼，大门牙也磕在了人后背上，磕得牙根发酸。

她还没手忙脚乱地站起身，前面那人就已经侧身，一只大掌扶上了余雨的胳膊，撑着她站稳。余雨尴尬得脸都红了，抬头一看，脸更红了。不知道怎么的，每次见到谈嘉铭，她都是一副狼狈不堪的模样，对着他那张严肃凶悍的脸，感受着那带着强烈侵略意味的眼神，她就不怎么好意思抬起头了。

谈嘉铭的眉毛不动声色地抖了抖。刚刚软得像棉花糖一样的身子撞到他后背上，一股茉莉花的味道萦绕周身，他还没回头，就觉得是她。

真的不是故意接近我？故意撞到我？他脑补得一发不可收拾。

“谢谢。”余雨嗫嚅了一声。

谈嘉铭没应声，转过身，身体往旁边挪了挪，让出一个空位，好让她能清楚地看到中队门口在做什么。

余雨半天没听见那人回答，一时有些讪讪，摸摸鼻子。

只见一消防员穿着消防服，笑得见牙不见眼，揽着自家媳妇，正靠在消防车上拍婚纱照。

余雨看了一会儿，眼珠子就开始乱转了，可怎么转，最后都落到了谈嘉铭的后背上。他真的很高大，脊背挺得笔直，双肩宽阔，像是能撑起一片天地。不得不说，背影真的是……相当吸引人。

围观的人越来越多，可天气阴沉了下来，没一会儿就下起了缠绵的春雨。春雨绵绵，虽然不大，但是混着初春的凉意，落在皮肤上还是有些令人瑟缩。

余雨缩了缩脖子，手挡在眉毛上方，正准备跑到地铁站去。谈嘉铭却动作极其迅速，一把抓住了余雨的胳膊，这才抓了一回，就已经熟练得很。

“你等会儿，我去给你拿把伞。”他说完也不等余雨反应，跑回中队里，翻出把藏蓝色的雨伞，一路小跑，撑开递到余雨眼前，“拿着吧，这雨一时半会儿也停不了。”

他站在雨伞之外，雨水很快就沾湿了他的眼角眉梢，衣服甚至被淋成深色。

余雨把伞举高了些，半罩在谈嘉铭头上：“我把伞拿走了，那你呢？”

“我一会儿就进屋了。”说完他脑袋一低，转身就往中队里走。

“哎，那我什么时候把伞还你，我要怎么找你？”声音穿过雨幕，莫名带了些春雨一般的缠绵味道，软得人耳根都在发痒。

谈嘉铭抿着嘴，半天才出声："你随时可以来找我，我叫谈嘉铭。"

6

第二天，余雨特地起了个大早，抱着伞在消防中队门口等着。

原以为他们这时候会开大门洗车，可没想到等了半天，她只看到谈嘉铭穿着一件短袖上衣，满头大汗，带着一队消防员从外面马路上跑步回来。三月底才刚刚有些转暖，早晨的气温依旧不高，余雨瞧着他们裸露在外面的皮肤就觉得冷。

谈嘉铭没料到余雨来得这么早，当着一众消防员的面，也不好和她打招呼，只能草草给了她一个眼神，然后带着队从她身边跑过。

谈嘉铭以为余雨一定能看懂他的眼神，可余雨一脸茫然地站在原地，忖度着他那个眼神究竟是什么意思，莫不是觉得她挡了路？越想越觉得是，越想越觉得臊得慌，她赶紧跑到小道边上的树后面躲了起来。

等谈嘉铭穿好衣服出来，左右瞧了瞧，愣是没看见余雨，这么一会儿工夫，就不知道跑哪儿去了。

"啧……"他一转头就看见余雨躲在树后面，缩着脑袋，模样十分猥琐。

她伸出手朝他招了招："过来……"她把伞递给谈嘉铭，"伞还你，昨天谢谢你啊。"

她食指上的一圈勒痕已经散了，白皙纤细的手指抓着那把藏蓝色的伞，衬得手指越发水嫩。

谈嘉铭喉头一痒："没事，不用谢。"

余雨扯了扯衣摆："那……那没事，我就去上班了。"

"嗯。"

离得近了，她越发能听到谈嘉铭说话的时候胸腔震动的声音，浑厚沙哑，简直性感得不行。余雨转身欲走。

"等会儿……"谈嘉铭出声叫住她。

"嗯？怎么了？"

谈嘉铭眼睛盯着余雨的发顶，快四月了，漫天杨絮飞扬，落在她的头顶。他伸手，轻飘飘的杨絮被他轻轻从头顶拂去。

余雨仰头看着他，好像在他漆黑坚毅的眼睛里看见了星星。切环扣那次，她就知道，他是一个温柔的男人，即便长得一副凶悍模样，也掩不住那一颗温柔和煦的心。

她的脸不由得红了，虽然她向来有些害羞，但也是个很爽利的姑娘，心思定得快，决定也下得快。她眉眼笑得弯弯："谈嘉铭，我叫余雨。"

谈嘉铭低头去看她，有几分不解，但还是耐心地配合："我知道。"

"你知道？"

"你第一次给我埋单的时候，我就知道了。"

"130××××7453，我的号码，你记住了。"余雨门牙轻咬下唇，像极了机灵聪慧的小兔子，转身就跑。

她今天没扎马尾，长发披在肩上，风一吹，扬成一道风景。

当天晚上，谈嘉铭在床上攥着手机翻来覆去，想发消息给她又不知道该发什么，磨蹭了很久。

半夜十二点，余雨收到了一条陌生号码发来的短信："早点睡，谈嘉铭。"

她果然没猜错。头一次在消防中队见面，她就觉得，他的目光像是满天星辰，落在她的肩上。

7

他们心照不宣地在每一个清晨，等着对方。

谈嘉铭蹲在消防中队门口看她，依然是一脸的严肃和凶悍。

余雨却不再害羞了，她每每看着，都想笑，却又有一种从来没感受过的窝心。要是路过的时候他不在，她会笑意盈盈地站在那棵树后面，等他们跑圈回来，对着他露出清晨的第一个笑容。

谁也没说什么，连信息都发得少，却有一种黏稠的暧昧气息环绕着两人。甜甜的，不远不近，触手可及。

一晃就到了五月初，空气越发干燥起来，温度噌噌噌地升了起来。

余雨租的房子在公司附近的一个小区。半夜她被烟雾呛醒的时候，火已经烧到了她家门口。

大半夜的，也不知道是从第几层起的火，只知道等余雨被呛醒，火势已经很大了，她被困在屋子里，满心惶恐，手忙脚乱地冲进洗手间，扯了块湿润的毛巾捂在口鼻上，又连滚带爬地回到卧室，抓起手机给谈嘉铭打电话。

一直没人接，电话那头始终只有关机的提示音。

余雨心尖一颤，恐惧席卷全身，每一根脚趾都缩成了一团，她用湿毛巾裹着自己，往外冲去，楼梯间到处都是人，叫喊着，推搡着，还有人从楼梯上滚了下去，直接滚进了火堆里，烧得哇哇直叫，不一会儿就没了声响。

余雨脸色煞白，两眼含着泪，神经紧绷到了极点。

热浪一股一股袭来，几乎要灼熟她的皮肤。空气里混杂着各种东西烧焦的味道，每一秒钟都如同一个世纪那样长。

“消防员来了，去二十楼，二十楼楼梯口窗户那里有人接……”有人把话从楼下一层一层往上传。

消防员穿着消防服从楼下上来。余雨顾不得许多，撒腿就往二十楼跑，云梯就等在那里。她正要过去，一只手突然攥住了自己的胳膊，转头对上那双眼睛，余雨立刻就哭了出来，眼泪跟不要钱一样往下淌，眼前模糊一片。

“去云梯那里，别怕，不要慌，没事的，等我。”他的脸在消防面罩后面，声音隔着面罩传出来，失了那股沙哑和低沉，闷闷的，像是从很远的地方传过来，却带着莫名的安抚意味，像一只手，瞬间抚平了余雨心里所有的害怕和焦躁。

她喉咙哽着说不出话，只能胡乱地点着头，然后看着他转身往火里走去，手里拿着一根很粗的水管，正往里喷着水，水雾弥漫开来，像极了二月天里的春雨。她想起了第一次见到他，在那个昏暗浪漫的西餐厅，那一天是二月十八日，雨水。

他宽阔的脊背，撑起了橘色的消防服，像是一座山，挡在她的前面，挡在所有人的前面。他们都在往外走，而他，毅然决然地走进了那片几乎染红半边天的火光里。

余雨咬着嘴唇往云梯那里跑。谈嘉铭，我在外面等你，我等你出来。

在外面的每一分钟依然不好过，周围都是人，喧哗声在耳边嗡嗡直响，余雨裹着毯子，浑身都湿透了，盯着那栋被烧黑的楼房的大门，等一个人出来。

不知过了多久，消防车终于停止了喷水，水雾落下，在路灯昏黄的光线里，不知是不是错觉，竟然出现了一道小小的彩虹，转瞬即逝。

就在那道彩虹后面，一道高大的身影抱着一个受伤的老太太从门洞里出来，橘色的消防服上沾染着黑色的污渍，他的每一步都迈得又稳又大，肩膀依然宽阔，那里扛着的，是希望。

余雨胸口猛然一震，突然蹲下身去，哭出声来，号啕大哭，发泄着满心的恐惧和害怕。

又厚又重的靴子停在她面前，一只手落在了她的头顶，轻软宽厚，就像三月里，他从她头上拂掉一片杨絮。

“没事了。”他向来不善言辞，可每一句话，都能让余雨动容。

余雨抽了抽鼻子，抬头看他，泪水洗过的眼睛尤其明亮，眼周还泛着淡淡的红，脸上黑一块白一块，像只惹人疼爱的小猫：“有事，我的家被烧了，衣服、鞋、钱包、银行卡、身份证……我的东西都没了，我什么都没有了。”

那声音带着哭腔，可怜巴巴的，看得谈嘉铭恨不得把她抱进怀里狠狠揉搓一顿。

“我有，我都有，都给你。”

一团软玉扑进怀里，谈嘉铭呆愣着忘了反应，脑子里飘过一个念头：她果然爱惨我了。

原来他们的过去都像一场大雨，下过了，蒸发了，然后他们相遇，共享一道彩虹。

立春已过，雨水来探，树上新芽被春雨润绿，雨雾里，他背对她，撑起了所有的希望。

小剧场

谈嘉铭第一次放假和余雨一起出去逛街，余雨要去内衣店买内衣。谈嘉铭大窘，站在门口不肯进去，一向凶悍严肃的脸上一阵惊慌一闪而过，皮肤黑里透红，看得余雨大笑不止。

谈嘉铭伸手去捂她的嘴：“别笑，别笑……”

“那你在门口等我。”余雨拍拍他的手，往内衣店里走去。

于是那天经过的人都能看到一个人高马大的男人一脸严肃，而且站姿极其挺拔地站在内衣店门口。某路过的小姑娘对自家一起逛街的闺密说：“呀，这家店居然还请保镖啊！”

3、二十四番花信风·惊蛰

惊蛰：斗指丁，太阳到达黄经345° 。这个节气表示“立春”以后天气转暖，春雷开始震响，蛰伏在泥土里的各种冬眠动物将苏醒过来开始活动，所以叫惊蛰。

二〇一七年三月五日，农历二月初八，丁酉年，癸卯月，辛卯日，惊蛰。

〔第三番〕
落地生根

1

代筱晚间兵荒马乱地吃完饭，发了个消息到母上大人的微信上，询问家里两位祖宗什么时候能旅行归来，再不回来，她怕是就要被自己做的饭给毒死了。

母上大人发回来一张灿若菊花的笑脸自拍，身后是怂呆呆的父上大人，戴着一顶草帽，驼着背，目光呆滞地望向远方。

她回道：“快了，快了，两三天就回来了，不要着急。你要是没饭吃，就去大街上卖艺讨饭，还能混个温饱。”

代筱两眼一翻，瘫坐在沙发上，环顾这个乱成一团的家，深觉自己可能不是亲生的。

屋外雷声大作，就像是在人头顶炸开，震出一阵耳鸣。

惊蛰将至，天气逐渐转暖，春雷伴着雨水席卷了这座城市，夜夜电闪雷鸣。代筱一个人待在家里难免有些害怕，把里里外外的灯都开着，亮堂堂的，才算是给她壮了胆。

临近十点，她还在做报表，裹了毯子坐在客厅里，看着晦涩无聊的数据，困得眼皮直打架，起身想找点零食当夜宵，翻腾了半天，连包泡面也没找到。想了想，她翻出手机，想点份外卖。

附近有家很有名的咖啡厅，代筱听同事提起过很多次，咖啡味道正，老板寡言少语，经常在店里待着，听说似乎是个混血，一口流利的伦敦腔，长相十分俊俏，发色偏棕，皮肤白皙，鼻梁高挺，眼窝深陷。

代筱在外卖软件里看到那家咖啡厅竟然还没有打烊。她点了一杯蓝山，要了一块抹茶口味的切片蛋糕，看着电脑上满屏密密麻麻的数据，哀叹一声，今夜注定是个不眠之夜，就靠这咖啡度过了。

话说咖啡厅里，闫庄正准备下班，却听见电脑“叮”了一声，这个点居然还有叫外卖的，大约是实习生下班的时候忘记了挂打烊，让人以为他们还在接单。

闫庄本来打算依照着留下的电话，给对方打回去，告知对方店里已经打烊，却看见订单留言里写着：麻烦外卖小哥了，路上请注意安全，慢一点，我不着急，如果不能送，请给我回个电话就好，谢谢！

后面还跟了一个字符表情，笑眯眯的，让人看着就生不出讨厌。

闫庄来回扫视了那条留言两次，随即决定，在这个风雨交加的夜晚，给这个留名叫“猫小咪”的客户送一次外卖。看了看地址，闫庄就笑了，拿出手机给损友打了个电话：“阿远，今晚我去你家睡一晚上。”顺便给你邻居送个外卖。

2

电话来得出乎意料地快。

在第三声春雷响起之前，代筱接到了电话，那头似乎还有着浅浅的歌声，男声在这个夜里显得格外低沉，仿佛在砂纸上轻轻磋磨过，尾音带着一丝沙哑。

“猫小咪吗？您的外卖到了。”

代筱的脸莫名一红，磕磕巴巴地答上一句：“哎，是我，您在哪儿？要我下楼给您开门吗？”

闫庄听见这细声细气的声音，联想起电脑上那行字，脑海里勾勒出一个乖巧柔顺的女生模样：“不用，我上去，八零二是吗？”

“是的。”

闫庄轻笑出声，然后挂了电话，换了个号码拨出去：“把你家大门打开，你站在门口，等我上楼。”

代筱一开门，就撞上对门邻居也开了门，穿着背心大裤衩往门口一站，手在鸡窝似的头上抓了两把，倚着门框打了个哈欠。两人一对眼，打了个招呼。

闫庄从电梯里出来，就看见这样一个场面，无端觉得有些好笑，左右两人都站在门口，跟左右门神似的。

右边的女孩剪着一头毛茸茸的短发，脑门上贴着一个“冷漠”字样的刘海贴，蓝底黑字，身上还穿着粉红色的珊瑚绒睡衣，整个人都像个圆溜溜的毛球，和他在咖啡厅里想象的那个形象分毫不差，衬着对面大裤衩、大背心的阿远，就像是两个季节。

他看了一眼手机备注：“八零二，猫小咪？”

“我在这……”代筱眼睛一亮，朝电梯那边招招手，顺便心里给邻居点了个赞，这大半夜的往门口一站，让她拿外卖都拿得安心些。

“哎我说，你怎么不给我带一块儿？”叫阿远的男人抖着一条腿，打了两个喷嚏。

代筱来回一看：“你们认识啊。”

闫庄把咖啡和蛋糕递给代筱：“朋友。我瞧着地址很熟悉，就让他在门口等着给你壮个胆。以后啊，大半夜就别叫外卖了，不安全。”

闫庄逆着身后阿远家门口的灯，代筱看着他泛着浅棕的发色有些发愣，想起了同事之前说过的，咖啡店老板应该是个混血，眼珠眸色很浅，离近了看就像两颗透亮的玻璃珠。

一声哂笑从对面传来，阿远两手插兜：“啧啧啧，看呆了都。”

代筱面皮一红，接过咖啡和蛋糕，手往里一缩：“知道了，谢谢您。”说完转身关门。

阿远往外走了两步，温度很低，他缩着脖子搓搓两条胳膊，撞了撞闫庄的肩膀：“行啊，头一次见你大半夜还送外卖。”

闫庄没理他，换了鞋往沙发上一坐，长长舒了一口气，在咖啡厅里站了一天，他已经是精疲力竭了。他侧头往门口看了看，想起代筱接过东西之后缩头缩脑的模样，轻笑出声。可真是心大啊，一个小姑娘大半夜的叫外卖，还敢让人送到家里，也不怕遇上心怀不轨的人。

3

天气一如既往地糟糕，在雷声里，迎来了今年的惊蛰。

那天暴雨如注，雷声从代筱出门开始就在天空响起，每一声都像是劈在人的头顶，天随时就会掉下来一样。

代筱一早起来，右眼皮就一直跳个不停，太阳穴发胀，看着窗外阴沉沉的天，想起周五下班的时候答应了同事要陪她出门逛街，顿时倍感头疼。

昨夜她接到母上大人回电，说今晚八点回家。

代筱在新世界和同事碰了头，可今天也不知怎么的，心里就是有些不安宁，右眼皮跳得就没停下来过。

天色越来越阴沉，好好一个下午像是傍晚一般昏暗，给人一种不妙的预感。她坐在店铺里等同事试衣服，间或往窗外看一眼，那灰色的天幕就像一个大锅盖罩下来，暴雨惊雷，就像炸在她心头。

她摸出手机给她妈打电话，代妈妈元气满满，接了电话就是一阵大嗓门的说话声，声音里充盈着笑意。

“你们什么时候回来啊？”

“晚上就回来，这会儿已经上高速公路了。”

代筱听见自家母上的声音，心里这才安稳了些，却还是不放心地叮嘱道：“天气不好，路上注意安全，你让司机开慢些，晚点到也没关系。”

“晓得啦，人司机都是老江湖了，肯定知道的。就这样，不说了，我还要跟人聊天呢，拜拜。”

电话被挂断了。代筱看着已经漆黑的手机屏幕，还是觉得心口像是有一块大石头压着，喘不过气来，连脸色都白了几分。

屋外轰隆一个雷，震得人耳鸣，大约是惊蛰前后最响的一次雷声了。

代筱刚站起来，就被这雷声震得一屁股坐了下去，心脏猛跳。同事从试衣间出来，看见代筱这个模样，也被吓了一跳：“怎么了？”

代筱手抵着胸口，大口地喘着气，却始终抑制不住这种感觉，眼底都憋红了一片。

“我有点不舒服，先回家休息了，改天再陪你出来逛街。”代筱撑着墙壁站起来，脸色煞白，涂了红色唇膏的嘴唇在整张脸上显得尤为惊骇。

三月五日，惊蛰，星期日，下午六点。

代筱昏昏沉沉从床上爬起来，一气灌下两杯凉白开。水杯刚放到桌上，她的手机就响了，在卧室的床头，屏幕突然照亮了昏暗。

“请问是代小姐吗？这里是市中心医院，下午我市高速公路上发生一起连环车祸，您父母目前正在我院进行抢救，麻烦您尽快赶来……”

剩下的话，她全没听清。下午那道雷声引起的耳鸣似乎还没有散去，她耳边只剩下一阵乱七八糟的嗡嗡声，和外面暴雨打窗噼里啪啦的声响。

猛地喘过一口气，她抓起手机就往外冲，脚上还穿着那双在家里穿的毛绒拖鞋。

4

闫庄是在咖啡厅接到电话的。

彼时阿远正在咖啡厅里帮忙，突然听到吧台后面一阵玻璃杯破碎的声音。

闫庄难得一见地慌乱无措，一手举着手机，朝着阿远张了张嘴，半晌才找回声音，干涩沙哑，就像是从喉咙里挤出来的话："我爸妈，出车祸了……"

医院里里外外兵荒马乱，救护车的声音传来，一刻都不停。白色的担架上染着黏稠发黑的血，沿着担架往下滴，地面上晕开了斑驳的血迹。

闫庄和阿远赶到的时候，人都在抢救室里抢救，外面走廊上站着蹲着的都是家属，气氛紧张，哭喊声、呜咽声充斥着整个空间。护士从抢救室里出来，大喊着："安静一下，谁是代安国和吴晓琴的家属？谁是代安国和吴晓琴的家属……"

走廊上只有低低的哭声，一阵急促的脚步声从走廊另一头传来。

"谁是代安国和吴晓琴的家属？"

"我是！我是……"急促的声音划开沉闷的空气，好似劈开一条空隙释放出悲伤，"我是代安国和吴晓琴的女儿……他们怎么样了？"

代筱浑身透湿，毛衣外套沉沉地挂在身上，往下滴着水，没一会儿就在脚下积了一小摊，一向蓬松毛茸茸的短发贴着头皮和脸颊，脚上的拖鞋跑丢了一只，白皙的小脚上都是浑浊的泥水，全身上下狼狈不堪。她极力控制着自己颤抖的身体，声音保持着镇定，可依然能听出浓重的哭腔。

护士看了她一眼："你跟我进来。"

代筱浑身一震，颤了颤，抬起脚往里走，进那扇门的时候她踌躇了一下，甚至有一刻想转身就走。

闫庄和阿远失魂落魄地站在角落里，抬眼就看见代筱僵硬挺直的脊背。她太狼狈，狼狈到没有一个人可以忽略她。

"我爸妈……"代筱喉咙一哽，转了转眼珠，咽了口口水，两只手攥在一起，

“我爸妈，怎么样了？”尾音发颤。

护士面上的同情显而易见，甚至让代筱都不用思考，就有了某种猜测。代筱腿一软就要往地上倒去，被护士一把拉住，扶她在椅子上坐着：“节哀。”

大约世界上的事总是这样突如其来，瞬息万变。上一秒和下一秒，永远都不可猜测，天堂和地狱也不过一线之隔。

闫庄从重症病房出来的时候，心里才轻松了一些，有几分庆幸，却在看到依然坐在走廊上发呆的代筱时，蓦地又沉重起来。

代筱双眼红肿，眼泪几乎是不用积蓄就顺着脸颊往下流。

“阿远，你先回去吧，我在这里守着就好。”前后忙过了，闫庄满面的疲惫，眉心紧蹙，“有消息我会通知你，这事你就别跟你爸妈说了，免得他们操心。”

阿远从裤子口袋里摸了根烟，放在手里搓了搓：“那行，我先回去，有消息给我电话。”

阿远走后，闫庄在重症病房前站了好一会儿，然后沉默着坐到了代筱身边。

代筱浑身发冷，一阵阵地打着寒战，突然感觉到身边传来几分热气，这才看到咖啡厅老板闫庄坐在她的旁边，手撑着额头，靠着墙壁闭着眼，满脸疲倦。

“你家人还好吗？”她开了口才发现嗓子几乎说不出话了，声音好似从破风箱里撕扯出来的，难听得要命。

闫庄转头去看她，缓慢地点点头：“重症病房里监护着，二十四小时没问题就能转到普通病房了。”

“巧了，想不到我爸妈和你父母居然在一个旅行团，不过，他们没有那么好的运气。”她的唇色泛紫，因为体温过低而不自觉地发颤。

闫庄不知道应该说什么去安慰她，这个时候，无论什么话都显得那样不合时宜。

四周只有沉默。许久，一件还带着体温的皮夹克递了过来。

代筱睁开眼睛看着闫庄，眼底通红一片。

“把你的外套换下来吧，都淋成这样了，你要是病了，谁帮你安排父母的身后事？”

代筱眨眨眼睛，接过那件皮夹克换上。脚突然被人抬起，然后放进一双对她来说极为宽大的皮靴里，温暖从脚底板席卷上来。

“谢谢。”

“不用谢。”

两人就这样并排枯坐了一宿，谁也没再说话。

清晨第一道阳光从走廊尽头的窗户外透进来，泛着残酷的冷意，雨已经停了，潮湿而黏稠的空气里有一丝清冷。代筱的手机突然响了起来：“姑姑……”

“筱筱啊，你爸妈回来了吗？我做了腌萝卜，给你家送过去。”

代筱抬起手掌掩住双眼，微微仰起头：“我在市中心医院，你们，过来吧。”

一夜的时间，她好像终于接受了这个事实，说完这句话仿佛用尽了力气，瘫软在椅子上，呢喃道：“我没有爸妈了……”

5

自那天起，闫庄就再也没见过代筱。

或许是因为父母，闫庄对她可谓非常上心，隔三岔五就要去她家看一眼，可代筱一天不在，两天不在，就这样悄无声息地失踪了一个多月。

直到四月底的一天晚上，闫庄在吧台后面煮咖啡，门口的风铃随着门被推开而轻声响起，他抬头看过去，嘴里还说着：“欢迎光临——”尾音就那样断在了喉咙口。

代筱穿着一条白色的及踝长裙，安安静静地站在门口看着他。一个多月不见，她已经瘦脱了相，形销骨立，和第一次晚上送外卖时见到的那个元气满满、脸上尚带着婴儿肥的女孩判若两人。

闫庄手在膝盖上搓了两下，头一次觉得，面对她，竟然有些局促：“最近，还好吗？我去阿远那里的时候，才发现你一直没回去。”

“我过两天就搬回去。”代筱笑得很勉强，扯了扯嘴角，强打起精神，“你呢，你爸妈还好吗？恢复得怎么样？”

闫庄抿了抿嘴，像是在组织语言：“还不错，恢复得挺好的，已经回家休养了。”

代筱深吸一口气，头转向窗外，胸口起伏了好一会儿，才从包里拿出一张照片，递给闫庄：“我想见见你爸妈，可以吗？我很想知道，我爸妈最后那段时间过得怎么样。”

那是一张合影，闫庄的父母和一对中年夫妻站在一起，背后是一片巨大的瀑布，四位长辈脸上都是慈祥的笑容。而那对夫妻，正是闫庄的父母，那天代筱在医院见过一眼。

闫庄拿过那张照片，抬眼看代筱，在她身后，窗外大片灯光交织，被玻璃折射，形成光怪陆离的光晕："可以。"

他们约了第二天早上在咖啡厅前门左转第二个路口见，从那里过一条马路就是闫庄的家。彼时闫庄的父母正躺在床上休养，家里有一个护工忙里忙外，两位长辈倚着床头，正看着早间新闻，一进屋就能听见普通话从电视里传出来。

"爸、妈，这是代叔叔和吴阿姨的女儿，代筱。特地过来看看你们。"

代筱站在房间门口，目光柔和地看着两位长辈："伯父伯母好。"

就在一个多月前，她的声音还像清晨的小鸟一样清脆，而如今，带着沙哑，光是听着就觉得多了几分沧桑感，好似这一个月于她来说，像是过了百年之久，她的生机、活力都随着父母的突然离去而消失殆尽。

闫庄自觉地退出了屋子，带上房门，坐在饭厅里发呆。他烦躁地摸了摸口袋，然后起身顺着楼梯一路下去，在小区门口的超市里买了包烟，摸出一根烟点着，狠狠地抽一大口，这是一种极伤肺的抽法。

他就那样蹲在超市门口抽烟，一根接着一根，不一会儿脚下堆满了烟头。

不知道他们究竟说了什么，也不清楚过了多长时间，代筱终于从小区里出来，低着头，一步一步走得很慢。闫庄猛抽一口，然后把烟踩熄，抬脚追了上去。

"怎么样，说了什么？"他问得有些急促，看着代筱泛红的眼角，他心里又是一阵躁意。

"他们说，那段时间我爸妈过得很开心。有些事实，我再怎么无法接受，也已经是事实了。他们最后一段日子过得好，我很高兴。"

代筱半长的头发垂下，遮住了她脸上的表情。

闫庄动了动唇瓣，到底还是没说话。

6

闫庄打烊回家，看到母亲坐在客厅的沙发上，披着一件枣红色的披肩，开着立灯，戴着老花镜在看书。听见门口的声音，她把书合上放到一边，冲他招手："过来坐。"

闫庄换了鞋，坐到母亲身边，摸摸她的手，还算温热："妈，怎么还不睡？"

闫妈妈摇摇头："代小姐还好吗？"

闫庄摇头："不怎么好，打击太大，她接受不了。"

"这孩子也是个可怜人，这么小，肯定还不知道怎么照顾自己，我们和老代他们也算是相识一场，你平时多关心关心她……"

闫妈妈絮絮叨叨了半天，闫庄安静地听着，每一个字都记进了心里。

那个像小猫一样软绵绵的小姑娘，他很是心疼，或许是因为相识在前，又或许是因为父母之间的关系，他尚算幸运，对不幸者抱有怜惜和同情。

第二天，闫妈妈就让阿姨熬了鸡汤，中午的时候让闫庄回来拿，给代筱送去。

闫庄没敢耽误，让店员好好看着店，拿上鸡汤开着车就往代筱家去。阿远白天要去上班，闫庄没有门禁卡，楼下的门一直也开不了，他就那样抱着保温桶站在门边，等有人从里面出来。路过的人难免多看上两眼，加之闫庄出色的外形，不少路过的小姑娘对着他指指点点。

总算等到有人从楼上下来，开了门，闫庄手疾眼快往里一蹿，松了口气。

代筱头痛欲裂地从睡梦里醒来，她最近睡得很不好，每天晚上要靠酒精和安眠药才能浅眠一会儿。屋里积了不少的灰，所有的一切都还和一个多月前她从家里跑出去的时候一模一样。只不过现在回来，她的世界已经是天翻地覆。

她在冰箱里翻找了半天，才找出几颗鸡蛋和一把蔫了的白菜。阳台上堆积的衣服、厨房里泡在水中的厨具，从今往后，这一切，都得她自己来面对。房子不过一百多平方米，平日里不觉得，此刻却空旷得厉害，安静得连呼吸声都不敢稍重一些。

她就那样靠着冰箱，满心荒凉。

门铃响得突然，也不知道这个时候会有谁来找她。

代筱随意抓了抓头发，去门口开门。一开门她就看见闫庄站在门口，穿着青灰色的圆领衫，像个刚出大学的少年，清爽，阳光。代筱像是被这阳光刺到了，眯了眯眼睛："你怎么来了？进来吧。"她侧身让开一条道，让闫庄进来。

"吃饭了吗？我来给你送点吃的，我妈让阿姨特地熬了土鸡汤。"屋里狼藉一片，闫庄勉强在餐桌上收拾出一个空位，把保温桶放上去，一拧开盖子，温稠的鸡汤香味瞬间弥漫整个乌沉沉的房间。

代筱不自觉地吞咽着口水，她已经很久没好好吃顿饭了，香气太盛，让她不自觉地产生了生理饥饿感。

闫庄环顾房子一周，只说：“快来吃饭，凉了对胃不好。”

代筱坐在餐桌前，突然想起从前母亲也常给她熬鸡汤，总说她太瘦，要多喝些鸡汤补补身体……眼底一热，代筱赶紧埋下头去喝汤。

闫家阿姨的手艺不错，但还是和母亲做的味道不一样。

闫庄一进门就闻见了酒精味，皱皱眉，走到窗户边把窗帘拉开，带起一阵灰尘散在空气里，呛得人鼻尖发痒。没再说些什么，他自来熟地给她做起了卫生。四月天气很好，带着温柔的暖意，风一吹，空气里都带上了新鲜树叶的味道。

代筱很是不好意思，闫庄却冲她笑了笑，道：“你好好吃饭。”

这一下午就这么过去了，阿远下班回来，正好遇见闫庄站在代筱家门口，给她擦门。他差点没把眼珠子瞪出来，要知道这祖宗可是神都叫不动的人物，这是什么时候做起了家务？

7

代筱把银行的工作辞了，因为银行实在给不了她那么长的假去处理家里的事，去调整自己的心情。

房子里处处都是回忆，她日日待在房间里也不出门，一日三餐都是闫庄准时准点地给她送，给她收拾家务，陪她聊天解闷。即便有闫庄的一日三餐喂养，她还是以肉眼可见的速度消瘦了下去，几乎只剩一副骨架了。

闫庄用了大把的时间来陪她，越陪就越心疼。可他每天这么来来回回地跑，确实也不是个事，店里的生意也兼顾不过来，眼瞅着连他都瘦了。

他想了个法子，搬进了阿远家，和代筱做了门对门的邻居。给代筱的咖啡也偷偷换成了奶茶。西冷红茶泡出来的奶茶略带中药的苦味，没什么糖，竟然一直没让代筱发觉。

这日，闫庄心情格外好，中午来给代筱送饭的时候，脸上都带着笑：“你在家待的时间太久了，需要出门走走，看看你把自己折腾成什么样子了，你爸妈要看到可不得心疼死。”

这是闫庄第一次在代筱面前提起她父母，代筱一时有些呆愣。

“休息了这么久，你也该收拾一下心情开始工作了，去远一点的地方工作我不是很放心，我在咖啡厅旁边盘了一家小店面，稍微装修了一下，改成了一家奶茶店，现在正缺人手，你要不要去那里工作？”

代筱筷子上还夹着一片土豆，踌躇了半晌：“好。”

闫庄嘴角翘了翘，男人明朗的脸和窗外的阳光一起，照进了代筱漆黑一片的心里。

代筱的效率很高，第二天一大早就洗漱好了，准备出门却发现闫庄从对面出来，她有些惊讶：“你昨天住在阿远这里吗？”

闫庄摇摇头，噘了噘嘴，轻哼一声：“我在这里都住了很久了。”

代筱一愣，跟在闫庄身后，看着他宽阔的背影，他似乎是继承了外国的血统，生得格外高大，那脊背就像是撑起她心里废墟的山壁石柱，不知不觉成了她的依靠。

奶茶店显然和咖啡厅不一样，屋里的装修是暖色的，弥漫着牛奶醇厚的香气，比起咖啡多了不少温暖和柔软。

“咱们用牛奶，一点点戒掉咖啡和酒精，好不好？”闫庄带了一杯鲜奶递给代筱。

代筱接过，轻抿一口，上唇沾上一圈奶白：“好。”

得到肯定的回复，闫庄笑得满足，代筱望着他，突然垂下眼睛，长长的睫毛轻轻颤动。

8

代筱的姑姑有些担心侄女真的有了什么心理问题，言语间时不时透露着让她多去看看心理医生的意思。代筱觉得自己的状态正在好转，对姑姑实在有些无奈，拒绝了几次，姑姑也就没再说什么。

某日，姑姑突然给代筱打了电话，让她周末到咖啡厅去见一个人，也不说什么理由。好巧不巧，约的正好是闫庄的咖啡厅。周六中午，代筱从奶茶店过去，姑姑约好的人已经在咖啡厅等着了，就坐在最显眼的那个位置上。

闫庄正在吧台后面拉花，他最近收了个徒弟，教人家煮咖啡、拉花，准备多腾些时间去陪代筱。他还没来得及和代筱打声招呼，就看见她坐在了一个男人对面。

那男人也算是面目清俊，文质彬彬，点了一杯黑咖啡：“你好，代小姐，我是刘承。”

代筱着实有些摸不着头脑，姑姑也没说见这个人干什么，只说让她务必去见一面："你好，刘先生。"

刘承喝了一口咖啡："这里的咖啡味道很不错，你喝什么，我帮你叫。"

"不用了，我不喝咖啡。"她答应过闫庄，要戒掉咖啡，"不知道刘先生找我是为了什么事情？"

"看来代阿姨没跟你说清楚，我今天来，是来和你相亲的。"刘承觉得代筱懵懂的模样很是可爱，说着就笑了起来，似乎很满意。

"相亲？"代筱却无异于被一道惊雷劈中，无论如何也没想到姑姑会来这招。

她的声音拔高了几个度，在吧台后面的闫庄手下一个用力，一杯咖啡拉花就这样被毁了，他脸色猛然沉了下去，抬眼看向那个男人，一向清亮的眼睛眯了起来，死死盯着那人。

代筱抬起手摆了摆："肯定是搞错了，刘先生，我没想过相亲的事，我也不知道我姑姑会做这事。"

刘承也不恼："那现在想想也不迟。"

吧台后面，小徒弟就看着闫庄手下的那杯咖啡，被毁了个不成样子。突然，闫庄一松手，手里的拉花针落到桌面上，发出细小清脆的声音。

他从吧台后面出去，面上表情十分耐人寻味。他平素是没什么气场的，为人温和，平易近人，没想到，这人认真起来，活脱脱一个霸道总裁。

闫庄自顾自地往代筱身边一坐，右手随意地搭在她身后，凑过去跟她说话："怎么来了客人你也不跟我说一声。"

代筱越发呆愣："什……什么？"

近来她越发沉稳，这样茫然的模样几乎见不到，和当初那个在夜里点外卖的姑娘截然不同。此刻看见她懵懂的模样，闫庄心里突然就热了起来，这个小姑娘啊，不知道什么时候住到了他的心尖尖里，他怕她受委屈，怕她伤心难过，他多想把她养回当初的样子。

闫庄刮了刮她的鼻子，转头对刘承道："我也不知道筱筱今天有朋友过来，这杯咖啡就算我们请了，中午一起吃个便饭吧。"

刘承是心理学的专家，何其精明，眉毛轻挑："不用了，我还有事，老板以后可要看好你家这招人喜欢的小姑娘。"

"当然。"

男人过招不过三言两语。刘承起身离开，出门的时候，回头看了一眼，门后一盆大盆栽斑驳的枝叶间，隐约可见代筱正被闫庄压着亲吻，他暗道："也算我做了一件好事。"

代筱被这个莫名的吻弄得面红耳赤，只觉得今天过得十分玄幻，却又突生一种异样的感觉，那是自父母离开后，第一次触手可及的真实感，仿佛一颗心离开土地后，漂泊了一段时间，终于找到另一片土地，被一双手稳稳接住，然后放在这片土地上，被护着安然扎根。

闫庄还在轻轻喘着气："我本来还想等一段时间的，现在看来，可不能再等了，再等就要被人挖墙脚了。"他贴着她说话，两人唇瓣轻轻碰撞。

代筱咬了咬下唇，抬手环抱住闫庄的腰，把脸贴在他的胸口之上，心跳渐渐趋于同一频率，充满着安定和满足。

闫庄抱着代筱，又想起了第一次见面那天晚上，那时的她还是父母掌心的珍珠、眼里的瑰宝，生活无忧无虑，就像没长大的孩子，依然天真烂漫。

他总是会想到那一夜的她，和之后的失魂落魄截然不同。他自此有了一个心愿，想让她继续无法无天，继续娇生惯养，想让她永远生机勃勃，一如她父母在时那样。

小剧场

代筱的头发已经长得很长了，松松散散地披在肩膀上。其实她不适合中长发，她就适合当初那一头毛茸茸的短发，衬得整个人神采奕奕的。

代筱原本是想把头发留长，闫庄却坚持要带她去剪短，两人争执不下。最后，代筱还是被闫庄拖出去剪头发了，交换条件是接下来一个月的抹茶切片蛋糕。

闫庄带她去了一个好友的工作室，是专门做造型的地方，让好友给代筱剪个短发。

好友是个十分妖娆的男人，纤细修长，扭着胯，十分嫌弃地拎着代筱的头发，从里到外吐槽了个遍，什么发质枯黄、蓬松、又软又细，然后大手一挥："行，你出去等吧，我来给她剪个最适合她的发型。"

闫庄乖乖去了外面的休息室等着。可最后，他等来的，却是代筱一头狗啃了似的短发，那刘海参差不齐，鬓角留得一边长一边短，怎么看都是个非主流，十分辣眼睛。

闫庄气得脸色铁青，按着好友，硬是拿剃头刀把好友左边的头发剃光了才罢休。

好友顶着一个阴阳头，看着镜子里的自己，突然两眼放光："闫庄啊，我以前怎么没发现你这么有才华，你看这发型，太有味道了。"

闫庄呼吸一窒，带着代筱就往外走。

4、二十四番花信风·春分

春分：斗指壬，太阳到达黄经0°。春分日太阳在赤道上方，这是春季九十天的中分点，这一天南北两半球昼夜相等，所以叫春分。

二〇一七年三月二十日，农历二月廿三，丁酉年，癸卯月，丙午日，春分。

〔第四番〕不知所起

1

“哎，书黎，下午去系里听讲座，你别忘了啊，来的可是优秀校友呢。”

校图书馆二楼最角落里，坐了两个女孩，喋喋不休的那个穿着一件黑色的小机车夹克。坐在她对面的姑娘，一头清汤挂面似的长发，身上一件薄荷绿的休闲外套，她一直低着头看书，偶尔抬头看一眼说话的人。

导师老田一个电话突然打了过来，让书黎去办公室拿一份文件，然后送到系里的贵宾接待室，路上顺便带一盒纯牛奶过来。

图书馆离学校超市有些远，书黎路上扫了辆自行车，踩着去超市买牛奶。

老田就站在系门口，着急忙慌地来回踱步，远远看见书黎骑着自行车过来，赶紧往前走了两步，冲她使劲招手。

“田老师……”书黎气还没喘匀，老田就往前一步拉着她往里走。

“等你半天了，今天说是让顾淮琛回来做讲座，其实是明锐想招实习生，让顾淮琛回来帮着看看，我让你过来，就是让你一会儿好好表现，能进明锐实习，那可是大好的机遇。”

后来很久，书黎每每想起这天，都感到莫名好笑，因为她在贵宾招待室里看见了一个熟人。顾淮琛啊，又见面了。

书黎推开门看见他的那一刻，先是一愣，然后很不厚道地笑出了声。

顾淮琛彼时正在低头看文件，听见一声轻笑，抬头看去，入眼是一张清浅的笑靥，那人正好站在窗外透进来的阳光里，整个人都散发着暖融融的光晕，左颊一颗极深的梨窝，平添几分甜美。

顾淮琛脸色一僵，缓过神来的第一反应，是一如既往地冷凝着眉眼，可若是细细看去，那双漆黑的眼瞳下面，有一丝窘意和尴尬。

是了，是她。只是他没想到，会在这里见到她，冤家路窄大约就是这个意思。

书黎下意识摸了摸手机，勉强把脸上的笑意压了下来。

两人第一次见面是在两个月前，那时，顾淮琛刚搬到博御花园 A 座。

小区附近有一家菜市场，书黎父母就是那菜市场里的鱼贩，因为一直以来上秤老实，价格实惠，鱼也新鲜肥美，在周围打出了名声，都知道要是买鱼，就该去菜市场 B 区十一号，那是书黎家的鱼铺。

顾淮琛搬到博御花园不久，周末起了大早到菜市场买菜，女朋友爱吃鱼，他便特地去找了这家有名的鱼铺，那时候守摊的正是书黎和她妈妈，两人忙得不可开交。

于是第一次见面，顾淮琛在书黎那儿买了一条鳜鱼。顾淮琛还记得书黎手起刀落杀鱼时的粗暴，单薄的身形莫名生出一股凛冽的杀气。几乎不用格外费心，他一眼就记住了这个杀鱼的姑娘，看上去温顺柔弱、文文静静的，动作却威风凛凛、杀气腾腾。

每周六清早，顾淮琛是一定要去菜市场买一条鱼的。而书黎每周末只要在家，就会去鱼铺帮忙，两个都是人群里极扎眼的存在，一来二去，即便从来没有说过什么话，也能够记住对方。偶尔相视，点个头就算打招呼了

其实两人并没有过多的交集，也并不熟悉。可当下两人对视的那一刻，电光石火间冒出的信息量着实有些大，连老田都察觉出了一丝不对劲，他可没想到这俩人竟然认识。

书黎眼底含笑，勉强绷着脸，乖乖站在老田身后。想了想，她还是从口袋里摸出了手机，冲着顾淮琛晃了晃。顾淮琛眉心一皱，不自觉就要往前走两步。

老田疑惑地回头看了一眼，只看见书黎垂着头安安静静地站着，他目光在两人之间来回扫视，默默脑补了一出大戏，这么一合计，笑得见牙不见眼。他听说前段时间顾淮琛被甩了，正好，要是能把他俩凑一对，也算是做个好事。

“你们聊，我还有事，先回办公室一趟啊。”老田脸上的褶子都快笑没了，

又回头冲着书黎挤眉弄眼，走的时候还很贴心地把门给带上了。

顾淮琛看见老田走了，赶紧往前走了两步，停在书黎跟前，压低了声音："你还没把视频删掉？"

书黎扑哧一笑，轻轻摇了摇头："这么好笑的视频怎么能删了呢，放心放心，我不会给别人看的。"

视频这事，还要从半个月之前说起。

2

半个月前，书黎还没开学，实习也已经结束了，她就每天专心在家里的鱼铺帮忙。周六早晨依照惯例，八点左右，顾淮琛来到鱼铺买了一条鳜鱼。

一共是五十九块八，顾淮琛那日似乎很赶时间，递了六十块钱给书黎，没要找来的两毛钱就直接走了。

书黎也没有太在意，因为这平日里的生意买卖，一毛两毛的事，人大多也不计较，有时候是他们把零头给人家抹了，有时是人家加上一两毛凑个整，书黎家还会附赠一小把葱。

可到了第二天晚上，书黎就恨不得把那两毛钱塞回顾淮琛嘴里。

第二天一早，书黎和唐心出门逛街。一直逛到了下午五点，拎着大包小包，随便找了家安静的餐厅吃饭，可好巧不巧，相隔不远，书黎一眼就看见了顾淮琛。

顾淮琛对面坐着一个女人，长发如瀑，偶见几寸肌肤，白皙胜雪。

座位之间隔得有些远，书黎根本不知道那边究竟说了什么，只看见顾淮琛猛地站起身，脸色铁青，垂在身边的手攥成了拳头，转身头也不回地走了。

有时候脑洞太大也不是好事，分分钟脑补一出狗血大剧。整个晚上，书黎都深陷在自己疯狂的脑补里无法自拔，各种狗血情节想了个遍，连唐心说要和老肥订婚的事都没听见。

书黎穿着一双带着小猫跟的尖头小皮鞋，拎着大包小包，着实是累着了，走在路上跌跌撞撞。在回家的小巷口遇上一个身形飘忽的醉汉，她被狠狠撞了一下，一个重心不稳，两个人摔到了一起，醉汉还给书黎当了一回肉垫。

她只听得身下的人倒抽一口凉气，"哎哟哎哟"地直叫唤。

浓重的酒精味扑鼻而来，书黎手忙脚乱地站起身，还没来得及捡起散落一地的东西，一眼就对上一张面色酡红的醉脸，两眼迷蒙，泛着血丝，是顾淮琛。他还穿着从餐厅出来时的衣服，在地上滚了两下，沾染了灰尘和污渍，软绵绵瘫倒在地上，嘴里嘟囔发出模糊的声响。

书黎蹲下身，拍拍他的脸："喂，喂……"

顾淮琛觉得自己一半混乱一半清醒，身体不受控制，意识胶着成一团乱麻，他挥开在他脸上作祟的手："干什么，别打我，小心我揍你。"

"你还揍我，能站起来就不错了，喂，你家在哪里？我送你回去。"书黎懒得理他，弓着身子把顾淮琛从地上架起来，"看着精瘦，怎么这么重，你吃了秤砣吗！"

"秤砣？那是什么？好吃吗？"

书黎两眼一翻："还真的醉得不轻。喂，你睁开眼睛看看，你认得我吗？昨天早上你还来我家买过鱼的，你记不记得，我现在送你回家，你家在哪儿？"

两个人踉踉跄跄好不容易在路边找了把行人椅，就这么一小会儿，书黎已经累得不行了，捶着腰直喘气。顾淮琛凑过来看她，半眯半睁的眼睛在书黎的脸上扫视，然后突然打了个酒嗝，差点没把书黎给熏晕过去。

"你，你……我认得你，昨天早上你多收了我两毛钱，奸商……我不要跟你玩……"顾淮琛撑着膝盖的手一软，差点又栽到书黎怀里。嘴里还絮叨个不停，"我就知道，你和那个出租车司机一个样子，我刚刚……嗝，我从酒吧出来打车，到家明明只要四十块钱，可他收了我八十，你说，你说他凭什么收我八十？我要去找他好好算算……"

书黎怒了，一把拉住顾淮琛："你说清楚，谁多收你两毛钱，谁稀罕你那两毛钱啊！"

她从包里把钱包掏出来，抽出二十块钱往顾淮琛怀里一塞："你说我多收你两毛钱，行，我现在还你二十，拿好你的钱，滚滚滚，以后我不做你的生意了。"

书黎说完起身把大包小包一拎，转身欲走。

顾淮琛先是呆愣愣地看着怀里的二十块钱，然后看看书黎离开的背影，突然两手在膝盖上拍了拍："怎么连你也不要我了……"说着大约是把自己委屈到了，他竟然哼哼唧唧哭了起来。

书黎脚步一顿，咬牙往前走了两步，只听见身后那人哭得越发凄惨，老大一个男人也不嫌寒碜，她叹了口气，跺了跺脚又回去了，坐在顾淮琛身边，伸手戳了戳他的肩膀："喂，别哭了。"

顾淮琛嗓子眼一堵，打了个酒嗝，安静了下来。

还没安静两秒钟，书黎就觉得有人在拉她的衣角，顺着看过去，入目是顾淮琛湿漉漉的眼睛，沾了泪水显得越发漆黑，他认真地看着她："想不想听秘密……"

"我跟你说，我家对面有个老太太，前两天去把头发染成了红色……"他神秘一笑，"像个火鸡，她还老去小区广场那儿跳舞，每天我回来，嗝，一眼就能看到她。"

"还有还有，昨天我听到楼下那对夫妻吵架……原来那家男人的儿子不是他的。"说着他用手在头顶画了画，"头顶绿云，哈哈哈，当然选择原谅她啊……"

笑了半天，他突然又是一阵惆怅："唉，同病相怜，我差点喜当爹，我对她那么好，嘤嘤嘤……我真的好生气啊……"

书黎见他假哭，把衣角一把抽回来："好好说话！"

顾淮琛嘴角一撇："你凶我！你是坏人！"顿了顿，他又说，"我听话，我唱歌给你听好不好……"说完也不等书黎回应，他兀自唱起歌来，《两只老虎》唱得可开心了。

书黎被他滑稽的模样逗笑了，她还记得平日里顾淮琛来鱼铺买鱼，长身玉立，面色清冷，言行举止都是一派精英范，没想到喝醉了竟是这副德行。

她想了想，掏出手机对着顾淮琛录起像来。

顾淮琛情绪不稳定，一时哭一时笑，喋喋不休了大半宿，既不让书黎送他回家，也不让书黎离开，就拽着她，两个人在深夜的巷口，一个闹一个笑，竟让人觉不出一丝违和感。

深夜，顾淮琛终于耗尽了他的洪荒之力，瘫倒在长椅上，迷迷糊糊吵着要睡觉，书黎没办法，只能送他去最近的宾馆开了一间房，就让他那样在宾馆里睡了一夜。

也许是因为闹了许久，酒气有些散了，顾淮琛睡前看到一个纤瘦的身影，坐在床边喂他喝水，拧了毛巾给他擦脸，然后关灯。一片漆黑里，他听见一声温柔的"晚安"，然后是轻轻的关门声，世界终于安静了下来，困意袭来。

3

次日醒来，自然是头痛欲裂，他已经不记得昨夜做了什么，只觉得四肢都酸软发疼，好似和人打了一架。他盘腿坐在床上安静地回忆了一下，可无论他怎么回忆，都只记得入睡前的一个背影，似乎还有一股清甜的茉莉香，是谁呢？

顾淮琛揉揉额角，翻身下床，只觉得一阵天旋地转，胃部传来一阵灼烧似的疼痛。他有胃病，向来都很折磨人。他惨白着一张脸打车去了医院，从口袋里摸出一张皱巴巴的二十元纸币，带着微潮的湿气和淡淡的鱼腥味。

从医院挂完水，拎着药回家的时候，顾淮琛特地去了一趟菜市场的鱼铺，打算买一条鱼熬点汤给自己补补身体，孤身在外，他答应过母亲无论如何也会照顾好自己，不让母亲担心。

有三两孩童，放着一只燕子模样的风筝，在小巷里跑来跑去，细细的渔线牵引着那只高高飞起的燕子，笑声在逼仄的巷子里回荡，他们嬉戏打闹，亲密无间。

“书黎姐姐扎的风筝真好看，还能飞这么高……”小男孩挂着两管鼻涕，笑得灿烂，露出缺了门牙的嘴。

顾淮琛仰头看了看，天空高远，一只藏青色的春燕在空中飘着，这么远远看着，竟觉得栩栩如生，他不由得对那小孩口中的“书黎姐姐”佩服不已。心灵，才会手巧，灵气源于内心的干净。

顾淮琛刚走到鱼铺前，就听到一道极其熟悉的声音，和周围杂乱的声音尤为不同，那人正在唱着歌，曲调已经跑得不成样子了，还时不时破个音。

他顺着声音的出处看去，只见一个纤瘦的背影，坐在鱼铺里面的小凳上，背对着他，长发拢起扎成一束低马尾，露出光洁纤细的脖颈，线条圆润优美。

好奇心顿起，顾淮琛走了两步，伸过头去看，这一看差点没栽倒在鱼铺的摊上，如果他没有眼花，那个姑娘手机里正在播放的视频，那个手舞足蹈撒着酒疯的人，似乎是他自己！

书黎咬着手指，低声笑着，左颊的梨窝深深地凹陷进去，回头看了一眼鱼摊，却对上顾淮琛冒着火星的眼睛。大惊之下，手忙脚乱按了暂停，把手机收进兜里，她咽了两口口水：“你好，要什么鱼？”

她穿着一双套鞋，身上系着墨绿色的塑料围裙，脚下的地上还蔓延着淡淡的血渍，站在这一片混乱里，她却像一株浅淡的清荷，亭亭玉立。

不过顾淮琛此刻可没心思欣赏，他只觉得脑仁一跳一跳，气得发疼，胃又隐隐作痛，抬手指着书黎的手机，咬着牙问道："请问你拍的是什么？"

书黎面色尴尬："就……就搞笑视频啊。"

"删了！"顾淮琛这两日过得不顺，心情正是最糟糕的时候。

书黎眉心一皱："不删！这是我见义勇为的报酬……"

顾淮琛一愣，脑子在电光石火间把印象里昨夜那个背影和刚刚看到的她的背影重叠起来，原来是她。心里一时复杂起来，他既感激她昨夜把他送到了宾馆里，还对他稍加照顾，又恼怒于自己撒酒疯的模样竟然被这个女人录了下来，一下竟不知道该说什么才好，转身就要走，却被书黎叫住："喂，这个给你。"

顾淮琛转身，看见书黎递给他一个塑料袋子，袋子里装着一条肥嫩的鲫鱼。

"这个拿回去熬汤喝吧，昨天喝成那个样子，今天肯定难受。"书黎把鱼递给他，然后抬眼看他，"你前天早上买鱼多给了两毛钱，我已经还你了，加上这条鱼，利息也该还清了。"

顾淮琛脚下一个趔趄，他昨天晚上究竟跟她说了些什么？

后来，顾淮琛去买鱼却再也没见过书黎了。他偶然听到菜市场里几个摊贩老板唠嗑的时候提到，书黎的母亲说她已经回学校上学了，原来还是个学生。

4

半个月不见，脱去围裙套鞋的她，长发披肩站在他面前，低眉流转间温柔小意，乍一看差点认不出来。可眼底狡黠犹在，像只充满灵气的小狸。顾淮琛对上了"书黎"这个名字，而这个名字在他的脑海里早已和小巷里高飞上天的那只春燕风筝联系在了一起。原先是不知，如今知晓了，他心里却莫名生出一个想法，是她的话，合该有那样的灵气。

书黎拖了一把凳子，一屁股坐下，从书包里翻出一个橘子，优哉游哉地剥了皮，分出一半往顾淮琛的方向递了递："吃吗？"

顾淮琛板着一张脸，没好气道："不吃。"他还是有些别扭，到底没有接过来，转开了眼睛，别扭地转开话题，"老田跟我提过很多次，说你很优秀，想让你进明锐实习。"

“嗯，他跟我说过，但是明锐这种公司，不好进吧。”书黎把最后一瓣橘子塞进嘴巴里。

顾淮琛抿了抿嘴巴：“明锐更注重灵活，把书本上的东西用到实际案例里进行操作，结合实际情况得出现实结果。”

书黎呲呲嘴，冲顾淮琛重重地点了头。

下午的讲座，书黎临时被学生会的本科生拉出去做活动，就没去，唐心坐在会议厅里，偷偷给书黎发消息：“精英！精英！难怪老田这么夸顾淮琛，他就这么一站，我觉得整个磕碜的会议室都亮堂了几分。”

书黎手指在屏幕上动了动，原本是想附和唐心夸两句，可只要一想到顾淮琛醉酒之后的模样，她真的是没法把这人往“精英”两个字上面靠，闷闷笑了起来。

明锐的实习生招聘在五月，书黎投了网申，等了将近半个月。这天她正在给老田的一个项目做操盘实验，中途接到来自明锐人力资源部的电话，通知她下周一去明锐本部进行第一轮笔试，笔试时间是上午十点到十二点。

顾淮琛一早就知道书黎要来公司实习的事情，他绝对不会承认自己特地跑到人力资源部看过这一期实习生的简历。简历上，书黎的照片格外显眼，红底白衬衣，乌黑的长发拢在耳朵后面，露出一张完整的清秀的脸，微微笑着，梨窝深陷。

他看着这张普通的寸照，想起醉酒的那个夜里，迷迷糊糊中看见的那个鹅黄色的纤瘦背影。对书黎，顾淮琛的感觉总是很复杂，用四个字来说，约莫是，爱恨交织。他既感激她在那天晚上的帮助和照顾，又懊恼于在她面前露出醉酒后最不能见人的那一面。

她进明锐实习，问题并不大。他找老田要过书黎的成绩单、论文，还有做过的一些项目。不得不承认，她是真的很优秀，专业能力相当出色，也难怪老田那样重视她。

很巧，笔试那天早上书黎在电梯里遇见了顾淮琛，他侧头看了她一眼。分明只一双冷淡的墨色眼瞳，书黎却偏偏觉得，他似乎是在给自己……加油。这感觉来得十分突然和奇怪，可她没来由地无比确定，原本稍稍提着的心瞬间就稳稳落在了地上。

笔试很顺利，她甚至提前二十分钟交了卷，从考场里出来。

“最后一道题的答案是什么？”

身后突然传来一道男声，书黎条件反射地转头去看：“你躲在这里做什么？吓人啊。”

顾淮琛手里拎着一杯果汁，递给书黎，又问道：“最后一道题的答案是什么？”

书黎接过果汁，吸了一大口：“八十。”

“你确定？”

“运算量虽然大，但是对我来说不算什么，我确定是个整数，八十。”书黎甩了甩脑后的马尾，面上一派自信。

她今天穿了一件鹅黄色的连衣裙，此刻脸上带笑，站在走廊上，顶上是玻璃天窗，五月的暖阳从上倾泻而下。不记得是谁说过，自信的女人总是格外耀眼。

无论是此刻站在明锐大楼里的书黎，还是两个多月前，站在混乱鱼铺的书黎，她脸上的笑始终没有变过。

顾淮琛从来没见过这样的女人，旁人流于表面的自满和骄傲，永远没有她发自内心的自信来得引人注目。

5

面试进行得无比顺利，书黎以绝对的优势进入了明锐。

可她原本应聘的职位是操盘手，接到通知的时候，却被告知成功竞聘上了精算师助理一职，她就这样莫名其妙地成了顾淮琛的助理。还没等她问个明白，对方的电话就挂了，留下书黎一脸黑人问号，和老田面面相觑。

去公司报到的头一天晚上，书黎突然接到了一通陌生来电。

“收拾好行李，明天早上八点在巷子口见面，去邻市出差一周。”来人也不自我介绍，上来就是一通话。

书黎一头雾水，沉默半晌终于开口：“你是谁？”

这下轮到对方沉默了：“我是顾淮琛。”

电话被挂了，书黎摸摸下巴，思忖了片刻，觉得顾淮琛真是个谜一样的男人，都说女人是书，读不懂读不透，可她怎么觉得顾淮琛才是书呢？还是一本《十万个为什么》。

他平日里一副面瘫模样，高冷精英范端得特别正，可喝醉了就像个小狗似的，又是撒娇又是闹腾，现下偶尔让他不爽了，他还能给你闹个别扭发个脾气。

老话说千人千面，可他分明是一人千面，有够复杂的，却无端生出一种萌感。

第二天，书黎起了个大早，拎着一袋小笼包，坐在自己的行李箱上，一口一个吃得正香，远远看见顾淮琛拖着箱子走过来，她拿着筷子随意挥了两下。

“吃早饭了吗，要吃包子吗？刘婆家的小笼包很好吃。”书黎把还剩两个小笼包的袋子往顾淮琛那边递了递。

“不用。”话音刚落，肚子就响了起来，顾淮琛一张俊脸黑了个透。

书黎把两个小笼包往顾淮琛手里一塞：“吃吧吃吧，我又不嫌弃你。”

说完她拖着箱子大步往前走，顾淮琛跟在身后一头黑线，你不嫌弃我，我嫌弃你好吗？

目光落在前面的背影上，格子衬衣牛仔裤，简单大方，灵气逼人，他不自觉收回眼神，低头看了看手里用塑料袋包裹的两个小笼包，蘸着红色的酱料，香气缓缓而上。

顾淮琛夹起一个放进嘴里，朴实的味道，就像从前母亲的手艺。

他离家多年，一步一步走到今天，学会了品红酒，学会了打高尔夫，学会了参加宴会，学会了西装革履，有一群财力惊人的朋友，交了一个大家闺秀作女友。可不知是什么时候，他竟忘了年少时最喜欢的那一份质朴和真实。这一路太残酷，把他的心千锤百炼，此刻却化在了一个小笼包上。

能在污秽里笑，亦能在光芒里昂首；能在鱼铺里杀鱼，亦能在会议厅里舌战群雄。那个叫书黎的姑娘，本心可贵。

6

书黎发誓，只要她在，绝不允许顾淮琛再喝酒，因为真的太难应付了，简直心力交瘁。

出差一周，最后一天晚上，顾淮琛带着书黎出席一场饭局。

原本这种场合，顾淮琛是从不出席的，可偏偏这次，他正好在邻市，公司两手一拍，决定不另外派人过去了，顾淮琛不得不硬着头皮接受。书黎作为助理，自然也是要跟过去的。

席间，给顾淮琛敬酒的人不少，他不喝，人家觉得他不给面子；他喝，醉了之后又会撒酒疯。真正是进退两难。

书黎眼观鼻鼻观心地坐在一边，安安静静当石膏像。可那些浸淫此道数年的人，怎么可能放过她，嘴上把她夸上了天，端着酒就要来劝，书黎推拒一二，却还是被人缠住了，恐怕是不得不喝。

她伸手去拿酒杯，却被顾淮琛一把按下，他的手心因为喝了酒而变得滚烫，压在书黎的手背上，几乎灼痛了她那方寸的皮肤，“我替你喝。”他说着一杯下肚。

旁人一阵起哄，场面一发不可收拾。

书黎拉拉顾淮琛的衣角，小声道：“别喝了，小心喝多了又撒酒疯。”

因为酒精的关系，顾淮琛双眼好似蒙上一层水雾，湿漉漉地望着书黎，眼瞧着状态有些不对劲，书黎心中警铃大作。她突然暴起，一把拉过顾淮琛，对众人道：“我们顾总醉了，我得送他回去了，回去了。”

书黎拉着他就往外走，拿出了她在鱼铺杀鱼的气势，竟有一种一夫当关万夫莫开的豪迈，吓得众人一愣，就那样眼看着书黎威风凛凛地拉着一个大男人，大摇大摆地从饭局上离开了。

幸亏走得早，一出酒店，顾淮琛酒劲就上来了，抱着书黎一个劲地蹭，书黎推了两把，他还抬起头，冲她叫了一声：“喵……”

书黎只觉得一股麻意从尾椎骨一路蔓延上来，鸡皮疙瘩起了一身。

“别闹别闹，我拿车钥匙，乖，咱们回去啊。”书黎一边把顾淮琛从她身上扯下去，一边掏出车钥匙去开车。幸好她前年拿了驾照，不然这会儿还真不知道该怎么回去。

这一路上，顾淮琛在后座上又唱又闹，没个消停，书黎脑仁都给他闹疼了。好不容易一路回了酒店，他就那么黏在书黎身上，跟个牛皮糖一样。

“下来……”

“不！”

“不下来我就打你，打你了哦！”

一番对话顾淮琛油盐不进，还不如让书黎去哄一个三岁的孩子。

“公司赵总的头发是假的，我告诉你，他其实是个半秃，嗝，我有一次看见他在洗手间里把假发拿下来过。”顾淮琛舔舔嘴，竖起一根手指，“嘘，不能跟别人说啊，说了赵总要打人的。”

“哦。”

“前台小杨的男朋友真难看，蒜头鼻，厚嘴唇，真不知道小杨怎么看上他的。”

“哦。”

“食堂李大妈太小气了，每次就给我打那么一点点饭，我都吃不饱……”

“哦。”

房间里场景十分诡异，顾淮琛拉着书黎的衣角，书黎一脸生无可恋地坐在床边，只觉得耳朵发麻。

好不容易熬到顾淮琛瞌睡来了，打了个哈欠，咂咂嘴往床上一倒。书黎就像是终于解放了一样，跳起来就要走，却忘了衣角还在顾淮琛手里紧紧攥着。她屁股刚离开床，就被一股力量一拉，狠狠往床上一摔，正好摔在顾淮琛胸口，压得他两眼猛地一突，脖子上青筋毕露。

她慌了手脚，连忙爬起来，俯着身子凑过去，拍拍顾淮琛的脸：“没事吧，啊……”

顾淮琛狠咳两口，唾沫星子都要溅到书黎脸上了，大手拉着衣角，一拽，人翻了个身，书黎就这样被迫栽倒在他身边，一条粗壮的大腿毫不客气地搭上了她的腿，把她锁得紧紧的，动弹不得。那张俊俏的面皮近在咫尺，书黎抬头差点蹭上顾淮琛的鼻子。

顾淮琛眼皮睁了睁，复又闭上，轻声呢喃了一句：“臭丫头，蔫坏。”

温热的气息带着酒精的味道轻轻喷洒到书黎的唇瓣上，她只觉得热气从那一小块皮肤瞬间蔓延至四肢百骸，她贝齿轻咬下唇，梨窝深陷，好似被那浓郁的酒香熏醉了。她眨眨眼，抬起手伸出食指摸了摸顾淮琛的眉毛，情愫终于从眼角眉梢倾泻出来：“顾淮琛……”

7

书黎第一次见顾淮琛，是在大二那年。

百年校庆，顾淮琛作为优秀校友受邀回母校做演讲。彼时书黎就坐在大礼堂的最后一排，手里拿着一个黑色皮质的笔记本，翻开第一页，上面铁画银钩写着“顾淮琛”三个字。

那是一个很普通的笔记本，里面写着各种题型、各个知识点在实际情况中的应用和技巧，字里行间还有他的总结和心得。

这个笔记本是老田给她的，那时候老田还只是书黎的专业课老师，却早早看出了书黎的天赋，一心想要重点培养，甚至想把她教成第二个顾淮琛。于是他把这个笔记本送给了书黎，希望能对她的学业有所帮助。

可谁又会想到，这个笔记本的确帮她解决过很多难题，可在这个过程里，她竟然对笔记本的主人产生了莫大的兴趣，甚至有一种说不出的情愫。

她日日都把笔记本带在身边，揣摩“顾淮琛”在写下这些东西的时候的想法和心境。思维敏捷，条理清楚，逻辑顺畅，单从才情来说，顾淮琛就是一个极吸引人的男人。

书黎第一次有了偶像，她拼了命地努力，只希望有一天，能配得上做“顾淮琛”的粉丝。

说起来像个笑话，书黎竟然爱上了一个从未谋面、只能通过笔记本来探寻的男人。而这个男人，某天突然出现在了大二的书黎的生活里。从此，一见如故，一见，钟情。

顾淮琛醒来的时候，依然头痛欲裂，醉酒后的第二天永远都是相同的感受。

他想抬手揉揉太阳穴，才发现手臂被一个人的脖子压着，那人窝在他怀里睡得正香。嘴唇微张，左颊的梨窝若隐若现。

他突然大惊失色，僵硬着身体不敢动弹，闭了闭眼睛，用力回忆昨夜的情景。毫无意外，依然和上一次一样，只记得最后的一幕。他把书黎揽进怀里，睁眼看了看她，然后心满意足地闭上眼睡觉。

怀里的人动了动，顾淮琛又睁了眼看着天花板，他应该推开她的，可他不得不承认，把书黎抱在怀里的感觉，简直好到无法用语言来表达。

他鼻尖有些痒，一个响亮的喷嚏突如其来，惊得怀里的人一个猛子坐起身来，顶着杂乱的头发，迷茫地看着他。顾淮琛也不敢作声，小心翼翼看着书黎。

书黎目光涣散，眼底有着淡淡的青黑，耸耸鼻尖，身子一歪，倒在床上又睡着了。

顾淮琛扯了扯嘴角，继而咧开嘴笑了起来，拿出手机对着书黎的睡颜拍了几张照片，脸上破天荒地露出了一抹狡黠，那神色充满年轻活力，是他多年不曾出现的模样。

重新开始一种生活，未尝不是幸事。

书黎觉得这一天十分诡异，在一向冷面的顾淮琛对她第二十七次露出微笑的时候，她搓了搓手臂：“你没事吧，喝酒喝坏脑子了。”一只小手伸过去，探了探顾淮琛的额头，却被大掌抓住，放在他的膝头。

书黎面色一红，挣了挣，想把手抽回来，奈何对方力气太大，她始终挣脱不了。

“书黎……”

书黎动作一顿，抬眼看着顾淮琛，她几乎要被溺毙在那声音里。

“别乱动。”

话音刚落，左颊的梨窝上轻轻落下一吻，好似羽毛拂过。那一刻，她听见心里的玫瑰，骤然盛开。

小剧场

实习期三个月，书黎依然带着那个笔记本，她在笔记本的后面订上了一沓白纸，把自己的总结和心得写上去。

这天下班，书黎赶着回家参加表姐的婚礼晚宴，急急忙忙地收拾了东西离开。等顾淮琛从办公室里出来，只看见一个黑色皮质的笔记本放在书黎的办公桌一角。

本子很眼熟，但似乎比记忆里那个本子要厚上许多。他伸手去拿，果不其然翻开就看见自己的名字安安稳稳躺在扉页上，只不过后面跟着书黎的名字，还画了一对憨态可掬的小人手拉着手，笑意从眼尾蔓延开来。

第二天书黎翻遍了整个办公桌，愣是没找到她的笔记本，急得像热锅上的蚂蚁，就差没哭出来了，撇着嘴，一脸紧张难过。

中午书黎进办公室叫顾淮琛吃饭，一眼就看见了自己的笔记本躺在他的办公桌上，摊开着。书黎眼睛一亮，箭步过去就要拿，却被顾淮琛一把按住。

“这好像是我的笔记本吧……”

书黎一噎，支支吾吾了半天：“可我，我也在上面做了笔记。”

“那也改变不了它是我的这个事实。”

书黎头一次觉得顾淮琛竟然这样霸道不讲理。

“要怎样才肯还给我？”她涨红了脸，那笔记本里还有她写的一些小秘密，关于顾淮琛，关于她的感情。

顾淮琛双手交叉放在桌上：“我一向不喜欢把我的东西借给外人用……不过，对自己人我还是很大方的。”

书黎一脸茫然，什么外人、自己人？

“我对我的女朋友，更大方，别说借，送给她都行。”

书黎脑中灵光一闪：“那我做你女朋友。”尾音还在嘴里，她才发现自己说了什么，脸颊涨得通红，抿着嘴，梨窝在唇边深深陷了进去。

顾淮琛轻笑，勉强压住上扬的嘴角，手指在桌上点了点，把本子往前一推：“喏，拿去吧。”

书黎红着脸，把本子往怀里一抱，欲言又止：“你……你的意思……”

“我的意思是，去上班吧，女朋友！”

书黎眼睛发亮，仔细看了看顾淮琛，然后咬着下唇退出了办公室，半晌，她又伸进一个脑袋，看着他，笑得傻乎乎的，然后关上了门。

顾淮琛转了转手里的笔，看着窗外渐热的阳光，笑了。

5、二十四番花信风•清明

清明：斗指丁，太阳到达黄经15° 。此时气候清爽温暖，草木始发新枝芽，万物开始生长。从前，在清明节这一天，很多人家都在门口插上杨柳条，还到郊外踏青，祭扫坟墓，这是古老的习俗。

二〇一七年四月四日，农历三月初八，丁酉年，甲辰月，辛酉日，清明。

〔第五番〕很高兴遇见你

1

“小姨妈，我要吃比萨，比萨，比萨……”

清明假最后一天，清晨六点，林宛白睁开眼睛，看着天花板发呆，四岁的外甥横趴在她的枕头上，对着她的耳朵单词循环。林宛白现在很后悔，为什么要答应姐姐把这个小魔星带回家。难得放假休息，原本林宛白都计划好了，周日出去逛街，淘一波新上市的春装，周一跟家人去扫墓，周二在家睡一天觉，好好休养生息。多么完美的计划，却栽在了最后一天。

封涵很调皮，简直就是个小魔星，林宛白带得很是心累，可偏偏每次他两只湿漉漉的大眼睛可怜巴巴地瞅着林宛白，她就很可耻地心软了。心一软嘴一松，那小魔星立马变了脸，上一秒可怜兮兮，下一秒兴奋得恨不得把林宛白家屋顶给掀翻。

就像现下，他一大早被尿憋醒了，自己跑到洗手间上了个厕所，然后闯进林宛白的房间，爬上床，把林宛白的床当蹦床使，蹦到林宛白转醒，他又凑到她耳朵边上念经。林宛白很绝望，看着天花板，一脸生无可恋。说好的假期，说好的睡一整天呢？简直是精神和身体的双重折磨。

“小姨妈，我想吃比萨……”

“闭嘴吧臭小子……”林宛白恶狠狠地瞪着这个小魔星。

奈何人家一点都不怕她，笑嘻嘻地露着他的牙。

“一大早吃什么比萨，中午带你去吃。”林宛白转头对着封涵龇牙。

封涵欢呼一声，乖乖坐到餐桌旁边吃早餐。

中午，林宛白果然履行承诺，带着封涵出去吃比萨。

虽然是清明，但因为假期，外面人潮汹涌，餐厅里人满为患。难得找了个空位，把封涵安置好，她准备起身去趟洗手间，往他手里塞了一个报警器，嘱咐他要是有陌生人跟他说话，或者对他做什么，就把报警器按响。最后林宛白叫了一个服务员帮忙照看一下孩子。

回来的时候，她看见封涵那小子对面坐了个男孩，男孩身后站着一个高大的男人，穿着棉麻质的衣服，裤子又大又松，头发剃到后脑，扎起一个小辫子。那男人双手插兜慵懒地靠着身边的墙壁，眼睛看着自家的孩子。

林宛白只看到了一个模糊的侧脸，正准备走过去，就听见男人弯下身子对那个孩子说：“咱们要回家了，跟你的好朋友再见。”

那孩子乖巧地点点头，从椅子上跳下来，冲着封涵摆摆手：“封涵再见。”

封涵挥舞着肥嘟嘟的手：“再见再见。”

林宛白回到座位上，转头看着那一大一小离开的背影，对着自家外甥道：“你跟谁说话呢？”

封涵眨眨眼：“是……我在幼儿园的新朋友呀。”

林宛白朝窗外看去，那孩子紧紧牵着男人的手，仰着头冲男人笑，软萌软萌的，看上去又乖又安静。

2

第二天一大早，林宛白比平时上班早起了两个小时，整个人跟游魂似的，给封涵穿衣服，洗脸刷牙，做早餐，然后送他去幼儿园。

清明过后，温度回升，早晨出来的时候还穿着一件小外套，现下太阳出来了，林宛白把外套脱下来搭在手臂上，准备去坐地铁上班。早晨八点是上班早高峰，林宛白被人潮推着往前走，好不容易挤进了地铁，却被全方位挤压，恨不得把她的肺都挤出来。

乘客沿途上下，林宛白好不容易逮着机会宽松了一会儿，拽着包往里挪了挪，脚下突然被什么东西绊到，往前一扑。

眼看她就要摔了，一只大掌突然伸过来，扶住了林宛白的胳膊。林宛白正低着头，看见扶住她的那人穿着一条卡其色的宽松麻裤，裤脚稍稍卷起，露出纤瘦精致的脚踝。那只手纤细修长，指节明显，掌心微凉，好似玉雕。

林宛白抬眼看去，只见那人肩膀上背着一个米白色的帆布袋，微驼着背，一手插进兜里，一手拿书，肩膀靠在地铁里的栏杆上，即便在这样混杂的人群里，也有着好似鹤立鸡群的干净气质。

林宛白站在他身前一掌距离，那人大约高出她一个半头，她只能仰着脑袋看他，感觉有些眼熟。那人头发全部掀到脑后，脑后的头发剃成了浅板寸，然后扎着一个小鬏鬏。

他突然对上林宛白的眼睛，又淡漠地把视线重新移回书上，林宛白正好瞥见了书名——*Designer' sDiary*。

林宛白就这么尴尬地站在男人身前，保持着这个窘迫的距离，还能闻见那人身上淡淡的洗衣液味道，柠檬味儿的。

男人比她早一站下地铁，林宛白只觉得大大地松了一口气，别看那男人就这么随意站着，可愣是有一种气场萦绕在他周身。林宛白被这气场包围着，着实不好受。

她没时间多想，下了地铁赶紧往公司赶，两腿走得跟踩了风火轮似的。

午休时候打了个电话到幼儿园，询问了一下封涵的情况，封涵在电话那头拽着老师，靠近电话疯狂地叫着“小姨妈”，林宛白觉得这孩子真是太闹腾了，对幼儿园老师油然生出同情。

幼儿园春夏季是下午五点放学，林宛白五点下班，因为送封涵去幼儿园的时候已经和老师打过招呼，所以从她下班到去幼儿园接孩子，要赶在五点半闭园之前。

林宛白草草收拾了一下包，一到五点就往外冲。依然是下班高峰，地铁站的情况没有比早上好多少，她就站在门口，紧贴着门，后面是拥挤的人群。

过了一站，她好不容易趁机松了一口气，对着地铁门外深呼吸两口，却见走进来一个人。那人往里挤了挤，刚好挨蹭着林宛白的肩膀。

这是这一天见的第二次面了。清晨清爽的柠檬香染上了烟尘气，但他依然比旁人清爽得多，就像干涸的鱼突然见到一汪清潭，林宛白不自觉地往那张清淡的脸上看去。

那人面容柔和，不同于阳刚的气质，让林宛白不禁想起一个词——“盐系男”。或许就是这种感觉吧？鼻子很高，有微微起伏的驼峰，反而少了凌厉，眼皮下沉，两排睫毛就像迷你的小羽扇覆在下眼睑上。喉结明显，嘴唇很薄，轻轻抿着。

那人似乎感觉到了林宛白的视线，掀了掀眼皮看过去。林宛白赶紧心虚地收回视线，拿出手机掩饰，半天不知道该做什么。

那人嘴角微提，并不显眼，林宛白也没有看见。

两个人在同一站下，然后前后脚出了闸机口，往幼儿园方向走。那人一直跟在林宛白身后，步伐不紧不慢，和他的人一般慵懒，双手插兜，闲庭信步。

林宛白拽紧了背包带子，加快了脚步。刚一脚踏进幼儿园大门，她就听见远远的一声“小姨妈”，喊得那叫一个声嘶力竭，然后那个小魔星跟个小炮仗似的一头撞进林宛白怀里。

林宛白身形比较瘦小，接不住超重的封涵，踉跄着往后退了几步，险些栽倒。

还是早晨在地铁里扶她的那只手，从后面稳稳地扶住她的胳膊，然后林宛白听见一声好似浸了酒一般醇厚的嗓音：“小心。”

林宛白还没反应过来，倒是封涵，箍着他家小姨妈的腰，伸长了脑袋往林宛白身后看去，两眼一亮，随即这小子冲着后面又是一声大叫：“陈彦川，你爸爸来接你啦！”

林宛白扶着封涵的两只胖胳膊站稳，往后道了声谢。

封涵扯着林宛白的手，指着背着小书包跑过来的小孩：“小姨妈，你看你看，昨天咱们还在必胜客遇到他了呢！我们是好朋友……”

林宛白这会儿听封涵提起，才想起来昨天中午在必胜客遇见的一大一小。林宛白有些诧异，转头看了看，昨天没看清，今天倒是明白了，那人看上去很是年轻，竟然有个四岁的孩子。

陈彦川乖乖走过来，牵过那人的手，叫了一声“爸爸”，然后转头看着林宛白，脆生生叫了声“阿姨好。”还鞠了个躬。

这孩子长得很漂亮，粉嫩嫩的，又软又萌，笑起来就像一只圆乎乎的小仓鼠。林宛白的姨妈心顿时软成一块棉花糖，她摸摸陈彦川的脑袋：“你好啊！”

那人挑眉，提唇笑了笑，然后抬头对着林宛白伸出手：“你好，我是陈彦川的父亲，陈允之。”

林宛白从封涵的怀里拔出一只手，轻轻握了握陈允之的指尖，依旧微凉："你好，我是林宛白。"

"小姨妈，小姨妈，我饿了，回家吃饭吧！"封涵吧唧吧唧嘴。

林宛白戳了戳封涵肥嘟嘟的脸颊："就知道吃。"然后她牵着封涵向陈允之父子告别。

陈允之也牵着陈彦川慢慢往回家路上走，一大一小的身影看上去格外和谐，却总让人觉得缺了些什么。

回到家，封涵突然爬到椅子上站着，凑到林宛白耳朵边上嘀咕："陈彦川好像没有妈妈，好可怜的。"

林宛白一愣，随即把封涵按坐在椅子上："给我好好坐着，人家家里的事你又不晓得，别乱猜，说不定是人家妈妈忙，你们没见过而已。你要喜欢跟他玩，就要好好照顾人家，不可以欺负他，知道吗？"

封涵挖了一大口饭："知道啦。"

3

第一周、第二周……林宛白已经连续半个月在地铁上遇到陈允之了，每天早上和下午都会遇到，从生疏到渐渐熟悉。

陈允之身上总有一种神秘感，像颗蜂蜜糖，总是让林宛白不自觉地去关注。

地铁日复一日地拥挤，一开始，林宛白总是被人潮挤来挤去，连站都站不稳，每次陈允之都会伸手去扶她。

到了后来，陈允之会在看见林宛白之后，不着痕迹地缓缓挪动位置，尽量把她护在身前，依然留出一掌的距离，不大不小的空间，礼貌而不失风度。

某次上班，陈允之穿了一件白衬衫，两人依旧在地铁里偶遇，站在同一节车厢里，列车拥挤，他们之间勉强隔着一掌的距离。地铁到站的时候，一个急刹，林宛白被人潮挤得颠来倒去，陈允之尚未来得及扶她，她突然一个趔趄往前一扑，扑到了陈允之怀里。她慌慌张张地后退，离开那个胸膛，可到底还是晚了，林宛白红色的口红印就这么醒目地印在了陈允之白衬衫的左胸口。

她气血上涌，看都不敢看陈允之一眼，就那么站在陈允之身前，长发隐隐遮盖着她的脸，也掩去了面上的几分尴尬和红晕，陈允之就这么顶着一枚极其显眼的口红印过了一天。

这天，林宛白正式接任人事经理一职，一大早难得主动起了个床，好好收拾了一下自己的形象，看得封涵张着嘴巴，大呼“小姨妈变好看了”，有时候她还真是觉得这小子一张嘴超甜。

她送他去了幼儿园，然后搭地铁上班。刚下电梯就看见安全门后面站着陈允之，耳朵里塞着耳塞，双手插兜，像只慵懒的大猫。她今天穿了一双十厘米的高跟鞋，小西装衬得人格外精神，长发特地用卷发棒卷过，俏皮地散在肩头。

陈允之从反光的门上看见了林宛白，转身冲她清淡地笑笑。他一向话少，两人打了个招呼，并排站在安全门后面，林宛白有一下没一下地往旁边瞟。

她以为自己做得很隐晦，却不承想，旁边的陈允之早就从反光的门上看了个够，眼底泛起星星点点的笑意，唇瓣却保持着轻抿的状态，面上根本看不出什么。

下午三点，林宛白正忙，却接到了幼儿园打来的电话。说封涵在学校里和小朋友打架，具体情况电话里也说不清，只说两个孩子都有伤。林宛白哪里还坐得住，填了一张请假条，拿着包就往外跑。

封涵顶着脖子上几条渗着血的指甲印，站在老师的办公室里，身后是红着眼睛的陈彦川。他龇着牙，对身后的陈彦川道：“别怕，我帮你打他。”

林宛白进来的时候，正好听见封涵说这话，上去就是一毛栗子：“你要打谁！学出息了，还打架，厉害了，你怎么不叉会儿腰？”

老师在一边愣是被她的气场吓得目瞪口呆。

也亏得她今天一身正装，蹬着高跟鞋，一瞧就是都市精英，活脱脱一个女战士。

“那个小姨妈啊……”

“你叫谁小姨妈？”

幼儿园老师脸色尴尬：“那个，封涵小姨妈啊，这个，今天封涵小朋友把另一个小朋友打了，你看人家家长，这……”

被打那孩子的家长两眼一瞪，显得格外凶。

林宛白没理她，低头看看被封涵藏在身后抽泣的陈彦川，然后问道：“臭小子，你做什么打人家？”

“他先欺负陈彦川的，抢他的玩具，我身为大哥，要保护小弟。”说着，他把肚子一挺。

林宛白揪了揪封涵的头发："就你还大哥。"然后她转头对着那位家长和老师道，"听到了？不是我家孩子先挑事的，不过就是路见不平拔刀相助，我家孩子他晓得饭可以乱吃，话不能乱说的道理，可不会做那些没素养的事。行了，反正也快放学了，我带着两个孩子回去了。"

"哎，你，打了我家孩子就这样算了？"

林宛白回头，目光带着杀气："我没追究封涵脖子上的伤口，你就谢天谢地吧。"她牵着封涵，一把抱起陈彦川，转身就往外走，高跟鞋在地上发出"笃笃"的声音。

陈彦川抱着林宛白的脖子，一双眼睛看着她直发亮。

4

三个人坐在幼儿园附近的一家甜品店里，林宛白买了消毒棉片和创可贴，给封涵的肥脖子处理伤口。陈彦川捧着奶昔乖乖坐在一边，眼圈还有些红，看着疼得直抽气的封涵，圆溜溜的眼睛里都是担心。

林宛白掏出手机递给陈彦川："小川，你记得你爸爸的电话吗？让他来接你。"

陈彦川点点头，接过电话就给陈允之打了过去。

陈允之来得很快，林宛白这还是第一次看到他失了一贯的风轻云淡，进门的时候还喘着气，一向薄而清淡的唇瓣，被急促的气息染得微红，一走过来就拉着陈彦川上上下下地检查："没事吧？幼儿园老师给我打电话了。"

"没事，爸爸。"

陈允之明显松了一口气，看见林宛白坐在一边："我被事缠住了，来晚了，没受什么委屈吧？小涵受伤了，要不要去医院？"

林宛白咂摸着这话，就像个细小的鱼钩，在她心里有一下没一下地钩着，听着怎么这么容易叫人误会呢？她摇摇头，坐在那里，看着陈允之的一双眼睛映着门外的晚霞，火红一片。

陈允之心尖上轻轻一颤，又静了下来："怎么回事？"他在林宛白身边坐下，就着陈彦川的奶昔喝了一口。

"没什么，小孩子闹着玩……"

林宛白话还没说完，封涵突然插了一嘴："他们欺负陈彦川，我就把他们揍了，嘿嘿嘿……"

"嘿你个头，还嘿，出息了，跟人打架。"林宛白戳他的脑门。

陈允之浅笑："没事。吃饭了吗？为了感谢小涵今天帮助我家彦川，叔叔请你吃饭好不好？"

林宛白在桌子下面揪了揪封涵的肥肉，示意他不要答应，可封涵偏就是个拆台的，大叫一声："小姨妈，你掐我干什么？"然后他转头冲着陈允之笑得谄媚，"好好好，谢谢叔叔。"

林宛白尴尬地笑笑。

陈允之被她的表情逗笑了，破天荒露出了一个还算灿烂的笑容，原来这人长了一双月亮眼，笑起来的时候弯成一道桥，林宛白看着有些发愣。

四人去了国际广场七楼的儿童乐园，旁边有一些餐厅。由着两个孩子选了一家，服务员过来点单，随口调笑了一句："两个宝宝啊，我们有儿童套餐哦，里面也有爸爸妈妈可以吃的菜品哦……"

林宛白翻菜单的手一顿，精英范一秒就崩了，脸蛋通红，默默把菜单拿起来遮住自己的脸，小声道："我们不是……"

"好，那就两份儿童套餐吧。"陈允之开口打断了林宛白的话，声音一如既往地清淡，语气古井无波。

可听在林宛白耳朵里，偏生像是沾了火星的炮仗，噼里啪啦在心里炸开。

一顿饭差点儿吃出胃病来，她眼神乱飘，一副做贼心虚的模样。

吃完饭，两个孩子就跑到儿童乐园里去玩了，林宛白和陈允之就像所有的父母一样，坐在外头等着。最怕空气突然安静，两个孩子一进去，就剩他们两个大人坐在一起了，林宛白死命压制着快跳到喉咙口的心，只觉得后脑勺都要麻了。

"不想问点什么吗？关于彦川，关于他母亲。"陈允之依然慵懒，驼着背坐在椅子上，一手横放在台子上，一手撑着下巴，那副漫不经心的模样太引人注目，旁边的人频频往这边看，他却丝毫不受影响。

林宛白手指一紧，抿着嘴不说话。

陈允之偏头看了她一眼，大约是有些诧异她竟然这么沉得住气。兀自开口："彦川不是我儿子，是我外甥，我姐姐的儿子。"

“嗯？！”林宛白惊讶地睁大了眼睛，不自觉地挺直了脊背，一脸茫然。

陈允之轻笑出声，觉得她这副模样和身上的穿着实在太不搭了：“我姐夫是军人，出了意外，在我姐预产期的时候壮烈牺牲了。我姐动了胎气，彦川又胎位不正，她在手术台上大出血。”

林宛白侧头看了陈允之一眼，那人侧脸柔和，天生的清淡长相，眉宇间蕴着浑然天成的漫不经心。他此刻看着儿童乐园里的陈彦川，目光温柔而悠远：“我姐去世后，家庭原因，我领养了彦川。”

林宛白呆愣着，好像听了一个电视剧里才会发生的故事，眨眨眼看看陈允之，又转过头去看看陈彦川：“彦川知道吗？”吭哧了半天，她就问出了这一句话。

陈允之依然笑着：“知道。他的父母都是英雄，他应该知道。”

林宛白嗫嚅了半天：“你跟我说这些干什么？”

陈允之望着她笑，眼睛里泛着细碎的光：“偷看了我半个月，如果喜欢我，现在开始可以不用顾虑了，因为我单身。”

林宛白心里咯噔一下，好似被发现了什么惊天大秘密，仓皇转过头，不再看他。

5

陈允之对林宛白有好感，从在地铁上偶遇一周的时候开始。

第一次，清明那天，在必胜客他并没有看见林宛白，只是在牵着陈彦川离开的时候，听见了她和封涵说话，语气俏皮，好似并没有把封涵当作一个小孩，而是当成一个平等的朋友，调侃里带着温柔。

第二天一早，在地铁上，她在人群里像根牙签一样被挤得颠来倒去，挪动的时候没站稳。陈允之站得近，鬼使神差地伸手扶了她一把，虽然隔着一掌的距离，可他依然能够闻见她发顶的香气。

下午下班去接陈彦川，两人又在地铁上偶遇，依然是同一节车厢，他有些好笑，觉得这世界未免太小了。原来她和他一样，去幼儿园接孩子。原来她就是陈彦川口中说的封涵的小姨妈。

陈彦川自从转到这个幼儿园，第一个好朋友就是封涵，那个孩子很活泼、很机灵、正义感很强，他见过几次，很是讨喜。

封涵似乎很喜欢他的小姨妈，每天都会在陈彦川耳边念叨，这个小姨妈会和他一起搭积木，还会陪他斗地主，教他玩游戏，两人在家里总是拿着手柄对着电视机打网球。小姨妈还会给他读故事，一边读一边吐槽，就算他在小姨妈家的墙上贴蜘蛛侠的贴纸，这个小姨妈也不会真的责怪他，嘴上嫌弃，其实待他极好。

陈彦川喜欢和陈允之分享他的每一天，自然也就经常在陈允之耳边念叨封涵的这个小姨妈，言语中透着羡慕。久而久之，关于这位小姨妈，陈允之的心里似乎有了一个模糊的形象。

而那天下班，在幼儿园门口，他看见封涵一头撞进林宛白怀里，林宛白重心不稳往后倒，手却紧紧护着封涵。他伸手扶她，心境却和上午在地铁里扶的那一下截然不同。

那一刻，他心里关于这位小姨妈的形象和林宛白的样子重合了，她很喜欢笑，笑起来毫不忌讳地露出牙齿，她喜欢唠叨外甥，可眼里都是疼爱。就像一颗小太阳，笼着封涵，也亮了别人的眼睛。

陈允之也是第一次知道，原来还可以这样教孩子，不失天真活泼，又有丰富的想象力和创造力，也会注意道德品质的培养。

后来的每一天，他竟然都能在地铁上遇见她。或许真的是妙不可言的缘分，他只要一想到这，心里总有些小小的欢喜。

她总是带着笑，眼瞳干净明亮，仿佛能从那双眼睛里看到一颗赤子之心。

每一天，陈彦川跟他说着关于她的事情；每一天，他在地铁上遇见她，偶尔说说话。

再后来，他发现她在偷看他，心里生出一种难以名状的滋味，就像是要燃不燃的烟花，始终停在燃点，很灼热，但无法释放。他每次低头看见她泛红的耳根，都很想用手指轻轻蹭蹭。

那天，他正在开会，没有接到幼儿园老师给他打的电话，等到开完会回电话过去，才知道原来出了事。他担心一向内敛腼腆的陈彦川被人欺负，一路火急火燎地往幼儿园赶。他到了才知道，原来林宛白已经来了，处理了这事，带着两个孩子走了。他站在幼儿园门口茫然四顾，不知道林宛白把孩子带去哪儿了，也不知道林宛白处理这事的时候有没有受委屈。

他正着急，就接到了她打来的电话，立马寻过去。他站在甜品店门口，看见林宛白一边给封涵处理伤口，一边时不时地顾着陈彦川，跟他说话，给他擦脸。彦川的眼睛盯着她，是从未有过的明亮，带着依赖和崇拜。

他的心一下就软了。这段时间，他也很忐忑。他喜欢她，可不敢轻易开口，因为他害怕，害怕像曾经经历过的一样，面临爱情和责任的选择。

封涵毕竟是她的亲外甥，她理所应当疼爱他。可彦川和她没关系，如果在两人的感情里夹着一个彦川，他不知道，她能不能接受。

可那一刻，他看见了林宛白眼睛里的真诚，她的动作太温柔，在如今这样的世界里，她的感情不求回报地给予出去，因此也获得内心的满足和宁静。这样的人太少太少、太珍贵，他觉得或许自己配不上她。

可他喜欢她啊，如果她不介意彦川，那么，能不能试着给他一个机会？于是，他告诉了她，关于过去，关于彦川。她的目光是不加掩饰的心疼，也揪疼了他的心尖。她脸红的那一刻，他心里要燃不燃的烟花终于冲破了桎梏，轰然绽开。

遇见你，大约是花光了我所有的运气，可我真的很高兴。

6

林宛白的心跳一直就没平静下来过。她晕乎乎地牵着封涵回家，却发现姐姐、姐夫回来了，正在她家门口等着。

封涵跟着爹妈离开了，林宛白总算能睡个好觉，可梦里全是那张清清淡淡的脸，带着笑，勾人魂魄。

第二天一整天她都无法缓过神来。看着手机通信记录里那个号码，手指在上面犹豫了很久，到底还是没能拨出去，咬着嘴唇，在办公室里发呆。

下午，把同事一周前从海南带回来的青杧装进包里，踩着时间下班，她想，也许下班还能在地铁上遇见他。

果然遇到了。她站在列车门口，坐了一站，隔着门，就看见陈允之怀里抱着个东西，站在安全门后等地铁。隔着门，她的目光投进他的眼睛里，他也看进她的眼睛里。林宛白面色泛红，眨了眨眼，有些不好意思。陈允之勾着嘴角，一向冷淡的他被这抹笑染得有些邪气。

“早上没遇见你。”他进来说了第一句话，然后照例站在林宛白身前，为她挡着人潮。

林宛白“啊”了一声，解释道：“昨天姐姐把封涵接回去，我就从家里出发的。”

“我准备了礼物给你。”

林宛白抬头看他：“什么？”

然后一个泥人娃娃递到她面前，活脱脱就是一个缩小版的她，她有些惊喜，接过来拿在手里仔细看着：“这是我吗？你会捏泥人？”

“以前学过。喜欢吗？”陈允之的声线清淡，可语气里的温柔清晰可辨。

“喜欢，可我没什么能送给你。”林宛白有些懊恼，突然一拍脑袋，想起了什么，从包里掏出那个大青杧，“这个给你吧。”

陈允之笑越发得灿烂，接过那个青杧，掂了掂，收进包里。

到了幼儿园那一站，陈允之准备下车，踌躇了几秒，然后把手伸向林宛白，看着她的眼睛，十分认真：“可不可以，请你，陪我去接彦川？”

他似乎并不仅是在问她愿不愿意陪他去接孩子，而是在问她，愿不愿意给彼此一个机会，一起走下去。

林宛白不再犹豫，微微一笑，把手放入他的掌心：“可以。”

微凉的掌心突然开始发热。半晌，林宛白听见地铁关门的提示音，她顺着那只手走出地铁，心里默默合掌，念叨着：感谢祖宗们听到了我的心声，今年真给力，清明没白过，回头我就批发一车纸钱烧给各位祖宗，各位祖宗继续保佑我，一次脱单，一辈子脱单。

小剧场

两人在一起之后，第一次过七夕。

陈允之下班的时候特地买了玫瑰花，好不容易浪漫一次，在地铁站等地铁。

他依然是慵懒的模样，冷冷淡淡地站着，自带忧郁气质，怀里一束玫瑰，明明风格差很远，却莫名很和谐，引得旁边一起等地铁的小姑娘们频频看他。

林宛白在列车门那里站着，朝他招手。

一上地铁，还不等陈允之把花递过来，林宛白变魔术似的从包里掏出一串大香蕉，往陈允之怀里一塞，随即非常自觉地“抢”过玫瑰，笑得见牙不见眼。

“香蕉放了四五天了，再不吃又得坏，你拿回去和彦川一块儿吃吧，小孩子多通通肠道。”林宛白抱着玫瑰，“哦，七夕快乐。”

陈允之看着怀里的香蕉，一时不知是个什么滋味，想起前两天，他跟林宛白说过，最近彦川有些上火便秘。他有些哭笑不得，这大概是他这辈子收过的最奇葩、最有味道的七夕礼物了。

但他还是想得太简单了，跟往后很多年的情人节礼物、七夕礼物比起来，香蕉真的算是最正常的了。往后很多年里，他依次收到过：只剩两块钱的公交卡、蔫成一把稻草的满天星、玩具喇叭、卫生纸包装的棉花糖……再回想起当年的香蕉，陈允之感慨，那可能是林宛白最正经认真的一个七夕了。

6、二十四番花信风·谷雨

谷雨：斗指癸，太阳到达黄经30°，就是雨水生五谷的意思。由于雨水滋润大地，五谷得以生长，所以，谷雨就是“雨生百谷”。谚云：“谷雨前后，种瓜种豆。”

二〇一七年四月二十日，农历三月廿四，丁酉年，甲辰月，丁丑日。

〔第六番〕种瓜得豆

1

清明过后，气温飙升，电梯每日都拥挤得像沙丁鱼罐头，又热又挤。

苏小梨前面站着一个穿浅灰色衬衣的男人，身形十分高大，肩背宽阔，能把她整个罩住，密不透风。那人双手抱着一个箱子，约莫有些重量，他绷紧了脊背，透着衬衣都能看到肌肉的形状。

苏小梨努力往后挪了挪，脊背靠着电梯墙，就差没把自己贴在上面贴成一张年画了。可饶是这样，前面还是拥挤，又进来一个人，身前的男人往后挪了一步，皮鞋的鞋跟踩上了苏小梨的大脚趾。跟通了电似的，一阵刺痛从大脚趾尖猛地蹿上来，直奔后脑勺，她轻呼一声。

身前的男人急忙抬脚，侧着身子往后看。他俩身形相差有些大，男人弯着身子低着脑袋，朝后说了声“抱歉”。

苏小梨把脚抬了抬，一脸菜色，抬头去看那人，因着背光，那人又生得十分高大，入眼只见黑乎乎一片。她摆摆手，说了两句“没事”，然后缩在电梯角落里。

苏小梨出电梯的时候不经意地回头看了一眼，缓缓关上的电梯门中间，是一张极为英气的脸，剑眉星目，可眉宇间神色柔和，充满了矛盾性。那人在电梯门缝隙里对着苏小梨不好意思地笑了笑，一脸抱歉。

苏小梨在一家上市的游戏公司做美工，设计游戏人设形象。公司整个程序部和设计部，一共只有两个女孩，一个是设计部的苏小梨，一个是程序部的佳倩。

昨天游戏公测出了 bug（漏洞），一排程序员都留在公司加班，此刻一个两个看上去就跟被妖精吸了精气似的，蔫蔫的。苏小梨从包里掏出层层包裹的小笼包，然后按人头分发豆浆，受着众人仰慕的眼神，心里美滋滋的。

苏小梨一向温柔内向，眉眼之间总是憨萌憨萌的，可做起事来雷厉风行，效率高得令人咋舌。还是个有容乃大的性子，一个人不声不响地能把一办公室的人都照顾得好好的，这里里外外没一个人不佩服她的。久而久之，她还有了个外号——梨妈。

唯二少女佳倩含着一嘴的肉，噘着泛着油光的嘴对苏小梨道："梨妈，你这么贤惠，你男朋友知道吗？还不早点滚过来把你娶回家，也不怕咱们公司的壮汉们跟他抢。"

苏小梨拿手绘板的手一顿，要是没人提起，她都快忘了似乎已经很久没有和男朋友邱靖联系了。她忙起来的时候天昏地暗，他忙起来的时候飞沙走石，两人一两个星期不联系，一两个月见不到面似乎都成了常事。

苏小梨手搭在椅背上，一双水汪汪的大眼睛骨碌碌转了转，摸摸自己软乎乎的双下巴，决定今天下班之后先去健身房找邱靖。

2

上次她去那个健身房找邱靖还是在半年前。这半年，公司开发新的大型手游，苏小梨整天埋在手稿堆里，靠着快餐、泡面过日子，额头上还爆出几颗痘痘。

等到最近终于忙完了，她去剪了个头发，跑了两趟美容院才把人整得能看了。

下了班，苏小梨背着小挎包搭地铁去邱靖在的健身房，路上还买了两张电影票。虽然说两人已经是交往三年的男女朋友了，拉着对方的手也跟左手拉右手没啥区别，但毕竟这么久没见，总归还是有些想念。

她四下一看，拳击区那边正热闹，吃瓜群众格外多，时不时还爆出一声喝彩。她抬脚往拳击区走去，就看见一个赤着上半身的人倒在前面的围栏上，一边喘着气一边笑。

"姜觉，几天不见，越发厉害了。"

"哪里，你今天练了这么久了，体力不支很正常，改天再切磋。"

苏小梨还没走近，就听见了邱靖的声音，带着疲惫和一点点莫名的暖意。她正欲出声叫他，却见一条强壮的小臂伸过去，一把捞起邱靖，两人捶了捶对方的肩膀。

苏小梨其实不是很理解，邱靖是个文弱的性子，因为身体素质不大好，所以才在公司旁边的健身房开始锻炼身体。没想到，竟然迷上了拳击。

她从包里拿出一瓶水，朝着邱靖走过去。看着他和那个高大的男人说话，苏小梨也没出声，兀自走过去，却看见自家男朋友拿了毛巾，伸手往那个男人下巴上抹去，嘴角噙着笑，那笑怎么看都有些说不出的意味。

不知道究竟哪里不对劲，但苏小梨心里莫名就是一个咯噔，窒了两下。

那被叫作姜觉的男人随手接过毛巾，搭在自己的肩膀上，侧过头笑着跟邱靖说话，露出一排白亮整洁的牙齿。

苏小梨看见邱靖搔了搔后脑勺，然后笑眯了眼，拿着汗衫就往身上套。

"邱靖……"苏小梨站在他们身后两米左右，不远不近，歪着脑袋看着邱靖。

邱靖的手还搭在自己的衣服下摆上，猛然回头，看见了苏小梨。不知是不是因为一段时间没见，他有一刹那的失神，眼睛里晃过一抹暗光。他觑了一眼姜觉，然后慌慌张张整理好衣服，朝着苏小梨跑过去："你怎么来了？"

苏小梨古怪地看着他："不能来？"

邱靖擦擦头上的汗，眼底有一丝烦躁："我不是这个意思，我是说，你来之前怎么不给我打电话。"

苏小梨头一回听到邱靖说这样的话，不禁有些愣神，从前她来找他也不打电话的啊，怎么如今反而还不如当初了："我来找你吃饭。"

邱靖撸了一把后颈："我晚上还有事，改天再陪你吃饭。你先回去吧，也不早了，别饿着。"他看着苏小梨黑黢黢的眼睛里那两个小小的自己，不知为何就窘迫起来，视线游移着，不敢再看。

"好。"苏小梨一个字答得痛快，然后转身就走。

她走到半路，收到唯二少女佳倩发来的一小段视频。佳倩是个腐女，成日里看些相关的东西，还喜欢和苏小梨分享。这一小段视频正好是某高校男生宿舍楼底下，一男生向另一男生告白的录像。拍得很清晰，那男孩的眼睛亮澄澄的，里面含着的情愫显而易见。

苏小梨脑子里突然闪了一下，想起刚刚邱靖的神情，越想越不对劲，脚步一转，又折了回去。

苏小梨一走，邱靖心里骤然一松，长舒一口气。他转身走回姜觉身边，仰头看着他，脸上又挂上了笑意："晚上一起吃饭？"

姜觉已经穿好了衣服，赫然是一件浅灰色的衬衣，剑眉微蹙，看了看邱靖，然后目光后移，看到了邱靖身后去而复返的苏小梨。

邱靖顺着姜觉的目光转头，兜头迎来一个重重的包，狠狠砸在他的脑门上。

"干什么？"他条件反射伸手一抓，奈何苏小梨反应更快，邱靖抓了个空。

"晚上有事？嗯？真有出息，谈了这么久，我居然没看出来你是个骗子，我真是眼瞎……"苏小梨拍了拍自己的衣摆，干净利落。

她一张软嫩的笑脸，配上一道能剐人的眼神，反差极大。她的目光从邱靖身上挪到姜觉身上，对上那双眼睛，只觉眉宇之间有些眼熟，但她没心思多想，嘴角是讥诮的笑："让我被一个男人戴绿帽子，邱靖，你好得很。"说着她随手抽过旁边的一根棍子就往邱靖背上招呼。

也不知是苏小梨动作太快，邱靖来不及反应，还是他的确心虚，就那样生生接下了这一下。苏小梨扯了扯嘴角："真让我大开眼界。"说完她转身就走，刚剪的头发在肩头划出一道黑色的弧线。

姜觉面色陡然一冷，他又不聋，自然明白苏小梨话里的意思，看向邱靖的眼神也同往常不一样了。竟有男人打上了他的主意，作为一个"钢筋直男"，他着实接受不了。活脱脱就是，我拿你当兄弟，你却想睡了我。

邱靖被戳穿了心思，面色臊红，顾不得背上的疼痛，伸手就要去抓姜觉的衣摆："姜觉，你别听她乱说……"

姜觉往后退了一步，嘴唇抿得死紧，盯着邱靖不说话，再回想往日的交往，那些他从来没想过，也没注意过的细节，轰隆隆从脑子里滚过。他原本只当是两人性情相合，故而谈得来一些，可此刻披上了一层桃色，顿觉让人不爽。

他大步走开，到更衣室拿了包就走，剩邱靖一个人站在偌大的停车场里，看着扬长而去的车屁股，恨不能当场哭出来。

姜觉家就在健身房旁边的小区里，他把包往沙发上一甩，冲进洗手间洗澡，搓着自己的肩膀。被邱靖扶过的肩膀被搓得发红，他越想就越觉得不舒服。一个有女朋友的男人，却觊觎另一个男人，无论是人品还是德行，都令人看不起。

那厢，苏小梨一个人去看了电影，是部爱情片，她订了最中间的位置。一个人坐着，被一对对情侣多角度包围，身边的空位显得突兀又奇怪。失个恋，竟不知道是该哭还是该笑。

3

第二天，苏小梨顶着一双熊猫眼去了公司，办公室里一群嗷嗷待哺的程序员，眼巴巴地看着苏小梨空着手来上班，一时间悲伤逆流成河，恨不得号啕大哭。

苏小梨垂着眼睛回到卡座上，一言不发。

唯二少女佳倩挠了挠那一头鸡窝似的头发，蹿到苏小梨身边："不对啊，这状态，不像是约会之后红光满面、春风得意的模样啊。"

苏小梨哀怨地看了佳倩一眼，依然不说话，拿出手绘板，开了电脑就开始画画。

中午，苏小梨交了一张基本人设出来，然后起身去前台拿外卖。

众程序员一扑而上，冲到苏小梨电脑前面看她画的人物形象。一看不得了，一个个面面相觑，那新画的女射手形象，皱着眉头，头顶一朵绿色的花，一张脸凶成母老虎似的，杀气像是要从屏幕里溢出来。

众人正嘀咕着，突然听见外面一阵喧哗。

苏小梨正站在前台，手里提着外卖袋子和一个身形极高大的男人对峙，那男人正是姜觉。

说来也是巧，苏小梨中午点了外卖，可这外卖小哥把十九楼和二十楼的外卖送反了，打了电话道歉，说二十楼的顾客一会儿把餐送下来换。于是苏小梨就站在前台等，本也没什么，她一向体谅外卖小哥辛苦，故而偶尔出些问题也不会追究。可当她看见电梯里走出来的那个拎着外卖袋子的男人时，简直勃然大怒。

显然，经过昨天晚上一闹，苏小梨对姜觉印象深刻。他是她头顶飘着的一片绿云，化成灰都能认出来。

姜觉显然也认出了苏小梨，别看他昨天对邱靖态度恶劣，可看见苏小梨，心里总是有些许抱歉，这个娇娇软软的小姑娘，一双大眼睛看着他，充斥着愤怒和委屈。说到底，她才是最无辜的那个，天降大雷，正好劈在她头上。

姜觉摸摸鼻子，走过去，看了看苏小梨手里的外卖袋子，再瞅瞅自己手里外卖单上的名字："苏小梨？"

苏小梨嗤笑一声，一把夺过自己的外卖，转身欲走，却被一只大掌扣住手臂，姜觉急急拉住她："苏小梨，我和邱靖没关系，我不知道……"

这下可好，简直就是点着了炮仗，她劈手就把姜觉的手打开。这一下拍得重，连姜觉那样皮糙肉厚的男人，手上都浮起了一层薄薄的红色。

"不知道什么？你想说什么？我跟你有什么好说的？我觉得跟你们再说一句话，我都会气死。"苏小梨很少会这样说话，在所有人眼里，她脾性都是再好不过，耐心又温和。可此刻，她心里就是止不住地冒火，连带着说话都淬了毒、带了刺。

姜觉还欲开口，苏小梨抬起一只手，做了个"停"的手势："您省省吧，都跟我没关系。你们打你们的拳去，别在我跟前碍眼，你走不走？不走信不信我把这饭扣你头上！"

怒火中烧的她失了思考和理智，"啪"一声打掉了一个花瓶。办公室随即拥出了不少人，站在苏小梨身后，好似在给她撑腰。姜觉张了张嘴，半晌还是转身走了。

苏小梨胸腔起起伏伏，火气稍落，听见身后传来老板的声音："苏小梨，我还当你是只绵羊，却不想你竟然是个隐形的夜叉。这花瓶是我上个月去参加艺术展，花大价钱买回来的，你就这么给我砸了！"

4

苏小梨累死累活一个月的工资全奉献给那个花瓶了，连"五一"的三天小长假都没休息，闷头在办公室里画图。她效率简直高得不可思议，一个月就出了一批新的人设图和海报图。老板满意得直夸她，转头就给程序部下命令，加了一倍的工作量。一时间，办公室怨念丛生。

有些东西说断就断了，用工作麻痹了那一段时间的情绪，等她冷静下来，竟觉得其实也没什么。说到底，两个人的心都不在对方身上，一个忙着泡男人，一个忙着工作，不知不觉早就走上了两条路。只不过，她始终无法释怀，竟然输给了一个男人。

发工资那天，瞅着自己银行卡上的数字，苏小梨只觉得通体舒畅，连脚步都轻快了不少。难得她晚起了半个小时，却不想又在电梯里遇见了姜觉。

错开了上班的高峰期，电梯里只有苏小梨和姜觉两个人，一个盯着按键板，一个盯着苏小梨的头顶。她似乎平静了许多，眉目流转间，又恢复了那副迷迷糊糊的憨萌模样。可姜觉觉得，发脾气时的苏小梨，双眼水亮，面颊泛红，红唇贝齿开合，竟迸发了强大的气场，生动得厉害，和平日里的她判若两人。

“苏小梨……”姜觉的声音不自觉地轻了两分。

苏小梨抬头，瞪了姜觉一眼，又低下头不理他。

“我和邱靖没关系，我不知他的心思，他也从没跟我提过你。这件事，莫说你蒙在鼓里被背叛，我也是一无所知，我不是有意的。”姜觉为人一向坦荡，唯有这事上，总觉得欠了苏小梨一二，心里盘植着放不开。

苏小梨也不知听进去了没有，面上毫无反应，到了十九楼，径自出了电梯，突然背对着电梯门就那么停了脚步，也不知道在想什么。半晌，在电梯门合上之前她又回头了，嘴唇动了动。

姜觉眉间一松，舒缓开来，他听见她说：“算了。”

下午下班，程序部刚忙完，难得不用加班，约起来准备一起出去吃个火锅，趁着五月底还没热起来，还能赶上最后一波火锅热。苏小梨和佳倩两位少女被一群雄性程序员簇拥着，明晃晃就是万草丛中两朵花。

电梯上行，在十九楼停了，门一开，里面突然冲出来一群人，面露凶相，骂骂咧咧地挤过来，吵嚷着要找老板。程序员们脸色一变，把苏小梨和佳倩挤到后面去，保护了起来。

听那带头的人出来一吆喝，得，一个来闹事的家长，因为觉得自己孩子沉迷游戏，荒废了学业，就把所有罪过都推到游戏公司身上。

起先还有两个程序员试图跟他们讲讲道理，可人家不听啊，你能咋办。说多了，人一拳头过来，就把某程序员揍出了个黑眼眶。这下可好，惹了众怒，一群白斩鸡蜂拥而上。

一片混乱里，不知道哪里来的一根棍子，响当当落在苏小梨的脑门上。这可真是天上掉下来的雷落在她头上了，砸得她眼冒金星。苏小梨眼前一黑，晕了晕，只觉得有温热黏稠的液体从脑门上流下来。她两眼一翻，往后倒去。

5

姜觉从二十楼出来，进了电梯，电梯在十九楼停了。门甫一打开，眼前就是一片鸡鸭混战的格局，吵吵嚷嚷里，忽然听见一声尖叫：“啊，梨妈！苏小梨……”

电梯门正在缓缓关上，听见这声尖叫，姜觉手疾眼快按了开门键，脚步一跨就出了电梯。等他回过神来的时候，已经从佳倩怀里接过了一头血的苏小梨。

他面色顿时难看了起来，人本就长得极为凌厉，生得又五大三粗，肌肉鼓胀，平日里因着眉眼温和，才多了几分亲和力，这时候温和尽扫，皱着剑眉，黑着脸，目光直刺向人群里那个拿棍子的人："要是她有什么事，你就等着接律师信吧。"他那嗓门刻意压低又放大，带着莫名的震慑力。

姜觉对着游戏公司门口的监视器扬扬下巴，就像是一盆冰水浇在了火炭上，一时间那些个吵闹、愤怒的人都熄了火。众人你看我，我看你，面面相觑，不敢再作声。

姜觉就那样抱着苏小梨进了电梯，下了停车场，把苏小梨放在后座上，直接去了医院。

他一路推着苏小梨去各个分区做检查，中途她还醒过一次，"咿呀哎哟"地叫唤两声，又晕过去了。

苏小梨是早晨七点醒的，在医院的病床上睁开眼睛，只觉得迷迷糊糊。动作一大，脑袋顿时一阵刺痛，她摸了摸脑袋，一个震惊，顶上一撮头发被剃了，包着纱布和绷带，不用看镜子都知道现在的模样丑得多么令人心酸。

无妄之灾，无妄之灾啊，想来是最近好事做得少了，走了背运。

她正捂着脑袋直叹气，护士小姐进来，看见苏小梨醒了，乐得眉开眼笑："你醒了啊，头晕吗？想吐吗？"

苏小梨摇摇头。

"昨天你可差点儿把你男朋友吓死呢，人家抱着你跑前跑后，还在医院守了一夜。"护士小姐过来拆苏小梨头上的纱布，准备给她换药。

"我哪来的男朋友，我男朋友早劈腿了。"

她目光凶狠，"劈腿"那两个字咬得格外重，似乎有什么话外音。只见护士小姐嘴角一抽，面色古怪。

门口传来一阵稳重的脚步声，苏小梨动了动"狗鼻子"，馋得直咽口水，是武成路上的那家筒骨粥！

6

“醒了？”姜觉把筒骨粥放在床头，探身过去看护士小姐给苏小梨换药。小姑娘疼得龇牙咧嘴，像个逗趣的毛猴子，他下意识道了声，“轻点。”

护士小姐没吭声，深深看了一眼姜觉，然后一心一意给苏小梨换药。

“你怎么在这儿？”

姜觉把装筒骨粥的碗盖打开，香气一滚而上，直扑苏小梨的鼻尖，馋得她眼睛都红了。

“昨天把你送过来，就一直待在这儿，早上出去给你买了个早餐。”

苏小梨一顿，想起护士小姐的话，姜觉竟然在医院守了她一夜。她低下头，眼圈悄悄红了。这在病中的人啊，格外容易被触动。

姜觉心细，看着苏小梨可怜兮兮的脑袋顶，心里软了软。等护士小姐给苏小梨换完药，他舀了舀粥，吹凉了要喂给她吃。

苏小梨手一抬：“我自己来。”她瓮声瓮气地咕哝着。

姜觉从床头抽了几张纸巾，垫在碗底递给她：“慢点吃。”

一时间，一个低着头喝粥，一个坐在病床边上瞧着，气氛变得有些古怪，带着一丝尴尬和难言的暧昧。

医生来查房，又检查了一遍，确定苏小梨没啥毛病了，大手一挥，放他们回家。

姜觉开车送她，坐在车里看着苏小梨背着包，慢吞吞往单元楼里走，直到她的身影消失在楼梯间，不知道她家住几楼，姜觉就那样仰着脑袋看了十分钟，然后才驱车离开。

第二天一早，苏小梨摸摸脑袋，觉得自己没啥事了，换了衣服，还特地喷了一点香水来掩盖身上的药味，决定去上班。可巧不巧，她又在电梯里遇到了姜觉。姜觉看到苏小梨的那一刻，脸就垮了下来，眉心死死皱着，在电梯里挤了挤，挪到苏小梨身前，转身，用脊背给她扩出一小块空间，然后转头道：“怎么今天就来上班了，你应该在家好好休息两天。”

苏小梨对姜觉早就没敌意了，怎么着也算是个不大不小的恩人，她讨好地笑了笑：“没事了，不怎么疼，在家待着没事干，不如来上班。”

姜觉眉心动了动，到底还是没再说话，回过头去，专心给苏小梨挡着人群。

苏小梨只到姜觉胸前，整个人被罩住，突然涌上一股安全感。

到十九楼的时候，苏小梨拉了拉姜觉腰间的衣摆。姜觉看向她，眉眼间是初见时的那种温和，掺着关心和急切，混着专注，又和初见时不同，他听到她说：“谢谢你。”

姜觉愣神，眨眼苏小梨就出了电梯，只留给他一个短暂的背影。他这才发现，原来这个姑娘，像一株草，看似柔弱惹人怜惜，却韧不可拔。

中午，苏小梨还没来得及点外卖，就接到了一个外卖电话。是那家很有名的汤品店，送了一份大骨汤外卖到前台，让苏小梨去拿。苏小梨一脸蒙，看着外卖单子上自己的名字和电话，不知想到了什么，竟缓缓笑了出来。

有时候，老天爷还是很有意思的，让她在失去一个男朋友的同时，等到了另一场缘分。种下的明明是瓜，收获的却是豆。

7

姜觉下班的时候，特地看了眼时间，思忖着楼下应该也要下班了，这才收拾东西下楼。

果不其然，在十九楼，电梯一开，他就看见头上包着纱布的苏小梨。她正在和某个程序员说话，不知说了什么，眉开眼笑。

姜觉还是头一回看到苏小梨笑成这样，爽朗大方，灿烂得差点闪瞎他的眼。他心里莫名有些酸溜溜，想起那天，在电梯里，这位程序员小哥伸手要姜觉把苏小梨给他的时候，就越发看他不顺眼，甚至觉得对方面目可憎。

“苏小梨，快进来，我送你回家。”他硬邦邦说出一句话，手指按在电梯的开门键上，眼睛直直看向苏小梨。

苏小梨眉眼柔顺，一脚跨进了电梯，竟也没跟姜觉客气，笑眯眯应上一声：“好。”

这回轮到姜觉发愣了，这声“好”里，似乎有些东西不一样了，听在他耳朵里发着甜，让他想起了路边的人画的糖画，含在嘴里，一路能甜到五脏六腑，四肢百骸。他不自觉放柔了目光，带上了点点笑意。

从这天起，苏小梨每日的午饭都是精心准备过的、大补的汤汤水水，馋得一办公室的人口水直淌。下班也有人送，羡慕得唯二少女佳倩眼红不已，成日叫着：嫉妒使人丑陋。

头上的伤口，每三天要去换一次药，苏小梨没开口，姜觉也没提，可姜觉每次都准时出现在苏小梨家楼下，带着她去换药。

天渐渐热起来，苏小梨吵着要洗头发，两人去了理发店，看着脑壳上的伤疤，那洗头小哥愣是半天没敢下手，生怕把人脑袋洗坏了。苏小梨扯了扯油乎乎的头发，一脸不爽。姜觉暗叹一口气，道："走吧，我去给你洗。"

他一个五大三粗的汉子，还从来没有做过这样细致的事情，却意外地，第一次随苏小梨上了楼，原来她家也住在十九楼。

姜觉打着赤脚进屋，在苏小梨的脖子上围上毛巾，拿了一块干净柔软的小布巾，一边小心翼翼地给苏小梨洗头发，一边不停擦拭着伤口周围，不让水流过去。他的手很大，一张开，手掌就能包住苏小梨的大半个脑袋。他下手又轻又柔，因着太过舒服，苏小梨就那样慢慢打起了盹，嘴唇微翘，小小地张开，能看见亮白的牙齿，唇色不点而赤，像沾了水的樱桃，泛着润泽的光。

姜觉看着，喉头一紧，赶紧别开眼睛，却又怕水沾了伤疤，只能僵着脖子，专心给苏小梨洗头发。可这人哪，总是有些控制不住自己的眼珠子，有一下没一下地往那张嘴上瞟。

好不容易挨到洗完了头发，他蹲在苏小梨身边，看着她打盹，想着和她相识后的点点滴滴。似乎他每一次见她，都是不一样的模样，什么时候上的心也不大清楚，就这样，莫名地记住了她，关注了她。

心路历程犹如过山车，忽上忽下，速度快得不可思议。

想起几个月前，在搬到新办公楼的前一段时间，他还在跟事务所的同事开玩笑说，怕是要孤独终老了。没想到，不过几个月，他竟已经期待着身边站着一个人的感觉了。

他偷摸着在那张唇瓣上轻蹭了一下，抬头就看见苏小梨黑白分明的眼睛，难得地清亮。他心里一个咯噔，怕她生气。

可苏小梨就那样看着姜觉，许久扑哧一声笑了出来，从口袋里掏出手机翻了翻，翻到一张图，递给姜觉看。

是张人设图，还是那个女射手，只不过那个女射手头上的绿叶里长出了一朵粉色的小花，在头顶上晃晃悠悠。女射手眉眼带笑，带着俏皮和暖意。

姜觉看了半天，突然明白过来，嘴角一勾，露出一排白牙，压抑不住的笑声在狭小的洗手间里爆出来。他俯身一把抱住苏小梨，大手揉了揉觊觎已久的贝壳小耳，果然和想象中一样软润。苏小梨戳了戳姜觉的胸口："我跟你说，你以后离男人远一点。"

小剧场

某日，唯二少女佳倩又给苏小梨发了一段视频，是打码版的两个男人这样那样，还发了一条消息："我自己看的是高清版，怕吓到你，就给你打了个码，是不是很贴心？"

可真是老天不给她活路，苏小梨收到消息的时候，正在家里抱着手绘板赶工，手机搁在姜觉旁边。听见信息音，姜觉拿过来一看。

他顿时面色铁青，小心地觑了一眼苏小梨，然后手指飞快地动了动。

于是，唯二少女佳倩收到了来自苏小梨的这样一条消息："贴心你个头，再给她看这些，我挖了你的眼睛！"

佳倩摸摸下巴，脑后一股凉意。

7、二十四番花信风·立夏

立夏：斗指东南，太阳到达黄经45°，是夏季的开始。从此进入夏天，万物生长旺盛。习惯上把立夏当作是气温显著升高，炎暑将临，雷雨增多，农作物进入旺季生长的一个最重要节气。

二〇一七年五月五日，农历四月初十，丁酉年，乙巳月，壬辰日。

〔第七番〕
原来你是你

1

五月初学校下了通知，说月底要举行春季运动会，每个院系要在五月十日之前把参赛人员名单交上去。

许白前几天刚忙完学校组织的一个文艺汇演活动，作为院学生会文体部的部长，忙得脚不沾地，每天风里来雨里去，盯着参演的同学排练，还要给她们安排吃喝，活脱脱一老妈子，嘴角起了一溜泡。

一场文艺汇演，许白只觉得自己仿佛老了五十岁。

自家院系的节目鹤立鸡群、完美无缺，看着那些貌美如花的姑娘，许白的嘴角终于浮起了老嬷嬷一般欣慰的笑意，眼里满是慈爱，果然没有辜负她的栽培。

晚会结束，学校里归于安静，许白倒在床上，都没来得及看一眼微博上来自四面八方的赞叹就直接睡着了，她还不知道，第二天，还有运动会在等她。

正是立夏，早晚微凉，中午有些热。她吃完午饭到院里开了个学生会的会议，听着主席在台上一边总结这次文艺汇演多么多么成功，一边表扬许白多么多么优秀，然后突然来一句："我们学校，要开运动会了。"

许白差点一口气没提上来，两眼一翻，就此倒下。

主席目光怜惜，看了她一眼，继续道："十号要把院里参加运动会的人员名单交到校学生会去。"

这一回，许白是真的一口气嗝了过去，手指指着主席，颤抖着说不出话来。

许白眼一闭，牙一咬："通知各班班长，包括研究生，八号之前，大一大二每个班每个项目，最少要报两个人，哪个班没有，这个月月底，系里的大扫除就归哪个班，大三大四也通知下去，不硬性规定。"

生活部部长一听，连连点头，把这事吩咐了下去。

果不其然，大家对于大扫除这事都是深恶痛绝，没人愿意去院里做卫生，早早地就把名单递了上来，就算是慢一些的班，也在八号之前交了名单。

看着长长一串名单，许白点点头，老怀大慰。

八号名单收上来，九号安排一场初步筛选，交上来的名单，人数显然超过了参赛选手的人数，所以院里要先私底下比一比，筛出最后确定参赛的人员名单。

2

十号早上，许白没课，拿着昨天院里筛出来的运动员名单，一个一个登记到报名表上，光是那一长串的数字，就看得她头晕眼花。

许白正坐在学生会办公室里打字，听见门被敲响，张嘴就回了声："进。"她的目光仍然死死地黏在电脑屏幕上，脖子往前伸得老长。

办公室的门被推开，一个瘦长的身影走进来，许白转头。窗外天气正好，那人来时迎着阳光，一眼看去，皮肤白皙，眉毛很浓，眉弓高耸而眼窝深陷，眉宇间有着淡淡的距离感，整个人都散发着一股温和而疏离的书卷气。

迎头上来这么一张脸，许白看了一上午数字表格的眼睛突然一亮，感觉整个人都松快了，脑子里浮出四个字：洗眼神器。

他不紧不慢地走到许白面前，拖出一把椅子坐下，瞳孔因为正对阳光而泛着浅色，好似透亮的琉璃，说："你好，请问运动会还可以报名吗？"

许白从微愣里回过神来，看了眼电脑屏幕："呃，哦，可以的……请问你是哪个班的，要报什么项目？"

"博士一年级，高原，报……掷铁饼和扔铅球。"他话语一顿，随即道。

许白看了看报名表，掷铁饼和扔铅球本来报的人就多，早就满额了，于是面露些许难色，心里也讶异不已，看这位学长，一副书生模样，竟然要参加这么有力量的项目，难道这就是传说中的人不可貌相，海水不可斗量！

那人右手搭在桌子上，手指骨节分明，在阳光下还能看到浅浅的青色血管，食指在桌面上敲了敲："到毕业，大约也只会参加这一次运动会，虽然有些唐突，但还是希望不会错过这次机会。"

许白耳根子一软，丝毫不记得上一个要求参加活动的研究生被她果断拒绝了，用的理由就是人员已满。这位同学，双标不要太明显好吗！她脑子还在想，手却已经摸上了电脑鼠标，删了同班两个参加这两个项目的同学，然后写上了"高原"。

"那个，学长，麻烦你给一下你的学号和手机号码，方便后面我们和你联系，通知你比赛时间，还有一些繁杂琐事。"

"我说，你记。"接着男生就报了一串号码出来，语速不快不慢，刚好够许白在电脑里记下来，"多谢。"他起身离开，步子平缓，每一步都不长不短刚刚好，看起来格外有涵养。

许白目送他离开，直到他完全离开了办公室，这才突然深吐一口气，随即脸上缓慢地浮起一层红色，刚刚强撑起来的气定神闲，此刻都成了渣渣。

距离运动会还有半个月，她隔三岔五就去操场上看运动员训练，一方面是职责所在，另一方面也有私心，想着万一能遇上高原学长呢？

3

夜里在寝室和室友聊天，说起下一门课程会有一个博士生来做韩涛老师的助教，据说是特地从B大挖来的精英分子，年纪不大，却已经在权威杂志上发表过不少论文。

许白手里拿着一只卤鸭掌，大马金刀地坐在椅子上，像极了占山为王的土匪，突然一咳，被辣得脸颊发红，眼底浮着水雾。她赶紧灌了两口白开水，吸着气说："说起这个博士学长啊，我那天见着一个，惊为天人，我怎么不知道我们学校还有这样的极品，品质五A妥妥的……可真好看。"

室友打趣道："怎么，看上人家了？咱们学校的博士，那精英程度一抵十，你要能拐一个来也不亏。"

"可是……"许白嚼了嚼嘴里的骨头，"我总得找个由头才能套近乎吧，我是真想不到，人家不过是来找我报名参加运动会，打了个照面就走了，我能怎么办，我也很绝望啊！"

"打电话，发短信问问题啊！上个星期老师不是给了题，你找他问去啊。

我跟你说，搭讪最不容易被拒绝的，就是学术讨论了。”室友还特地把“学术讨论”四个字说得尤其重。

许白啃着鸭掌想了想，觉得还是有几分道理的。

于是，第二天晚上，博士生男生宿舍三零三里传出一声清脆的短信声，一个正坐在桌前玩游戏的男生一把拿起手机，看到一条未知号码发来的短信，短信内容是一道化学题和简短的自我介绍。

高原的电脑里传出 Gameover 的声音，他看了一眼电脑，又看了一眼隔壁床上正躺着看书的人：“老靳，你认识院里学生会文体部的部长吗？”

靳明安拿着书，目光微闪：“知道。”

“啧，是男是女啊？”

“是个小姑娘。”靳明安翻了一页书，纸张发出清脆的“哗哗”声。

“哎呀哎呀，我怕是等到桃花运了啊……你看你看，人小姑娘找我问问题来了。不过，她是怎么拿到我的号码的？”高原也不管游戏了，把键盘往前一推，抱起手机“啪啪啪”地打字解题，老长一串答案，敲得手机屏幕“嗒嗒”直响。

靳明安食指在书脊上敲了敲，坐起身来，对高原道：“什么短信？给我看看。”

高原也不吝啬，喜滋滋地把手机递给靳明安。

靳明安看着那条短信，轻笑一声，把手机还给高原：“那你可得好好教了。”

短短的一句话，声线绵柔，尾音总是不自觉拉长，绵延出一股子漫不经心。

靳明安看了眼高原壮硕的背影，摇摇头，继续靠在床头看书，脑子里却浮现出那日他进学生会办公室见到的一幕。那小姑娘坐在窗边的办公桌旁，迎着阳光，黑亮的头发被染成了金黄，衬着白皙的肌肤，好似整个人都散发着淡淡的光晕。她眉宇间依然有显而易见的学生气，却因为强行撑起的气势而显得格外滑稽。还真是……看着机灵，其实，迷迷糊糊。

到了十点，靳明安关了大灯：“你戴耳机玩，我先睡了。”

高原打完字，激动万分地给许白发了过去，然后继续沉迷游戏不能自拔，把台灯开亮，戴上耳机。也是没办法，博士生两人一间寝室，他大约是踩了狗屎，分寝室分到了奇葩学神靳明安。

每天晚上十点钟睡觉，不抽烟不喝酒，吃饭讲究荤素搭配，不玩微信不刷微博，游戏更是不沾边，寝室的地早晚各拖一回，活得就像上个世纪的老学究。如果不是长相性格都透露出他是个不折不扣的男人，高原还以为是跟个娇滴滴的姑娘同住呢。

但学神也有学神的好，性格好，只要不踩雷，只要他有时间，只要他不觉得麻烦，几乎是有求必应。清洁卫生自己动手，至于考试做实验，那更是厉害坏了，简直就是行走的《百科全书》，每逢考试，高原都恨不得在他面前烧高香求过。

靳明安戴上眼罩，感觉到被子还散发着白日里晒过太阳的味道。

他做了一个梦，梦里他又走到那间学生会办公室门口，推开门，许白坐在桌前看过来，笑容甜美，冲他喊了声“学长”。窗外是学校里的一片湖，湖边种满了又小又白的白晶菊，大片大片，开在许白身后。

清晨六点，靳明安从梦里醒过来，扯开眼罩，动了动嘴唇，只发出了一声叹息。

4

许白收到了一条短信，短信内容是一大段详细的问题解答，没有省略一个环节，她心下赞叹，果然是博士，解个题都这么细致，就是老在句子后面附上颜文字，许白忍俊不禁，实在是想象不到，他竟还有如此少女心？但想想那张脸，什么都不重要了。

许白咂咂嘴，白日里该上课上课，该值班就值班，到了晚上，打上一大盆热水，一边泡脚，一边给高原发短信。

内容无外乎是感谢他帮她解题，然后顺势唠唠今天一天的日常，上了什么课，老师讲了什么，下午去操场上监督运动员训练，差点被铁饼砸到之类。

彼时，靳明安和高原正在实验室里做实验，两个人穿着白大褂，戴着防护镜，盯着溶液发生反应，冷不丁听到一声短信通知，高原脸上一乐，脱了塑胶手套从白大褂口袋里掏出手机：“嘿，来短信了！”

他正惊喜着，一只修长的、带着消毒水味道的手伸过来，从高原手里抽出手机，指了指桌上的试管：“你的溶液开始变化了，还不记，想明天再做一遍？”

高原抖了个激灵，学妹固然好，可实验更重要。

“你做你的实验，我帮你回短信。”

许白敷完面膜回来，看到手机收到一条新的短信，就一个字：“嗯。”

不知道为什么，她突然就笑出声来，室友朝她看过去，“啧啧”了半天：“这年头，还有发短信交流的，你找他要微信啊，进去看看他的朋友圈。”

许白捏着手机，有些踌躇：“直接这么要，会不会不大好？”

“你都开始跟人短信聊天了，要个微信怎么了？很正常很正常……”倒也是这么个理。

靳明安看到这条短信的时候，抿着嘴想了想，然后拿出自己的手机，从手机软件商城里下载了一个微信，迅速注册，连头像都没来得及设置，然后把这个微信号发了过去。

接着，他删除这两条短信，将手机递还给高原。

许白那头收到了一串账号，喜不自胜，深吸一口气，两手箍住室友的肩膀来回摇晃：“回了回了……我和小哥哥终于，又进了一步。”

室友伸着脑袋过去看了一眼，昵称只有两个字——明安。这个名怎么这么熟呢？是在哪里听过？

没过多久，头像突然变了，换成了一张图片，图片里是一缕阳光，从窗外透进来，折射出令人炫目的光晕。立夏刚过，夏至未至。暖阳如许，光是看着，就觉得温柔。如果图如其人，想来应当是个如静水一般宽厚温柔的男人。

许白点开那个头像，看着空荡荡的对话界面，想了想，在表情库里选来选去，最后选了一张发了过去。

实验室里，靳明安靠在椅子上，手机微微振动，他拿在手里转动，食指漂亮纤长，来回动作简直堪比手模。他眼尾一弯，还真是个有意思的小姑娘。

靳明安一边等着高原记完实验记录，一边耐心跟许白聊天，间隙里拍了一张他下午做的实验成品的图：絮状物还没散开，在试管里，透着幽幽的蓝色。

靳明安发到了朋友圈里。他微信里的好友只有许白一个人，朋友圈也自然只有许白一个人能看到。许白不知道，靳明安心里却突然生出一种满足感。许白不认识他，他却不是第一次见她。

开学的时候，许白作为学生代表在台上讲话，彼时靳明安因为实验拖了时间而来迟了，只能从大礼堂侧门进来。

许白刚刚结束讲话，退后一步站在领导身后，看着站姿笔挺精神，表情庄严肃穆，可偏偏趁人不注意的时候，冲着领导的背影做了个鬼脸，而这个鬼脸正好被从侧门进来的靳明安一眼瞧见。他对许白的第一印象就是，这小姑娘还真有意思。果然，如他所想，许白……真有意思。

5

和靳明安聊天成了许白每天晚上必做的事情，哪怕有时候要做作业，有时候要写策划稿，她也要时不时吐槽两句，靳明安就会很贴心地问上一句“需不需要帮忙”。

许白花了半个月，成功地把靳明安变成了自己的私人家教，乐得简直快要上天了。而靳明安，实验室也不久待了，每天做完实验就走，晚上看看书，手机放在身边，时不时拿起来打字回信息。

转眼就到了月底，周末的运动会，许白特地给老爹老妈打了电话，说这周不回家。

天气似乎也格外给力，阳光明媚，午间甚至有些热，毕竟立夏已过，温度多少升了些。

高原是在运动会的前一天收到学生会发来的短信才知道自己竟然要参加，还是掷铁饼和扔铅球。他在实验室里气得直跳脚，是哪个天杀的这么整他，他好不容易读到博士，还能不能给他留几分面子了。

靳明安手里拿着滴管，正在往烧杯里滴溶液，观察化学反应。他眼睛都不眨一下，却开了口：“上次你把我等了一周的研究结果给打翻了，害得我要重新做一次实验，我想了想，不能我一个人吃亏，正好遇上学生会在找人参加比赛，我就帮你报了个名。”

高原壮硕的胸膛上下起伏了半天，对着靳明安咬牙切齿：“算你狠！”

这夜，许白给靳明安加了一晚上油，奈何真正要加油的高原已经打起了鼾，睡死过去了。

第二天早上十一点是掷铁饼，下午四点是扔铅球。

高原拿着学生证进场的时候，满脸茫然，怎么就被坑到这里了呢？

那头许白挂着工作牌，在院里搭的棚子下面忙进忙出，她实在是分身乏术，没办法亲自去接“高原”过来，就找了两个小学妹干事去接。两人领着高原回来的时候，许白正抱着矿泉水在八百米终点处等着给运动员送水。

这边送完了水，那边验完了身份，发了参赛号码牌，高原坐在院里的棚子底下休息，抬头就看见一个穿着运动服的小学妹走过来，累得够呛，脸颊红扑扑的。来人还没走近，刚才去接他的那两个小学妹就迎了过去：“学姐，我们把高原学长接过来了。”

许白抬眼一看，如遭雷劈。他是谁？谁是高原？我是谁？我在哪？我在干什么？

6

高原被那小姑娘用震惊且惊悚的眼神看了不知多长时间，实在坐不住了，心里念叨着，这是咋回事？不让我坐这儿？

许白深吸一口气，眼圈都憋红了，她喜欢的“高原”不是他，是那天推门进来的男人，是陪她聊天，给她讲题的那个“高原”。她再怎么傻，也明白了，她认错人了，起初发消息的那个号码，根本就不是那个人的电话，至于那个微信……微信！不对不对，自从有了微信之后，她就再也没有给那个号码发过消息了，那个微信又是谁的？这人分明不认识自己。

她此刻只觉得都是一场笑话，那人跟个导演似的陪她演戏，其实就是逗她好玩。如果是第一次发消息就发现了，她最多只是尴尬，可如今，她分明那么喜欢他，却根本不知道自己究竟喜欢的是谁。每天晚上陪她聊天的那个人，给她讲作业的那个人，到底是谁？

许白思绪很是混乱，两个小学妹面面相觑，高原在那里坐也不是站也不是，好似屁股底下被撒了一把图钉。

她抹了把脸，转身往角落里走，小学妹犹豫着要不要跟上，就听见许白说：“带运动员入场，去忙你们的。”那声音闷闷的，带着一点点的鼻音。

许白走到角落里，拿出手机，点开明安的头像，直接按了语音通话，那边几乎是立刻接了起来。

“许白？”那人的声音一如既往地慵懒，好像一直没有睡醒，这是他第一次叫她的名字，好听得许白心尖尖都酥了。

“你是谁？”她抽了抽鼻子。

那头轻笑一声：“我一直用我的名字跟你聊天，你现在问我是谁？还没醒吗？”

许白皱皱眉，把手机从耳边拿下来，看了看那昵称，“明安”两个字显眼地摆在屏幕上，许白有些尴尬，气还没消，就已经心虚了：“你不说清楚……”

“哦，我以为靳明安三个字，放在全国哪个学校的化学院，应该都不会有人不认识。”他的话十分嚣张，带着漫不经心，听着却又觉得他只是在说一件很小的事，理所当然的样子。

许白却是心里一惊，“靳明安”三个字一出口，她立马就反应过来了。

谁不知道靳明安啊，化学院的天才，从大学一年级起就不断刷新各大高校的比赛纪录，实验论文更是隔三岔五就出现在权威杂志上，活生生一颗化学界冉冉升起的新星，亮瞎所有人的眼。

只不过这个人十分低调，自他声名鹊起，见过本尊的人就寥寥无几，听说他常年泡在化学实验室里，社会交际并不多，和同学间的来往也不多，各大高校的贴吧里、小道消息里，竟然没有一张他的照片。

因此，几乎所有人都是只知靳明安大名，却和人对不上号，哪怕他大摇大摆走在学校里，也不会有人认出他。自然，第一次见面时，许白也不知道，他就是大名鼎鼎的靳明安。而微信上“明安”两个字，也确实就是他的名字，可谁能想到，大名鼎鼎的靳明安会勾搭她？

“除了你第一天发短信是发到高原的手机上以外，每天晚上陪你聊天的人是我，听你撒娇的是我，听你发牢骚的是我，给你讲题的也是我，你微信上所有的聊天记录，对象都是我。”靳明安的声音依旧淡淡的，可许白偏偏听红了脸。

她有些反应不过来，偶像靳明安，竟然是她手机里，微信聊天置顶的那个人，她以为他们之间是天和地的距离，一辈子拍马不及。可事实上，他们只隔了一个手机屏幕，甚至现在，他正在跟她通电话。

“靳明安。”许白喃喃道。

“嗯，这次可算是没叫错。”他的声音隐隐带笑。

许白挠挠脸，迟来的尴尬让她手足无措，在原地走来走去不知道说什么才好，分明，她刚刚是想发脾气来着，可为什么他一开口，她就心软了？

“许白，你回头。”

许白听着，条件反射地回头，只见靳明安站在操场外，斜倚着围栏，一手插兜，一手拿着电话，背着光。正是中午，一天的阳光此时最为耀眼，他穿着一件白色衬衣，眉目淡然，目光却含着笑意。那一刻，许白以为，他落在她身上的眼神，是阳光。

靳明安收起手机，朝许白招招手，许白脑子一片空白，同手同脚地走了过去，犹在梦中，她看着那张脸，歪了歪脑袋：“靳明安？”

“嗯。”

和那次她收到的那条短信一样，一个“嗯”字。许白的脑子突然就通了，原来，那天回短信的人是他，一直都是他。他从神坛走下来，走到她触手可及的地方，从未想过掩饰，不过是她从未发觉。

这时许白的手机又响了起来，她接通，那头是室友的鬼哭狼嚎：“白白，我严重怀疑跟你微信聊天的人是靳明安，靳明安啊。我就说那天我看到明安两个字，怎么觉得那么眼熟，好像在哪里听过，何止是听过啊，是如雷贯耳好吗……”

室友还在碎碎念，许白一直盯着靳明安，眼珠子一转不转，因着方才的委屈，还泛着一点点红。

靳明安弯了弯嘴角，抬手摸摸许白的头：“是我的错，我来哄你好吗？”

许白鼻尖一酸：“好。”

“那，等你忙完，我先带你去看场电影，然后我们去吃饭，你说喜欢学校旁边那家商场里电玩城的娃娃，我帮你去夹，虽然没夹过，但我觉得应该也难不倒我……”

他的语速依然不疾不徐，声线温柔，前两天她说想去看最新的电影，想去吃新开的日料，想去商场里夹娃娃……一桩桩、一件件，他都记得。

许白突然就松了一口气，好似带着梦里的欣喜和满足回到了现实。她有些不好意思，但仍伸出手去：“你好，靳明安，我是许白。”

靳明安眼睛一弯，目光随即染上笑意，抬手握住：“你好，许白，我是靳明安。”

许白还没来得及抽回手，靳明安手上一个用力，把她拉了过去，两个人隔着操场的围栏拥抱，靳明安的怀里还有实验室化学试剂的味道，可更多的，是阳光晒过的味道，清冽，温暖。

靳明安松开许白，抬手替她拨了拨额前的碎发，他的长相清冷俊秀，笑起来却十足温柔，一双眼睛亮得就像是夜里的星子。

“我等你忙完，随时给我打电话，我在实验室……”靳明安从衬衣口袋里拿出一支圆珠笔，在许白的手掌上写下一串数字，“这才是我的号码，别再认错了。”

许白被顺了毛，此刻恨不得化身小猫咪，在靳明安的手掌底下翻滚撒娇。

她眯了眯眼，连表情都变得柔顺了许多，带着小女儿的娇俏。

7

等许白回到院里的棚子底下，两个小学妹看着许白此刻眉眼含春，笑意盈盈的样子，感觉和刚才那个爹毛的人判若两人。咦？刚刚角落里发生了什么好事吗？

许白把手机收起来，看了看手掌心里那串数字，轻轻摸了两把，一个人乐得不行。

下午，最后一个项目扔铅球也比完了，各院都收拾东西准备走人。高原扛着一身肥肉坐在院里的棚子底下喝水，念叨着："这铅球这么重，累死老子了。"

"扔个铅球都能累成这样，你好意思吗？"

此等挖苦，此等讽刺，高原抬头就说："靳明安你闭嘴，要不是你，我能出这丑？你来干什么？看我笑话？我跟你说，你最好防着我，不然我明天就把你的实验结果给改了。"

听听，这威胁得一点力度都没有，靳明安都懒得理他："我哪来这闲工夫看你的笑话！我来接我女朋友，跟你可没关系。"

"女朋友？嗯，你什么时候有女朋友了，我咋不知道。"高原一口水喷了出来，这个整天除了实验室哪里都不去的怪胎居然有了女朋友！

靳明安看着高原，笑了笑，笑得高原起了一身鸡皮疙瘩。

"学生会文体部部长，许白，是我女朋友。"

"啥？"

靳明安没理他，帮许白收了最后两张桌子，然后牵着许白的小手，大摇大摆从高原面前走过。高原暗自琢磨了一下，不对啊，这个部长不就是起先给他发短信的那个吗？

"好你个靳明安，挖墙脚啊你！你等着，晚上我就去实验室搞破坏……你等着！"

许白回头看了看："学长怎么了？"

靳明安捏捏她的手："别管他，间歇性发病，一会儿就好了。"

立夏之后，夜晚来得迟，天边火烧云蔓延出一大片，夕阳和云朵都被许白和靳明安抛在了身后，他就这样自然地牵着许白的手。

许白的手指在靳明安的掌心轻轻划了划，靳明安低头看她。许白踮着脚，亲在他的脸颊上，温热、干燥，如蜻蜓点水，掠起一湖涟漪。

小剧场

许白第一次去靳明安的实验室。彼时靳明安正在做实验，让许白在旁边先等一下，并且十分体贴地把手机递给她玩。

许白拿着靳明安的手机，咬唇轻笑："你不怕我偷看什么吗？"

"没什么不能看的，想看就看，你等我一下，我马上就好，乖。"靳明安一手拿着试管，一手拿着滴管，正小心翼翼地添加溶液。

许白在靳明安的手机桌面上来回翻了翻，点进了微信里。她看了看，慢慢地笑了，眼睛亮得惊人，随后正襟危坐，一双眼直黏着靳明安。

那微信的好友列表里，只有许白一个人，还有聊天界面上，也只有许白一个人，备注是：我的小姑娘。

她心里像是溢满了温水，暖意浓浓。

8、二十四番花信风·小满

小满：斗指甲，太阳到达黄经60°。从小满开始，大麦、冬小麦等夏收作物，已经结果、籽粒饱满，但尚未成熟，所以叫小满。《月令七十二候集解》：“四月中，小满者，物致于此小得盈满。”

二〇一七年五月二十一日，农历四月廿六，丁酉年，乙巳月，戊申日。

〔第八番〕请多多指教

1

深夜十点，徐甘拉着行李箱，到了港都国际机场的候机厅。

大四下半学期，徐甘一边写论文一边在港都一家律师事务所实习。如今三个月过去，实习期结束，她拎着大包小包在五月底的深夜，在候机厅等着坐晚上十一点半的飞机回东市。

左边的左边，和她隔了一个位置的地方，坐了一个男人，西装革履，大约是因为忙了一天，眉目间都是疲累，领带被取了下来，西装衬衣最上面的一颗扣子也被解开了，露出线条优美的喉结。

徐甘从进候机厅的时候，就注意到了这个男人，因为外貌着实优秀。前额的头发全部梳了上去，露出一张毫无遮掩的脸，线条凌厉，眉间微微蹙起，他正半闭着眼睛小憩，浓密的睫毛覆在下眼睑上，落下一小排阴影。

深夜候机厅的人并不多，徐甘面上一派冷静淡定，从口袋里掏出手机，打开微信，点开她寝室的群，两只手在屏幕上点了点。

“天哪天哪！我旁边的旁边坐了个大帅哥，本仙女沉迷美色，不能自拔。”

寝室其他三个小姑娘怂恿着她去搭讪，徐甘手握成拳头抵着嘴唇，掩盖住一个猥琐的笑容：“不，我害羞，我内向，我不好意思。”

候机厅里，说话都压低了声音，细细听去，只有一片嘈杂的嗡嗡声。

男人依然半闭着眼睛，丝毫没有察觉到徐甘时不时溜过去的视线，也完全不会想到，坐在旁边的小姑娘，正拿着手机和室友讨论他。

十点半，候机厅里突然响起了标准的温柔女声，徐甘正在打字的手一顿，余光看见旁边的人动了动，她转头看过去，只见那男人坐直了身体，抬手轻轻揉了揉眼睛。那双眼睛睁开，现出漆黑的眸子，带着红血丝和刚刚醒来的一层模糊的水雾，眼神茫然而无辜。

播音结束，周围议论声渐大，徐甘回了回神，那广播又重复了一次，徐甘才意识到刚刚播报的临时延误的航班正是自己回家的那一班，心里一抖，把登机牌又拿出来看了一眼，反复确定，然后嘴唇微微打开："我的天！"

因着天气不好，航班临时延误，具体延误时间也不知道，徐甘心想：莫不是要在这机场过夜了？想完她抬手拍了一下自己的嘴巴，喃喃自语："乌鸦嘴乌鸦嘴，呸呸呸。"

她小动作频频，没看见旁边的男人抬头看了她好几眼。

五月底的港都已经很热了，可徐甘坐在候车厅里，感受到了深夜的冷气，凉得厉害。航空公司的员工及时送来了毛毯、热水，规矩礼貌地向乘客道歉，徐甘被那放低的姿态弄得有些不好意思了，摆摆手，把杯子凑到嘴边轻抿了一口，来掩饰尴尬。

无聊的时间总是过得格外慢，在徐甘第十次看手表，发现才过了半个小时之后，她从包里掏出了移动充电宝和耳机。看着手机屏幕上百分之六十的电，她毅然决然地连上了机场的Wi-Fi，然后插上耳机，点开屏幕上《王者荣耀》的图标。

她有一个微信群，全都是身边玩王者的好朋友，关系铁，还组了个战队，每天在群里聊个不停，一天能呼叫徐甘一百次。

不是徐甘自己膨胀，人说膨胀也要有膨胀的资本，人家为什么要呼叫徐甘一百次？那是有道理的，谁叫徐甘是国服第一诸葛亮呢，即游戏世界里，一个拿着诸葛亮大杀四方的姑娘。

徐甘动不动就疯狂膨胀，碾压对手，中路简直成了她一个人的舞台。

这不，她刚在群里叫了一声。

【包饺子不要皮】：要不要来一把，开黑！本大神带你们carry全场（带动全场节奏）……

【蘑菇街没有蘑菇】：来来来，求带。

【裤头掉了】：等等我，我上个厕所马上就来……

【一口毒奶】：求甘大拯救我的人生！

……

几乎是一呼百应，奈何只能五黑，徐甘邀请了最先回应的五个人，在《王者荣耀》里开了五黑。紧接着，诸葛亮一身帅气的星航指挥官的皮肤，出现在屏幕上，要多帅有多帅。

2

五黑匹配，配到的时候，才发现对面竟然也有一个荣耀王者，是兰陵王，昵称很眼熟，可徐甘一时半会儿没能想起来。

开局不久，耳机里传出一道声音，是同班某个和她一起玩游戏的男生："甘大，对面是国服兰陵王哎，王者局就是高手多。"

徐甘在中路大杀四方，瞅着那兰陵王跑过来抓她，定睛一看，对方脑袋顶上果然顶着"不想说话"四个字，还真是他。

这是一场国服诸葛亮对战国服兰陵王的战斗，不能输，输了太没面子。

徐甘抬了抬手，集中注意力，左右手配合，用她最熟悉的操作，两人僵持了一会，徐甘的手腕都开始发酸了，突然一个大招，屏幕显示——First Blood（第一滴血）。拿下国服兰陵王第一滴血，成就感从脚底板升腾而起，美得她连头发丝都充斥着骄傲和满足。还有谁？就问还有谁？能动摇她的地位！

旁边的男人放在屏幕上的手指一顿，眉间有些懊恼，但更多的是疲惫。他也在打游戏，答应同事要带他打匹配，奈何今晚实在是太累。开局被人拿掉第一滴血，实在出乎他的意料，这个诸葛亮，很厉害。

徐甘在中路和国服兰陵王拉扯纠缠，队友十分给力，上路下路的塔一路推进，徐甘缠得兰陵王无法脱身，进也不是退也不是。

而兰陵王显然没有发挥出最佳的实力，竟然被徐甘拿了三次人头。毫无疑问，这一场王者局的匹配赛，徐甘大获全胜，国服兰陵王又怎么样？还不是照样被她碾压。不是她膨胀，是实力就是如此，不得不承认啊！

徐甘放下手机，揉揉手腕，长舒一口气，脸上带着愉悦的笑容。群里还在叫嚣着再来一把再来一把，徐甘看了看时间，这一场打了二十多分钟，现在已经快十一点半了，要是航班没有延误，她现在早就在飞机上了。

搁在旁边的水已经被喝完了，徐甘搓搓手，起身去接水，路过旁边那个男人面前，却正好碰上他也端着杯子起身，两个人一时间撞成一团。男人杯子里剩下的水泼到了徐甘的裤子上，一阵湿意在大腿上蔓延开来。

“抱歉抱歉……”男人反应很快，把杯子往旁边一放，从口袋里摸出一方暗色格子手帕，一把按在徐甘的大腿上，不住地道歉。

徐甘有些尴尬，弯身压住手帕，往后退了两步，抬头看向男人，正对上他的眼睛，徐甘面颊红了红，摆摆手：“没事，没事，一会儿就干了。”

男人弯弯嘴角，释放出歉意和善意。徐甘抿抿嘴，转身回到位置上，男人走过来，拿过徐甘的水杯，在她眼前晃了晃：“我帮你去打水。”

徐甘原想拒绝，话还没出口，看见他握着水杯的手，指节纤细修长，徐甘挠挠耳朵：“谢谢。”

男人打水回来，把杯子放到徐甘身边，冲着徐甘笑笑，然后坐回自己的位置上，拿起了手机。两人没再说话，徐甘拿着半湿的手帕，想了半天还是收进了自己的口袋里，已经脏了，还回去是一件很尴尬的事情。

飞机是晚上一点四十五降落的，徐甘拖着行李匆匆上去，和男人擦肩而过。

她关了手机，戴上眼罩，口袋里放着那方手帕，在飞机上浅浅睡了一觉，等醒过来，已经到了东市。东市温度也渐渐升高了，徐甘出机场的时候，脊背生了一层薄薄的汗。她拎着行李，在出租车处拦了一辆，直奔学校。六月中旬毕业答辩，她还要在学校宿舍住上半个多月。

3

时间其实过得很快，拍完毕业照，宿舍的人已经陆陆续续离开了不少，徐甘投了东市一家还算出名的律所，等着通知去参加笔试和面试。

六月天渐渐热了起来，徐甘的寝室里只剩下她和另外一个女生仍然住着，两个人交了半个月的电费，因为已经没有课了，就坐在寝室吹空调、写论文、追剧、打游戏……好不快活。

论文答辩头一天晚上，徐甘坐在床上，手里捧着手机，插着耳机，一个人玩上《王者荣耀》了。今天她谁也没叫，一个人开了匹配赛，好巧不巧，上次在机场输给她的国服兰陵王，今晚成了她的队友，果然是没有永远的敌人，徐甘简直哭笑不得。

她照例选了诸葛亮，就看到有人在屏幕上敲字。

【带着辣酱上王者】：啊啊啊，我没看错吧，诸葛亮和兰陵王，这一局我可以躺了，开心！

【花生牛奶巧克力】：截图截图，已达成成就——和两大国服高手组队。

徐甘勾着嘴唇笑，一场游戏打得十分嚣张，走位风骚到了极点。不仅如此，虽然是队友，可她偏像是和兰陵王作对似的，抢他的人头，抢他的红，抢他的蓝……抢得不亦乐乎，屏幕上一片“牛牛牛”。

耳机里突然出现了一些杂音，徐甘手指一顿，随即听到一道男声，声线低沉却半点不沙哑，醇厚得就像是后劲十足的酒。那人说：“饺子皮，你去中路玩去……”

徐甘莫名咽了一口口水，手指在屏幕上划了几下，只见游戏里的诸葛亮，就那样傻愣愣地在原地打了两个转。

那人又说：“好好打。”

徐甘耳根子一软，抖了抖肩膀，回到游戏里，不知为何听话得很，竟然真的没有再去挑衅兰陵王，而是乖乖地去了中路，一路推到了高地。

游戏结束之后，徐甘下床灌了一大口水，她还沉浸在那个声音里，感觉有一些耳熟，也不知道在哪里听过。声控就是声控，听到好听的声音，她都走不动道了。

徐甘从钱包里抠出一张五块钱纸币，趿着拖鞋就去了女生宿舍一楼买酸奶。等她回来，打开手机一看，那兰陵王竟然邀请她一起打匹配，徐甘重重吸了一口酸奶，顺势就坐在了椅子上，跷着两条腿，点了同意。

有时候，“默契”二字玄之又玄，徐甘不过是和这个“不想说话”打过两次游戏，对方却把她的习惯摸了个一清二楚，两个人打着配合，眨眼又赢一局。

徐甘兴致大起，正准备邀请他再来两局，“啪”的一声，熄灯了，十点了，整个寝室只剩徐甘的手机散发着幽幽的光。

她叹口气，想着明天就是答辩，现下又熄灯了，今天就是打三局的缘分。她看着手机上兰陵王的头像，咬了咬唇，点了一下加好友。

半晌没有回应，徐甘爬上床睡觉去了。却不知，城市某处，有人站在落地窗前，手机拿在耳边打着电话，这一打，就是近一个小时，一直到他的手机发出电量过低提示音，这才挂断。低头一看，看到“包饺子不要皮”申请加自己好友，回想了一下那个霸道无比的诸葛亮，徐峥言笑了笑，点了同意，然后把手机插上电，揉揉眉心，坐回书桌后面继续看资料。

4

六月十三日早上十点，徐甘背着包去了律师事务所参加笔试，前台小姐姐长得美，连笑容都无懈可击，领着徐甘去了大会议室，徐甘拽着包走在后面，抬头四处望着。路过一间办公室，徐甘余光往里瞟了瞟，只看见了几颗后脑勺，然后听见有人在办公室里叫：“老徐，离婚案你接不接？”

只见一个男人把手抬起来摆了摆，白衬衣的袖子卷到手肘处，露出小臂紧实的线条。

“成，你不接我就接了啊！”恍惚听见一声回答，却因逐渐走远而觉得模糊不清，心里却是一乐，一个姓，说不得五百年前还是一家人呢，徐甘笑着耸耸肩，继续跟着前台小姐姐走。

十二点，徐甘结束笔试走出事务所大楼，同一时间，一沓卷子被送到了她之前路过的那间办公室。

“老徐啊，你看这届的学生，都不怎么样嘛，这么简单的题都做不出，基础真的是太弱了。”那男人凑在徐峥言耳边一个劲地絮叨。

徐峥言手里拿着一份卷子，从头至尾认认真真地看完，然后折叠起来，放在了一边。

那男人好奇，伸手拿过来看：“你小子，闷声不响发现了个种子选手啊！瞅瞅这张卷子，再看看别的卷子，真的是一届的学生吗？”

徐峥言一把夺回试卷，折好放好：“我带她。”

那男人眼睛倏地瞪大，拍了拍手掌：“大家伙儿听着啊，老徐这家伙要收徒弟了，咱们徐大状居然肯收徒弟了！”

徐峥言知晓他一贯不着调，压根就不想理，手掌在试卷上压了压。那试卷姓名填写的地方，赫然就是“徐甘”。

徐甘在第二天就接到了事务所打来的电话，通知她参加第二轮面试，时间是六月十五日，也就是明天。

次日早晨，依然是十点，徐峥言在小会议室里等着来面试的徐甘。他从改试卷的时候就很欣赏这个叫徐甘的女孩，因为太忙，还没来得及看她的简历，只通知了 HR，记得要给她回复，告知她来面试的时间。

徐甘推开门，眨眼看到的第一个场景，便是男人坐在一张桌子后面，两只手交叉放在桌上，听见推门声抬头看过来，眉眼深邃又稳重。

两人对视，俱是一愣。他们半月前在港都国际机场见过一面，时间过去并没有多久，双方都是出色的长相，此时一见，都有些恍惚。

徐峥言率先回神，轻咳一声，挥挥右手示意徐甘坐下，才说：“进来坐吧。”

徐甘随即收回目光，“哦”了一声，坐在桌子前面的椅子上，低垂着头，不好意思看徐峥言。半个月前，两人只是萍水相逢，她就权当是在路上随意看了个美色，还和室友议论过他，谁料他如今摇身一变，竟成了面试官，这感觉有些微妙，但她又不得不硬着头皮上。

“你……你好。”徐甘干巴巴地打了个招呼。

徐峥言显然稳重多了，错愕过后，迅速回归平静：“你好，徐小姐。”

看着徐甘依然跟个鸵鸟似的垂着脑袋，徐峥言觉出几分好笑，那日在机场，分明觉得她是个大方爽朗的姑娘，可怎么今天一到他面前，就蔫成了小鸡仔？

“我只是随便问几个问题，徐小姐不用紧张。”

徐甘抬头给出了一个干巴巴的笑：“老师你问。”

像只谄媚的小京巴，徐峥言想着。她莹白的小脸蛋正对着窗外的阳光，连眼睫毛都染着光，一颤一颤的，齐刘海在眼睛上方，显得一双黑白分明的眼睛极大，又有神。这人还是一团孩子气，比一般刚毕业的大学生倒还显嫩几分。

徐峥言翻了翻手下压着的试卷，淡定自若地问了几个问题。

徐甘原以为他会问一些很专业的问题，都已经绷紧了脊背准备好好答，可乍一听这些小问题，她竟然有些反应不过来，就像是一个人高高抬起脚，却一脚踩空的感觉。

看着徐峥言认真的眼神，徐甘这才回神，小心谨慎地回答，心里又忖度起来，说不定他就是拿小问题来考她，越是旁人不注意的细微之处，越能考验一个人的水平。徐甘越想越觉得是这么回事，面上神色也正了起来。

徐峥言若是知道这么一番想法，只会觉得她真的是想多了。

徐峥言这边刚刚面试完，送走紧张兮兮的徐甘，就遇上了迎面扑过来的同事：“老徐老徐，我挑中了两个，你挑中了几个？”

徐峥言挑眉：“昨天那个，不错。”

言下之意，就是他看中徐甘了。啧，他从来不肯带新人收徒弟，如今却收了个刚毕业的小丫头，也不知道那小丫头给徐峥言灌了什么迷魂汤。

徐峥言心想：你们为什么戏都这么多？

5

徐甘回寝室，收拾好最后一点东西搬到租的房子里。六月天已开始热了，徐甘换了件短袖就开始收拾房间，里里外外做了清扫，晒了晒被子。

一个刚毕业的小姑娘，自己照顾自己，虽然累得够呛，也有几分心酸，但终归还是高兴的，徐甘叉着腰站在狭窄的阳台上，仰着头耸了耸鼻子，仿佛可以闻见空气里阳光的味道。

忙完已经是下午三点半了，她囫囵睡了一个半小时，五点起来出去觅食。

徐甘对周围的环境还不算特别熟悉，四处观察，寻找吃饭的小店，身后突然响起汽车喇叭声。徐甘往旁边让了让，回身看了一眼，还没看清驾驶座上的人，车就溜了。

徐峥言看着后视镜里小小一个姑娘，穿着短袖短裤，踩着一双夹板拖鞋，一副不修边幅的模样，想想上午面试时她那整齐干净的样子，简直相去甚远。

事务所的工作效率高得可怕，徐甘刚吃完晚饭，正准备溜达回家，就收到一条短信，通知她下周一早上九点准时去上班，找徐峥言徐律师报到。

徐甘原地打了个饱嗝，然后悠悠然回忆起徐峥言的模样，啧，真俊啊！

晚间，徐甘又上了游戏，好几天不打手痒得慌，刚上就看见“不想说话”同意了自己的好友请求。看着兰陵王在线，徐甘邀请他进行匹配，他回得很快，还打了“你好”两个字，徐甘眯着眼睛笑了，也打了个笑眯眯的符号表情上去，然后开始匹配。

自从和兰陵王组队打游戏之后，徐甘基本上都是和他两个人匹配，然后在游戏里大杀四方，碾压对手。虽说王者局都是高手，可他们俩又一次在十分钟就结束了战斗，这等战绩被人在游戏里四处宣扬，一时间，打游戏的人看到他们俩一组，就恨不得直接投降。

徐甘的诸葛亮走位依旧妖娆，逗得对面的达摩大骂：“你了不起啊，要杀就杀，不要羞辱我！”

徐甘嘴巴一嘟，看到这行话的下一秒，达摩挂掉了。耳机里突然响起一声低沉的笑，徐甘脸一红，转身就走，跑去兰陵王那里抢了他一个人头，抢完就走，还不自觉地哼了一声，哼出了声音。

半晌，对面说了一句话：“你果然是个小姑娘。”

国服第一诸葛亮“包饺子不要皮”很出名的，以其诡谲霸道的打法称霸中路，许多玩家都猜测这个玩家肯定是个男的。后来徐甘的几个朋友说她是女孩，别人又不信，慢慢地，这位“饺子皮”大神的性别就成了一个谜。直到现在，被那人一语拆穿，徐甘有些脸热。

关了游戏，徐甘也没心思继续玩了，难得找了本专业书，窝在床上看了起来。

那厢，徐峥言看着手机上被举报的信息，摇头一笑。

6

徐甘周一准时去事务所报到，顺便还在路边的花店买了一束花，她可不管什么品种，只觉得赏心悦目，就直接拿了，活脱脱一个大俗人。

进门遇见前台小姐姐，她打了个招呼，从花束里抽出一朵浅黄色的放在桌子上。前台小姐姐笑得娇俏，收下那枝花，手指往办公室里一指：“徐律师在里面等你呢，快去吧！”

徐甘冲她道谢，拽了拽背包就往办公室走。

徐峥言翻着手里的资料，面前放着一杯牛奶和一块三明治。徐甘看着撇撇嘴，都市精英难道都吃这个？一点也不好吃，她还是比较喜欢租的房子外面拐角处的那家鸡蛋灌饼。她理了理情绪，还是规规矩矩打招呼：“老师好。”

徐峥言抬头，他今天难得戴着一副眼镜，掩去了几分凌厉，多了些书生气，倒显得面嫩了许多，气场也柔和下来。

他指着自己办公桌旁边的位置：“你坐这里吧，一会儿我给你几份资料，你好好看看，我现在在跟进一个经济纠纷案，不好打，你跟着多学一点。”

徐甘讷讷地答了声好，磨磨蹭蹭坐到位置上，眼珠子却骨碌碌直转，抖机灵的小表情有意思得很。徐峥言瞧着，不知为何想起了“包饺子不要皮”。这一股子机灵劲，两人像得很。

徐峥言愿意收她，一部分是因为那张试卷，他在这里工作已经好几年了，还是头一次见过来事务所参加笔试的人能答出这样精彩的试卷。

还有一部分是因为“徐甘”这个名字。五月下旬，徐峥言去港都处理一桩案子，他在业内也算小有名气，在港都见了不少同行，其中有一个曾在言语间提及一个叫徐甘的小姑娘，年纪不大，能力却非常出色，认真起来，那气势也是镇得住人。最重要的是，她虽然刚通过司法考试，在港都实习时间不长，却配合律师处理了一桩遗产纠纷案，要知道遗产纠纷案虽说打起来不算难，可当事人是最不好缠的。

徐甘不仅能完成案子，还能安抚好当事人和其他家属，光这一点，就不能小觑。所以从一开始，徐峥言就对徐甘青眼有加。徐峥言几乎可以断定，只要徐甘心性坚定，坚持自己的原则和职业操守，未来无可限量。这样的苗子，他想带她一路。机会有多重要，他一清二楚。

徐甘确实是个争气的，工作效率也高到令人咋舌，等中午点了外卖，她捧着饭盒，一边吃一边看哔哩哔哩的时候，徐峥言看到她桌上的资料已经全部整理完了。这可需要非常强大的记忆力和归纳能力，并且要对法律条例非常熟悉才能一上午完成。

他原想夸她两句，却见她看动画看得起劲，摇头晃脑，嘴里吃着饭还有工夫附和着动画在那边哼哼唧唧，米粒沾到了嘴边都不知道。徐峥言摇摇头，就这德行，他应该把她扔给同事的。

他摸出一方手帕递到徐甘面前，徐甘起先一愣，随后抬头望着他，一脸的呆愣不解。徐峥言无奈，指了指嘴角，又把帕子往前递了递。

徐甘抬手摸了摸嘴角，果然摸到了饭粒，嘿嘿一笑，把徐峥言的手帕推开，从桌上抽了一张纸巾抹了抹嘴：“帕子麻烦，上次给我的帕子我还没洗呢。”

徐峥言额角一跳，黑着脸转身回到座位上，不知道又从哪里摸出了三明治。

徐甘看看自己面前丰盛的大餐，再看看徐峥言可怜巴巴的一个三明治，想了想，从碗里夹起一个鸡腿递过来，颤颤巍巍：“徐老师，吃鸡腿。”

徐峥言摆摆手，还没来得及说话，就看见那鸡腿掉到了自己的办公桌上。徐峥言脸色更难看了，太阳穴紧得发疼，他哪里是招了个小律师，怕是招了个混世魔王吧？

7

徐甘秉承着讨好老大的心思，在看见徐峥言吃了一个星期的三明治之后，毅然决然地去网上买了两个饭盒，每天下班去菜市场买菜，早上一大早起床做便当，然后带到事务所给徐峥言。

她还记得第一天给徐峥言带早餐和便当，徐峥言脸上罕见地出现了错愕和呆愣的表情，他没说什么，安静地接了过来，眼底有什么情绪汹涌而起，徐甘看不懂。

办公室的人见天开始逗徐峥言，说他收了个好徒弟，连带着吃饭也解决了。

徐峥言离家多年，在东市打拼的这些年里，律师这一行忙得让人喘不过气，他逐渐失去了对生活里细碎琐事的兴趣，做饭、收拾家里似乎都变成浪费时间的事情，可有时在工作之余，心里又空荡得厉害。

事务所的同事都知道他不喜欢下厨，可哪里是不喜欢，只是当他做好饭，一个人坐在饭厅里，霎时间就失了胃口。

他已经很久没有吃过别人给他做的饭菜了，家常小炒、热腾腾的米饭。

徐甘哪里想得到这么多，她还没有体会过这样的寂寞，她还对生活充满着好奇和兴趣。她不过是对他有几分心疼、几分崇拜，还有，一些心动。或许，就是从港都国际机场开始的。徐峥言却想，徐甘像是一杯牛奶，旺仔牛奶也好，QQ 星也罢，总归是那样甘甜。

中午吃完饭，徐峥言洗好了便当盒，回来没看到徐甘人，竟然没看动漫了，也不知跑哪里去了？他在座位上坐了一会儿，却觉得有些煎熬，起身四处找了找，最后却发现徐甘竟然躲在楼梯间里打游戏，戴着耳机，嘴里叽里咕噜说着话。

徐峥言走过去，在她旁边坐下。徐甘转头一看，愣了半天，手指也不动了。

只听到耳机里一阵大叫：“甘大，你死了死了！”

她突然反应过来，把手机反过来放在膝盖上，冲着徐峥言嘿嘿傻笑，上班偷玩游戏，还被抓个正着，她心里苦。

徐峥言撑着额头看她，难得起了一回逗弄的心思，指了指她的手机：“想扣工资？”

徐甘赶紧否认，把脑袋摇得跟个拨浪鼓似的。

徐峥言想了想：“来 solo（单挑）一把，你赢了我就不扣你工资。”

徐甘瞪大眼睛，万万没想到！你竟然是这样的徐峥言！想一起玩直说嘛，何必威胁我。

徐峥言摸出手机，他刚刚过来的时候，看到了徐甘的游戏名——“包饺子不要皮”。哼，那个操作妖娆的诸葛亮。

徐甘把手机翻过来一看，自己已经死了好多回了，耳机里朋友一个劲地说：“你是不是掉线了！”

一局结束，徐甘等着徐铮言和她 solo（单挑），定睛一看，那个兰陵王，兰陵王……

“开始？”徐峥言问她。

徐甘抿了抿嘴，手一挥：“等一下，我要改条件。”

徐峥言歪着头看她，徐甘看见他眼睛里两个小小的自己，心下一横：“你扣我工资吧！”

徐峥言：“……”

徐甘：“要是我赢了，你给我当男朋友吧。”

然后，她看见徐峥言的嘴角翘起，现出一抹似有若无的笑。

这一局，只见诸葛亮疯狂碾压兰陵王，几分钟不到，直接推了他家。

徐甘眨眨眼，不明白。徐峥言起身，伸出手去拉徐甘，脸上带着笑，是徐甘从没见过的灿烂和温柔：“女朋友，走吧，回去工作。”

所有的事情将从这里开始，渐渐走向幸福，徐甘突然想起，初见那天，是小满，原来初遇本身，就是一种将满未满的幸福。

小剧场

徐峥言打赢官司，事务所请大家出去聚会。

徐甘是个一杯倒，几杯啤酒下肚，就开始耍起了酒疯，跟个考拉一样挂在徐峥言身上。

饭后，大家去了 KTV，原本是想高兴一下，没想到，徐甘是个麦霸。

麦霸就麦霸吧，你唱得好听些也成，可偏偏徐甘是个五音不全的，一晚上霸着麦鬼哭狼嚎，对面包厢的人直接过来敲门，委婉地表达了辣耳朵的意思。

徐峥言无奈，只能强行架着徐甘回了家。

路上，她还在唱，从《找朋友》唱到《丢手绢》，不知哪里来的兴致，到了家还要问徐峥言好不好听。徐峥言给她擦着脸，看着她迷蒙的眼睛："好听，我不想别人也听到，所以以后唱给我一个人听好吗？"

徐甘冲着他傻笑，糊里糊涂地答"好"，转身睡了过去。

徐峥言捏捏她的脸皮，轻轻吻了一下她的额头："晚安，我的好姑娘。"

9、二十四番花信风·芒种

芒种：斗指己，太阳到达黄经75°。芒种前后，我国中部的长江中、下游地区，雨量增多，气温升高，进入连绵阴雨的梅雨季节，空气非常潮湿，天气异常闷热，各种器具和衣物容易发霉，所以在我国长江中、下游地区也叫“霉雨”。

二〇一七年六月五日，农历五月十一丁酉年，丙午月，癸亥日，芒种。

〔第九番〕
漂洋过海来看你

1

六月五日环境日，连续数日的雨天，好不容易在今天放了个晴，蒋笙下课之后跑到学校附近的一个小公园里，挖了个坑，把她头一天在花鸟市场里寻来的小树苗栽了下去。

种完树，她挎着小包骑着自行车回了学校，刚进寝室就接到了闺密的电话，说周五高中同学有个聚会，约着先一起回学校看看老师，然后去吃个饭唱个歌。

三年前，蒋笙以全市第三的成绩考上了D大最冷门的环境工程专业，惊掉了所有人的眼镜。要知道这个专业向来都是靠调剂分数不够的学生来招生的，蒋笙分数高成绩好，各大热门专业抢着要，可她偏偏选择了环境工程。

此后她更是沉迷学习无法自拔，说起来，高中同学聚会也不是没有过，只是每次都遇上她要做实验，抽不出时间。正好这次撞上了一个还算闲的周五，没有课也没有实验，蒋笙再不去就说不过去了。

周五，等她踩着白球鞋，穿着印着哆啦A梦图案的套头衫到学校门口的时候，同学们看着她那张许久未见的脸，激动得老泪纵横。

一行人进了学校去探望老师，正好遇见（3）班也回学校。当初理科一共两个火箭班，就是（3）班和（5）班。以前是王见王，谁也不乐意跟谁来往，现在毕业了，遇见了反而还能给个拥抱给个笑脸。（3）班班长看到了蒋笙，嘴角弯了弯，拿出手机，给某个远在国外的人发了条短信。

2

因为和（3）班偶遇，索性就一起去吃了个饭。蒋笙坐在角落里有些尴尬，虽然席间一半是同学，但事实上她根本不认识几个。

（3）班班长和蒋笙的班长倒是熟悉，两个人坐在一起唠嗑，也不知道说到了什么，端起酒杯就是一口闷，然后你捶我一下我捶你一下，哈哈大笑。从他们两个人开始，犹如病毒蔓延一般，突然在席间爆出一句：“大吉大利，晚上吃鸡。”

蒋笙听着一脸茫然。

晚间吃完饭，她还打算回学校温书，跟同学打了声招呼，背着包提前走了。

她头一次在九点以前回到寝室，正好撞见室友坐在电脑前面打游戏，那是一个性情直爽、大大咧咧的姑娘，常年沉迷游戏不能自拔。蒋笙推开门就听到她欢呼一声：“大吉大利，晚上吃鸡。”

“玩什么呢，这么开心？”

“《绝地求生》啊，我最近很迷。”

蒋笙难得来了兴致，把包放在一边：“什么东西？好玩吗？”

室友推了一把键盘，拆开一包香辣小鱼干，转过身来，盘着腿对蒋笙眨眼睛：“游戏当然好玩呀，要玩吗？我教你呀，我是大神。”

蒋笙摸了摸手机背面，觉得自己离现实生活似乎远了些，和同龄人之间好像连聊天的话题都没有。她歪歪脑袋，笑了笑：“好啊。”

几个星期之后，蒋笙成了一个大龄网瘾少女。同闺密聊天时聊起，对方很是难以置信。

消息一传十十传百，蒋笙在玩《绝地逃生》的消息不知怎么的传到了（3）班班长耳朵里。等（3）班班长把这个消息连带着蒋笙的游戏 ID 一起发到大洋彼岸某个人的手机上的时候，蒋笙已经成功拿过两个人头了。

晚间蒋笙登上游戏，发现有人添加她为Steam好友，ID是一长串的字母，（5）班的班长在游戏里给她留了言，说这个“字母侠”是他们高中同学，让蒋笙加一下。

几乎是她刚刚同意添加，对方就发过来组队邀请。蒋笙也不怵，依然当她的伏地魔，偶尔打打人再躲起来。对方也不嫌弃，时不时过来看她一眼，仿佛是在判定她是否依然安好，别问蒋笙为什么有这样的感觉，没有理由，只是直觉而已。

蒋笙没活多久就被人打死了，倒地的那一刻，她听见耳机里突然出现一个声音，是在此前的游戏里从未出现过的。

“蒋笙。”那声音轻柔好听，仿佛含在唇齿之间，依依不舍地启合，卷舌音尤其缠绵。

蒋笙耳根酥麻，下意识应了一声：“嗯？”

那人没再说话，而蒋笙看着自己屏幕里的“尸体”，回忆一圈，竟然发现记忆里没有一个声音能和这句“蒋笙”联系起来。而且，也没有人会这样叫她，不似叫一个同学，更像是在叫情人。最后，蒋笙也不知道发生了什么，队伍赢了。她下线，看着那一串乱码似的字母，揉揉眼睛关了游戏。

3

芬兰，赫尔辛基。

纪暄和看着蒋笙的头像，微微低了头，略长的刘海轻轻搭在眼睛上，掩盖住了那一片流转的目光，也藏住了那铺天盖地而来的喜悦。蒋笙，好久不见。

赫尔辛基的天气很好，阳光从落地窗外照进来，在木地板上泼开一大片暖色，纪暄和起身去客厅里倒了一杯水，两三口喝下，仿佛这样就能压住心头的蠢蠢欲动。

潍州市。

蒋笙午睡过后有些饿，出门买了个包子，八月的天已经很热了，阳光晒在她的皮肤上，生出一股烫意，她搓搓手臂，拎着包子往回跑。

家里开了冷气，迎面就是一阵清凉。蒋笙坐到房间的飘窗上，开了电脑。

字母君依然在线，发了个微笑的文字表情过来：“下午好。”

蒋笙咬着包子，回了句：“下午好。”

游戏开始的时候，蒋笙的耳机里传来一阵嘈杂声，然后她听到对方说：“阿笙，你跟着我。”

蒋笙的手指一顿，脑子里突然空了一下，她无意识地重复了一句：“阿笙？”

对方轻笑："阿笙，跟着我，我来带你。"

没来由地，蒋笙脸颊一热，手无意识地挠了挠脸，把注意力重新放到游戏上，轻轻"嗯"了一声。

纪暄和在耳机里听到蒋笙的声音，嘴角翘起，看着屏幕里的游戏人设，就好像是看着屏幕那头的蒋笙。

大约两个人都没什么心思玩游戏，开局没多久就被人爆了头，两具"尸体"躺到了一起，看着这场景，蒋笙轻笑一声。还带她呢，一样菜。

赫尔辛基的早晨很安静，纪暄和坐在阳光里，靠着落地窗，嘴边噙着笑。他眉眼温柔，细细看去，眼底是浓郁的情愫。

蒋笙的手机突然响了起来，师兄打来电话问她要一份勘测数据，蒋笙左耳塞着耳机，右耳贴着手机，回着师兄的话，声音软糯轻柔："师兄……"

纪暄和认真地听着，一丝声音都不愿意漏掉，耐心地等着蒋笙说完电话。心里有些酸意和嫉妒，他听到她叫了一声"师兄"，然后想起，那三年里，她从未叫过自己的名字。而他们说过的话，也不超过五句。他还没来得及让她认识他，这一刻，他突然想要回去，想要站在蒋笙面前，告诉她那些她还不知道的事情。

十几分钟后，蒋笙挂了电话，看着屏幕上一片乱七八糟，准备把耳机拿下来，去洗手间方便一趟。耳机刚刚从耳朵里拿出来，她听到模糊的声音："阿笙，我是纪暄和，你记得我吗？"

纪暄和？蒋笙眉心蹙起，她似乎在哪里听到过，但印象并不深刻，甚至有些陌生，脑海中飘过几个形象，没有一个可以和这个名字对上号。

她翻了翻书桌下面的小柜子，从最里面扒拉出一个小盒子，里面放着蒋笙所有的毕业照。

蒋笙翻开那本薄薄的毕业照册子，高三（3）班，正面印着毕业照，反面对着每个人，印着他们的名字。在此之前，蒋笙从来没有好好看过这本册子。

高三（3）班的毕业照里，左上角最边上站着一个男生，面容不大清晰，下巴也被前面的人遮住了，只依稀可见干净阳光的笑容，和透着些许稚嫩的俊朗。对着那个男生的位置，反面印着三个字——纪暄和。

或许是因为人和名字对不上号，所以说起名字，蒋笙并没有很深的印象。可是看到这张脸，蒋笙没怎么费力，就想起来了。他们之间似乎只打过一次交道，可蒋笙，记得他。

4

高三下学期，三月份全省调考。那时候，北方的天气依然裹挟着刺骨的温度，蒋笙因为着凉，发起了高烧。上午的科目考完之后，她直奔医院挂了点滴。

医院里暖和，蒋笙精神也不大好，迷迷糊糊就睡了过去，等她醒过来，下午第一场考试已经开考十几分钟了。

紧赶慢赶地回了学校，考试原本规定迟到半小时就不许再进考场了，蒋笙喘着粗气，一路跑到考场门口，也不知道到底有没有超过半小时，她手背上还贴着医用胶布，针口渗出一点血，晕在胶布上。

这是她第一次迟到，一教室的考生都看着她，老师脸色不悦。

蒋笙局促地站在门口，脸色苍白："老师……"

考场里有个男生举了手，坐在位置上，眼睛看向门口的蒋笙："老师，我的手表掉在地上了，可以帮我捡一下吗？"

那监考老师走过去捡起了手表，那是一块男式的电子表，上面标着时间，分明才开考二十八分钟。随即老师转头看了眼蒋笙，走到讲台上去拿试卷："进来吧，快做。"

蒋笙松了一口气，走到位置上坐下来，拿到试卷的那一刻，她鬼使神差地回了头，正对上那个男生的眼睛。男生眉眼柔和清隽，有着少年的青涩和腼腆。

（3）班和（5）班，一个在二楼，一个在四楼，考试过后，蒋笙与他再没有遇见过。一直到高考毕业，一直到读大学，一直到今天。大约曾经听同学或者老师提及过这个名字，但她始终不知道纪暄和是谁。她记得的，只是那个在考场上，曾经帮过她的男生。

蒋笙回到房间拿了手机，翻到和班长的聊天记录，将那一串字母发了过去，询问班长是否有这位同学的联系方式。班长没有任何惊讶，只是颇为八卦地发了一个坏笑的表情。

夜幕四合，蒋笙吃过饭，去院子里给几盆新养的花浇水。

等她回房间的时候手机上有一条未读信息，是班长发来了一张微信名片，头像是一只乖巧的小猫，看着镜头，一双漆黑光亮的大眼睛，昵称仍然是那一串字母。

蒋笙没有犹豫，抬手点了添加。下一秒，对方同意。

看着那空白一片的对话界面，蒋笙一时不知道该说什么。手指在屏幕上轻轻滑了两下，想起那时纪暄和叫她的名字，耳根有些发烫。

“纪暄和？”她敲了三个字。

“是我，阿笙。”

蒋笙看了看毕业照上那张又小又模糊的脸，极力回忆当年纪暄和的模样，脑海中的那张脸仍是模糊的。印象里最深刻的还是那一股天然纯净的少年气息，像初夏的阳光，也像阳光下的清潭。

“好久不见。”这几个字刚发出去，她又觉着过于客气和生疏，想了想，选了一个微笑的表情附在后面。

纪暄和靠在阳台的藤椅上，手里拿着彩铅，对着远方，也不知道在画些什么。身边的手机明明灭灭，让他无法专注在画纸上。

他索性扔了画纸，攥着手机，看着“好久不见”四个字，手指来回地摩挲，然后退出微信界面，用最快的速度订了一张半月后回国的机票。还没有到特价机票的时间，价格不菲，他几乎花去了带学生一周课赚来的费用，只为了漂洋过海，回去见她一面。

蒋笙对此还一无所知，她对纪暄和有着天然的好感，因着过往那一次的交集，油然生出一股亲近之感。就这样，她絮絮叨叨竟和他说了不少事情。

纪暄和态度温和，回复速度很快，倾听的姿态十足，不知不觉就让蒋笙有了倾诉的欲望。他还适当地发问，将话题引下去，不让他们之间的交流陷入断层。

蒋笙觉得仿佛找到了一个阔别多日的老友，仿佛他们相识多年，相交已入骨髓。这一晚，蒋笙破天荒地没有在十二点以前睡觉，她的手机插着充电器，房间里的空调低声“呜呜”作响。蒋笙身上盖着薄薄的空调被，一丝睡意也没有，这种感觉太过新奇，竟让她有些欲罢不能。

纪暄和看了眼手表，抬手揉揉眉心，不知不觉已经聊了这么久，他一点也不觉得累，只觉得还有许多话没有说。可算算国内的时间，他咬咬牙，发了最后一条消息过去：“不早了，赶紧睡觉吧……晚安，阿笙。”

蒋笙每次看到纪暄和发她的名字过来，耳根都有些发热。每每都能让她想起，第一次在耳机里听到纪暄和叫她的名字时，声音里带着的缠绵。

摸摸耳垂，蒋笙眨了眨眼睛，也发过去：“晚安，纪暄和。”

5

第二天一早，蒋笙迷迷糊糊从床上爬起来，洗漱过后，背着书包去上英语课。昨夜熬得有些晚，和她一贯的生物钟有些不符，导致她眉眼低垂，一副幽魂的模样，晃晃悠悠地走在路上，连单词都没心思拿出来背。

手机一早就收到了一条信息："阿笙，早上好。"

蒋笙弯弯嘴角，也敲了"早上好"回过去。因为怕一聊又会忘形，而她还要上课，所以敲了一长串解释，说她要去上课，要等到下午下课之后，才可以抽时间出来说说话。

纪暄和回了"好"，把手机放在床头柜上，熄了夜灯，揉揉眼睛，翻了个身继续睡去。上午和学生约了一节素描课，正好他还能睡几个小时。

明明是她跟纪暄和说的，白天要上课，没有时间和他聊天说话，可课上，她分明已经分了心，听着课，余光却总是不由自主地瞥向自己的手机。

手指在掌心挠挠，蒋笙克制住去拿手机的冲动。看着自己记的笔记，她一阵懊恼，都是些什么乱七八糟。蒋笙烦躁地抓了抓脑袋，垂头丧气地坐在位置上。

她点开和纪暄和的对话框，最后一条消息，还停留在那个"好"字。心里头有些复杂的滋味、不明的情绪。她从来没有一刻像现在这样，觉得时间过得慢。

"纪暄和？"

"嗯？怎么了？"

"你在做什么？"

"我在给一个十岁的小姑娘上绘画课。你呢？下课了吗？"

蒋笙偷看了一眼讲台上年轻貌美的讲课老师，手心有些发汗，这应该是她第一次在上课的时候偷偷摸摸做些别的事情，没有经验，心里虚得慌。

"没有。"她老老实实回答，原以为纪暄和会让她好好上课，可下一条信息，却出乎意料。

"方便开视频吗？语音也可以。"

蒋笙左右看了看，把手机揣进兜里，拿了包纸巾，请示了一下老师，假装出去上厕所。

"可以了。"消息刚发出去，就收到了视频聊天的请求，她点了接通，率先看到的是铺天盖地的暖色阳光，一个扎着丸子头的小姑娘背对着屏幕坐着，手里拿着纸笔，低头画画。

画面一阵摇晃，随即她看到一张清隽的侧脸，脸上带着笑，弯下身去跟小姑娘说话，一口好听的伦敦腔，语速缓慢且充满了温和的气息。

他说：“照搬自然景色是绝对画不出传世之作的，我们需要的是创造。”

她看着那张侧脸发呆，小姑娘也乖巧地点头。

纪暄和直起身，面向屏幕，那张脸完整地出现在蒋笙面前，一如当年，少年褪去了青涩，却并不显成熟，带着介于两者之间的俊朗，和窗外大片的阳光融成一体。记忆里模糊的那张脸清晰起来，此刻终于和眼前的面容重合。那张脸离屏幕越来越近，在蒋笙眼前放大，越来越清晰。

“我来教你吧，考雅思。”他笑得自信且阳光，晃了蒋笙的眼睛。

6

蒋笙也不知道是哪根筋搭错了，竟然同意让纪暄和给她上课。

而纪暄和倒是自信得紧，连夜整理了雅思的资料，打包发给了蒋笙，两个G的数据，传了近一个小时才传完。这期间，纪暄和便正大光明地看着镜头那边的蒋笙，看她低头间，露出卷翘的睫毛和小巧的琼鼻。

纪暄和很有耐心，蒋笙英语基础也好，两人脾性相投，加之这样一对一地辅导，上了两天课，蒋笙就觉着兴致来了，每天上完课就等着纪暄和忙完之后，跟她视频辅导。

这一讲就是半个月。两人竟也不觉得尴尬，一个温柔，一个耐心，像是天生合拍的节奏。

纪暄和回国那天，蒋笙并不知道。她难得陪闺密出门逛街，冒着三十多摄氏度的高温，只觉得头发怕是都要被晒焦。两人躲进路边的奶茶店里，吹着空调，精神萎靡。

突然收到纪暄和的消息，一张高中大门的照片，蒋笙“腾地”坐起来，吓了林抒一大跳。蒋笙把手机放进小挎包里，吸了一口奶茶：“有点事，我先走了，你早点回家，外面太热了。”

“哎……”闺密还没来得及说话，就看见蒋笙旋风似的往外跑，一溜烟就不见了人影，跟打了鸡血似的。

蒋笙拦了辆车，直奔高中。

暑假里，只有高三的学生还在补课，中午，陆陆续续有人从学校里出来吃饭，穿着短袖校服。那人站在一群学生里，格外显眼，身形高挑，穿着牛仔裤和白衬衫，头发剪短了，清爽得厉害，露出一张干净的脸来。他站在校门口，没有树荫遮蔽，整个人被灼亮的阳光照着，白色衬衫反光，衬得他好似整个人都在发光。

蒋笙匆匆下了车，撑开遮阳伞，一路小跑过去，两颊绯红，气喘吁吁地停在纪暄和面前："怎么不找个阴凉的地方等？是不是傻？"

纪暄和眉眼弯弯，面上始终带着笑，眼底的情愫随着蒋笙的到来而蔓延："阿笙，好久不见。"

蒋笙不明白，前日他们还视频上过课，她歪着脑袋看他。

纪暄和却不解释，他在想，真的好久不见，隔着屏幕看到的始终和站在面前的不同，她似乎长高了些，瘦了许多，气色一如既往地好，穿着裙子，露出白玉似的小腿和精致的脚踝。从远处跑来，向着他的方向跑来。这一幕，是他幻想过无数次的场景。

"你怎么突然回来了？"她微仰着头看他，把伞举高了些，撑在他的头顶。

纪暄和接过太阳伞，并排走到蒋笙身边，带着她往学校后面的一条小路上去："想回来看看你，后天就走。"他语气淡淡，好似这一来一去，不过只是换了座城市而已。

蒋笙正要开口，纪暄和就握住了她的手腕，低头轻声问道："我还没吃午饭，陪我吃个饭吧？"

两人找了一家没毕业时就有了的小馄饨店，那里的吃食味道极好，生意一向火爆。老板显然已经不记得他们了，只热情地招呼着他们坐。

蒋笙的手腕还在纪暄和的手里，瞬间觉得，比夏日更热的温度，就在肌肤贴合之间。她微微挣了挣，纪暄和顺势松了手，滑到手掌处，大掌一收，竟是十指相交。

"纪暄和……"蒋笙开口叫他。

纪暄和抬头看她，目光对上她羞红的脸和躲闪的眼神，抬手晃了晃，笑着道："如果你松开，我就松开。"

蒋笙一愣，目光转到那相交的手上，手指动了动，却没有松开。

有一种喜欢，由浅至深，由惊喜到牵挂。

小馄饨上来，冒着热气，蒋笙掌心沁出了汗，抬起另一只手，把碗往纪暄和面前推了推："你快吃……"

纪暄和面上看着淡定，其实心里紧张得不得了，生怕蒋笙真的放手。他坐在椅子上，正对着墙上劣质的空调，冷气往他身上吹，从毛孔进入，蔓延至四肢百骸。他定了定，露出一抹自嘲的轻笑，随即渐渐笑出了声。

7

纪暄和只在潍州市待了一天，便要匆匆赶回芬兰。

蒋笙特地请了一天的假，送纪暄和去机场。纪暄和就背着一个小包，来也匆匆去也匆匆，站在八月天的机场里，身上带着热气和汗。

昨天拉着蒋笙的手倒是拉得脸不红心不跳，今天要走了，他却磕巴了起来，手掌心沁着汗，紧张地搓了搓。

广播已经催促起来，纪暄和暗自叹了一口气："我要走了。"

蒋笙努了努嘴，到底还是没说什么，手里攥着她的小包带子，送纪暄和过安检。蒋笙站在旁边，跟纪暄和挥手。

纪暄和少年心性，难免有些不舍，猛地回过身，几步跨过来拥她进怀里："阿笙，我喜欢你。"

我喜欢你，从五年前开始，却一直羞于启齿。但愿我的勇气，来得不算太晚。

蒋笙比他矮上不少，两只手软绵绵地垂在身侧，有些不知该如何回应，脸上却烧了起来，两颊泛着粉红。

最后她眯了眯眼，抬手拍了拍纪暄和的背："没时间了，你先进去。"

女孩子家面皮薄，蒋笙从纪暄和怀里出来，眼珠子就只冲地上望着，目光无处安放。深吸了好几口气，她才抬起眼，眼睛亮晶晶的，眼底还有着羞赧的潮气："你先回去。"

纪暄和握着她的手腕紧了紧："等我下次再回来看你。"

蒋笙笑而不语，兀自推了他进安检。纪暄和背着包往里走，半道上回了头，看见蒋笙笑着站在外面，见他回头，抬手冲他摆了摆。

两人分别之后，都十分默契地没有提到那短暂的牵手和拥抱，距离好似近了不少，却又在某个节点停顿。

蒋笙开学之后就没有继续在外面报班学雅思了，每天晚上固定时间，必定是要开电脑等着纪暄和上线，每天辅导她两个小时的英语，练口语便是天南海北地闲聊。

蒋笙口语比纪暄和还是差上几分，有时候两人讨论起一些问题，蒋笙跟不上纪暄和的速度，急得脸红脖子粗，也还是要纪暄和低了声音来哄。

室友插着耳机玩游戏，偶尔被人在游戏里打死了，就转头调侃蒋笙：“哎哟，哎哟，一个暑假不见，你怎么就脱单了？还这么腻歪，让你把照片给看看也不乐意，要不是看着你家那个在国外，非得好好坑上一顿不可。”

室友声音大，蒋笙恼得脸红，扔了袋小饼干到室友桌上，啐道：“谁家哪个？就你有嘴会说。”

“还不让人说了，你看你这个小丫头片子……”

纪暄和透过耳机，隐隐能听见一二，即便不够分明，也能猜出来八成。看着屏幕里蒋笙红扑扑的脸蛋，他咧开嘴角，笑得见牙不见眼。

8

十二月，蒋笙考了第二次雅思，成绩到手的时候，是八点零，分数很高，她给纪暄和连去了两个电话，就为了跟他说这个消息。

可纪暄和一个电话都没接到，因为他当时正在回国的飞机上，落了地才知道蒋笙给他打过电话。他打了辆车，直接到蒋笙的学校等她去了。

彼时蒋笙穿着棉服，裹着围巾，就剩一双眼睛露在外面，和室友下了课一起回寝室。走到寝室楼下，近了，她才看到纪暄和就穿着羊毛呢大衣，缩着脖子站在那儿，鼻息间都是白茫茫的雾气。

“蒋笙……发什么呆呢，冻傻了？”室友拱了拱她的肩膀。

蒋笙回过神，把书往室友怀里一塞，转身就向纪暄和跑了过去，拆了自个儿脖子上的围巾就往纪暄和脖子上裹：“怎么只穿这么点？怎么又跑回来了？”

围巾上带着奶香和蒋笙暖乎乎的温度，纪暄和抬手摸了摸，露出了个傻乎乎的笑：“还好还好，不冷，我回来看看你。”

“你钱多烧得慌？机票那么贵。”蒋笙嘴里说着，眉眼间分明是惊喜。

纪暄和听着她唠叨，心里说不出地舒坦。他很喜欢蒋笙为他操心的模样，满足得让他恨不得马上把人抱进怀里揉一揉。

室友抱着书小跑过来：“啧啧啧，大白天的，能不能注意点影响。”

纪暄和吸吸鼻子，笑出一团雾气：“晚上请你们寝室的室友吃饭吧。”

“无缘无故请吃饭干什么？”蒋笙有些心疼他，想赶紧把他弄回宾馆去暖和暖和。

谁知道纪暄和这次倒不肯听她的了，两手搓了搓又塞回兜里：“要的要的。”

蒋笙脸颊泛红，也不知是被风吹的还是羞的，小声嘟囔了句：“要什么要？”

室友倒是不客气，一个电话召回了其他两个人，一行五人在外面吃了顿火锅。席间各种调侃自是不用说了，纪暄和顺杆爬，一句一句应得响亮。

热闹散去，纪暄和和蒋笙在外面冒着寒风走了几步，两个人面面相觑，冻得像抖筛子一样，突然就笑了出来。

“赶紧回去赶紧回去，冷死了。”蒋笙把棉服的领子竖起来，拉链拉到最高，把帽子往头上一戴。她正搓着手，纪暄和走到她身边，大掌一握，就揣进了自己的兜里，两只手蜷在一处，亲亲密密，远远看去就是一对热恋的情侣。

纪暄和依然只待了一天就回去了，不过这次蒋笙没能去送他，因为有一门考试要参加，缺不得席，正好是纪暄和走的那个时间。蒋笙一大早特地跑去跟纪暄和一起吃了顿早餐，面上表情甚是可怜。纪暄和凑过去逗她：“舍不得？”

蒋笙抿抿嘴，小幅度地点点头。

纪暄和嘴角又翘了起来，他近来是越来越控制不住自己的表情了。他抬手摸了摸蒋笙的头，一副语重心长的模样：“不要紧，我过两个月，农历年再回来看你。”

蒋笙一嘴咬了个小笼包，摇摇头。

纪暄和回芬兰了，蒋笙提前交了卷子，紧赶慢赶往外跑。跑到一半，她看了看手表，到底还是没赶上。

农历年，纪暄和提前跟蒋笙说要回来看她，蒋笙板着一张脸，死活没同意。纪暄和拗不过她，只好答应了。却不想，大年初七，纪暄和还窝在被子里睡觉，接到了一通电话：“喂？”

“纪暄和，你来机场接我吧，我不知道怎么走，赫尔辛基可真冷。”

纪暄和一个鲤鱼打挺坐了起来，屋里暖气足，他突然炸出了一身汗，抬手松了领口的扣子：“阿笙？”

“嗯？”

“你在哪里？”

“在赫尔辛基机场。”

“等我，马上过去，你找个暖和的地方待着。”纪暄和挂了电话，下床就开始洗漱换衣服，开着他那辆二手本田就去了机场。

蒋笙穿着一件红色的羽绒服，是她出国前特地买的新衣服，围着一条白色毛绒围巾，头发长长了不少，乖顺地披散在肩上。她耳朵上戴着一个毛茸茸的耳罩，坐在机场里左顾右盼，就像一只迷路的小兔子。

纪暄和心里突然涌上一股热流，在这段感情里，一直是他在向着她走，主动，积极。他从未言说，却也十分期待她能给予回应。

“阿笙……”他自己都不知道，自己的声音已然有些哽咽。

蒋笙抬头看过来，眉眼弯弯，拖着行李箱朝他走过来，带着同当年一般无二的希望和温暖：“纪暄和，新年快乐！”

纪暄和抬手把她揽进怀里，一头埋进了她的围巾里，深深吸了一口气，声音低低的：“新年快乐，阿笙。”

9

高一那年，纪父因为经济纠纷出事，在狱中自杀。纪暄和的母亲一气之下，带着儿子和纪家断绝关系，只身来了潍州市。纪暄和转学进了一中，彼时年少，懵懂无知，在一夜之间长大。那些不堪的东西，如附骨之疽，像是一辈子都无法摆脱。转到了陌生的地方，他只觉得满心空荡，不知该去哪里，该回哪里。

那年六月初，夜里他坐在那家馄饨店里吃馄饨，梅雨季节的雨来得突然，说下就下，雨势大而肆意。馄饨店老板的儿子坐在店里背二十四节气的歌谣，那一日，正是芒种。童声充满了朝气和活力，清脆响亮，混合着雨声，悦耳好听。

他看见一个女孩冒雨而来，手里攥着一根小树苗，进来收了伞，要了一碗小馄饨。

纪暄和已经吃完，结了账，抬脚就要往外走，却突然被叫住。

“同学！”女孩嘴里还有尚未咽下的馄饨，伸手递给他一把伞，语音含糊不清，“外面雨很大，伞你拿着吧。”

纪暄和望着她发愣。她把伞往纪暄和手里一塞，然后从包里又拿出一把：“林抒那家伙跑了，给我多留了一把伞。”

纪暄和呆呆地拿着她的伞，甚至不记得自己刚才有没有道谢，出了店，站在门口，茫然四顾。

没一会儿，她出来了，依然拎着那株树苗，深一脚浅一脚往学校附近的一个小公园里去。

纪暄和不知缘由，下意识地抬脚跟了上去。隔着雨幕，他看到她掏出雨衣穿上，在一小片空地上挖出一个小坑，然后把小树栽了下去。

雨势朦胧，视线并不清楚，纪暄和就那样远远看着，看着她在风雨里，种下一棵树，仿佛也给他的人生种了一丝希望。从此，人生便是重新来过。

此后，他总是能够看到她，越关注就越是喜欢，越喜欢就越是自卑。

直到高三三月调考，他看到蒋笙看向他，露出一个感激的、小小的笑容。

那一刻，他的心里，万里森林拔地而起。

高考前夕，母亲给他留了一大笔钱，没有只言片语就从他的世界里消失。外公年迈，托人帮他办了出国的手续，前后不过三个月，他站在外公替他置办的房子里，无力感再次袭来。院子里有一棵果树，是屋子前任主人留下来的，纪暄和看着那棵树，翻了翻日历。那一日，又是芒种。

自此，蒋笙似乎成了他所有动力的来源，无论何时，无论何地。

他花了三年来处理自己混乱无章的生活，学着自己照顾自己，学着自己养活自己，一切都要从头开始。直到那日，唯一知道他心里秘密的高中好友，发了一条信息过来："今天同学聚会，我看到蒋笙了。"

谁也不知道那串字母的意思，那其实是他因她设定的密码，原意是：蒋笙，别走太快，等等我。

小剧场

蒋笙报了赫尔辛基大学环境工程专业的研究生。

到芬兰的那天，她一出机场就看到一个一头金灿灿毛发的人形物种，举着硕大无比的"蒋笙"字样招牌，在机场外面晃荡。

蒋笙有些尴尬，却不得不硬着头皮走过去。前一天，纪暄和已经跟她说过了，他有一场考试不能缺席，托前室友去机场接她。

"蒋笙？"男人语调奇怪，模样更是奇怪。

"你好。"

"老纪让我来接你，走吧。"那蹩脚的中文听得蒋笙十分无语。

她客气地和他说话，询问他来自哪里。

“俺来自中国东北，咋了？”

“……”

晚上，纪暄和回来，蒋笙同他说起这位仁兄，纪暄和掩着嘴笑。

“他最近在追一个喜欢Cosplay的美国女孩，所以行为举止会有些奇怪。”

“为什么要这样？”

“为了引起人家的注意。”

“幸好……”

“什么？”

“幸好你当时，没有像他一样奇怪，不然我肯定会把你拉黑。”

纪暄和想起当时前室友的某些建议，暗自庆幸，还好没听他的。

10、二十四番花信风·夏至

夏至：斗指乙，太阳到达黄经90°。夏至这一天，阳光几乎直射北回归线上空，是北半球白昼最长、黑夜最短的一天。从这一天起，进入炎热季节，天地万物在此时生长最旺盛。

二〇一七年六月二十一日，农历五月廿七，丁酉年，丙午月，己卯日。

〔第十番〕
神棍，站住

1

杜子衿刚结束一部戏的配音，杀青之后拿到了酬劳，看着卡上噌噌噌涨起来的数字，笑得一脸满足和猥琐。她二话不说，收拾了行李，一个人跑到南城旅行去了。

南城有个临水镇，杜子衿就是冲着这个镇去的，好在不是旅游旺季，人并不多，天气也还过得去，容得她慢慢悠悠地闲逛，举着相机东拍拍西拍拍。

集齐九宫格，她发朋友圈炫耀了一下，不到一分钟，引来无数朋友的吐槽，说她的照片拍得实在是太烂，玷污了这美如画的风景，此外还夹带着零星的羡慕嫉妒恨。

眼看着暮色四合，杜子衿径自回了民宿去吃饭。吃完饭，她还打算出来欣赏一下临水镇的夜景，那可是传说中夜景排行榜上的前三，她连晚上游河看夜景的乌篷船都订好了。

她刚到民宿门口，里头就冲出来一个瘦高的男人，穿着灰色的棉质T恤，和杜子衿撞了个正着。只听得一句轻声的“抱歉”，那人就匆匆跑了。再等杜子衿回头看去，瞧见了一个远去的背影。

夜里吃了饭，上楼回房间休息了一两个小时，瞅着夜色渐浓，杜子衿换上一条棉麻的长裤出了门，码头订好的乌篷船也已经早早等在了那里。

顺着临水镇的环镇小河划着，河道两旁是错落的民居，矮矮的墙边挂着闪烁的小彩灯，往前后蜿蜒蔓延着。街边偶尔有游客坐着吃饭，屋檐下悬挂的照明灯，树梢上吊着的彩灯条，相映成趣，倒映在水里，柔光四溢。

船在水上一路前行，摇晃得杜子衿都打起了瞌睡，实在是太舒服了。她眨个眼睛就到了村尾，村尾不远处有个建筑，影影绰绰藏在一大片桃花林后面。那桃树上挂着满满一树的红色飘带，风吹过来，丝带飘飘扬扬，要是没有那昏黄的彩灯，看上去便阴森诡异，吓人得很。

不过门口进出的人倒是不少，大多都是结伴的姑娘。

“师傅，你们这地方还真有拍鬼片的潜质啊……”杜子衿坐在船头往那边指了指。

船家抬眼一瞧，笑道：“那儿是间月老庙，咱们临水镇，除了刚刚路过的酒吧一条街，就数这儿最热闹了。”

月老庙？杜子衿来了兴致，搓搓手：“师傅，我过去看看，您在儿等我一会儿，行吗？”

“可以可以，你去看看吧！可多小姑娘都喜欢往那儿跑……我懂我懂。”船家把船摇到岸边停稳。

杜子衿踩着船头上岸，月老庙里的灯光很是昏暗，一进门就看见正中间供着一座月老神像，前面放着两个蒲团，蒲团前面搁着一桶竹签，有两个小姑娘正嘻嘻哈哈地捧着签筒摇着。

左边三个人，两男一女，女人坐在那里一边嗑着瓜子一边收钱。两个男人，一老一少，像模像样地给小姑娘们解签，签文都放在一个木质的大柜子里，几号签对几号签文。解一次签二十块钱，在女人那里交钱。

就这样敷衍的解签，还能排出一条长龙，封建迷信要不得啊！杜子衿心里暗自摇头，可转念一想，她已经单身六年了。杜子衿咬咬牙，跑到蒲团那里，假模假式地摇了根签，然后到解签那里排起了队。

约莫二十分钟，终于临近了，杜子衿前面站了个女人，举着签一脸期待地瞅着那位年轻的解签男人：“大师，你帮我看看，这签是什么意思？”

男人接过来，对着十八号的签号找了张签文，低头看了看，然后问道：“你有男朋友吗？”

女人停顿了两秒，答道：“没有。”

“哦，这签文的意思是，你不要着急，心态要放平和，大约明年年底就会遇到你的真命天子了。以后只要你心胸宽阔，好好经营你的婚姻，就会很幸福的。”

这解出来的签文吉利且充满善意，听着倒是好话。可杜子衿借着昏黄的灯光往前看了看，那女人脸色却不怎么好，沉默着拿了签文就走，跟逃避什么似的。

解签的男人“啧”了一声，眉心微微皱起，似乎有一些不解，半晌回过神来，对杜子衿道：“你好，请给我看看你的签。”

杜子衿一愣，抓了抓耳朵，只觉得这声音好似在哪里听过，有几分熟悉。她把签递过去，这才对上了男人的脸，眯着眼睛瞧了瞧。

那男人看上去不过二十出头的模样，面嫩得很，眼尾上挑，单眼皮，桃花眼，左眼下还生了一颗泪痣，在昏黄的光线里，竟然有那么几分妖艳。这夜色浓重的月老庙里，生生像聊斋里吸人精气的狐狸精一般。

陆徽察觉到杜子衿的目光一直盘旋在自己脸上，抬头一个对视，看得杜子衿闹了个大红脸，轻咳一声垂了眼。

2

“请问你有男朋友吗？”

话音刚落，杜子衿还没来得及回答，突然一个壮硕的人影从庙外冲进来，直奔杜子衿这里，一胳膊把杜子衿搿到了后面。然后隔着木板，一手揪着陆徽衣领一拎，愣是把陆徽给拎了起来，双脚离地。

“你跟我媳妇儿说了啥，什么叫明年年底遇到真命天子？我媳妇儿已经结婚了你知不知道……你个神棍、骗子！长着一张小白脸招摇撞骗，我今天非要把你揍得连你娘都不认识，让你瞎说……”

那男人声音洪亮，垂在身边的手握成拳头，青筋直冒，对着陆徽的脸就是一拳，闷闷一声，饶是杜子衿被挡住了没看到，都能想象那力道之大。

一时间场面极为混乱，杜子衿看了看手里的木签，然后看了看那个收钱的女人，叹了口气，把木签往包里一揣，出了月老庙往岸边走去。

陆徽被那男人一拳揍倒在地上，太阳穴突突发疼，他也顾不上了，“大哥大哥”地叫唤了两声，然后跳起来转身就跑，溜得比谁都快。

月老庙旁边有个小侧门，陆徽一蹄子冲出去就往岸边跑，跑到一半撞到了人，也不抬眼看是谁，拽着人就跑。看到岸边停了一艘乌篷船，撒丫子往上跳，一边跳还一边嚷嚷："老尤，救我……"

杜子衿一脸茫然，摸了摸被拽得生疼的手腕，看着那年轻男人跳上了自己的船。

"臭小子，又闯祸了！"船家啐了他一声，然后转过头对岸上的杜子衿道，"杜小姐，不好意思，这是我老熟人了，能不能让他捎一脚？我可以退点钱给你。"

杜子衿此刻脑子里只剩下那双狐狸精似的眼睛，泪痣在眼前一晃一晃。她摆摆手，上了船："不用了，那就捎一程吧。"

年轻男人突然从蓬里伸出头来，笑眯眯地冲着杜子衿道："小美女，你真是个好人。"

月光里，那双眼睛显得越发妖娆，勾得人心头发痒。

杜子衿钻进船里，找了个地方坐下，回了句"没关系"。

陆徽长手长脚窝在凳子上，右手手肘抵在膝盖上，撑着自己的下巴，看着坐在对面的杜子衿。杜子衿被他看得有些发窘，不自觉地往旁边挪了挪。

"刚才，你的签我还没给你解完，要不我现在给你解解？"陆徽眨眨眼睛，丝毫不知自己眼尾已经起了一团青紫，此刻看上去格外滑稽。

杜子衿想着，谁要还找你这个神棍解签，那真是脑子进了水："不用了，谢谢。"

陆徽挑眉，往前蹭了蹭："小姑娘，救命之恩，我请你吃消夜吧。"

杜子衿往后挪了挪，摆摆手连忙道："不用了不用了……"

"那怎么能不用呢？我跟你介绍一下，我叫陆徽，住在临水镇的画堂居……"陆徽啰哩啰唆说了一大堆，十分自来熟，恨不得把自己八辈祖宗都交代出来。

杜子衿却在想，原来他就是傍晚撞到自己的那个人。杜子衿的脸一半隐在暗处，一半被两岸绚烂的彩灯照亮，嘴一直抿着。

陆徽勾着唇笑了笑，伸头出去对船家道："老尤，去唐朝。"

船家手一顿，有些难以置信："你要带杜小姐去唐朝？"

"怎么，不行啊！"陆徽轻哼一声，又缩进来冲着杜子衿笑。

3

"唐朝"是临水镇一家酒吧，刚刚杜子衿就路过了，远远看上一眼，只觉得门口"唐朝"两个字写得格外苍劲有力。这样好的字，铁画银钩，就算是不懂书法的人也会觉得好看。

陆徽领着杜子衿往里走，杜子衿东瞧瞧西望望，手攥着挎包的袋子，缩在自个儿身前。这还是她第一次进酒吧呢，往常她是没那个胆子进这种地方的，一来她对酒精过敏，二来这灯红酒绿的分外嘈杂，她觉得这种地方没有安全感。

陆徽回头就看见这姑娘像做贼一样，缩着脑袋四处看。

“走，咱们去那儿坐坐。”他伸手指了个被木屏风隔开的地方，在这一片喧哗里显得格外僻静，倒显出几分贴心。

“我坐坐就好，一会儿就回旅馆。”杜子衿摸了摸后脖颈，亦步亦趋地跟着。

“不急不急，我去点个单。”他说完就走，把杜子衿一个人留在那儿，活像个受了惊吓的兔子。

杜子衿掏出手机，给经纪人阿伶发消息，两个人就眼下这情况唠了一会儿。阿伶正瞅着杜子衿单身时间太久，容易内分泌失调，提前进入更年期，怂恿着杜子衿好好享受旅行中的艳遇，丝毫没有担心好朋友的意思。

杜子衿发了两张砍死她的表情，然后退出对话界面，准备发个朋友圈。她正在挑选今天拍的照片，身后突然传来一道声音：“啧，你拍的这都是些什么乱七八糟的？”

“人吓人，会吓死人的！”杜子衿被吓得不轻，手机都差点给扔出去了，回头一看，陆徽那家伙小臂撑在她的椅背上，一双桃花眼似笑非笑。

杜子衿瞪了他一眼，陆徽一笑，耸耸肩，坐到她旁边，手往她面前一摊：“借你的手机一用。”

“干什么？”杜子衿警惕地看了他一眼。

“给你拍张照片。”陆徽指了指几个方向，“店里有监控，你怕什么？”

“就拍张照片？”

“嗯。”

杜子衿犹豫着把手机递给陆徽，拨了拨自己鬓边的头发，手脚都不知道怎么放才好。

陆徽拿着手机对着杜子衿看了看，然后把桌上的水杯递给她：“别紧张，喝口水。”

杜子衿抠抠手指，接过来仰头喝了口水，只听见“咔咔”两声，随后陆徽把手机递还了过来。她狐疑地看了看，然后打开相册，只见最后一张照片里，她正在仰头喝水，脖子微微向上牵引，弧度优美，拿着杯子的手也是素净如葱白一般又细又长。杯子的阴影遮了半张脸，她垂眸那一刻，长睫覆下，鬓边的头发有些自然的松散。

她从来不知道自己能有这么漂亮的时候，脸颊有些发热，抱着杯子又灌了一口水。

在唐朝待到了将近十点，杜子衿便想着该回去了。她还没开口，陆徽就已经收拾了碗筷，提出要送她。

在画堂居门口就遇上了出门散步的老板和老板娘。两人看到吃饱喝足的杜子衿和陆徽，瞪大了眼睛，表情惊异如出一辙，夫妻相十足。

杜子衿被那夫妻俩逗笑了，和陆徽道别就上楼回房间休息去了。剩下陆徽一个人，摸着额头被那夫妻俩审问。

陆徽一进门就露出了自己青紫的眼尾，已经有些肿胀。老板阿松坐在陆徽对面，一副严肃的模样："那位杜小姐是我们的客人，你离人家远一点。"

陆徽拿着冰块往自己脸上揉，想了想，暗自笑了一声："我可没招惹她，我俩在月老庙偶然遇见的。这不，被人打了还得亏她搭救，我这是报救命之恩，才请她去唐朝吃了顿饭。"

"哟，你什么时候还主动带女孩去唐朝了，说这话你心虚不心虚？"

陆徽接过老板娘递过来的鸡蛋，对着阿松嬉皮笑脸："救命恩人嘛，肯定是不一样的。"

话虽是这么说，但陆徽想起他给杜子衿拍的那张照片，他见过的美女不少，各种款式都有，清纯的、美艳的、灵气四溢的、活泼精怪的，可他从手机里看杜子衿的时候，分明觉得灵感就像水流一般从脑子里往外冒。

她带着一点冒险的心思跟着一个陌生男人吃饭，心里却始终有着害怕和忐忑，跟受了惊吓的小白兔似的，慌乱无比却硬撑着不让自己落荒而逃，矛盾而又生动。

有时候，艺术家或许真的需要一个缪斯女神。

"阿松，我晚上出去一趟，不用留门，我带钥匙。"陆徽匆匆跟老板打了声招呼，上楼套了件外套，从柜子深处翻出一个木箱子，拿出阔别已久的相机，带上三脚架，火急火燎地往外走。临走前还特意问了一句，"今儿几号来着？"

阿松看着陆徽的目光有些复杂，声音低沉地回了句："六月二十一日，今天夏至。”

4

夜里，杜子衿躺在床上把陆徽给自己拍的那张照片发到了朋友圈里，引来各路人马围观。睡前她看了一眼已经设置成了屏保的照片，莫名美滋滋的。

第二天一整天，杜子衿都没看见陆徽的人影，直到晚上六点回民宿，才遇上他风尘仆仆地回来，扛着三脚架，一脸疲惫。

杜子衿还没来得及跟陆徽说句话，他就和衣躺在了大厅的沙发上，背过身睡了过去。

阿松抱了条毛巾被搭在他身上，回到餐厅跟老板娘碎碎念：“昨儿夜里跑出去拍照片了，一瞧就是一宿没睡。艺术家不愧是艺术家，搞起创作来废寝忘食。”

“这是好事，可算是重新端起相机了。”

杜子衿挑起米饭的手一顿，心里想着：这人莫非是个摄影师？

随即她摇了摇脑袋，偶遇而已，想那么多干什么？

第三天一大早，杜子衿刚起床就接到了阿伶的电话，这两天新片子剪完就要送过来了，她要赶回去配音，最迟明天上午就得出发。

最后一天，去哪儿都不方便，原本她是打算启程去南城的另外一个古镇，可惜时间来不及了，只能在临水镇多待一天，然后直接回江州。

她下楼在老板阿松那里续订了一天的房间，正好被准备出门的陆徽撞见。那厮笑了笑，靠在前台对杜子衿说：“杜小姐还要多待一天？”

杜子衿一边登记一边回了声：“嗯。”

“想好今天去哪儿逛了吗？”

杜子衿转头看他，眼睛里都是疑问：“什么？”

“要是没想好去哪儿，那不如跟我走，我带你去个好地方。”

陆徽也没带她去很远，出了临水镇，骑着小摩托去了大约一百公里外的向日葵花田。老城的路车不多，也够平坦，两旁是空旷的绿色田垄，坐在摩托车后面，一路往前飞驰。初夏风景好，处处都是青绿一片，连阳光都格外温柔。

向日葵花田开得旺盛，远远看去一大片金黄，每一朵花盘都是饱满而又充盈着香气。

那会儿她正对着光，一双眼睛因为光线刺激而微微眯起，头发早就被头盔和风揉得散乱，夏风轻暖，她笑意起于嘴角眼边。陆徽举起相机毫不犹豫地按下快门。他想起了小时候，第一次端起相机给母亲拍的第一张照片，好似也是这样，美得不可方物。

陆徽把相机挂在脖子上，引着杜子衿往向日葵花田里走。临近中午，日头大了起来，他拿着从摩托车上带下来的草帽，盖到了杜子衿的脑袋上，草帽大了不少，从她头上一直往下垂，遮住了大半张巴掌小脸。

她把橡皮筋绳往下巴底下一套，生生就像个小村姑，逗得陆徽直笑。

旅行也总是缺少伙伴，行程里很难遇见陆徽这样的人，热情大方、自来熟，就像个活蹦乱跳的毛猴。可同时也忽略不了他那狐狸精似的长相，这人往眼前一戳，一双桃花目眼波流转，晃得人心里发痒，笑起来的时候，恨不得让人溺毙在那双眼睛里。想看却又觉得不好意思，杜子衿脸颊绯红，也不知是热的晒的，还是因着脸皮薄而有些羞怯。

夜里陆徽特地去了三楼敲杜子衿的房门，杜子衿正在洗澡。陆徽没再打扰，把那个粉色小纸盒放在了杜子衿的房间门口。

等杜子衿洗完澡出来开门，就只看到了门口一个粉色的小纸盒，里面放着一枚小巧的银色U盘。她头发都还没来得及吹干，拿毛巾随意擦了擦，就跑下楼去找老板阿松："老板，陆徽呢？"

老板正在算账，朝门外努了努嘴："跑出去拍照片了，估摸着又是一晚上，杜小姐有事找他？"

民宿门外黑黢黢一片，门口的昏黄小灯也只能照亮一小片的地，杜子衿目光往外送了送，一片空茫，随即她摇摇头："没事。"转身上楼。

也许一段缘分到此为止，便是生命里一道短暂却美丽的风景。

U盘里是陆徽给她拍的照片，他镜头里的她，眸子里好似有阳光洒落，弯弯的眉眼，竟是杜子衿许久没有过的轻松和惬意。她从来没想到，在一个陌生人眼里，会看到最好的自己。

5

杜子衿那夜等到了很晚，陆徽一直没有回来。次日清晨，不过六点，杜子衿退了房，拉着行李箱，带着陆徽给她的U盘，离开了临水镇。

陆徽回到画堂居，整个人就跟从灰尘里爬出来似的，裤腿上是深深的泥巴印子，已经干了，随手一拍，都赶得上过年打扬尘打下来的陈灰了。

可别说，人灰头土脸，面色却很是兴奋，举着相机给阿松看。那是南城许久未见过的流星雨，也不知他跑去哪里拍到的，那一帧帧的画面就跟电视里播出来的一样好看。

“陆徽，你有没有想过再和赵赫联系，这几年，你颓也颓够了……”

他话还没说完，就看见陆徽的脸色也沉了下来，手里抱着相机，脸上却没了刚刚那股兴奋。

阿松叹了一声：“不是我说你，咱们老朋友了，这几年，你在临水镇开民宿、开酒吧，混得就跟个平常人没什么两样，成日里打打闹闹，你就没想过再回去？说实话，待这儿糟蹋你了。”

陆徽把相机往桌上一搁，仰起头，闭上那一双狐狸精似的桃花眼：“我想想吧。”

突然就觉得挺没意思的。谁没个低谷期？可偏他少年成名，心高气傲，突然有一天发现自己江郎才尽了，就一蹶不振，偏安这小镇一隅。却没想过，江郎才尽，还能东山再起。

他想着想着，就那样仰着脑袋坐在凳子上睡着了。

梦里好像是他那些意气风发的日子，天才摄影师、光影魔法师……那些年里，他有过各种各样的称号，二十岁就站在了世界摄影界的巅峰，几乎把所有世界级的摄影奖项收入囊中，成为《国家地理杂志》特聘摄影师，开巡回摄影展，开工作室，接各种商业片。

身价水涨船高，一度让他产生了挣钱很容易的错觉。

当时年纪小，性子浮躁，从未尝过失败的滋味，生活自此纸醉金迷。后来想想，他真不知道是哪里来的自信，觉得自己是天之骄子。

好运不过维持了五年，摄影界人才辈出，更新换代快得让他措手不及。他的照片里没有了灵气，只剩下刻板的格式化构图，光影也是日复一日地重复，商业化腐蚀了他照片里所有的天然与淳朴，鲜活的气息消失殆尽。

一夜之间，从神坛跌落，回归现实，他失去了所有的赞美，剩下的不过一句“江郎才尽”。

到今天，四年时间，他已近而立，退出摄影圈后躲在这小小的临水镇里，过着糊涂日子。至于多久没摸相机，他早就不记得了。

那日上午他从月老庙回来拿东西，看见民宿里住进了一个女孩，抱着相机对着窗棂上的雕花拍得入迷。他从侧门经过，不经意间看到那双眼睛，认真、敬畏、充满着向往和喜爱。眨眨眼睛，他好像回到了从前，在他的眼睛里，所有的东西都如同枯木逢春，渐渐鲜活起来，在六月初夏的阳光里，绽出勃勃的生机。

6

九月底，杜子衿接了一部现代职场言情剧的配音。片子其实还没拍完，只因为杜子衿接连完成了几部重磅 IP 剧的女主，一时风头无两，这部戏的导演点名要杜子衿来做女主的配音。

有钱不赚是傻子，杜子衿乐得有活干，算了算这笔账，想着这部戏配完，又能抽出时间出去玩一趟。思及此，她难免又想起了陆徽。

这日天气好，导演给杜子衿打了电话邀请她去拍摄现场玩玩。杜子衿这还是头一次去拍摄现场，兴奋劲怎么也掩盖不住，阿伶看了直说她没见过世面。

等杜子衿收拾了包，临走才被阿伶告知，她私下联系了一位青年才俊，在影视城里的咖啡店等杜子衿，这便是传说中的“相亲”了。

杜子衿无奈，又没法让阿伶难堪，勉强答应去完拍摄现场以后可以见一面。

导演倒是非常热情，说话间甚至带着一点莫名的兴奋。杜子衿摸摸鼻子，她可不会自作多情地认为，对方是因为她接了这部剧的配音而这么激动的，大概是真的遇上了什么好事。

答案没让杜子衿等很久，她坐在片场后面喝水，工作人员搬着泡沫箱子来发冰棍，最普通的糖水老冰棍。九月依然炎热，杜子衿举着冰棍，坐在小塑料凳上一口一口吃着，听见场务躲在一边咬耳朵说悄悄话。

“你听说没？陆徽出山了。”

“陆徽是谁？”

“你不知道啊，不过也是，那是好几年前的事情啦。那时候陆徽可火着呢，不知道多少导演、经纪人排着队请他来给手里的艺人拍大片。不过后来听说他拍的东西不行了，渐渐就销声匿迹了……”

“关咱们什么事？”

“喏，导演请来了陆徽操刀定妆照，凭这个噱头，就能提前火一把。赵老师亲自来谈的，不会有假，赵老师以前是陆徽的御用经纪人。”

剩下的说了什么，杜子衿也不大清楚了，意外听到“陆徽”二字，让她猝不及防想起了在临水镇遇到的那个男人，惊鸿一瞥，再难相忘。

手里的冰棍有些化了，糖水滴在地上，杜子衿没了再吃的心情，随手扔进了垃圾桶里，从包里拿出湿纸巾擦手，却意外看到了包包夹层里的那根竹签。原来，他还欠自己一纸签文。

杜子衿笑了笑，跟导演道了别，准备去影视城里的咖啡店“相亲”。

从前是不知道自己想要什么样的，而今是但凡遇到了别的男人，脑海中总会出现那一双桃花眼。

男人已经在咖啡店里等候，平凡的样貌，彬彬有礼的姿态，在杜子衿落座后自作主张为她点了一杯黑咖啡，兴致勃勃地推荐道：“你可以从里面尝出人生的味道。”

杜子衿低着头，勉强地笑了笑，心里却在想，六月在临水镇的画堂居，老板阿松喝着一杯自己研磨的黑咖啡，正准备倒一杯给杜子衿尝尝鲜，陆徽却在那时候递上一碗清凉的酸梅汤，说道：“女孩子家家，喝什么黑咖啡，苦死人了。”

她不爱泛苦的东西，正如她平凡无奇却又还算顺遂的人生，没有经历过大风大浪、辛酸苦楚，就像一碗最普通的酸梅汤，酸酸甜甜，更似柴米油盐。

身边坐下了一个人，落下一大片阴影，将杜子衿整个笼罩在里面。

杜子衿错愕地转头，却看见一只瘦长的手，推过来一碗冒着凉气的酸梅汤。

那人说：“女孩子家家，喝什么黑咖啡，苦死人了。”

那声音自数月前而来，穿越过短暂的时光，她看他一眼，仿佛重遇相识多年的旧友。

“杜小姐，我还欠你一纸签文呢。”他丝毫不顾及对面的男人瞬间铁青的脸色，一如既往的随心所欲。

杜子衿声音哽在喉间，唇瓣微微张开。

“八号签的签文，意思是，你找的人就在你的眼前。”陆徽端过杜子衿面前的黑咖啡，轻啜了一口，对着对面的男人说，“不好意思啊，先生，我们杜小姐不爱这种苦死人的东西。”

男人拂袖而去。

杜子衿低头轻喘了两口气，然后抬手捏了捏自己的脸颊："陆徽？"

"嗯？"

"你怎么来了？"

"我不来，怎么赚钱找女朋友养媳妇？"他站起身，坐到了杜子衿对面，正好是刚刚那个男人坐过的位置，手肘撑在桌上，双手交叉抵住下巴，笑吟吟地看着杜子衿，一双桃花眼弯弯，眼底的泪痣被窗外的阳光照得发亮。

半晌，他轻咳两声："杜小姐你好，我是你的相亲对象，我叫陆徽，今年二十九岁。目前开了一个叫唐朝的酒吧，还投资了一家民宿，现在正准备重操旧业做摄影，财产不多，养个媳妇还是够的。"

杜子衿抿抿嘴，嘴角下陷出一个小窝窝。她目光微动，从包里拿出那根竹签放到桌子上："签文是那个意思吗？"

"当然是，我从不诓人。"这话他说得脸不红心不跳，一点不心虚，完全忘了当初是怎么被人打的。

杜子衿也不戳穿，喝了口酸梅汤："陆先生，请多指教，我是杜子衿。"

他在她的眼睛里找回初心，她在他的镜头里找到自我。谁说不是天生一对呢！

小剧场

某天，陆徽跑到杜子衿的录音室探班，正好撞见阿伶的老公来给阿伶送饭。杜子衿刚从录音室出来，正准备给他们介绍一下，却看见陆徽和阿伶老公一见面就撞了撞拳头，一副十分熟稔的模样，阿伶站在旁边没有丝毫惊讶和陌生。

这下轮到杜子衿惊讶了："你们认识？"

"我老公是陆徽经纪人，我们认识很久了。"阿伶对杜子衿大惊小怪的模样十分嫌弃，"你没跟我说你的艳……"

话还没说完，就被杜子衿一把捂住了嘴。陆徽在旁边笑，她以为他什么都不知道，可他早就弄清楚了，阿伶那个卖队友的，嘴上就没个把门的。

直到后来，杜子衿后知后觉，屁颠颠跑去问阿伶："我……我去片场那天，陆徽怎么在那里？"

"哦，赵赫带他去见导演，因为我说你那天在那里相亲，所以我们一合计，他特地选的那一天去见导演。"阿伶挺着五个月大的肚子，仗着自己是大肚婆，一点不怵杜子衿，虽然平时也不怵。

杜子衿这才恍然大悟，原来……她就说，怎么那天就那么巧，正好撞见原本以为远在天边的陆徽。她本以为是缘分使然，却不想，有时候缘分也可以是人为的，只要有心。

11、二十四番花信风•小暑

小暑：斗指辛，太阳到达黄经105°。天气已经很热了，但还不到最热的时候，所以叫小暑。此时，已是初伏前后。

二〇一七年七月七日，农历六月十四，丁酉年，丁未月，乙未日，小暑。

〔第十一番〕
这样撩汉也是可以的

1

“小管啊，我跟你讲，我侄子长得很帅的，你要不要见见，不耽误你时间……”

“李姐，真的不用了，我还这么年轻就相亲，说出去可不得笑死人。”管清站在复印机旁边，一边等着打印报税文件，一边跟财务部的前辈李姐聊天。

文件甫一出来，她赶紧挪着小碎步往门外跑：“李姐李姐，我先去交文件了，回头聊回头聊……”

管清拿着税单到财务主管赵姐那里去登记，刚到门口，隐约听见有人说话，管清敲了敲门，侧耳听了听。隔着一道门，男声模糊。

“请进。”

“赵姐……”门推开一条缝，管清伸了个脑袋进去，只见一个极高的背影，正站在赵姐的办公桌前面。

“哎，小管啊，你来啦，快进来快进来，外头热。”赵姐歪了歪身子，朝门口看过来就看到一个毛茸茸的头。管清模样嫩，又留着齐耳短发，齐刘海，二十五岁了，看上去还跟个十五岁的小丫头一样。

站在办公桌前的男人也顺势回头，管清就那样探着身子，倚着门，正对上男人的目光。她眉心一跳，有些挪不开眼。男人眉眼俊秀，身量颀长，鼻梁高挺，鼻尖缀着一颗小痣，目光温和有礼，还朝着管清微微颔首。

办公室里开着冷气，管清的背上原本有着一层薄汗，被冷气一刮凉丝丝的，竖起了一小片细密的鸡皮疙瘩:“赵姐，我来送税单，您瞧瞧……”管清走了两步，到男人身边站定，把手里的税单递了过去。先前只觉得他高大，此刻站在他身边才进一步感受到这高大究竟是何概念——她还不到他的胸口。

赵姐冲两人招呼：“别拘束，都是自己人，这位是我先生以前的学生楚顾，这位是我们财务部的小丫头管清。以后大家总有来往，先认识一下。小管啊，楚顾过几天入职，来学校当数学老师，你就当提前见上一面。楚顾，你以后有事也可以去找小管，这孩子心细。”

管清干巴巴地笑了一声：“哦……”然后半转着身体冲楚顾弯了弯腰，“楚老师好。”

楚顾性情温和，连笑都带着宽厚，说起话来倒是爽朗：“你好，管小姐。”

管清的心怦怦直跳，目光往楚顾脸上扫了一眼就仓皇挪开，“嗯嗯哦哦”半天，才找了个由头溜出了办公室，抚着心口道：“我了个苍天啊，看得我春心荡漾。”

回到办公室，管清已经是魂不守舍，掏出手机给表姐发消息：“大龄少女情窦初开，我终于迎来了我的青春期。”

表姐回：“呸。”

殊不知，办公室里赵姐笑着调侃道：“小姑娘今年二十五，正是好年岁，你要不要考虑看看？”

楚顾笑了笑，没放进心里。

2

管清晚间下班回家，特意找了表姐出来喝酒，两人坐在路边的大排档里，一人一瓶啤酒对着吹。夏夜正浓，温度里带着湿热的潮气，混杂着身上黏黏糊糊的汗渍，衬得皮肤上都是一层油光。

表姐道：“你外貌协会的？长得好看能当饭吃啊，能不能有点内涵！”

管清斜了斜眼睛：“哦，像你，找个五大三粗、虎背熊腰，照片挂门上能辟邪的老公就好？我还就看上了那一身皮囊，你等着吧，我明儿就去追他，追不到也要把那身皮囊给剐下来。”

“我看你个臭丫头是欠揍吧？”表姐说着就要撸袖子，管清从兜里掏了一百块钱，往桌上一搁，撒腿就跑。她那个表姐跆拳道黑带，谁敢惹啊，还不赶紧溜。

她一边跑还一边回头看她家那个凶神恶煞的表姐，冷不丁撞进一个人怀里，撞得眼冒金星，鼻尖酸胀，眼眶生理反应涌出一层朦胧的泪水。管清捂着鼻子抬头，嘴巴半张着正欲说话，一瞧见那人，话都哽在了喉咙口。

“管小姐？”楚顾把管清扶稳，往后退了半步，看见管清身后一个少妇，踩着十厘米高跟凉鞋气势汹汹地追来。

管清眨眨眼，回过神来，颇为尴尬，摸摸鼻尖：“楚……楚老师，晚上好啊！”

表姐追上来，一把揪住管清的耳朵：“你个臭丫头，三天不打，上房揭瓦。”

管清尴尬得要命，面色酡红，双手拍着表姐揪着自己耳朵的手，小声道：“撒手，撒手……你好歹给我点面子……”说着她冲着表姐挤眉弄眼，朝楚顾那边努了努嘴。

表姐是个近视，今天恰好没戴隐形眼镜，眯着眼睛对着楚顾上下打量，然后拖着管清背过身去：“这就是那个新来的老师？”

管清一脸憨厚地点点头。

表姐抬手摸了摸下巴，思忖半晌道：“你要是拿不下他，就别来见我了。”

管清抽了抽嘴角，正欲说话，背后传来一道男声：“管小姐，你还好吧？”

管清还没开口，表姐率先转过身去，挂着一脸狐狸似的笑，对楚顾道：“原来是小清学校的老师啊，失敬失敬，小清喝得有些多了，我晚上还有事，麻烦老师送我家小清回家，不知道方不方便。”

楚顾被这话噎住了，他与这位管小姐不熟，这话也不知该不该应。

他正犹豫着，管清一个冲动往自家表姐背上重重拍了一掌，夏日衣衫薄，疼得表姐龇牙咧嘴。

“不用了不用了，不用麻烦楚老师了……我先走了，楚老师再见。”管清揪着表姐背上的一小块皮肉就走，火速在路边拦了辆出租车，一溜烟就不见了。

楚顾站在原地，还没回过神。

直到朋友从餐厅里出来冲他叫道：“楚顾，站外面干什么，还不进来吃饭。”

楚顾从头到尾都很莫名，摇着头笑了笑，进了餐厅。

表姐上车一把把管清甩开，揉揉自己的背：“你个臭丫头，疼死老娘了，还有没有姐妹情！”

管清酒后壮胆，鼻腔里发出一声轻哼：“你还好意思说，你差点儿把你妹的脸都丢光了。”

表姐挑眉：“不是你自己说要追他什么的，我这是帮你一把。”

“我跟他今天才认识，一共就说了两句话。你倒好，一来就让人家送我回家，我不要面子啊，人指不定怎么想我呢！”管清嘟嘟囔囔地抱怨。

表姐嫌她矫情，别过身子不想理她，给自家老公打了个电话，娇滴滴地让老公去管清家接她。

管清撇撇嘴，心里琢磨着要怎么接近这位楚老师，首先，得想办法拿到联系方式，然后才好进一步接触，越想越是这么回事，她暗自点头。

3

在管清第十三次企图在中午去食堂偶遇楚顾未果之后，她猛然发现，即便是这么小的学校，一个财务部的小会计想和一个数学老师偶遇，也真的是很难。

一个整天泡在财务室里，一个整天除了上课就是泡在办公室里。财务室在行政楼三楼，教学楼却在行政楼后面，中间还隔着两座西方建筑物。管清一度坐在财务室里，望楼兴叹。

七月中旬，财务事宜处理完了，进入每个月中旬的休闲期。下午的时候，管清靠在椅子上睡了个午觉，一觉醒来发现睡得脸颊绯红，背后沁出一层薄汗。空调依然“呜呜”地吹着，但也不知道为什么，没觉出半分清凉，脖子、脊背已经被汗浸得黏黏糊糊。

管清跟李姐打了声招呼，揣了小零钱包跑去学校小卖部里买冰棍吃。最喜欢的酸奶味小雪糕还剩一支，孤零零地躺在冰柜里，管清舔舔下嘴唇，低着头，一边伸手去拿雪糕一边自顾自地嘀嘀咕咕：“啊，就剩你一个了啊，姐姐来疼你，不着急不着急……”

身后突然传来一声轻笑，管清猛地回头，只见楚顾穿着一身短袖白衬衫，悠然立在她身后，眉眼都带着笑。管清僵硬地扯出一丝笑意，转过身，拿起雪糕，再转身，说了句：“楚……楚老师好啊，今天天气真好……”

话音刚落，她就一个箭步冲到收银台，把零钱往桌上一搁，埋着头就往外冲。

后面收银员拿着钱，叫道：“哎哎，小姑娘，找的钱不要啦！”

管清没回应，就跟个小耗子一样，一下就蹿得不见了。

楚顾还没来得及跟她说句话，视线范围内就只剩下了她轻扬的蓝色裙角。

楚顾从冰柜里拿出一个甜筒，结账，对着收银阿姨道："刚刚那个同事的零钱，给我吧，我给她带过去。"他原本就要去一趟师母的办公室，上次师母送了母亲保养品，他还没来得及去道谢。这会儿顺便把管清的零钱也带过去好了。

从小卖部里走出去，下午的太阳火辣灼目，让人不自主地就想用手在眉上遮挡。楚顾看了看管清跑走的方向，人影早已不见，但他心里还是跳出了"娇俏"两字。

他想起看到她回头的那一刻，软糯的姑娘，面若桃花，唇红齿白，唇不经意微微张开，露出两粒白亮的门牙，黑白分明的眼睛微露迷茫。最后一抹受到惊吓的眼神，活活就像个偷吃被抓住的小耗子。楚顾觉着她看着真是比十几岁的小女孩还要粉嫩。

那厢管清气喘吁吁跑回财务室，手里攥着雪糕。

李姐从电脑后面抬起头，看了她两眼，打趣道："后头有狼追你啊。"

"别说了，心里苦。"管清蔫头耷脑地摆摆手，拆了雪糕袋子，啃了一口，冰凉感从舌尖一直蹿到鼻腔，冻得她一个激灵。

她寥寥几次见到楚顾，没有一次能够大方得体，每次都是丢人丢到家，甚至落荒而逃，好不容易见着一面，连话都没说上两句，自己真是个傻子。嘴里念叨着，要是再来一次，她肯定不跑。话是这么说，可偏偏还真有下一次。

她吃着雪糕，享受地眯着眼睛，伸着小舌头舔得开心，连李姐都说她还是一团孩子气。门突然被敲响，李姐道了声"请进"。

那人推门进来，管清正吃着雪糕，乍一眼瞧见，一口哽在喉咙，一阵猛咳，顿时脸涨得跟猪肝一个色。她慌慌张张站起来："楚老师……有，有什么事吗？"

"你买雪糕找的零钱忘拿了，我给你送过来。"

修长的手指在她桌上放下零钱，管清不好意思地笑笑："还麻烦楚老师特地送过来，真是不好意思。"

"不是特地，我来看师母，顺便给你带过来。"楚顾有些想笑，兀自憋着。

"啊，哦，这个……哦，好，谢谢。"管清一阵支吾，完全不知道该说什么。

"那你忙，我回办公室了。"说着楚顾转身离开。

管清颓然地倒在椅子上，愤愤咬掉最后一点雪糕，十分沮丧。为什么每次看到楚顾，她就跟傻子附体一样。

4

第二日中午，管清因为手里的报表急着要交，没能同往常一样正点去吃饭。等她做完报表发给赵姐，已经是中午十二点半了。

那会儿李姐正拿着牙签坐在财务室里剔牙，顺便点评中午的糖醋里脊还不错，包菜一如既往地半生不熟。管清已经饿得前胸贴后背，连遮阳伞都没打直奔食堂。奈何高中的少男少女们正值生长期，每天都吃得贼多，等管清赶到食堂，就剩下一些看上去可怜巴巴的菜叶子。

她叹了一口气，随手指了两道菜，眉眼间都是苦大仇深的意味。

肩膀突然被拍了一下，管清回头。

"管小姐，你来吃饭啊。"楚顾站在管清身后，一模一样的情景，和昨天下午一样。

管清咽了口口水，回忆了一下，确定刚刚自己没有说什么奇怪的话。

食堂盛菜的大妈认识她，把餐盘往管清面前一放："小管哪，你的饭。"

管清"哦"了两声，转身去端餐盘。看着里面异于正常姑娘的饭量，管清此刻有点绝望，挠了挠脸颊，舔了舔嘴唇，脚下刚准备一溜，手腕却被人攥住了。

"我又不是妖怪，你为什么总是见着我就跑？"

管清哼哼唧唧不承认："谁……谁跑了？我这是先去找个位置坐，学生多，一会儿没……"她目光一扫，食堂里已经只剩下几个零零散散的人。

"没位置了……"干巴巴地、小声地说完最后几个字，她实在窘迫得不行，连脑袋瓜子都垂了下来。

楚顾每次看到她就想笑，不由自主地抬手揉了揉眼前低垂的毛茸茸的脑袋，指了个最近的位置："就这儿吧，一起吃饭。"

管清眨眨眼，心里突然就有些乐。她控制着面部表情，尽量不要笑得太夸张，抿了抿嘴坐到了位置上。这小学生似的模样要给表姐看到了，指不定要怎么笑话她呢，连话都说不利索，还想着撩汉。

楚顾也觉得好笑，端了餐盘坐到她对面。

这是头一次吃饭遇到楚顾，一顿饭吃得管清十分心塞，抛弃了以往的狼吞虎咽式吃法，换上了细嚼慢咽的淑女式。嚼不露齿，脸上还不能沾上汤汁，时不时拿张纸出来擦擦嘴，她自己都觉得矫情，那叫一个累。管清沉浸在自己的吃饭世界里，殊不知，看着她这么一副样子，坐在对面的楚顾憋笑都快要憋出内伤了。

这时一个男生满头大汗抱着个篮球进来，瞧见了楚顾，十分熟稔地过来打招呼："哟，楚老师来吃饭，这位是……师母？"

十五六岁的孩子，正是中二又好奇的时候，一脸发现了惊天大秘密的表情。

楚顾还没来得及说话，管清就突然放下筷子，坐正，挺直了腰板，面容严肃又认真，装模作样地道："你这小屁孩怎么乱说呢，我和楚老师那是纯洁的同事友谊，知道了吗？"

男生先是愣了一下，而后竟扑哧笑了出来："知道了知道了……"

"哼……我吃好了，楚老师，我先走了。"说着她端起餐盘就走。

男生一屁股坐到管清的位置上，冲着管清的背影努努嘴，然后笑着对楚顾说："楚老师，你这对象，中央戏精学院毕业的吧。"

楚顾慢条斯理擦了嘴，对男生笑得亲近："快去吃饭吧，都快没了，下午别饿肚子。"

男生憨笑着应了。

管清强装镇定地走着，一出食堂就垂头丧气，到了办公室一回想，才发现刚才真的是有几分此地无银三百两。她越想越懊恼。想象中，端庄大气的自己、优雅动人的自己、大家闺秀的自己……此刻就像泡泡，一个一个被戳破。唉，少女情怀总是梦，奈何现实催人疯。回去说给表姐听，表姐定会给她一个大白眼，附赠两个字："出息。"

不过这事，她到底还是没说。

5

后来，她又遇见过楚顾几次，每次都是灰溜溜逃走。她也不知道为什么，见着楚顾就心虚，简直有毒。

月底发工资的前一天晚上，表姐给管清打了个电话："明天你们发工资？"

"嗯。"

"教你一招，不但能引起他的注意，还能拿到他的联系方式。"

管清一听就来了精神，正襟危坐，竖耳倾听。

然后，第二天傍晚，当所有教职员工的工资全部发完以后，赵姐接到了楚顾的电话。

“师母，这个月的晚自习和补课费已经发了吗？”

“发了呀。怎么了，你没收到啊……不会啊，小管从来没有出过错，怎么会发漏呢？”她说着就要去翻管清的联系方式。

“师母，别急别急，我就是问问。你把她的联系方式给我，我去问一下，说不定是我这边有什么信息报错了。”楚顾一听赵姐的话就大概猜出来是怎么一回事了，转了转指间的笔，心想，这小姑娘，不见着他时想方设法招惹他，见着他时两脚一踩跑得比谁都快。还真是……胆小又可爱。

话是这么说，但下课后，楚顾还是去了一趟财务室。

彼时财务室里只有管清一个人，偷摸着给表姐打电话：“不是你说的会引起他的注意？为啥我现在都没收到他的信息，他都不催债的吗？”

不知道表姐那边说了什么，管清脸色一红，啐道：“胡说。我是要引起他的注意，不是要让他觉得我对他有意见……”

话音还未落，就听见了推门声，管清一回头，发现站在门口的不是李姐，而是前来“催债”的楚顾，长身玉立，眉眼俊俏。

“我辛辛苦苦上那么多课，你还拖欠我的工资，想造反吗？”他靠着门框，双手抱臂，嘴角带着隐隐的笑。

“我……”

“想引起我的注意？对不起，我的眼里只有人民币。”楚顾佯装严肃，施施然走进了办公室，半坐在管清的办公桌上低头去看她。

管清脸色爆红，手忙脚乱地挂了电话，双手揪着别在身后。

楚顾伸出一只手，食指在桌面上轻轻敲了两下，眯着眼说：“信不信我罢工。”

管清努了努嘴：“我现在给你补上就是。”

楚顾居高临下地看着管清，不放过她脸上一丝一毫的表情，小小圆圆的鼻头微翘，努嘴的时候，总喜欢皱着鼻尖。有贼心没贼胆，说的就是她。

她还在那边故作镇定，殊不知早就被人看穿了图谋。楚顾不是没有遇到过喜欢自己的女孩子，但还是头一次见着这么笨拙、这么让人觉得可笑但又十分可爱的姑娘。

管清再一次挫败，又垂头丧气地去找表姐。表姐粗鲁地撸了一把管清的短发，恨铁不成钢。但好消息是，管清确实有了楚顾的联系方式。因为在给楚顾补完工资之后，她的微信收到了一条好友验证，正是楚顾。

发过来的第一条消息就是："再拖欠工资，我就让你去给学生上课。"

管清："……"

这条消息的到来就像是堤坝裂了一条缝，洪水倾泻而出。从那一天起，管清就开始了每天"早上好""晚安""今天三十八摄氏度，注意避暑防晒"的日常。

表姐看了看她每天发的那些乱七八糟的东西，只觉得心累得慌。你说她又不是天气预报，也不是私人管家，这不纯属浪费表情吗？管清可不管那么多，每天发得可欢乐了。

楚顾课多，上班也早，往往中午吃饭午休的时候才看到，回一个表情，就能接收到管清发来的一连串惊喜表情包。这个在他面前小心翼翼的姑娘，隔着手机屏幕竟然活泼得如同另一个人。

6

这么一来一往，他们偶尔在食堂遇见还能一起吃顿午饭。

隔着屏幕，管清总能跟他唠嗑一晚上，第二天见到他却依然害羞。

不过和楚顾熟悉之后，和之前相比，管清还是要淡定许多的。比如某天进错了男厕所，正好撞见楚顾在穿裤子，她也能面色淡然，假装什么都没发生，然后一步一步退出去。

九月中旬，炎热稍退，早晚开始有了浅薄的凉意。

管清提前买了草莓音乐节的票，原本约着表姐一同去看，临了却被放了鸽子。于是管清十分气愤地独自勇闯草莓音乐节现场。她想到过人一定会很多，到了现场却差点被吓到。

管清个头一米六，不高不矮的水平，只能瞧见前面人的后脑勺和左右两边巨大的LED屏，人影幢幢，看得人眼睛发花。她就这样什么也看不着，却莫名兴奋地跟着"嗨"。

直到前面场地上突然不知为什么闹开了，人群推推搡搡地往后退。管清被挤在中间，完全不知道发生了什么，脚却已经被踩了好几下，踉跄着跟着人群往后退。身后突然有人推了她一把，一个前冲，前面的人挪挤着让开，竟让管清冲出了包围圈，进入了"斗兽场"。

三个体形高大的男人在人群空出来的地方打成一片，拳拳到肉，闷声听着就觉着疼。拉着扯着滚到了管清面前，一个人一蹲躲在了管清脚边，她还没来得及反应，肩头就中了一拳，疼得她直抽气。那人丝毫没有歉意，看都不看管清一眼，抓过躲到管清脚边的男人，又扭打起来。

左右都避不开，人群拥挤着，管清捂着肩膀，心高高提起，生怕自己再被误伤。她转身想从人群里挤出去，可是那密密麻麻的人就像一堵墙一样堵住了去路。进无路，退无门。管清后悔今天出门之前没有看看皇历，八成是不宜出行，会有血光之灾。

她闭着眼睛，尽量往后倾身，忽然一只大手从后面艰难地伸过来，揪住管清的衣领，往后使劲拖。可管清还没被人拖走，就被衣领勒得喘不过气来，直翻白眼，她挥舞着手乱打，好不容易拍到了抓住自己的那只手，上去就是一阵挠。

那人疼得一松，管清也终于能喘口气了。她气喘吁吁地转过身，目光涣散。

"谁……谁要害死我……"一句话管清说得上气不接下气。

有人穿过人群挤来她身边，急急把管清护在胸前："怎么不知道跑呢？你个傻缺！"

"你才傻缺，你全家都……"管清一抬眼，突然看到楚顾，面上焦虑起来，额角上挂着汗珠。

"我拉你你也不走，就戳在这前面挨打啊……"楚顾面色铁青。

管清眨眨眼，身后是汹涌拥挤的人潮，前面是楚顾的胸膛，那厮打的人已经被他隔在了身后。在这混乱里，管清突然就安下心来。委屈此刻突然从心底升腾而起，她红了眼眶，看上去可怜兮兮的，不由自主地靠上了楚顾胸前，长舒了一口气。

她说了一句话，声音很小，但楚顾听见了，心尖尖软成一团。

她说："幸亏你来了。"

7

管清被从天而降的楚顾救了出去，两人从人群里出来均是狼狈不堪，管清额前的刘海湿漉漉的。来不及顾及形象，楚顾抓着她，脚步未停，一直走到停车场，开了副驾驶座的门，把管清一把塞了进去。

车里充斥着热气，屁股下面的坐垫烫得她隔着裤子都觉得疼。整个空间又热又闷，丝毫不比人群里舒服。楚顾开了空调，风力调到最大，管清伸手把风向调到面对自己，却被楚顾一把捂住拨开："小心吹成面瘫。"

管清张了张嘴，萎靡地缩在位置上。

楚顾倾身过去给她系安全带，管清动了动身体，肩膀一阵钝痛。

楚顾小心地碰了碰："带你去医院。"

管清此刻倒发起了小脾气，噘着嘴，偏着身子不说话，一副受了天大委屈的模样。

楚顾眼底浮上了笑意，手掌在管清头顶轻轻拍了拍，安抚意味十足。

管清撇撇嘴，终究还是坐直了身体。

两人驱车到医院，消毒水的味道扑面而来，管清动动鼻尖打了个喷嚏。楚顾走在她身侧，带着她去挂号、排队。

大夫看着坐在面前的管清蔫头耷脑，"哟"了一声："啧，家暴？"

楚顾顿时面色有些尴尬。

倒是管清，没好气地啐道："胡说八道什么呢！"

小妮子声音又脆又响，眼睛凶悍地瞪着大夫。

大夫摸摸鼻子，嘟囔道："开个玩笑，那么凶干什么？"说着就去看管清的伤，伤在肩胛上，红肿了一大片，热辣辣地疼。

"下手可真狠。"大夫是个话多的人，絮絮叨叨个不停。

楚顾上前两步，站在管清身后，伸出手握住她完好的肩膀，扶着她往后靠了靠，靠在自己的腹部。那红肿的肩胛衬着周边大片白皙细腻的肌肤，看得人眼底发热。

楚顾抬头看了看那个大夫，男，不过二十多岁，心里有些不舒服，手不受控制地抬起拢了拢管清的衣领。

大夫抬头，笑得很有深意。楚顾目光轻扫，吓得大夫敛了神色。

皮肉伤，擦点药油即可，大夫开了药，楚顾一手拿过，一手扶着管清起身。管清自小娇养，几时受过这么重的伤，撇了撇嘴，闻着身上浓重的药油味，心情非常不美丽。

楚顾送她回家，管清下车站在车边，盯着自己的两只脚尖，半天不说话，楚顾就那样坐在驾驶座上耐心地看着她。

"上楼……嗯，吃根雪糕吧……"

楚顾突然就笑了出来，原以为会说上楼喝杯水，到了她这儿倒是变成了上楼吃根雪糕。

他还是从善如流地接受，停车出来，跟在管清身后。

她住的是普通的单身公寓楼，十九层，右边，门上挂着一个陶铃。

“家里没收拾，你将就……”开门的那一刻，管清就很想把自己的舌头吞进去。

表姐坐在沙发上，手里拿着她的大罐冰激凌，抬眼看过来。

六目相对，最怕空气突然安静。

表姐反应最快，一手举着勺子，一手举着拖鞋冲过来：“好啊你个臭丫头，居然往家里带野男人，信不信我告诉你妈！”

管清缩了缩脖子，一副心虚模样，却在表姐冲过来的那一刻，被人揽住未伤的肩膀，往后退了两步。

然后她听见头顶上有声音传来：“我不是野男人，我是管清的……心上人。”

空气瞬间凝滞，管清一动不动，僵立在原地，好一会儿才仰头对着楚顾扯了扯嘴角。心思被人赤裸裸戳穿，她脚下站不住，想溜，脚在地上才动了几下，揽住肩膀的那只手就陡然用力。

楚顾低头，对上管清错愕的眼睛，然后笑开了，抬手挠了挠她的下巴：“她也是我的心上人。”

恍若烟花升起，在耳畔轰然炸开。生怕是听错了，管清呆愣片刻道：“你说什么？”

“哦，没什么。”楚顾自年少起性情就淡，感情一事上也多是被动，这般直白，还是破天荒头一次。说起来，他自己也是有些羞赧，耳根有些泛红，如今还有表姐这个大电灯泡戳着，哪里还肯说第二遍。

表姐是个急性子，把拖鞋往地上一扔，拿上包，换了鞋，揣好冰激凌，走到两人身边，语气戏谑：“他说他喜欢你，你个傻子。”立马出了门。

管清咽了咽口水，抬手挠了挠头顶：“两情相悦？”

楚顾双手插兜，两眼望天，轻轻“嗯”了一声。随即就感觉管清两只手抓上了他的手腕，他低头一看，她两颊微红，一双眸子里晶亮亮的一片，看着就让人心生欢喜。

“走走走，我请你吃雪糕，我在冰柜里珍藏了一盒哈根达斯，还好没被表姐发现。”管清拉着楚顾往里走。

楚顾跟在她身后，眉开眼笑，手悄悄抓住暖乎乎的小爪子，竟是从来没有过的欢喜。

小剧场

管清某日去ATM机取钱，拿了钱就走，走到一半突然发现没拔卡，撒腿就往回跑。对着ATM机一顿操作，然后绝望地发现自己的银行卡被吞了。

她回去跟楚顾大吐苦水，连自己都嫌弃自己的脑子了。

楚顾十分老干部地喝了口水，然后从钱包里拿出一张卡递给管清："密码是我的生日。"

管清双手捧着卡，就像是捧着玉玺，再看看卡号："这不是你的工资卡吗？给我了，你平时用什么？"

楚顾神秘兮兮地说："我有副业。"

管清立起上半身，跪坐在地毯上："什么副业？"

"买了几支股票，然后投了点资，虽然也不多，但是养你还是够了的。"楚顾老神在在地又啜了口茶。

"我……这是被你包养了吗？"

楚顾起身，睨了她一眼："不要？还我。"

"没有没有没有，进了我的嘴怎么可能再给你吐出来。"管清一副小财迷模样。

"回头去把你的那张银行卡注销掉，以后你的工资和我的工资都打到这张卡上。管小姐，以后请你多费心，贤惠持家啦。"楚顾进卧室前说道。

管清两眼放光，难道，这算是，求婚？！

12、二十四番花信风·大暑

大暑：斗指丙，太阳到底黄经 120°。大暑是一年中最热的节气，正值二伏前后，长江流域的许多地方，经常出现四十摄氏度高温天气。这个节气雨水多，有“小暑、大暑，淹死老鼠”的谚语，要注意防汛防涝。

二〇一七年七月二十二日，农历六月廿九，丁酉年，丁未月，庚戌日，大暑。

〔第十二番〕暗恋是一门学问

1

出差回来，下了飞机已经是深夜十二点半。许意拖着箱子从出租车上下来，站在小区门口，打开包包翻找着门禁卡和家里的钥匙，许久一无所获。

她长长叹了口气，扶着脑袋使劲回忆：这趟差出得急，那日匆匆从公司赶回家，收拾了行李又匆匆赶到机场，这钥匙……

许意懊恼地捶了捶脑门，半晌，拖着行李箱去了不远处的如家酒店。进了大门，她还没来得及开口，前台一边吃着泡面一边含含糊糊说了句：“没房间了，今天对面小区停电，咱们这儿客满了……”

无奈之下她只能拖着行李箱奔赴网吧。

网吧硕大的霓虹灯招牌在晚上显得格外扎眼，晃得人两眼发花。推门进去，一阵凉意混杂着浓重的烟酒味道扑面而来，呛得许意张嘴便打了个喷嚏。

“包夜，还有包厢吗？”她到前台递出身份证登记。

“没有包厢了，今天对面小区停电，咱们这里包厢都占满了，就剩几个散位了。”

许意揉揉额角：“行吧。”

她找了个角落里的空位，右边靠墙，左边坐着一个瘦削的男人，穿着黑色的外套，刘海有些长了，搭在前额。电脑屏幕的光幽幽投在他的脸上，竟显出三分俊美。拖动行李箱的时候，不小心磕到了男人的桌子，许意一边搬着，一边低声道歉：“不好意思。”

男人没出声，抿抿嘴摇了摇头，连看都没看许意一眼。

网吧的空调开得有些大，等浑身热意退了下去之后，有些许的凉意袭来。奈何许意已经困得不行了，哈欠一个接一个，泪眼蒙眬，精神萎靡，双手抱胸，靠着墙壁闭上了眼睛。她实在是太困了，几乎一秒入睡。

睡着的许意没看到，旁边坐着的男人搁在键盘上的手停了下来，轻轻握了握拳，微微抬头转过来，看了一眼睡着的她，眉心轻皱，对着麦克风说：“不打了，下线。”

男人轻敲鼠标，退出游戏，然后进入视频网站，找了部这段时间还算火爆的网剧来看。他上半身靠在椅背上，目光直直投在电脑屏幕上，表情淡漠。

睡梦中的许意感觉有些凉，却挣扎着清醒不了，然后突然周身一阵暖意袭来，带着橘子汽水的香味，也混着网吧里的烟味。她伸手拽了拽，转了转脑袋又睡沉过去。

第二日醒来已是天光大亮，许意起身的时候只觉得浑身酸疼犹如拆骨。她迷迷糊糊坐起来，揉揉眼睛，呆愣半晌，这才发现身上盖着一件薄薄的黑色外套，转头看她身边的座位，早已人去位空。

2

许意找了开锁师傅，回家泡了个澡，人往被子里一滚，又是一觉。

这一觉睡得极好，直到夏日的夜晚来临，华灯初上，许意这才悠悠转醒。换了件衣服，带上手机，踩着夹板拖鞋出门觅食。

路过昨晚过夜的那家网吧，许意站在门口想了想，还是推了门进去。

“不好意思，我想问一下，昨天晚上坐在七十九号位的人叫什么名字啊？”许意站在前台，歪着脑袋问。

网管小哥嘴里叼着根烟，瞅着许意，上下扫了几眼，笑了笑，随着嘴巴的动作，烟灰往下簌簌掉了掉：“怎么了，他是偷你东西了？”

许意连忙摆摆手：“不是不是，就……就问问，问问……”

她转身就走，一巴掌拍在自己的脑门上，问了名字又怎么样？昨晚光线暗，她没能瞧清楚长相，也不知道人家住哪里，什么信息都没有，问了也是白问。

许意这头刚走出网吧，拐进了旁边的小巷子里，准备去吃饭。那头程璧背着一个黑色的大包，汗流浃背地进了网吧。

网管小哥看着程璧登记，呵呵笑了起来："别说，还真巧，刚刚有个美女正打听你呢……"

程璧放身份证的手一顿，抬头道："打听我？"

"对啊，特地来问昨天晚上七十九号机的人叫什么呢。哎，你昨天晚上做了什么？让人家念念不忘。那姑娘长得眉清目秀，挺好看的。"网管小哥和程璧还算熟，让程璧帮着做过几次程序，修过几次电脑，不由得打趣了两句。

"长什么样？"程璧问得急。

"长头发，白白净净的，看上去挺漂亮的。哦……眉心，眉心有颗小痣，你说这人眉心长痣，还挺好看的哈……哎，哎……"

程璧听罢背着包就往外跑，可出了网吧大门，四下环顾，哪里还有许意的半分身影。他皱着眉眯着眼，摸摸肚子，垂头丧气地回家吃饭，连打游戏的心情都没有了。

昨晚小区停电，加上天气正热，待在屋里有些熬不住，程璧便收拾了东西到隔壁网吧里凑合凑合。可谁又能想到，许意也会出现在那里，暗夜里，她仿佛披着星辰，从混沌里走来，带着淡淡的清香，坐在了他的旁边。那一刻，他心跳如擂鼓，只能低垂着头，不敢去看。

大约是太过疲惫，她竟然睡得毫无防备，眉眼之间带着显而易见的困顿。程璧坐在旁边，电脑屏幕上播放的东西，他一点都没看进去，只听见自己的心跳，在混杂的环境里，震动了整个胸腔。

许意应该是有些冷的，睡梦中不自觉地缩了缩脖子，屏幕幽幽的蓝光下，能看见白皙的手臂上起了一层小小的鸡皮疙瘩。

程璧动了动，脱了身上的外套轻轻盖在她身上，竖起衣领遮了遮她的脸。手指不自觉地往她的额角抚了抚，拨开几缕碎发，弯腰给她掖了掖外套，半晌才坐回自己的位置上，看着屏幕上变换的图像发起了呆。

3

公司近来统一更换了新的电脑，或许真的是运气不算好，整间办公室一共六台电脑，偏生只有许意的那台就是没办法和打印机连接上。

看许意一脸苦相，行政部的同事扔了颗大白兔奶糖给她，安慰道："别急别急，我打电话让装电脑的那边来看看。"

正午正热，太阳烘烤着大地，阳光下的柏油马路都蒸腾着油腻腻的热气。许意饭还没吃完，行政的同事就领着一个男人推门进来，一进门就是一声："许意，修电脑的来了，抱着你的饭挪挪位置。"

许意端着饭盒赶紧起身，慌忙间脚绊了下垃圾桶，一个踉跄，碗里的汤汁溅出去了几滴，正好落在修电脑的男人的衣襟上。干净的白色T恤，愣是沾上了几点褐色。

两人俱是一愣。许意率先回过神来，搁了饭盒就要拿纸给他。男人眨眨眼，缓过神来，摆摆手："没事没事……"

原本来修电脑的不是程璧。程璧在公司是编程人员，修电脑属于维修部和技术部的事情，奈何天气炎热，和空调一样，近日打电话维修电脑的人也是颇多，人手忙不过来，刚好程璧的程序刚刚做完，只能临时麻烦他跑一趟。

程璧原也是心不甘情不愿，可一进门看见许意，就仿佛三伏天里一桶冰水从头淋下来，从咽喉一路凉爽到了四肢百骸。待他回过神来，她拿着纸巾，一脸抱歉地站在自己身前。

程璧花了很大力气才压抑着不让自己笑出来，木着一张脸坐到许意的位置上帮她检查电脑，他甚至还能闻到桌上卡通模样的加湿器里喷出来的水雾带着淡淡的薄荷香。

"有什么问题吗？"他问。

"哦，是这样，这台电脑和打印机连接不上，怎么试都没用，所以请你们来检查一下。"行政部的同事凑在旁边解释。

程璧一边听着，余光一边不住地往许意那边瞟，见她咬着小排骨，嚼着嚼着吐出一小块骨头，两腮鼓鼓囊囊，着实可爱，他心下忍不住轻笑。

同事还在问："有什么问题吗？"

程璧慌慌张张收回目光，摸摸鼻子："没什么，小问题，我看一下。"说完他就开始检查电脑。

许意扒了两口饭，盖上盖子，把饭盒往塑料袋里一装，扔进了茶水间的大垃圾桶里，回到办公室就坐在一边看程璧操作。吃饱喝足，她开始泛起了困意，连着打了两个哈欠，眼睛里覆着一层薄薄的水雾，湿漉漉的，看得人想伸手去摸摸她的头。

“好了，连上了。”程璧敲完最后一下，转头对许意说话，正好对上她打哈欠。

许意见他看过来，连忙用手捂上嘴，眨眨眼睛，连眼睫毛都沾上了水汽：“好了啊……谢谢你啊。”

程璧摇摇头，起身，手插在口袋里握着自己的手机，来回握了好几下，动了动嘴巴，半晌道：“那个，留个联系方式吧，你之后还有什么问题就可以直接联系我。有时间我就过来，没时间我也可以教你自己操作一下。”

许意第一反应是——这活儿都是公司行政部去联系的吧。第二反应是——啊，人家也是好心。于是，她掏出手机：“可以啊。”

程璧嘴角翘了翘，掏手机的动作快得让他自己都觉得情绪是否过于外露，好在许意并没有察觉。看着手机屏幕里许意的头像，程璧背着他的大包，心满意足地离开了许意的公司。

许意对程璧的第一印象由此而生——负责、好心。而程璧因为拿到了许意的联系方式太过兴奋，在路上闯了两个红灯。

4

八月底的天气一如既往地热。

周末，许意去了步行街转角处的固定献血点献血，熟门熟路地上了车，几个护士小姐正吹着空调看手机，看见许意上来，赶紧挪了位置出来给她坐。许意乖乖把手臂伸出去，刚系上橡皮带，献血车上又上来一个人。

护士小姐一边给许意的胳膊清洗消毒，一边回头看了一眼，和许意念叨：“得，今儿还算热闹。”

许意歪着脖子看过去，这一眼对上一张熟悉的脸。半个月前还见过一次，两人平日里的联系不多不少。许意但凡遇到点什么电子产品上面的问题，都会发消息过去问他。他每次都回复得很快，好似就守在手机旁边等着消息一般。

问过几次之后，熟悉一些，两人偶尔也会聊聊天，关于近期火热的电视剧、综艺节目……

程璧站在门口，看见许意，弯嘴笑了笑：“你也来献血？”

许意朝他挥了挥手：“对啊。”

程璧面上不动声色，心里却像是浇了火油一般沸腾，坐到许意附近的位置上："第二次献血了，上次来还是半年前呢。"

许意还没来得及搭话，护士小姐就一顿抢白，用棉签指了指许意："资深献血者，献了八年了。"

程璧显然没想到时间比他知道的还久那么多，有些惊讶，心里算了算，每年两次，到现在也有十六次了。他盯着自己凸起的经脉发了会儿呆，上面已经涂上了黄褐色的碘酊，正在轻轻地突突跳动。

程璧忽然转头，正好看见护士小姐手里的针头扎进了许意的皮肉里。他眉心不自觉地皱了皱，心尖上好似被人用指甲一掐，留下个血印子。

"一会儿一起去吃个饭吧。"他开口。

许意原本盯着从自己血管里流出来的深色的血液，乍一听这话，抬头看过去，目光还有些茫然："什么？"

"一起去吃个饭。"程璧感觉到针头已经扎进了皮肉，但他没有回头去看。

许意歪着脑袋在犹豫。四百毫升的血从身体里抽出去，她的脸色明显苍白了许多，眼睛却始终明亮，不一会儿就点了头："可以啊。"

献完血，两人坐在献血车里，右手捂着棉球盖着左手的肘部，动作如出一辙。

许意起身，刚刚抽了不少血，头晕眼花，一时不察，脚下一个踉跄就要往后倒。却被一只大掌扶住了腰，隔着薄薄的夏衫，这掌心的温度有些灼热。

"小心。"那人语气温柔。

步行街上最不缺的就是吃的了，两人找了个凉快的餐厅。

许意最不喜欢的就是点菜，她不挑食，什么都能吃，所以每次看到菜单这种东西都十分头疼，对着图片，能发半小时的呆，于是摆摆手，把点菜的任务交给了程璧。

程璧也不推托，三两下点了几道补血的菜。然后倒了杯热水放到许意面前，手指在杯壁上推了推："喝点水。"

许意咬着杯沿，抿了两口水。抬头去看他，无意对上程璧未加掩饰的眼神，她连忙低头，心里扑通跳了一下，又偷偷瞧着，或许是第一次这样认真地看他，才发现原来他的眼睛是那样黑，像黑曜石，衬得一双黑白分明的眼睛极为惑人。

想来是个内心极干净的人，才会有这样干净的眼睛。她在心里道。

"许意？"程璧见她半天不出声，丈二和尚摸不着头脑。

许意回过神，竟红了耳根。

第一道菜上来，搁在桌中间，热气腾腾，裹挟着香气。下一秒，许意夹着一块肉，稳稳当当放进了程璧碗里。

程璧抬头，眼中写着惊讶。

许意朝他笑笑："吃饭。"

程璧执起筷子，飞快地把碗里的肉塞进嘴里，仿佛再晚一秒就会被人抢走一般。

许意满意地点点头，状若无意地提起昨晚看的更新的电视剧。是最近正火爆的玛丽苏网剧，带着无脑无逻辑的甜蜜。

"我知道……我看了预告的，我还弄到了后面的资源，你要吗？"程璧眼睛里好似闪着光，对于能够和许意聊到一起感到开心。

许意手里握着筷子，脸上一派激动："真的吗？当然要，今晚回去你就发给我……我跟你说……"

十天前，许意的笔记本电脑突然抽风，怎么都发不出声音了，看电视剧就像是看默剧一样。她自己捣鼓了半天，折腾得满头大汗还是没反应。

绝望之际，她突然想起了那日程璧留下的微信。半夜十一点，她发了条消息过去，原本以为对方或许已经睡觉了，不承想竟是秒回。

程璧给她打了个微信语音电话，两人远程教学弄了半个小时，依然毫无进展，不得不感叹许意对电脑真的是一窍不通。也亏得程璧耐心十足，一点也不着急，反而轻声安慰她。

最后无法，只能登了QQ，请程璧远程操控电脑，看究竟是怎么回事。

自己电脑上的鼠标跟变魔术一样飞快地闪过，点了一些不知道是什么的东西，许意看着看着就来了瞌睡。歪倒在地毯上睡着了，手机就搁在面前。

两人依然开着微信语音，程璧在那头，帮她处理好了问题，正欲开口说话，却听见了微弱的均匀的呼吸声。

她睡着了，他舍不得挂电话，也舍不得叫醒她。那呼吸声，他听了一夜。

自那夜起，许意似乎和他熟稔了不少。在某天程璧发消息来询问是否还有问题的时候，许意说没有问题，自己现在看网剧看得很顺畅。

程璧哪肯放过这样的聊天机会，只说自己也在看那个网剧。当时许意还很是惊讶，没想到男生也看这种无脑言情剧。两人聊了一下剧情，一来一去两句话，几乎不用思考，许意就知道程璧没看过，只不过是想和自己多说说话。

然而到了第二天，程璧就能和她说很多东西了。把前面的剧情全部补完了不说，更像是一帧帧地看过，每一个细节都记得无比清楚。

彼时，许意就知道，程璧喜欢她，她无比敏感，直觉无比准确。虽然不知道，只是一面之缘，这样的感情从何而起。

她原本是想不动声色地拉开距离，拒绝他，可已经很多年，没有人这么用心地对待过她了。看着对话框的那一刻，她犹豫了、出神了，直到新的消息进来。

许意顺着话头聊下去，她妥协了、纵容了，她选择给程璧一个靠近的机会，也给自己一个机会。

5

吃完饭已是暮色四合，华灯初上，两人回家，并没有刻意的言语。程璧跟着许意一起坐了地铁，中途转了一辆公交车，一路相伴。

到了小区门口，幽暗的路灯下依然聚集着飞成一团的飞虫。许意原是以为程璧特意送她回家，驻足道："我到家了……"

程璧的脸上挂着笑意，两手插兜，脚在地上蹭了蹭，轻咳两声："我也到家了……"

许意指了指程璧，又指了指小区大门："你也住这儿？"

程璧点点头："我住十七栋。"

许意先是一愣，随即不知想到了什么，也跟着笑了出来："难怪，我住二栋，我们隔得有点远，我以前还从来没见过你。"

程璧却笑着摇头："见过的，不过你没注意到我而已。"不待许意开口，他接着道，"走吧，先送你去二栋。"

夏日的夜晚，小区里来往散步、跑步的人不少，小区中心的空地上还有一群老太太在跳广场舞。两人并肩而行，大约因为程璧的话，许意都有些不好意思了。如果他们之前真的见过，那她可真的是一丁点印象都没有了。

许意抠了抠手指："你……以前认识我吗？"否则，为什么会记得这么清楚，一个人不会无缘无故记住一个只见过几次的陌生人。

"认识，很久了……"程璧抬头看了看天，夜空如洗，星辉与弦月相映。

许意抬头，却被程璧脸上带着温柔的回忆表情震惊了。那是一种怎样的神情，她无法用言语形容。在过去的年岁里，她不是没有过男朋友，也不是没有过追求者。但没有人，用这样认真的神色，仿佛穿透了皮囊，直接望进了她的心里，望着她的灵魂和真实。

或许就是因这样的神色怔住，她忽视了程璧抬手，食指轻轻碰到她脸颊带来的酥麻感。又或许是此刻夜色朦胧，路灯昏暗，许意仰着头，看着程璧的脸，似乎有什么在脑海里一闪而过。像是一把钥匙，突然开启了记忆之门。因着即将到来的回忆，她的心脏剧烈地跳动起来。

许意突然想起，在网吧的那个夜晚，那张在幽蓝色光线下，半明半暗的脸。她忽然抬手扣住程璧的手肘，急急道："你等我一下。"说罢她转身跑进门里，按着电梯的按键，一下接一下。

程璧在门外站着，靠着路灯的灯柱，低垂着头，刘海在他眼睑下留下一道清淡的阴影。

没多久，许意抱着一件黑色的外套从楼道里冲出来，喘着粗气，连话都说不利索，只把外套举到程璧面前："你……是你的吗？"

程璧显然没料到她想起的是这一出，不过想想也是，那年的一面之缘，恐怕她早已忘了。可是，没关系，只要她记得他，无论什么时候都好。

"你还留着啊，我以为你会扔了。"程璧接过来，衣服上有淡淡的柠檬洗衣液的香味，叠得整齐，他鼻尖萦绕着这个味道，一颗心好似被温泉泡过。

"真的是你啊。"许意显然没想到，那天晚上坐在她身边的人，竟然是程璧，想到自己熟睡的模样，大约也不怎么好看，面上有些发烫，"谢谢你啊。"

程璧把衣服搭在手臂上，半弯着腰，对上许意的眼睛，他的眼神里透出宠溺："道谢的话，那我想去吃冰激凌。"

许意扑哧笑出声："好。"

四目相对，两人什么都没说破，但又似乎都明白，或许约定的不仅仅是一顿冰激凌，而是一个新的开始。

6

目送许意上楼，程璧这才转身往十七栋那边走。

小区里老太太们跳广场舞的音乐依然清晰可闻，路边灌木丛里的蝉鸣也十分响亮。

程璧低头，抬手抹了一把额上的汗，虽说在许意面前一副淡然的模样，可心里到底还是紧张得要死。他想起了许意不记得的初见，在三年前的夏天。

程璧换工作不到半年，高强度的加班，让他几乎没有缓冲期就病倒了，感冒发烧还伴随着急性肠胃炎，医生二话不说直接把他放进了病房里。

住院的第二天，他下楼溜达，路过癌症区，听见两个小护士念念叨叨说，最近有个白血病患者匹配上了骨髓。原本以为捐献者是个年纪很大的人，可人家一到医院，大家伙一瞧，竟然是个二十五岁的小姑娘，年轻得很，也不知是哪里来的勇气。

程璧不是很懂这些问题，听来听去也无非知道了有个年轻的小姑娘，愿意给白血病病人捐献骨髓。彼时他还什么都不懂，听着“捐献骨髓”四个字都觉得有些心惊，也对这个捐献者生了些许敬佩和好奇。

程璧在医院住了三天，第四天收拾了行李准备出院。他还记得那日的阳光格外明亮，晃得人眼发花，只能眯着眼睛去看。

电梯下楼，又经过癌症区，他看见一个短发姑娘，穿着黑色印花的圆领T恤，两只手的手臂上都是医用纱布，被橡胶绳绑着。小护士跟在她身边，叽叽喳喳说着什么。程璧没听清，恍惚里只听见“干细胞捐献”几个字。

程璧想起了前日小护士八卦时说的话，那个捐献骨髓的二十五岁的小姑娘，现在就在他面前。清秀的长相，脸上带着笑。她虽然面色苍白，但眼睛极其明亮，一笑起来露出一排贝齿。右手上戴着白色的腕表，手指上涂着青草色的指甲油，整个人就像阳光一样，焕发着生机和活力，似乎刚刚经历的只是一个小小的抽血而已。

她们上了电梯，就站在程璧身后。

因着中华骨髓库的规定，捐献者和患者之间有一个“双盲”的原则，她没见过患者，但程璧听见她向小护士打听这位患者的情况。十五岁的男孩，患有AML-m7巨核细胞白血病，已经做了清髓进了无菌仓。她的语气轻柔而惋惜，又因着自己能够救他而激动。程璧背对着她，听着她低声说话，不知为什么，瞬间觉得夏日里所有烦躁似乎都随着水汽在阳光下蒸发。

小护士送她出了医院大门，程璧不远不近地一直走在她的身后，看着她伸手拦了一辆出租车，手臂上白色的医用胶布在挥舞间十分显眼。大约是抽了干细胞后，手有些无力，她抠了抠出租车的车门，手却滑了下去。

程璧也不知道自己怎么了，等回过神来，已经站在她的面前，给她开了车门。

她对他轻声道谢，脸颊被太阳晒出了红晕，但唇瓣依然苍白。待她坐进出租车，程璧顺手帮她关了门，然后看着那辆出租车，一分钟内驶出了自己的视线。

那日的阳光太热，仿佛晒化了一切，蒸发了一切，却又滋生了一切。

那日，是二〇一四年七月二十三日，大暑。

后来他再见到她，是在小区门口，两个月后。

她穿着一件薄薄的外套，打着电话，似乎在和电话里的人争论些什么，面容泛红，从程璧身边走过，匆匆而去，只留下一道说不清的淡淡香气。

程璧耳边还留着她娇软的斥责声，他没想到，他们竟然住在一个小区。仿佛八月里的雷，劈进了心里。

他知道她的名字，是第三次遇见。

他在门房拿快递，是从网上买的一双鞋，下面压着一个收件人为“许意”的快件。他出门的时候，正好撞见她进来，和门房师傅打了个招呼，拿了那个快件就走，嘴里还念叨着：“这么快就寄来了。”一边走一边拆。

她还是没有看到他，但他知道了，原来她叫许意。

此后，无数次，他在小区里见到她，她头发三年未剪，春去秋来一点点蓄长。而她，从未注意过他。经年累月的注意，似乎都成了情感的累积。或许他一开始是好奇和好感，但目光长时间停留在她身上，竟渐渐变成了欢喜。

去年，他无意间在步行街看到她走进了流动献血车，捂着手臂出来。于是一个小时后，他走进了流动献血车，对着护士小姐说：“我来献血。”

二〇一七年七月二十二日，大暑。小区停电，他在网吧遇见了许意。

或许这一次，才是他们真正的缘分。

小剧场

冰激凌之约就在一周后。

程璧早早就在二栋楼下等着了，进出的几个老太太挎着菜篮子，冲他上下瞅了瞅：“小伙子，等人哪？”

程璧笑道：“哎，等人。”

“咋从没见过你？”一个老太太去了上牙，瘪着嘴问道。

另一个老太太拍了她一下：“怎么没见过，十七栋的小伙子，热心得很。老陈家那个不是腿脚不方便，总是这个小伙子帮她家倒垃圾，我去老陈家的时候撞见过好几回了。”

“哟，那还真是个好小伙儿。”

许意从楼道里出来，就看见程璧像大猩猩一样被老太太们围观，简直不能再搞笑。她捂着嘴站在门口笑，也不过去帮他解围。

程璧一抬头就看到许意在那偷笑的模样，动动嘴，做了个“救我”的嘴型，许意不理。

老太太挎着菜篮子，拉拉程璧的衣服下摆：“小伙子，有女朋友没有？我跟你讲，你这样的好小伙儿配我家外孙女正好……”老太太银发梳得一丝不苟，笑得跟朵花似的。

程璧看着许意，一念顿生，笑着抬手指了指许意的方向：“奶奶，我有女朋友。”

老太太转头一看，“哎哟”了半天：“小许啊，也是个好孩子……配配配。”

许意涨红了脸，跺了跺脚，走过去一把拽住程璧的手腕就走，身后老太太们的感慨声还在继续。

程璧凑过去，手指点了点许意的脸蛋：“这么烫啊。”

“谁是你女朋友？”许意柳眉倒竖，眼神清亮。

“你啊。”程璧迅速接话，手顺势从许意的手里挣脱出来，反过去包裹住她的手，小小一只，正好纳进掌心，“是你给的机会，我只是好好把握了而已。”

许意的纵容，他看得明白。

13、二十四番花信风·立秋

立秋：斗指西南，太阳到达黄经135° 。从这一天起秋天开始，秋高气爽，月明风清。此后，气温由最热逐渐下降。

二〇一七年八月七日，农历闰六月十六丁酉年，戊申月，丙寅日，立秋。

〔第十三番〕
我会是你的新世界

1

T大有位中文老师，生得风华绝代，穿的却是老气横秋的白色大汗衫、黑色棉麻长裤，脚踩一双黑色的老北京布鞋。每天上课夹着书，手里端着老式搪瓷茶杯，泡着青绿的茶叶，盛着淡黄的茶汤。通身都是悠远的文化气息。

这位老师叫江浮舟，是T大最有特色的一景。惊为天人的脸，土得掉渣的审美，走在时尚化的现代校园里，混迹在花花绿绿的年轻人中，是个无法忽视的存在。那么再问，江老师单身吗？此问题一出，前方高能，拥来大批八卦女学生，本报记者被挤成了肉饼。

传说这位江老师是个痴情儿，说他一直当着喜欢的人的备胎，那头生活得绚丽多彩，这头江老师望穿秋水，盼卿回头。至于这传说具体是听谁说的，由于年代久远已经不可考察，也不知是真是假。不过唯一可以确定的是，江老师单身已有许多年，从他毕业到学校来任教，一直到现在，约有六个年头了，一直单着。

跟他告白的人多了去了，从学生到老师，数不胜数。可偏偏那位仿若佛祖降世，岿然不动。大家都在观望着，最后究竟是谁能收了这位清心寡欲的大师。

此话暂且不表，因为最近，T大来了一位新老师，妥妥地抢了江浮舟的风头。

那就是隔壁新闻系新来的女老师时今，传说中的传说，她曾经以志愿者的身份到国际局部战争的城市去，撰写了大量相当专业的新闻稿，以一己之力在当时掀起一阵舆论狂潮。

她的样貌看上去十分年轻，二十岁刚出头的模样，可满身的经历和风情，散发着成熟女人的诱惑力。她今年三十岁，出乎意料的年纪，从相貌来说，似乎稍大了些；可就经历来说，似乎又小了些。

这些本就让她足够惹眼了，可就最近的校园新闻来说，这些都不算什么。最近的校园头条一直都是：时今正在倒追江浮舟。

热度居高不下，还有学生暗地里开赌局，一部分说，追得上，一部分赌追不上。两相争斗，竟然不分上下。这话，还要从八月初说起。

2

八月初，立秋已过，天气却还是热得不给人活路似的，炙烤着每一寸土地。

正是暑假，T大筹备举办省内大型文化活动，和彼时刚从新加坡回来的时今的新书发布会撞了个正着。两相讨论，决定将两个活动并为一个，同时举办。

七日正好是农历立秋。时今在床上呆坐片刻，睡了一夜，满头长发此刻凌乱得活像个女鬼。空调“呜呜”地吹着，房间里的温度保持在二十四摄氏度，很是舒适。

她赤着脚下床，看着镜子里满脸油光的自己，早已不复年轻时候的软嫩，这面相再如何显嫩，眼角初露的一丝浅纹也已经昭告了岁月的痕迹，好在自己不是个拘泥于外貌的人。

洗漱收拾，大约花去了二十分钟，她挑了件吊带小背心，穿着阔腿九分裤，露出精致纤细的脚踝。接着她化了个欧美妆，深重的眉毛、大地色的眼影勾勒出精致的眉眼，眼窝微微下陷，鼻梁高高挺起，像极了书里写的南洋女子。眉眼之间，一颦一笑皆是万种流转的风情。

时今看了看墙上的挂钟，算了算时间，坐下喝了一碗粥，伴着一小碟雪里蕻，还吃了两个肉包子。

她把父亲的“老爷车”吭哧吭哧开了出门，在路上堵了近半个小时，总算到了书城。可惜连停车的地方都找不到了。团团转了半天，时今总算找到了一个角落里的停车位，正朝着那儿开去，不想半路被人截了和。同样的“老爷车”，同一个牌子、同一个型号，连颜色都一样，从前方窜过来，一溜烟就停进了停车位。

时今目瞪口呆，就这样卡在了原地。她开门下车，走到那驾驶座旁边敲击窗户。车里的人慢慢降下车窗，时今还没看清人模样，张口就道："是我先来的……"

她话音刚落，车里的人转过头，明眸清亮地看着她，眼角眉梢都是云淡风轻的书卷气。

江浮舟扭头看了看停在半路的同款"老爷车"，才发现自己做了件不地道的事，有些尴尬。可高手就高在，你从他脸上是看不出来他有尴尬这种情绪的。

于是场面就很诡异了。

说实话，时今在世界各地漂了这么多年，还是第一次见这样的男人，让人在他面前不由自主地轻声细语。她咽了咽喉间的话，酝酿出一阵沉默。

江浮舟来回看了看，突然开口，语速稍缓，咬字清晰，声音里韧劲与软劲交织，说不出地勾人："要不，我把车往旁边挪挪，咱们在这个车位上挤挤。"

时今听罢，也顺着他的目光来回瞧了瞧："……"

3

话说那日后来，这个车位的事究竟是怎么解决的，谁也不知道，只知道时今是同江浮舟一起进来的。

江浮舟一如往常地穿着老北京黑布鞋，手里端着自己的搪瓷茶杯。而身边的时今，一头大波浪卷，精致的妆容，时尚的打扮，脚下踩着一双细跟的白色一字凉鞋，露出涂着深蓝色指甲油的十个脚趾头。

这样风格迥异的两个人并排行来，惹了不少人注视。不搭，风格差太远了，一个像老京城胡同口的大爷，一个像新海城 CBD 的女郎；搭，长相实在是太般配了，一个是文质彬彬、风流倜傥的才子，一个是风情万种、巧笑倩兮的美人。

时今坐在一边翻看着手里的杂志，时不时地觑一眼江浮舟，觉得甚是好玩。自从她听到了江浮舟的停车建议后，便对他生出了些好奇，觉得这个人可真有意思，看来一本正经，说起话来却跟讲笑话似的。

她起身一屁股坐到江浮舟旁边，江浮舟喝了口茶，不动声色地往旁边一挪。

"你是 T 大的老师吗？"时今问。

江浮舟放下茶杯，手里翻看着一本《诗经》："是的。"

时今挑了挑眉毛，双手撑在两腿两侧："哦，喜欢喝茶？"

“是的。”

“其他的呢？”

江浮舟手下一顿，不解地看向时今：“什么其他的？”

时今抬起手，指甲上是浅淡的裸色美甲，衬得手指修长白皙，她数了数手指：“就是咖啡、酒、饮料之类的。”

江浮舟又低下头去看书：“独好茶。”

时今撇撇嘴，她早就不是二十几岁的小姑娘了，自然看得出江浮舟不大想跟她交谈，也就知情识趣地坐回了自己的位置，拿起杂志继续翻看。不过她心里倒有些稀奇，这些年里，还是头一回吃了个软钉子，滋味……很新奇。

活动开始，江浮舟和时今都要去外面嘉宾席坐着。

活动区出乎意料地拥挤，来的人比预想中要多。位置不够坐，好些地方有人站着、蹲着、挤着，大厅满满当当。

人多拥挤，难免过于喧哗混乱，突然有个小姑娘哇一声哭了出来，大约是被吓到了。那孩童的哭声尖锐，像一记啼鸣划破混乱的背景。

时今抬头，看向那孩子哭啼的方向，正欲起身。就见低调地坐在最角落里的江浮舟已然起身，一眨眼挤进人群里，去到了那哭闹的孩子身边，蹲下身子，将孩子与人群隔开，对着她轻声细语地说话。也不知他说了些什么，神色异常温柔，偶尔动动手指，好似做着什么动作。

他掏出纸巾给那孩子擦去了眼泪、鼻涕，神色间没有半分不耐，一举一动都没有半分的不妥帖。他本就低调，位置也在最角落，低着头，全场没人注意到他。只有时今，余光看着他，直到最后，目光里全是他。

她见过很多男人，各种各样，形形色色。不管是中国的君子，还是外国的绅士，大多数人的教养总是浮于表面，真正刻在骨子里的太少。迄今为止，也只有两人能入她的眼。

一个是一位无国界医生，通体优雅，是骨子里的绅士。

还有一个，饶是皮相如此出色都不能遮掩骨相的气度。饱读诗书、学富五车，他的修养像是文化里泡出来的，不管多细微的举动，都足见人品高贵，便是这头一回见到的江浮舟。

可那无国界医生给时今的感觉是激情，是无畏；江浮舟给时今的感觉却是——安定。

他有一种能使人安定的气质，静静地感染着身边每一个浮躁的人。

4

七号做完活动回家，时今也不知是怎么了，失眠了整夜。

然后在八月底，大学开学前夕，时今给老院长去了个电话，同时托自己曾经的朋友牵线搭桥联系上了 T 大校长，凭借着自己亮瞎眼的履历，成功当上了 T 大新闻系的老师，主讲新闻采访与写作。

于是，九月金秋开学季，T 大新闻系的学生在听过时今的课程后，简直如获至宝，不到半月便有大批学生慕名而来。学生们每每将课堂塞得满满当当，只为了听时今讲那些她曾经经历过的堪称传奇的故事。

世人大多对自由充满向往，幻想自己也能像时今那样四处漂泊，经历无数事情，增长无数见识。却都没有那样的勇气，真的抛下所有，一往无前，无所顾忌。

江浮舟开学第一天在教务处看到时今的时候，起先是一阵愣神，倒也没有太多感觉，和新同事问了好就回到了自己的院系。

路上遇见三两学生，还跑来偷偷向他打听："江老师，听说时今老师要来我们学校教书了，您见过她吗？她人好吗？"

江浮舟总共就见过她两面，第一次像性感的南洋女郎，第二次，便是刚刚在教务处的办公室里，一袭白衬衫，黑色铅笔裤，一双细高跟，她似乎对细高跟鞋情有独钟。

他笑着对学生道："又不是来咱们系教课，你们这么兴奋干什么？"

学生笑答："女神啊，逃课也要去听她的课好嘛。"

江浮舟手里还拿着课本，抬手就往学生脑袋上轻轻一敲："当着我的面说逃课，还把不把我放在眼里了？"

师生打闹，时今正好从教务处出来，站在门口，午后的阳光穿过林荫大道上斑驳的枝丫，投射到地面上，散落在人身上。象牙塔里的平静，果然是世间其他地方都无法拥有的珍贵。单就这一帧画面，便是一幅岁月静好的极美景象。

这日上完课，时今中午跟同事一起去食堂吃饭，正巧遇上江浮舟也坐在角落里吃饭。周围稀稀拉拉的学生，各吃各的，谈天说地眉飞色舞，可丝毫影响不到他。

时今端着餐盘，脚下转了个方向，直奔江浮舟那边，一屁股坐到他对面。

江浮舟嘴里含着一口饭，抬头错愕地看着时今，一脸不解。

时今倒是淡定，拆了筷子，夹了一筷子米饭放进嘴里，嘴上还留着红色的口红。

江浮舟看了一会儿，默默拿出纸巾递给时今："擦擦口红吧，吃进去对身体不好。"

时今含着筷子，在筷子上留下一圈红色唇印，自然地接过那包纸巾："关心我？"

江浮舟筷子一顿，没有答话。

时今擦了口红，一张艳丽的容颜顿时变得清纯了几分。

旁边的学生早在时今坐过来的时候就瞪大了眼睛看过去，一个两个眼睛里闪着八卦之光。

时今手里拿着筷子，戳在碗里，手背支着下巴，直愣愣地盯着江浮舟。半晌她转过头看了一圈佯装吃饭实则八卦的学生，美目流转，含着笑意："江老师，你……有女朋友吗？"这样一个令寻常女孩羞涩无比的问题，时今张张嘴就问了出来。

江浮舟搁下筷子，端起搪瓷茶杯喝了口茶，拿纸巾擦擦嘴，温和又不失礼貌地看着时今："时老师，食不言，寝不语，有益身体健康。"然后他端起餐盘，拿起他的茶杯，起身离开了。

"噗……"

"噗……"

周围传来一阵此起彼伏的嗤笑。

时今倒也不恼，依旧淡定地吃着饭，指甲上是新做的奶茶色，稳重大气的颜色，偏生在她的指尖能生出花来。

她指尖点了点桌面，那动作慵懒又性感，转头问学生："你们江老师……有女朋友吗？"

学生齐齐摇头："单身狗一条，请时老师随便上。"

时今笑了出来，眼睛弯成弦月，嘴唇一提，露出整齐白亮的八颗牙齿。

5

一周五天，天天都能看到时今在食堂撩着江浮舟。

时今如今已有了自己的粉丝后援会，一群学生默默在她身后为她摇旗呐喊，鼓劲加油。

江浮舟如今是听到时今的名字就倍感头疼，这个女人，简直颠覆了他对女人所有的印象，上班路上能看到她，中午吃饭无论躲到哪里也都能被她找到。偶尔他有课她没课的时候，她竟然还装成学生，扎着双马尾，坐在教室最后一排，他一看过去她就露出笑，简直扰得他头大如斗。

也不知她给学生们下了什么迷魂药，个个对她奉若神明，还组团到办公室里给他洗脑，说时今老师多么多么痴情，多么多么好……搞得同办公室的老师每天都用一种惊奇的眼光看着他。

说起来，他还真不知道时今喜欢他什么，这样的女人按理说早已不该拘泥于皮囊，而他们相识尚浅，互不了解，何谈喜欢二字。

周六晚上，江浮舟接到了纪颜的电话，电话里她又哭又闹，江浮舟便坐不住了，火急火燎地往酒吧跑。传说有时候并非空穴来风，就像江浮舟是个备胎的传说，也不知究竟是被谁传出来的，居然是真的。

纪颜是他头顶的白月光、心里的朱砂痣，这么多年，掩不住也刮不去，就这么一直熬着。纪颜是有未婚夫的，每次同未婚夫吵架，是必定要找江浮舟出来疗伤的，顺便气气她的未婚夫。江浮舟心知肚明，可偏生就是放不下。这人哪，要犯贱，是拦不住的。

这回也是一样，纪颜看到未婚夫同大学女同学在一起吃了个饭，回家就不依不饶地闹，两人不欢而散。纪颜跑出来喝酒，依旧给江浮舟打了电话，他就这样没出息地过来了。

新开的酒吧，经营了大约半年，叫作“气泡实验室”。一进门就是一阵酒气熏天，各种香水味、烟酒味混合在一起，纪颜还没喝醉，手里晃着酒杯同酒保聊天。

那酒保手脚不大干净，握着纪颜的手占着便宜，纪颜挣了挣，没挣开，面上有些恼了。恰巧江浮舟进门，看了个正着，怒意上涌，上去就把纪颜的手拉出来，把人塞到自己身后。

酒保挑眉，尖嘴猴腮的脸上满是邪气，人说面由心生，这人绝不是什么好货。

剑拔弩张的时候，江浮舟听见了一道熟悉的女声，带着懒散，声线缠绵：“老方啊，你这员工不怎么老实啊。”

江浮舟愕然回头，看见时今穿着大红色的细肩带长裙，大波浪卷的长发披散在肩头，同色的口红，嘴唇张合间热烈似火。

酒保收了手，站直了身体，战战兢兢叫了声：“今姐。”

时今没有走近，就倚在不近不远处的吧台边，那姿势显得身段尤其妖娆。唇边挂着笑，眼睛却不带半分笑意，冷静得可以。她身边站着一个男人，双手插兜，西装革履，一派精英模样，冲江浮舟扬扬下巴，嘴上却是对着时今问道：“你朋友？”

时今抬眸看了一眼江浮舟，今晚她化了烟熏妆，一双眼睛勾成了猫眼，凌厉地上扬，红唇开合：“同事。”

老方会意，安排了包间给江浮舟和纪颜。时今留在原地，没有跟过去，老方递了一杯白开水给她：“瞧你那醋样，收敛点。”

时今撩了撩头发：“很明显？”

“不明显，也就瞎子看不出来。”

包厢里，纪颜哭得够呛，江浮舟也不知该说什么，就在一边陪着，等纪颜哭够了，给未婚夫拨了电话。两人在电话里拉扯许久，对方说马上来接她，她才偃旗息鼓。

江浮舟看着纪颜，这周而复始的经历，第一次让他觉出了疲惫，而且还被时今看见了，被那样一个洒脱、自由的女人看到了。

江浮舟心里不知是什么滋味。同时今认识以来，他看到了她身上一种野马似的气质、洒脱的个性、自由的灵魂，活成自己想要的样子，令人羡慕，又让人自卑。他不得不承认，他在心里也是嫉妒这样的洒脱的。

纪颜的未婚夫来得很快，两人离开，把江浮舟留在了酒吧门口。身后是灯红酒绿的喧嚣，身前是空旷寂寥的大街。

6

“怎么，心上人被人接走了？瞧你那失魂落魄的样儿，既然选择不争不抢，那就别露出一副被抛弃的模样，要是不甘心，就去抢啊，你怕什么？”

身后有人说话，江浮舟没回头，抬脚往前走。

身后是高跟鞋“噔噔噔”的声音，一下又一下。

“跟着我干什么？”

“怕你走半路上被车撞了。”

“别看笑话，没什么好看的？”

时今气笑了：“你也值得我看笑话，浪费时间。”

江浮舟走到半路，听见这么一句话，也不知怎么了，突然就不走了，停在马路边上，狼狈地坐着。

时今一笑，也就地坐下，红色的长裙铺散一地。

“成了习惯，戒不掉，当初喜欢所以愿意去做，现在说不清还有多少喜欢，但已经戒不掉了。”江浮舟安静半晌就说了这么一句话。

“你啊，就是闲的。”时今从手包里拿出一包烟，熟练地抽出一根，点燃，夹在手指间送进嘴里，深深吸一口。

她这句话说得没头没脑，江浮舟没听明白。

“我二十岁那年去非洲旅行，半路上遇到了一个无国界医生，当年我对他一见钟情。无国界医生，听着多么厉害、多么高尚啊，感觉连人格都高大了几分。我半路放弃了自己的行程，和他一起去了利比里亚——世界上第三穷的国家，内乱、贫穷和疾病笼罩着这座城市，死亡是最常见的事情了。

“那是世界的另一面，每个人为了生存而努力，可即便努力了，也不见得能真的生存下去。在我们矫情、浪漫的时候，有的人连活下去都那么难。那些事情离我们的生活太远，远得像是在另一个星球、另一个宇宙。但我真切地见过、震撼过、悲哀过，我才觉得我的生活，似乎都是在浪费时间，为一点小事儿就无病呻吟。”

江浮舟转头去看她，那一根烟点燃，她只抽了一口，剩下一点火星慢慢燃烧，直到燃烧殆尽，只剩一地残灰。

时今抬手捋了捋头发：“如果你见过活着多么难，就会知道还有很多事情要做，就不会再浪费时间执着于一切毫无意义的事情了。”

江浮舟开口：“追在我身后难道就有意义？”

时今轻笑，那声音在夜里脆得像铃：“十年前，我遇到他，他让我漂泊；十年后，我遇到你，你让我安定。这就是意义。你们的存在让我选择了不同的生活，这就是意义。”

说完她便站起身，晚风吹过，大红的裙摆微动。

他看见时今纤细的脚踝下穿着细跟凉鞋，那细细的跟就像一个钉子，钉在她的脚后跟上，撑着她往前走。他看着那道红色背影逐渐远去，那高跟鞋的声音就像敲击在他的心口，他听见自己沉寂许久的心脏，好似装进了一只起搏器，突然剧烈地跳动起来。心尖尖有什么东西被剥落，有些疼，渗出血丝，和那红裙的颜色如出一辙。

江浮舟收回视线，日光落在时今坐过的地方，那地方只留下一点烟灰，和一根碾熄的烟头。他起身，拾起烟头，扔进了街边的垃圾桶里。抬头是半圆的月亮，路灯照得眼睛发胀。

7

学生发现，情况似乎有些变了。

周一中午吃饭，时今照例坐在江浮舟对面说笑着，江浮舟一如既往，安静地吃着他的饭。一切本来没什么特别。

可……时今的筷子伸进江浮舟的餐盘里，夹走了一块红烧鱼。江浮舟抬眼看了她半晌，终是什么也没说，低下头继续吃他的饭，就这样默认了时今虎口夺食的行为。

周围噼里啪啦一阵筷子落地的声音，时今侧头去看，只见众学生低头佯装四下找筷子。

江浮舟叹了口气，搁了筷子："你就不能收敛一点。"

时今剔着鱼刺："哦，随心惯了，忘了为人师表了，哈哈哈哈哈。"

几声尬笑，江浮舟摇摇头，两三口扒完饭就走了，临走前还留了一包纸巾给时今。

下午时今没课，又溜到江浮舟的课堂上，坐在最后一排撑着下巴看他上课。

那人与同一辈的人比起来，尤其显得老气又深沉。近日稍稍凉快了些，他也不知道哪里找来的外套，穿在身上，跟校门口看门的老大爷一模一样。

可偏偏就是好看，就是越看越觉得安静，仿佛定海神针般的存在吧。

江浮舟抬眼扫过去，看见时今坐在最后一排撑着下巴发呆，明艳的脸蛋，呆萌的表情，也不知又在想些什么。

学校的时间似乎快了许多，时今尚未觉出几分滋味，这学期就过了一大半。转眼从盛夏进入了秋冬，十二月来临，树叶簌簌掉了个干净，林荫大道上日日都有堆积的枯黄叶子，一踩上去，沙沙作响。

时今穿着最新款的呢子大衣，驼色衬得她格外大气，坐在她对面的江浮舟则是一身老气横秋的棉袄，松松垮垮穿在身上，要不是靠那张脸撑着，走在时今身边活像个爷爷辈的人物。时今没想去改变他，她从不对他的生活方式评头论足。

就这样，从生疏到熟悉，他们花了三个月，进入到对方的生活里，说不清的情愫在蔓延，契机却还不是此刻。

8

十二月底，江浮舟收到了纪颜的喜帖，失神了很久。

时今为他做了决定："去。"她的声音轻柔带着蛊惑，"不去怎么告别？告别总归是需要当面的。"而后她伸手过去拍拍江浮舟的肩膀，"我陪你去。"

时今近来十分自来熟，可也是江浮舟放任的结果。江浮舟默认了她的靠近，甚至默认了她的得寸进尺。

婚礼那日，时今果然早早去敲了江浮舟在教师宿舍的门。

进门就看见江浮舟正在发愁穿什么，时今袅袅娜娜走进去，大大咧咧地坐到逼仄的沙发上："平时穿什么现在就穿什么。多大点事，你穿得再惊为天人，人家也是不会跟你走的。"

有时候，江浮舟真的是服了时今那张嘴，他进屋换了身还算妥帖的中山装。

时今穿着一件烟灰蓝的羊绒大衣，大衣长及小腿，衬得她十分纤细修长，站在江浮舟身边半分不逊色。

两人就这样去了婚礼现场。

酒店里开着暖气，一进去就是暖意扑面，时今勾着嘴角，抬手脱了大衣搭在手腕上。江浮舟这才看到她内里竟穿了一件银丝绲边的浅绿色旗袍，衬出优雅的天鹅颈，身段曲线玲珑有致。

时今另一只手插进江浮舟的臂弯里，轻轻挽着。低眉顺眼，一派温婉大气。江浮舟嘴角直抽，看惯了平日里她明艳照人的模样，此时的小鸟依人还真是……难为她了。

如此惹眼的两个人自然引来不少瞩目。

时今的旗袍下面开着衩，一直开到大腿，走路间晃出如凝脂的肌肤。

江浮舟察觉到周围雄性的目光，心里不知为何生出一股火气，一把抢过时今手臂上挂着的大衣，往她身上一裹，动作有些着急而显得略粗暴，没好气地道：“衣服穿好。”

“为什么？”时今挣了挣。

江浮舟的耳根突然泛起了粉色，半晌挤出一个字：“凉。”

时今是何等人物， 眼就明白，心里暗自窃喜，头一回乖乖顺着他穿上了衣服，腰带一系，把自己裹得密不透风。江浮舟这才满意。

婚宴进行得很顺利。

江浮舟一如既往地低调，同时今坐在角落的桌子旁。他看着纪颜的脸，仿佛过了许久许久，不知何时，她已不是记忆中的模样。

时今靠着江浮舟打起了瞌睡，小小的菱唇打了个哈欠。

江浮舟看着纪颜同丈夫交换戒指，相互亲吻，然后低下头对着时今道：“走吧。”他的声音平静而温和。

时今看着他的眼睛，然后起身，同他一起从后门溜了出去。

9

天气有些冷，路上行人不多，街道还算空旷，两个人走在大街上，北风吹过，都有些瑟缩。时今搓搓手，指了指不远处的高楼：“走吧，我家就在那儿，我带你去看些东西。”

江浮舟驻足，无奈：“时今，你总该矜持一些。”

时今乐不可支：“你想什么呢，给你看照片。”她拖着江浮舟的衣袖，扯着他往家走。

“那十年拍了不少照片，不整理还不知道，早知道多拿几张去参加比赛了。”她嘟囔着。

这是他第一次看到时今的摄影作品，震撼二字不足以形容。太直白，太直指人心，太赤裸，仿佛把所有的面纱全部扯碎，露出最真实的模样。

“你看看这个。”时今伸手翻了几页，找出一张照片，照片上是一个穿白大褂的外国男人，金发碧眼，笑容温柔，模样帅气，“这就是我说的那个无国界医生，很帅吧，我当年很喜欢他。”

时今说起曾经，只剩下淡淡的怀念，再无其他感情。可江浮舟看着，心里酸溜溜的。

“Eric 前年结婚了，妻子是一名护士。”时今盘起腿，轻描淡写地说道。

江浮舟心里一个咯噔，松了一口气。

“这张，我拍这张照片的时候，有个小男孩就站在不远处冲着我笑，我按下快门的那一刻，子弹穿过他的心脏，他就那样死在了我的面前。”时今涂着暗红指甲油的指尖在照片上轻轻抚了抚，照片上的时间停留在那孩子笑起来的一刻，那一刻，他的胸前破了一个大窟窿。

她的话语不带什么情绪，好似讲述的已是百年前的故事，语气无波无澜。

江浮舟没吭声。此刻，他仿佛看到时今靓丽完美的皮囊下，有一颗苍老衰败的心。心尖尖骤然尖锐地疼了起来，像是被一只染着蔻丹的手，狠狠掐了一把心脏。

“江浮舟……”时今出声叫他。

“嗯。”

“人这一生，时间有限，我们不该再浪费时间在这些没有缘分的东西上，我们应该珍惜拥有的和眼前的。告别之后，你需要一个新的开始。”

时今合上相册，跪坐在江浮舟面前。江浮舟看着她的眼睛被窗外冬日的阳光照亮，心里的伤疤上似乎长出了新鲜的嫩芽。她是惑人的女妖，蚕食鲸吞着他的心。

时今软软的嘴唇贴上江浮舟有几分干涩的唇瓣，舌尖轻轻碾压着。

江浮舟微微启唇，含住那软绵绵的糖果。他的新生活，其实早从那夜的红裙微摆，便开始了。而这一吻，才是打开契机的一把钥匙。

10

江浮舟从时今的床上起来的时候，半捂着额角，哀叹晚节不保。

时今的胳膊露在被子外面，胳膊上有一道流弹擦过留下的痕迹。

昨晚他吻着这痕迹，问时今这痕迹的来由。彼时时今抬手捂着眼睛，可还是没挡住眼底的水色，被江浮舟瞧了个正着。

“一起去战场的记者，给我挡了一枪，那一枪穿过他的身体，蹭伤了我的胳膊。”

她的声音因着桃色而软绵，落在江浮舟心上，却将他敲击得生疼。他没再多问，只一遍又一遍地吻着那伤痕。

江浮舟看着那伤痕发了会儿呆，然后执起时今的胳膊轻轻放进被子里，起身取了衣服穿上，赤着脚去了洗手间洗漱。

江浮舟不经意看见镜子里的自己，眉眼俱笑，眼下几条浅纹都透着多年未见的喜悦。原来放下过去，新的开始才是解脱。拥有时今，何其有幸。

他回到房间，她已经裹着被子睡去了。江浮舟坐在床边看着时今的睡颜，她眉间有一道浅浅的痕迹，可她才三十岁，是皱过多少次眉头，才会留下这样的痕迹？他俯身轻轻吻了吻，手指在她眼下轻轻滑过，轻抚眼尾。

他起身去厨房，路过客厅，看到墙上挂着一幅老式日历。他走过去，翻了翻，翻到了八月七日那一天。

那日，他开车半路截了时今的车位。她在车外敲击着车窗，他降下车窗，抬眼看见一张精致明艳的脸。那一刻他的心里突然狠跳了一下，好似预示着什么东西即将从身体里剥落，又好似预示着什么东西在不久的将来会破土而出。

立秋，沉重而无意义的过去经过巅峰进入颓败期。

而后，星星之火，从那日街角落下的第一片树叶燃起。

小剧场

时今搬进江浮舟家过的第一个早晨。

那人早早起床做好了早餐，端坐在餐桌前看着……报纸，那脆脆的纸张被翻得哗哗响。

时今走近一看，呵，看的还是娱乐版。模模糊糊的图片，细密的文字。

她坐下去叼了一片面包：“为什么不换个智能手机，用手机看新闻？”

江浮舟把报纸翻到一边，给时今盛了碗粥，放在她面前：“读书看报要静心，生活要简单。”

时今揪着面包喝了口粥，嘟囔了一句：“哦。我倒喜欢经常发发朋友圈，昨天还和无国界医生聊了会儿天……”

她话音至此，突然被江浮舟打断：“今天休息，陪我去买手机吧。”

14、二十四番花信风·处暑

处暑：斗指戊，太阳到达黄经150°。这时夏季火热已经到头了，暑气就要散了。它是温度下降的一个转折点，是气候变凉的象征，表示暑天终止。

二〇一七年八月二十三日，农历七月初二，丁酉年，戊申月，壬午日，处暑。

〔第十四番〕
小朋友，你好

1

阮徐逃婚了。表弟阿玠是唯一的帮手。

前些日子阮徐无意间发现未婚夫出轨，同表弟说过后，两人密谋了这一场盛大的逃婚。

阮徐上了出租车，瘫倒在位置上，樱色的唇瓣弯了弯，骤然松了一口气，心头却随即涌上一股难过，“哇”一声就哭了出来。

车到目的地，是城市郊区的一个别墅小区，小区大门口对着的就是一大片湖，此刻湖上正有老头在垂钓。阮徐抽抽噎噎地提着裙摆从车上下来，茫然四顾，下午两点的太阳照在她裸露的肩膀上，燃出灼热的温度。

她走到小区门口，保安把窗户拉开，上下打量几眼阮徐，毫不客气地道：“你找哪位？”

阮徐精致的妆容此刻早已经花成一团，加上穿着婚纱，活像个上门讨债的弃妇。

许是那目光太过鄙夷，让她本就不怎么通畅的心情越发郁结起来，大着胆子恶狠狠瞪了一眼保安，气势汹汹地拿出手机，在电话簿里翻了翻，翻出一个陌生的名字，打了电话过去。只响了两声，便有人接起：“喂？”

清亮的陌生男声响起，阮徐的气势一下子跟扎破了的气球似的熄了下去。

“喂，请问是谈泽瑜吗？我是阿玠的姐姐，我现在在小区门口了……”

话音刚落，那头一阵乱响，然后一声“我马上出来”，电话“啪”地被挂断。

阮徐举着手机，抬眼和那保安对视了两秒，空气一阵安静。而后那保安突然把上半身探出窗口，面露不耐，挥了挥手：“赶紧走赶紧走，这没你要找的人……”

阮徐正欲开口反驳，忽然听见由远及近的一阵呼号，声音里混杂着喘息。

“阮徐姐姐，阮徐……姐姐……”

阮徐与保安两人同时转过头去，逆着阳光，只见一个穿着史努比花裤衩、白色短袖圆领衫，脚踩拖鞋的男孩狂奔而来，临到近了，脚上拖鞋还飞了一只出去。那男孩一脚踩在地上，约莫是有些烫，立马抬起来，原地跳了两下，转身跑回去捡了拖鞋往脚上一套，转身接着跑。

他就是阿玠找来接应阮徐的人，跑到跟前先是朝着保安笑了笑：“大叔，我家人，我家人。”

然后他转向阮徐，约莫是此刻才看清阮徐的狼狈样，那少年愣是被阮徐一张花脸给吓了一跳，脚下不自觉后退了两步，然后试探地问了句：“阮徐姐姐？”

2

谈泽瑜弯下腰从鞋柜里取出一双粉红豹图案的拖鞋摆到阮徐脚下，抬头对着阮徐腼腆笑道：“姐姐不用客气，阿玠跟我都说过了，还特地过来帮姐姐选了房间，好一通布置，姐姐这段时间就安心住下。”

阮徐脱下脚上十厘米的高跟鞋，脚后跟上早就磨出了血印子，踩进拖鞋的那一刻才像是重新落回了地上，心里慨叹一声，然后对谈泽瑜道了声：“谢谢。”

少年赤着脚走了两步：“不用谢不用谢，我和阿玠的关系好着呢，他姐姐就是我姐姐，一样的一样的。”

谈泽瑜蹿进厨房里，拿了瓶冰水出来，递给阮徐，嘿嘿一笑，露出一排大白牙，那明媚的少年气息展露无遗。

阮徐再低头看看自己，莫名生出一股沧桑和自卑来。她勉强笑笑，顺着谈泽瑜的指引，上了楼进了屋。

谈泽瑜接完阮徐，回房间给阿玠发了消息：“少年，已完成接待任务，over！”然后他把手机往床上一扔，坐回桌前又做起了题。

阮徐站在浴室里看着镜子里狼狈不堪的自己，然后自嘲一笑，手往脸上抹了抹，抹下一手的污渍。她脱了婚纱进了浴缸，那白色的婚纱落在地上，染上水渍，一点一点变得邋遢，仿佛从身体里剥离了那一份已然变质的感情一般。

阮徐闭上眼睛沉进水里，那闭塞之感呛得胸腔生疼，猛一坐起，恍有重生之感，这才觉得一切都是现实。

其实她躲到这里来，也是无奈之举。从前和那男人一起念了大学，她因妥协失去过很多东西，现在只想重新找回来。如今，她还瞒着家里辞了工作。

父母都是再传统不过的家长，依她如今的年岁，不可能同意她辞去这样一份工作，背弃一切，重新回到校园。

阮徐说想回去读研究生，表弟阿玠二话不说揽下了帮她应付父母的任务，还帮她找了一个谁都找不到的地方闭关修炼，便是谈泽瑜的家了。

阮徐当时脑子晕乎乎地应了这个馊主意。一来，她的确需要一个闭关的秘密基地；二来，要是真如阿玠所说，那孩子又比她小上数岁，平日里互不打扰，也未尝不可。于是，便有了今日这一出。

阮徐洗完澡出来，坐在床上擦头发的时候，已然是心平气和了。

房间一角放着一方书桌，书桌上文具用品也是备得齐齐整整，还有英语专业的考研用书，崭新的一摞，搁在桌上。书桌上贴着蓝色的便利贴，阿玠那龙飞凤舞的字写在上面——姐姐加油！

如此难得的支持、温暖和勇气，或许只有二十岁勇往直前的少年才能够给予吧。

阿玠下午匆忙赶来："我姐呢？"

"房间呢。"谈泽瑜抬脚在床上挪了挪，拨出一块空地让给阿玠坐。

阿玠大摇大摆坐下，弹了一下舌头，做了个抬颌的动作："便宜你了，我姐这么漂亮，你可别打她的主意啊。"

谈泽瑜闻言先是一愣，随即想了想那小区门口看见的人，那满脸的妆花得惨不忍睹，浑身一个激灵，连连摆手："不敢不敢……"

阮徐是被阿玠叫醒的，那孩子在房间门口，对着房门一阵猛敲，阮徐起先还以为是在梦里，等真的惊醒，一开门，阿玠正倚着门冲她笑。

谈泽瑜则站在自己房间门口看着，猛一抬头看见阮徐正抬手把长发捋到耳后，露出完整白净的一张脸，不同于初见时跟鬼一样的面容，那张脸巴掌大小，下巴尖尖，精致又秀丽，一双眼睛又大又圆，像对猫瞳，泛着水泽，看着人的时候能把人心都看软，天生一对弯弯柳梢眉，竟是难得的美人。

到此刻，他才明白阿玠的话，原来真的是个漂亮的姐姐。

一个死宅的少年，平日里本就鲜少同女孩子来往，初见阮徐时只当是个伤了心的大姐姐，便浑不在意。可现下对上阮徐的眼睛，竟不由自主红了脖子红了脸，眼神赶紧挪开，四下飘忽着。接着，他仿佛是见着了什么洪水猛兽，转身就往楼下跑，最后一级台阶差点绊倒了自己。

下楼进了厨房谈泽瑜却忘了自己下来是干什么的，绕了两个圈，最后倒了杯水一气灌下去，又回到房间里了。他把房门紧紧关着，却没了心思玩游戏。

那厢阿玠坐在阮徐的房间里，抽着鼻子嗅了嗅："还是姐姐这屋香。"

阮徐坐在书桌前，捉了个皮筋把头发草草扎成一束马尾，靠着椅背翻了翻桌上的书："准备这些花了不少时间吧？回头姐多给你包点过年红包。"

阿玠凑过去上下翻了翻："不是我买的。"然后他拿下桌上的那张纸，扯下来挥了挥，"这才是我写的。我跟谈泽瑜说了你可能要过来住一段时间，筹备考研究生，这些东西应该是他准备的。"

阿玠说得漫不经心，阮徐却是听进了心里，不免有些诧异，竟然是那个孩子准备的吗？

"哦对了，他今年也打算考研，不过是考数学专业。你说他一个学计算机的，跑去考数学是不是脑子瓦特（坏掉）了。姐，你平时要是没啥事，可以跟他一块儿复习，顺便给人补补英语啥的，就当咱在这儿的寄宿费了。"

阮徐回过神来，阿玠已经噼里啪啦说完了一大段，她也没听出个一二三，愣愣看着他，最后答了句："哦。"

3

这阮徐和谈泽瑜说是住在一起，但其实见面的时间并不多。

阮徐是惯常起早床的人，每天早上六点起床，出去绕着小区跑个步，回来做个早餐。而谈泽瑜每天都睡到中午十二点才会起床。

也不知阮徐是什么妖魔鬼怪，谈泽瑜自那日起就不敢看她了，每天下楼吃饭的时候低垂着头，草草扒完一碗饭就躲到沙发上看起了电视，等到阮徐吃完饭收拾碗筷，他又蹿过来，手脚麻利地抢过来。洗碗这事，阮徐自从住进来就没过过手。说起来，谈泽瑜倒是理直气壮：“哪有让女孩子天天洗碗的道理。”

但凡和阮徐说话，他必定是声音小而轻，动不动就能瞧见那脖颈通红一片。

九月初，大学开学，阿玠早早搬回了学校，可谈泽瑜去学校报到之后又回来，依然在家里优哉游哉地住着。

谈泽瑜因为去学校报到，特地去剪短了头发，那头发松松软软搭在额上，反而露出了那张少年气足足的俊俏轮廓，并不算英气，反而略显柔和，当真是有几分软软的气质。

晚饭时，阮徐可算是瞧清楚他的模样，一看之下竟是有些惊艳，像二次元里走出来的少年，也像当年《情书》里的柏原崇，青葱得好似能掐出一把水。

阮徐夹了块牛肉到谈泽瑜碗里：“哦，对了，你不去学校住吗？也不见你去学校上课。”

“大四上学期有实习假，我在家里复习考研，就不在学校住了。”谈泽瑜飞快把肉塞进嘴里。

“考研的话，你每天睡到中午，早饭也不吃……当然，我不是在管你，我只是觉得会不会有些不好。”阮徐斟酌着把这话说出口，可算是憋死她了。她原是打算不插手人家的生活，可看着总有几分不得劲，心道这孩子年轻，还不知道时间宝贵。

谈泽瑜脸都要埋进饭里了，心里那个懊恼。其实他每天早上都是定了闹钟的，他知道阮徐每天早上会起床跑步、买菜、做早餐。他也想和她一起，可他每次进了被窝就实在是起不来了，等中午起来的时候，她连午饭都做好了。

“我……我打算好好早起的。”他睁着眼睛说着瞎话。

阮徐想着自己表弟的叮嘱，犹豫半晌：“那我明天起来的时候顺便叫你起床吧，一起跑跑步，吃个早饭，回来我给你补补英文，虽然我……也很久都没用英语了，你不嫌弃的话……”

“不嫌弃不嫌弃……”这会儿倒是反应快了，谈泽瑜抬起头，头一回直直对上阮徐的眼睛，十分愉悦。

他一双眼睛干净得发亮，阮徐看着那双眼睛半晌，竟然觉得老僧入定般的心脏微不可察地扑腾了两下。

第二日早晨，阮徐当真去谈泽瑜房间门口叫他了，起先是轻轻地敲门，而后是重重地敲门，最后是双手握拳擂门。

屋内毫无动静，阮徐在某一个瞬间甚至以为屋里的人是不是已经睡死了。

最后一下，阮徐心道，要是还没人回应，她就自己去跑步好了。

可偏偏最后一下，阮徐两手握拳，攒足了劲往门上一撞，那门却突然被从里面拉开。阮徐就那样控制不住地往前一扑，只觉得手捶上了一堵肉墙，听见一声还带着睡意的沙哑的闷哼声。

两人一起摔到了地上。谈泽瑜头磕到地毯上，又是一声闷响。阮徐则压在谈泽瑜身上，一张脸撞上了他的前胸，入鼻是蓝月亮洗衣液的味道，清爽，还带着被子里烘出来的热气。

谈泽瑜尚没睡醒，脑子晕晕乎乎，先是被一双拳头捶中胸口，接着是后脑勺砸地，再来是一个人整个扑压到身上，差点没压断一口气，那张本来睡得红扑扑的脸蛋霎时一白。

阮徐仿佛听见鼻梁骨都压出了一声脆响，等她摸着鼻子坐起身，这才看见差不多半死不活的谈泽瑜。阮徐慌了手脚去扶他，抱着他的脑袋去看后脑勺。

谈泽瑜眼前就是一只小巧的耳朵，逆着门口的光，还能看见毛茸茸的细小汗毛和细细的青紫血管。他咽了咽口水，只觉得鼻腔一热。

待阮徐转过头来，大惊："怎么流鼻血了？！"

于是这一早晨兵荒马乱，没跑成步，没买成菜，没吃早餐，啥也没干成。

4

谈泽瑜吃了那天早上的亏，再不敢让阮徐来叫自己了，手机连着定了十个闹钟。

果不其然，这一招还是有效的。六点，阮徐准时起床，而谈泽瑜也在一个小时的轰炸里起了床。谈泽瑜一开门，就能看到走廊对面的门也在同时打开，他顶着两个黑眼圈，露出欣慰的笑容，觉得还是挺值的。

阮徐原以为谈泽瑜是个废柴，可没想过，这人到底是二十岁的小伙子，年轻力壮的，跑起步来一点也不吃力，倒比她这个已经跑了一个多月的人好多了。不得不说，她真的有点嫉妒了。

跑完步，阮徐按照一贯的路线顺便去小区里的菜市场里买菜，不过带着谈泽瑜倒是头一回。那小伙子跟在自己身后，不知怎么的就是有些别扭。这男孩子一旦身形高大了，往你身后一站，离得近些，总有种难以言说的侵略感。

一进菜市场，阮徐就收到了来自四面八方的大妈们的关注，脸上挂着戏谑的表情，就像是洞察了某些机密。

阮徐扭了扭身子，对谈泽瑜道：“要不你先回去吧，我买完菜就回去。”

谈泽瑜面色有些红，但愣是强硬着没有半分退步，摇摇头：“我陪你。”

阮徐起先是一愣，“我陪你”这三个字她已经许久不曾听过了，带着急促和不舍，好似分离一秒都是一种折磨。她心脏突然剧烈地跳了起来，仿佛就要跳到喉咙眼，逼着喉间的空气散去，让她涨红了一张巴掌小脸。

不着痕迹地斜着眼睛觑了谈泽瑜两眼，看着一本正经的乖巧男孩，阮徐长舒一口气，企图平息心脏剧烈的跳动。

下午两人在大客厅里复习，一个做英文卷子，一个做数学卷子。从旁看去，两人的侧脸竟没什么年龄差，恍若是一对无比相配的小年轻。

阮徐间或抬头看一眼对面的人，少年埋头做题，眉心微皱，手中握着笔在纸上“唰唰”写过几行字。这样认真的模样，阮徐也已经许多年都不曾见过了。

“为什么考数学系研究生？”她问得轻声。

谈泽瑜还是听见了，手下一顿，抬起头，歪着脑袋笑了笑：“我想学。”

谈泽瑜的眼睛是从未有过的明亮，冉冉升起的新星似乎也不过如此了。

阮徐看着这双年轻的、充满希望和勇气的眼睛，一时有些挪不开眼。

5

自那天起，阮徐和谈泽瑜之间的气氛就变了，几分尴尬滋生。

阮徐坐在房间里，书桌上摆着英语卷子，她看着看着就发起了呆，作为一个曾经差点就结婚的女人，心动的感觉再熟悉不过。

她觉得自己真的是蠢透了，和年轻人住在一起便真的觉得自己也是个年轻人了，不瞧瞧人家多大，自己多大。他这年岁，即便再过个几年，也是青春正好，风华正茂。可那时候，她都三十了。她从未觉得，“痴心妄想”四个字还能用在自己身上。

这人哪，什么时候遇到什么人，还真是一场造化，是好是坏或许全凭积下的德。而她八成是曾经造过什么孽，最好的时候遇到最差劲的人，等过了这好时候，遇到的全是没法拥有的。

阮徐扔了笔，双手插进头发里，只觉得一阵头疼。

谈泽瑜站在门外，来回踱步，犹豫半晌，还是举着手敲了门，小心翼翼贴着门缝喊了一声："徐徐？"

他刚喊完，就看见门缝底下，渗出的灯骤然熄灭。

谈泽瑜委屈地撇了撇嘴，垂头丧气地回了房间，在电脑前面呆坐片刻，好似突然想到了什么。他猛地站起身，在衣柜里翻翻找找，找到一个硕大的睡袋，把睡袋往胳膊下一夹，难得雄赳赳气昂昂地又跑出去了。

第二天一早，阮徐起床开门，一脚下去，差点踩着某个大脑袋瓜子，吓得花容失色。

谈泽瑜裹在睡袋里，就露了个脑袋出来，冲着阮徐嘿嘿一笑，纵然笑容再怎么乖巧可爱，可这场景着实有些令人难以接受。一大早的，这么个打招呼的方式，吓得人魂都要飞了。

阮徐铁青着脸，绕过谈泽瑜往外走，脖子上搭着浅绿色的小毛巾，理都不理一脸讨好的谈泽瑜。

谈泽瑜简直生无可恋，倚着墙，头顶上三两呆毛翘着。没一会儿，小伙子一跃而起，手随意扒了扒头发，把睡袋草草一卷，撒丫子追了出去。

谈泽瑜是把黏人的功能发挥到了极致。整日里，阮徐无论干什么都带着一个小尾巴，连菜市场的大妈都会调侃她，就差去洗手间和睡觉没跟着了。

下午复习，阮徐干脆回了房间，自顾自地学习。可谁知道，谈泽瑜也不知道是受了谁的教育洗脑，她前脚刚回屋，他后脚就能拿着英语卷子来敲门，恭恭敬敬地来请教。阮徐无奈地看着他，想拒绝，可话到了嘴边，看着谈泽瑜的眼睛，到底是没能说出来。她叹口气，侧了身子放他进来。

"你每天这么黏着我，是想干什么？"阮徐坐在床边，抬手摸摸额头。她是真的头疼，这种滋味着实不好受，一边想保持距离，一边又舍不得。前后拉扯着，她也是怕了。

谈泽瑜权当没听到，磨磨蹭蹭往阮徐身边一坐，小拇指动了动。

阮徐看得心软："算了，讲题吧。"

谈泽瑜冲阮徐一笑，那笑容纯良又干净。

阮徐舌尖顶了顶上腭，坐到谈泽瑜身边，拿起笔耐心地讲起题来。她当年还是学校广播台每周三英语专栏的主播，她的发音很好听，也不知道有多少人每周守着周三就为了听那一小段英文故事，如今可是便宜谈泽瑜了。

坐得近了些，谈泽瑜依然是不敢造次，鼻间萦绕着阮徐葡萄味沐浴露的香味，每一次呼吸间都是舍不得吞吐。面上已是不再动不动就发红了，可那耳后的方寸之间，还是泛着粉粉的色泽。间或偷摸着看阮徐两眼，他便觉得十分满足，一个人抿着嘴，不着痕迹地笑。

6

今年十月，中秋节同国庆节叠到了一起，七天假变成了八天。

在过去的数年里，阮徐几乎年年的中秋都和家人一起过，可这回，同父母失联已逾两月，她硬着头皮愣是没开过手机。她一大早起了床，坐在餐厅的凳子上发起了呆。

谈泽瑜站在楼梯口，探着身子往下看，顺手从屁股兜里掏出手机，给阿玠去了条短信，等了十分钟还没人回，他蹑手蹑脚回了房间，掐着电话拨了号码。

那头一接起，明显就是还没睡醒。

“少年，给你买正版的《荒野求生》，你姐喜欢吃什么口味的月饼？”

那头睡眼惺忪的小伙子一个鲤鱼打挺，半跪在床上：“你把刚才的话再说一遍。”然后顺手按了录音。

谈泽瑜翻了个白眼，又说了一遍。

这回没等一秒就有了答复：“我姐喜欢那种口味很奇怪的五仁月饼。”

谈泽瑜挂了电话，随便捞起一双鞋子穿上就出了门。

他这一出就是一天，等阮徐发完呆，才意识到家里空荡荡的，突然连点人气都没了，地砖都像是在噌噌噌地往上冒着凉气。

她出声：“喂……”客厅里好像还能听见她清软的回音。

自逃离婚礼逃离家庭后，总和谈泽瑜在一起，阿玠也时不时地过来，她连孤独都鲜少品尝，说起来也未必不是一种幸运。她该感激谈泽瑜的，那样一个少年，青涩的情感与赤诚，是她在见过这世界上诸多凉薄之后，觉得最珍贵的东西。

她就坐在沙发上等他，天色渐暗，困意来袭，歪倒在沙发上浅浅地睡去。

谈泽瑜回来的时候，甫一开门，那“咔嚓”一声响，阮徐倏地从沙发上站起来。整个客厅空旷得很，谈泽瑜一进屋就看到她站在中间，暮色四合，屋里没开灯，屋外路灯渐亮，折射出点点光泽到她的身上，勾勒出她纤细的轮廓。

“我回来了。”

简单四个字，却让阮徐鼻尖一阵酸胀，好半晌艰难地转开头，深吸两口气，缓了缓：“我去做饭。”

谈泽瑜几步上前拉住阮徐，小心地看着她的脸色：“你在……等我？”

阮徐摇摇头，笑得清淡。

谈泽瑜并不是很懂，只屁颠屁颠跟着阮徐进了厨房，献宝似的把手里提的纸盒双手捧到阮徐面前，眼睛又明又亮，仿佛谁若是让这双眼睛黯然失色便是一种罪孽。

阮徐被这样的眼神看得心头微动，她抬手接过：“这是什么？”

“小区里有家做糕点的店，我去做了一盒五仁月饼，晚上咱们一起赏月。”谈泽瑜搓搓手，因为年轻，脸上的忐忑和紧张怎么都掩饰不住。

阮徐喉间一哽，草草擦去眼角的湿润，少年啊，永远有最真的心和最纯的情。

她许久不说话，谈泽瑜有些失望和难过，但还是勉强笑笑，正准备开口说没关系，却听见这安静的屋子里响起一道温柔软糯的女声：“好。”

仿佛是从天而降的惊喜，砸得他脑中一片空白，让他一时竟有些诚惶诚恐。

7

好在前一日包了饺子，阮徐这前后一看，今天的菜也没买，冷锅冷灶，就剩昨天早上伴着稀饭吃的咸菜了。

两人就着醋吃了两碗饺子，偶尔对视一眼，竟然觉得满足。

好像有人陪伴总会轻易让人觉得知足和幸福，哪怕坐着一句话也不说。

夜色渐浓，四周华灯初上，两个人坐在外面，半分不觉得凉，这十月初的夜晚，最适合在外面散步闲聊。

谈泽瑜一边看着阮徐，一边悄悄挪着屁股底下的凳子，一会儿挪近一些，一会儿挪近一些。阮徐看着，无奈地摇摇头，却放任了他的小心思。

“徐徐……”谈泽瑜终于把他的凳子挪到了阮徐身边，犹犹豫豫地抓住她的一小片衣角，轻轻扯了扯。

阮徐转头：“怎么了？”

谈泽瑜指指桌上的月饼：“尝尝。”

这月饼做得着实算不上好吃，味道奇奇怪怪。阮徐不怎么爱吃月饼，觉得莲蓉的太甜，所以总会多吃两口五仁，但事实上，她都不怎么爱吃。

从前家里的月饼要么是单位送的，要么是亲友送的，家里鲜少自己买。这是她第一次吃到有人亲手为她做的月饼，模样因为卡了模子，还算看得过去，可这味道当真是不敢恭维。

她难得吃了一整个，谈泽瑜在一旁看着，眼睛越发亮，抬头去看天上的满月，阮徐却转头看向了他，那一双眼睛里映着小小圆圆的月亮。

但愿人长久，千里共婵娟。哪有千里，咫尺终究更是圆满。

谈泽瑜看着月亮，右手偷摸着伸过去勾阮徐的手指头。他有些紧张，生怕她挣脱。可出乎意料，那只软嫩、掌心如凝脂般柔滑的手，反过来，轻轻地握住了他的手。

阮徐眉眼带着笑，温温柔柔。总归要更有勇气才行，否则怎么继续前行？或荆棘丛生，或大路平坦，该走的路不会因为胆怯而消失，在眼前的始终在眼前，躲不过的始终躲不过。

阿玠踏着月光而来的时候，正看见这两两相对、双手相握的景象。他心生一念，立马从路边捡起一块石头，高高举起："呔，小流氓，敢拉我姐的手，看我不削了你。"

小剧场

话说那夜，阿玠抄着石头奔过去，一屁股坐在凳子上，看了一眼桌上的月饼，然后鼻孔朝天，冲着谈泽瑜伸出一只手："给钱给钱，消息费消息费。"

谈泽瑜微微一笑，从路边花坛里捡了个土块塞他手里："请你吃土。"

阿玠嘴一撇，把手里的土块一扔，十分嫌弃地要往谈泽瑜身上蹭，怒目圆瞪："是不是要打一架？"

"行了，闹腾。"阮徐一巴掌把阿玠的手一拍，响声清脆。

阿玠立马变了一张脸，委屈巴巴："姐，你胳膊肘往外拐。"然后他看着桌上的月饼，"那我要抢你的月饼吃。"

他一口下去，还没咽就吐了出来："咋这么难吃，谈泽瑜，你在哪家买的？我以后绝不去这家买东西。"

谈泽瑜："……"

15、二十四番花信风·白露

白露：斗指癸，太阳到达黄经165°。天气转凉，地面水汽结露。

二〇一七年九月七日，农历七月十七，丁酉年，己酉月，丁酉日，白露。

〔第十五番〕山不容二虎，除非一公一母

1

陈越在中南路芥子巷口盘了家小店面，门口摆上两个木雕狮子，这家不甚起眼的小木器店就这样不声不响地开张了。

木器店正对门有一家拳击馆，除了教授拳击，也开设部分跆拳道和散打的课程。天气好的时候，陈越就搬把小杌子坐在店面门口，嘴里叼根烟，一边刻着木雕，一边透过玻璃窗看拳击馆里头的人打拳击。

别看这拳击馆小，可就那三两招式，拳拳到肉，不来半分假的，这扎扎实实的技术和力道，比起那些花拳绣腿看着来劲多了。

要是早两年，说不定陈越就进去跟人过几招了，可他现在比不得以前了。两年前收债遇上狠角色，两败俱伤，那人没占到便宜，可他也算是废了一条腿，恢复得还算好，就是走起路来还有些跛，虽然看起来并不明显，但阴冷天气里，那股疼也只有自己知道了。

九月七日，陈越早上起床顺手把墙上挂的日历撕去一张，那老式的日历上黑字写着，宜：祭祀、出行、沐浴、扫舍、安葬；忌：动土、破土、置产、掘井。

他咬着牙刷扯着嘴一笑，心道送这日历过来的小弟还真是迷信得很。

陈越骑上电动车，绕了大半个城市去了一趟木材市场。回来已经是中午，陈越把小电动停进屋里，折回身出来，端着路上打包带回来的蛋炒饭，脚下钩

着小杌子，一屁股坐上去，埋头吃起了饭。

“快点快点，听说露姐今天来了，得好好开开眼……”

“露姐这百八十年不来一次，今儿怎么来了？”

陈越嚼着米粒，抬眼顺着那两人的方向看过去，目光直直穿过对街那家拳击馆的玻璃墙。只见正中间的擂台上，站着一个高挑的女人，穿着短裤背心，戴着头盔和拳击手套，一个高抬腿，那双腿笔直白皙，肌肉线条充满了活力和弹性。

她出拳快而有力，对准的都是对方的弱区，毫不犹豫。不管是动作还是技术都是专业级别的，就陈越这些日子看来，这拳击馆里，怕是没几个能是她的对手。

陈越扒完最后一口饭，从裤兜子里摸出一张纸巾擦擦嘴，把饭盒扔进垃圾桶里，抬脚就往对面走去。这是他自从搬到芥子巷后，第一次走进这间拳击馆。

女人一个勾拳迎面而去，对方躺倒在地，胸口剧烈地起伏，抬起拳套冲女人摆了摆手，做了个暂停的手势。

女人攻势一收，转身靠在围绳上，拆了手套，右手往头上一撸，那张带着四分英气六分美艳的脸就那样露了出来。面上都是汗，短短的马尾高高束起，额角鬓边的碎发因为汗黏在脸上，她甩了甩头，头发带起点点汗珠四处飞溅。阳光从玻璃墙外大面积地直直透进来，她迎着光，肌肤上的汗水因为反射透着亮。

陈越推门进来就看见这样一幅场面。他也见过很多种女人，在以前的日子里，什么样的女人没有。可唯独这种，充满了蓬勃的生命力，像棵悬崖边的青松，高高在上，又充满了危险的诱惑力，他还是头一回见。带攻击性和侵略性的美，迎面袭来，正中陈越面门。

2

陈越就站在门口，倚着门框双手插兜，抬着眼睛看向台上。

靳白露靠在台上，脸上带着笑，把头套、手套往台上一扔，翻过围绳，走下台去。

陈越看着那双修长笔直的腿在空中划过两道弧线，插在兜里的手指来回搓了搓，舌尖顶顶上腭。他沉默着转身出去，推门那一刻转头，看见靳白露站在人群里，正在穿一件白色的外套，手上拉着拉链，眼睛却看向了陈越。

陈越低头一笑，大摇大摆回了对面的木器店，找了块木料，坐在门口的小杌子上，对着阳光，削了起来。

靳白露从兜里抽出一片口香糖塞进嘴里，站在拳击馆门口，看着那个男人，穿着很普通的黑色T恤和牛仔裤，布料包裹不住那好身材，手上的刻刀每动一下，胳膊上的肌肉就会隆起，那肌肉下好似藏着不明的力量和汹涌的气势，像沉默的狼，也像远方的山，轻易招惹不得。

“对七，对面那个，什么人？”靳白露叫了刚才和她打擂的年轻男人过来，冲着陈越扬扬下巴。

对七正拿着毛巾擦头发，走过来一看：“哦，上个月搬来的木匠，人挺好，寡言少语，总坐在门口雕木头，手艺还是不错的，你瞧前台搁着的两只貔貅，花了顺子一千块钱呢。”

“一千？他怎么不去抢？”靳白露嗤笑一声。

“露姐，你还别说，这手艺值这个价，你回头好好看看那对貔貅，那就叫一个活灵活现，艺术家级别啊。”对七向来说话夸张，靳白露白了他一眼，倒真的跑到前台看去了。

陈越木雕的手艺是祖传的，这些年他在外面漂泊也没忘了，一手雕工出神入化，缀上两颗眼珠子，这貔貅好似就要活过来似的。

靳白露也不是没见过世面的人，一千块钱，不算贵。她眯着眼睛又看了看对面，把貔貅放回原地，推门就往对面走。

陈越坐在门口，低着头雕木头，突然头顶洒下一片阴影，带着淡淡的香水味，一双又直又长的腿就站在自己眼前。刻刀停在木料上，陈越抬头：“有事？挡着光了。”

靳白露笑笑，两手插进上衣兜里，脚下踢了块木头过来，一屁股坐在木头上，也不讲究，看着陈越手里的木头。他拿着刻刀大块大块地削，还看不出个形。

“我叫靳白露，对面拳击馆的老板娘。”

“陈越。”

“在你这儿做东西，多少钱？”

“做什么？价格不一样。”

靳白露长腿一伸：“雕个观音像，一个月拿货，行不行？”

“多大？”陈越没抬头，手下不停。

“普通观音像大小。”靳白露看着陈越，陈越一点也不怵，依旧是老神在在的沉稳模样。

“观音像，一万。”

“你狮子大开口啊，一万？”

“爱要不要。”

靳白露猛地起身，朝拳击馆走了两步，又蓦然折回来，语气挑衅：“一万就一万，一个月拿货，迟一天你就别想拿到钱。”

陈越低着头，靳白露自然看不到他嘴角勾起的一抹细微的弧度，他手下的动作越来越快，渐渐出了个雏形，隐约是只模样憨态的狼：“嗯。”

3

一连半月，陈越再没瞧见靳白露来过。反而是拳击馆的主教练之一对七，偶尔过来给陈越递根烟，聊上两句。陈越虽然话少，但也不会冷了他，一来二去，两人竟熟悉了起来，男人之间的友谊仿佛就是一根烟的事。

这日下午五点，拳击馆下班，陈越和对七两个人跑到城东一家新开的小酒馆里喝酒。这酒家的酒不错，入喉甘醇，饶是陈越现在已经不怎么沾酒了，都忍不住多饮了一杯。

两个人酒足饭饱，各回各家。城东和中南路芥子巷，一个东一个西，陈越也不着急，就这么慢吞吞走着。

夜里十点多，城东依然很热闹，轰鸣声一阵一阵在耳边响起。对了，这一片算是城市里除了酒吧区以外的另一个夜生活区域了，许多热衷极限运动的年轻人，夜里经常聚集在这一片飙车。

陈越走了大约半小时了，左腿膝盖隐隐有些发痛，瞧着人群，走近了些，找了块空地坐下，点了根烟。

远处两辆重型机车轰隆驶过来，陈越迎着大灯眯着眼睛望过去，为首的机车上坐着一个女人，躬身分腿，姿势标准又拉风。身后跟着一辆机车，两辆车之间不差多少，但后面那辆死活就是追不上来。

果然，第一辆机车冲过来，一个急刹，带起一片尘土。在那飞扬的尘土里，陈越看见那个女人以十分眼熟的姿势，脱了手套，然后一把掀起头盔，是靳白露。

四周氛围热闹至沸点，众人哄叫着："露姐，露姐……"

陈越目光定了定，下意识地去看她的重型机车，心条件反射地一悬。年轻姑娘，有勇气，追求刺激。陈越一直都很欣赏，但现在会多几分保持距离之感。他，到底还是老了，心里荒芜丛生，热血早就凉了。

指间的烟头燃到了底，他重重吸上最后一口，然后碾熄扔进垃圾桶里，转身继续走。

靳白露在人群里，抱着头盔和大家伙击掌。恍惚间，她从人群间隙里看到一个高大的背影，双手插兜，走路走得漫不经心。她挪了挪位置，窥见那人的一小半脸颊——陈越。

靳白露把头盔随便塞给一个人，拔腿就往陈越那边跑，没两步就追上了。

人群朝那儿看去，只见昏黄路灯下，一个男人慢悠悠地往前走，女人从身后跑过去，马尾高高甩起，她扑过去拍了男人的肩膀，男人驻足，侧头。

靳白露刚飙完车，心情正好，脸上笑意粲然，手拍到陈越肩膀上的时候，对着他的耳朵叫了声："陈越……"

陈越转头，正对上她的笑靥如花。光线昏暗，他想起那年他收完账回家路上，路过一家花店，花店橱窗边插着一朵帝王花，霸道又明艳。

"你怎么在这儿？"她问。

陈越心头没来由地烦躁，他抽出一根烟点上："和对七来这边喝酒。"

"你和我店里的教练关系不错嘛。"

陈越没答话，沉默地抽着烟。

"喂，别走了，我送你回去吧。"靳白露跟着走了两步，拉住陈越的胳膊。

她知道陈越不想跟她说话，但她就是想缠着他，看他面露烦躁，仿佛这样他才有活的情绪。这男人太神秘，太深沉，对她这样的女人来说，无疑是充满了诱惑力和吸引力的，起先是好奇，慢慢会欲罢不能。

"不用。"陈越挣了挣。

"要，不然今儿晚上谁也别回去了。"靳白露也是犟犊子。

陈越目光沉沉地看着她，一手被靳白露拉着，一手抽着烟，重心全在右腿，左腿微弓，这站姿是为了让自己舒服，可在别人眼里，是霸气。

两人僵持不下。

4

那天的结局，还是靳白露赢了。

陈越不耐烦，一把拿过车钥匙，大手把靳白露的手一钳，往身后一拉，长腿跨骑上车，拉着靳白露坐到后面，扯着那纤细的手腕环上腰腹，脚下踩了两下油门，“轰”地冲了出去。靳白露一时不察，被惯性带着狠狠往前一撞，撞到了陈越肌肉结实的背上，两只手下意识扣紧。

陈越间隙往下一看，看见两只素手纠缠，搁在自己的腰腹上，黑色的T恤衬着白色的手，血液没来由地直往脑子里冲。

靳白露靠着陈越的背，耳朵贴在背上，能听见这个身体里低沉闷响的心跳声，平缓而沉着。饶是这样快的速度，猛烈的风在面上、头上刮着，也分毫不觉得心慌。她鼻尖在陈越背上蹭了蹭，闻见淡淡的烟草味。

从城东郊区到芥子巷，车子开得快，半个小时就到了。

轰鸣声在巷口静了下来，陈越下车，把靳白露和机车留在了芥子巷口，从裤兜里掏出钥匙开门，按了两下开关，门口亮起一盏昏黄的灯，只一根线吊着，风一吹，摇摇晃晃。

靳白露停好车，跟着陈越进了屋。

“我要的观音像雕得怎么样了？”她找了张椅子，往上一坐，大咧咧靠着。

“还有半个月。”陈越没管她，又抽出一根烟，刚含进嘴里，就被一只手抢走。

那人还颇为得意地晃晃手上的烟：“抽抽抽，你也不怕抽死。”

陈越挑眉，没吭声，手摸上柜子上的木料，找了块地方一坐，安安静静地雕了起来，还真当靳白露不存在似的。

“我跟你说话呢。”靳白露有些恼羞成怒了，伸手就去推他的肩膀。

陈越反应很快，一个格挡，却引得靳白露小姐脾气上来了，二话不说出了拳。

这小小一个屋子，两个人就这样赤手空拳地……打起来了。

陈越的判断一点没错，第一次看到靳白露打拳的时候，他就知道，这姑娘骨子里有股狠劲，下手贼毒，丝毫没有所谓的“妇人之仁”。

最后两个人架着胳膊陷入了僵持的状态，桌上搁着的零零散散的木料都被扫到了地上。靳白露瞧着那双眼睛，漆黑，眉骨高耸而眼眶深陷，又似有迷蒙的雾障隔着，看不清里面的深渊。她突然就笑了起来，松手，后退，眼风往陈越下身一扫，开了口：“下盘……不稳哪。”

陈越俯身去捡木料："关你什么事？"

靳白露天生反骨，是遇强则强的路子，向来吃软不吃硬。绕到陈越身前，伸手抵了抵陈越前胸，那笑就像把钩子，在陈越心头钩挠着，一点一点，挠毛了，挠得发痒。陈越却在努力压制。

"啧，有点意思。"靳白露凑到跟前，冲着陈越吹了口气，慢吞吞道，"瞧上你了。"

陈越面上不动声色，心里也不知是个什么滋味，要搁几年前，他绝不犹豫，立马收了这妖精。可他现在是要老老实实过日子的人了，那些个刺激，不大受得了。

"别招我，不早了，赶紧回家。"陈越肃了肃脸色，把靳白露推着出了门，顺手把大门关上。

靳白露站在木器店门口，看着头顶上摇摇晃晃的灯，笑得就像夜里出没的狐狸精。隔壁酒吧有人进出，见了她，打了招呼。靳白露摆摆手，掏出钥匙，骑着车眨眼就溜了。

5

靳白露缠上陈越了。

她搬把椅子，每天一大早就守在拳击馆门口，等陈越一出现，吹吹口哨。

陈越除了第一天有些意外，后来都是木着脸。

靳白露不但不觉得无聊，反而越来越有兴致，就守在门口，看对面的陈越雕木头。小小一尊观音像，他全神贯注，雕得仔细。

靳白露就坐在对面瞧着，都说认真的男人最帅，倒是有几分道理。陈越本来就是极帅气阳刚的长相，下颌骨跟刀削过似的凌厉，攻击性太强，一般人不敢招惹，偏靳白露胆子大，越发喜欢。

有时候陈越雕着雕着忘了时间，等回过神来，靳白露就端着一碗饭蹲在他跟前，把碗往前一递："喏，吃饭。"

陈越不要，靳白露也不理，硬塞到他手里。陈越摸摸碗壁，还是热的，心尖尖上颤了颤，动了动嘴巴，到底还是说了"谢谢"。

靳白露蹲在他身前，眨着一双眼睛看着他，露出满意的笑，拍拍手站起来，扔下一句："我做的饭好吃吗？"转身回到拳击馆门口，坐在椅子上，半闭着眼睛晒太阳，从眼缝里偷瞧着陈越，直看到那人露出一抹不易察觉的笑，转瞬即逝。

对七午休溜达出来，蹲在靳白露身边剔牙，看着陈越闷头工作的模样，着实想不通，这人面相有些凶，沉默寡言，老板娘怎么就瞧上他了。

陈越和一般男人不一样，他的沉稳来源于曾经的颠簸。因为经历过太多，所以知进退，懂深浅，轻易不会踩线。他渴求安稳，知道责任，扛得起未来。他身上有种安全感，对于想要个能遮风避雨的防空洞的靳白露来说，再诱人不过。

靳白露的出身也同旁人不一样，家里重男轻女不说，父母还早早离了婚。父亲再娶，生了两个儿子，靳白露就成了多出来的包袱，爹不疼娘不爱，从来也没人管过她。

父亲好歹愿意养着她，钱向来是不愁的，任她在外面怎么胡天海地，打拳击、飙车，种种极限运动，只要不出人命，谁也管不着她。说白了，靳白露更像一个有家的孤儿。她看着浮躁，却缺乏安全感，比谁都向往安定。

那夜陈越带她回芥子巷，她坐在车子后座上，靠着陈越的背，忽然就想一辈子都这样靠着了，也不知这样宽阔厚实的脊背，能不能给她撑起一方天地？

陈越吃完饭，进屋老老实实把碗洗干净，再给靳白露送过来。两人也不怎么说话，但毕竟拿人手短吃人嘴软，陈越总算不再冷着个脸了。

那尊观音像雕刻的后半个月，靳白露几乎时刻“监视”。

一日下午，阳光正好，靳白露搬了张躺椅出来，照例坐在陈越家对面。只是前一晚刚和父亲在电话里吵过一架，有些失眠，她躺着躺着就迷迷糊糊地睡了过去。那秋日的阳光罩在身上，沁着最舒适的暖意。

芥子巷毕竟是条不算宽阔的巷子，巷口来往，总会有些穿堂风吹过。

陈越雕完观音像的衣摆，松了口气，抻了抻身子，高大的身形长期佝偻着工作，多少有些僵硬难受。抬眼他便瞧见靳白露躺在对面拳击馆门口，午间两三点的太阳落下，投出一层暖黄的光泽，靳白露侧脸躺着，平日里明媚张扬的面容，因着沉睡而带上了几分难得的恬静，嘴角微微向上勾着，天生的微笑唇，见着便让人心生欢喜。微微秋风吹过，带起几缕发丝。

陈越手里握着刻刀，看了半晌，把观音像和刻刀放下，起身回屋，再出来，手上拿着一条深灰色的薄毯。他在原地站了片刻，还是抬脚走到对面，双手一撑，将那薄毯轻轻搭在靳白露身上，脖颈两侧还特意压了压，为她挡去了秋日的风。

抬眼正对上推门出来的对七，一脸戏谑，陈越冲他做了个噤声的手势，对七了然，抬手在嘴巴上做了个拉拉链的模样。

陈越转身回到自家门口，却没看见，靳白露的睫毛微微颤动两下，本来闭着的眼睛掀开了一条缝，嘴角的笑意越发深了。

6

十一月下旬，温度骤降，第一波寒潮来袭。靳白露又和家里闹了矛盾，跑回家吵去了，具体什么并不清楚，那日她走得匆忙，对七也只知道些皮毛。

或许是成了习惯，习惯作祟，一连好几日都没看到靳白露，陈越竟然有些心神不宁，坐立不安。手里雕着小狼崽，魂却不知道飞到哪里去了，刻刀一划，在手指上划拉一个大口子，汩汩流着血。

对七正好端着个碗出来抽烟，叼着烟头找了两张创可贴："露姐要是知道你割了手，怕是要心疼死。"

随口一句调侃，陈越却是听进了心里："靳白露回家……"他有些犹豫，不知道该不该问。

对七抽了口烟，浅灰色的烟雾飘散出来，淡在了空气里："露姐家情况有些复杂，不好说，总之，她爸不待见她，她妈早早就出了国也不管她。这些年，她一个女孩自个儿在社会上闯荡也不容易。没人管她，她一个人自生自灭了这些年，只要不犯法，怎么刺激怎么来，好歹她也闯了片天地。早几年我给人打黑拳，欠了一屁股债，是露姐给我还了债，还让我在这儿工作。"

对七顿了顿，接着说："她这人看着狠，心里头软着呢。明面上越不在乎什么，其实越想要什么，越好强，越服软。说到底，她就是想找个值得托付的人，也好过一个人整天玩命，用刺激麻痹自己。"

陈越沉默，抠了抠手指上的伤口，十指连心，尖锐的疼痛钻进心里，狠狠一揪，也不知是因为手指，还是为了靳白露。

对七回拳击馆之前，指了指地上的碗："别忘了吃饭，露姐走之前特地交代的。"

陈越端起碗，饭已经快凉了。可想起之前靳白露给他送的饭，每次端过来都是热的，那碗底的温度烘得人心都暖了。

天说阴就阴，足足下了三天的雨，又大又猛，门口都积起了小水沟。

陈越一大早撑着伞出门去买菜，回来的路上遇见菜农家的女儿，背着包站在菜市场门口，看着这雨，手里拿着把破旧的伞。

那姑娘撑开伞，这才发现骨架断了一支，压根就撑不起来。陈越是这家菜农的老客户了，他家的蔬菜新鲜，都是当季最好的，看着小姑娘站在门口犹犹豫豫，顺手把自己的伞递了过去，把连帽衫的帽子往头上一戴，大腿一跨转身就走了。

本是一件小事，陈越压根没往心里去。

转眼十二月入了冬，天气算是凉了下来，陈越的膝盖因着季节变化有些疼痛，每日待在家里是哪儿都不想去。观音像已经雕好了，就放在店里，他还特地做了个木箱子来存放，都是上好的紫檀木。

这日快中午的时候，对七还在上课，陈越估摸着今儿个怕是没有午饭吃了，起身准备进厨房做饭，想着顺便给对七留一碗饭。

“陈大哥……”身后有脆生生的声音唤他。

他转头才看见那菜农家的小姑娘撑着伞，怀里抱着个保温桶冲这边走过来。

“打听了好久才打听到你住这儿，那天谢谢你的伞。这是我们自家包的饺子，特地送来给你尝尝……”小姑娘二十岁左右，围着条薄围巾，露出一张年轻的脸。

陈越不大想收，但也不好拂了人家的好意，正踌躇着，一只纤细素白的手伸过来，一把接过了那保温桶：“小姑娘，谢谢你啊，我们家陈越不大喜欢吃饺子，他比较喜欢我给他做的包子。”

陈越听见声音的那一刻，只觉得心上闷压了数日的灰尘刹那就烟消云散，天上仍然下着雨，他心里却已经架起了彩虹。

“靳白露……”陈越的目光锁住她，眼睛一眨不眨。

靳白露歪了歪脑袋，她今天穿了件黑色的皮质机车服，剪了短发，衬得整个人清爽又凌厉，大概是淋了雨，短发还有些潮湿。

“你回来了。”

“我回来了。”

靳白露余光看了一眼那目瞪口呆的小姑娘，一把扯过陈越的手，拖着他往屋里走，一边走一边念叨：“我这才走几天啊，你就开始招蜂引蝶了。”

半晌没有回应，靳白露早就习惯了，也就自己念叨了。可许久过后，她却听见一声闷闷的低沉声音道：“我没有。”

仿佛是幻听，靳白露抬手挠了挠耳朵：“你刚刚说什么？”

陈越一向没什么表情的脸上突然带上了浅浅的笑意，温和了五官神色：“我说，我没有招蜂引蝶。”

7

靳白露觉得有些不对。

陈越竟然开始对她笑，偶尔心血来潮，还会摸摸她那一头新剪的短发，跟揉狗头一样。靳白露一向是最讨厌别人碰她的脑袋的，可偏偏陈越一上手，她不仅不反感，还想把脑袋放到他宽厚的手掌里蹭蹭。

冬至这天，家家户户都是要吃饺子的。

靳白露一大早买了面粉和馅料，从口袋里摸出钥匙，开门进去。

这钥匙还是前几天陈越亲手给的，因为那天早上靳白露做了早餐，在门口拍了半天的门，打电话又关机，愣是在门口等了几个小时，才等到他睡醒起床来开门。卧室在后面的小院里，他着实听不到。

靳白露在拳击馆门口坐着，吹了几个小时的冷风，当天下午就发起了高烧，吓得陈越把手里的活一扔，赶紧送人去了医院。扎了针，等靳白露醒过来，就发现陈越往她上衣口袋里放了一把钥匙。野兽的领地意识是很强的，当他允许别人踏足他的领地，这个人在他心里一定不一般。

靳白露拿着钥匙开了门，大摇大摆地进了陈越的房间里，冰凉的手从被子边钻进去，冻得睡梦中的陈越一个激灵，醒过来条件反射就要动手。靳白露反应快，三两下就格挡住了，两个人架着对方坐在床上。等陈越清醒过来，才觉得有些尴尬：“你怎么来了？”他低头看看，还好没有裸睡的习惯，睡衣还穿得好好的。

靳白露拿冰凉的手拍拍他的胸口：“起床过来帮我包饺子。”

房间里暖和，陈越身上也暖和，唯独靳白露的一双手凉得跟冰块似的，陈越下意识就抬手把那双手一包放进被子里焐了焐：“外面很冷吗？”

“其实还好，就是拎着东西，风一吹，手有点冷。”

“以后早上我去买菜，你在家多睡会儿。”陈越说着就要起床。

靳白露身上带着的寒气一点点被房间的温度赶走，一双手缩在被子里，整个人笑得像只偷腥的猫。

包饺子这回事，陈越比靳白露要熟，靳白露包一个的时间，陈越都能包三个。包得快不说，还好看，反观靳白露的饺子，白白胖胖的，就是馅放多了老是破皮儿。

陈越也不嫌弃，就这样和靳白露两个人面对面坐着包饺子。他间或抬眼看看靳白露，笑着摇了摇头，大概这次是真的看走了眼，原以为是只桀骜不驯的野猫，其实内里竟然有贤妻良母的潜质。这样坐着，真的有几分家的温暖。

包完了饺子，靳白露手上沾满了面粉，抬起来就要往陈越脸上抹。陈越也不躲，任她玩闹，直到她把他抹成了个大白脸，也不恼。看着靳白露笑弯了腰、笑眯了眼，陈越心里升腾起一股无比的满足，胀得快要从心里溢出来。

两人午饭煮了两锅饺子，送了几碗去对面的拳击馆。对七一边吃一边嫌弃："瞧这破了皮儿的肯定是我老板娘包的，这手艺真是差劲……"

他嘀嘀咕咕被靳白露听见，上去就揪他的耳朵："不乐意就吐出来。"

"不敢不敢。"

陈越蹲在门口，三两下吃完饺子，摸出一根烟抽了起来。烟雾里，看见靳白露笑靥如花，暖了自己的心肠。

晚间靳白露待得够久了，正准备走。陈越突然叫住了她："等会儿，我有东西给你。"

靳白露挑挑眉，轻咳一声，转身端坐在椅子上。

陈越从房间里拿出来个小木雕，在靳白露跟前蹲下，手轻轻放在她的膝盖上，仰头看着她。半晌，他把手里的木雕递过去："送你。"

那是一只仰着脑袋，神色倨傲又充满憨态的小狼崽。陈越见到靳白露的第一面就开始雕，这或许是他至今为止雕得最好的东西，因为最用心，所以最细致。这小狼崽的模样就是第一次见面，靳白露在拳台上，靠着围绳，笑得灿烂的样子。

靳白露很早以前就看见陈越在雕了。她拿在手里，翻来覆去看了半天，突然笑出声来，目光清亮，像是一根火柴在她的眼睛里擦燃了，亮出两簇火花。她笑着笑着，眸底浮出一层浅浅的水雾，吸了吸鼻子，道："原来你那么早就喜欢我呀。"

她这句话说得娇憨，带着鼻音和连她自己都没发现的娇嗔，惹得陈越心头微痒，忍不住微微抬身去吻她红润的唇瓣。

靳白露一只手握着小狼崽，一只手覆上陈越的后颈，摩挲两下，勾了上去，启唇用牙齿轻轻咬了咬他的唇肉，然后松了牙关放他进去。

屋里灯光明明暗暗，勾勒出一对身形，纠缠在一起，如胶似漆。

唇齿间，靳白露听见陈越说：“是啊，很早就喜欢了。”

小剧场

某天，陈越心血来潮想带靳白露出去逛逛，吃饭的时候，问道：“你那辆机车停在哪儿啊？一会儿我带你出去溜达溜达。”

靳白露夹了一筷子排骨，嘟嘟囔囔说不清。等她吐了骨头，咽了肉，道：“卖了，上个星期就卖了。”

“卖了？”陈越可以说是十分吃惊了。

靳白露却是半点都不觉得有什么可大惊小怪的：“以前飙车是追求刺激、热闹，你也知道嘛，一个人待着总是有些无聊。现在嘛，我可是有家有口的人了，飙车这种危险系数十级的活动就不参加了。刚好之前一起玩的朋友想要我那辆车，我就转手卖了。”

说者无意，听者有心，陈越当下就垂头红了眼眶。

一周后，年二十九，靳白露一早起床，推门就看见家门口停了一辆粉红色的小绵羊，陈越站在一边望着她笑。

于是，大年三十晚上，靳白露戴着头盔，骑着这辆粉红色的小绵羊，后座上载着陈越，两个人买了几捧烟花，躲到郊外放烟火去了。

结果因为吹了大半夜冷风，第二天双双病倒在床上。

16、二十四番花信风·秋分

秋分：斗指已，太阳到达黄经180°。秋分这一天同春分一样，阳光几乎直射赤道，昼夜几乎相等。从这一天起，阳光直射位置继续由赤道向南半球推移，北半球开始昼短夜长。依我国旧历的秋季论，这一天刚好是秋季九十天的一半，因而称秋分。

二〇一七年九月二十三日，农历八月初四，丁酉年，己酉月，癸丑日，秋分。

〔第十六番〕小手拉大手

1

宋玠揣着酸奶到操场上去接阮姜的时候，下午的夕照卷着秋老虎的余威热腾腾地蒸着大地。橙色的阳光耀眼，连人都染上了色。

阮姜在左边排头站着军姿，一动不动，头顶着夕照，躲在帽檐下的眼睛半眯着，长长的睫毛唬人，让人压根看不出来她正站着打瞌睡。可瞒谁都瞒不过宋玠，远远瞧着那小丫头半垂着脑袋，一动不动，他就知道她定是在打瞌睡。

第一回发现她能站着睡觉还是小学，彼时宋玠正在读六年级，偶有一次课间出来上个厕所，瞧见二年级（3）班门口站着个小团子。他特地绕路过去想逗逗她，却发现这丫头站得规规矩矩，人却是睡着了，凑近了一听，还能听见小小软软的呼噜声。

放学的时候，宋玠去二年级接阮姜，牵着她的小手，两个人一同回家。路上宋玠掐了掐她肉乎乎的手，粗着嗓子恐吓道："明天把你的大白兔奶糖留给我吃，不然我就把你罚站还偷偷睡觉的事情告诉你妈妈。"

阮姜是个小哭包，眼瞧着两泡眼泪迅速聚集起来，宋玠龇了龇牙："不许哭。"

阮姜立马吸了吸鼻子，一双黑葡萄似的大眼睛委委屈屈地看着宋玠，愣是把两泡眼泪憋了回去，拽了拽宋玠的手，声音细细小小："不……不哭了。"

宋玠小魔王笑得眯起眼睛，拽了拽阮姜的小辫子，又轻轻掐了掐她的脸：“乖宝宝。”

阮姜趁势讨好地笑笑，肉团子似的脸蛋挤到一起：“阿玠哥哥回家教我写作业。”

宋玠晃晃脑袋：“你乖我才教你。”

阮姜赶紧把脑袋拱到宋玠怀里，毛茸茸的脑袋蹭了蹭，然后抬头冲他傻笑，阮姜前两天刚掉了乳牙，一笑嘴里露出两个豁口：“阿玠哥哥，好！”

宋玠当时年纪也小，举着肉乎乎的手把阮姜一头短发揉成个鸟窝一般：“你回家赶紧吃饭，吃了饭就过来写作业，听见了吗？”

阮姜是个老实孩子，憨憨地点头。

儿时夕阳正好，微光如潮，一大一小两个孩子，背着书包迎着夕阳走去，是宋玠最喜欢也最珍贵的回忆。

宋玠找了片树荫，一手拿着酸奶一手插兜，靠着树干等阮姜解散。

教官被隔壁班的教官拉去说悄悄话，阮姜旁边的女生赶紧用手戳了戳阮姜的腰，把她从昏昏欲睡里猛然唤醒。她像是被吓到的松鼠，瞪着一双圆溜溜的眼睛四下看了看，然后虚着声音问：“怎么了？”

身边的同学朝十一点钟方向抬了抬下巴：“你家阿玠哥哥又来接你了。”

阮姜有些近视，平日里也不喜欢戴眼镜，眯了眯眼睛看过去，只看到了个模模糊糊的人影，被晒得红扑扑的脸蛋笑开，露出两个极深的梨窝。

好不容易等到教官喊了休息，阮姜动了动僵硬的脚踝，像小炮仗一样朝着宋玠冲了过去。宋玠伸手一接，差点儿仰倒，嘴里嘀嘀咕咕：“这么辛苦的军训，怎么还能越来越重呢……”

阮姜仰头冲他龇牙，白胖的小脸故作凶恶，显得十分可爱。

宋玠把酸奶递过去，阮姜眼睛一亮，捧着酸奶大口大口地喝，额头上满是细汗。宋玠从裤子里拿出包纸巾，耐心地给她擦汗。阮姜眉眼弯弯，就像只小巧憨萌的奶猫。

一声哨响，宋玠捏了捏阮姜的小圆脸，一把拿过酸奶：“快回去，集合了，一会儿我跟着你们一起去食堂吃饭。”

阮姜可怜兮兮地看了两眼被抢走的酸奶，无奈地点点头，转身跑回去集合。

2

阮姜回到队伍里，身旁的同学一阵“啧啧啧”。阮姜晃了晃脑袋，有些得意。

两人身前突然出现一双军用靴，教官严厉的声音在头顶上响起：“站军姿，不许动，不许说话，把我的话当耳边风是不是！出列！蹲下！”

阮姜一张脸立马垮了下来，恨不能皱成一个包子，苦兮兮地瞪着同学。两个人就那样蹲在一边，也不知蹲了多久，蹲得脚脖子就要断了，教官这才大发慈悲，放了她们一马。

宋玠在树下看着阮姜耷拉着脑袋，即便是看不清神色，也能想象出来，小姑娘脸上可怜巴巴的表情。她一贯是这样，受了委屈就垮下脸，一对眉毛微微下垂，成了个“囧”字，愣是让人看着觉得她就是个小可怜，再生不出气，只能随她了。

就像是小时候，阮姜好奇心重，毛手毛脚，趁着宋玠去上厕所的时候，一时手痒跑去摸了摸宋玠新拼出来的乐高积木，不小心碰落了一块。

宋玠还在厕所里就听见一阵“噼里啪啦”，心下一个紧张，连裤子都没穿好就冲了出来，只看见阮姜茫然无措地站在原地，面前是散落一地的积木。

宋玠眼前一黑，提溜着裤头的手都气得发抖，冲上去揪着阮姜的小辫子，气势汹汹地吼她：“要你别乱动别乱动，我拼了半个月呢……你讨厌不讨厌……”

阮姜也不哭，一双湿漉漉的黑眼珠子看着他，有点害怕有些慌乱，眼泪都蓄满了还硬是不肯哭出来，胖乎乎的手揪着宋玠的衣角：“阿玠哥哥，对不起……”

她细声细气跟只小猫一样，两条细细的毛毛虫一般的眉毛朝下垮着。

宋玠胸口一堵，狠话也说不出来了，只恶狠狠地瞪着她，然后把自己的裤子提好，一屁股坐在书桌前，手把桌子拍得“啪啪”响：“过来做作业！”

阮姜耷拉着脑袋过去，一声不吭地做作业，时不时地拿眼睛偷偷瞟着宋玠。宋玠把作业本翻得“哗哗”响，每次阮姜一看过来，他就瞪她，鼻子里发出很响的一声“哼”，结果没哼几次，哼出了一把鼻涕。

阮姜虽然憨萌，但小机灵还是抖得很利索的，立马去拿了纸巾递上。

“不许往外说，不然我……我就揍你！”

阮姜用力点点头，垮着的眉毛一点一点又升了回去，冲着宋玠傻乎乎地笑。

宋玠还在想，那天最后的最后，他到底是怎么就没追究积木的事了。眼看着快到点儿了，可算是准备去吃饭了。宋玠双手插兜，就跟在他们队伍旁边走，惹得教官冲他看了好几眼。宋玠可不管，军训教官再厉害，也是管不着他的。

进了食堂的学生就犹如进了森林的一群猴子，被拘了一整天的本性迫不及待地释放，少年们上蹿下跳地钻进人群里。一个个循着香味，看着那一排一排热气腾腾的饭菜，眼冒绿光。

阮姜跟在宋玠身后，一只手指来指去，宋玠端着盘子，她要什么就打什么，看着饭菜堆成了小山，抽抽嘴角："吃得完吗？"就她那小麻雀似的饭量，他又不是不知道。

阮姜只消垂着眉毛，嘟囔一声："饿。"

宋玠便啥也不说了，老老实实去打饭。阮姜拿着帽子给自己扇风，跟在宋玠身后优哉游哉地走，在这人满为患、饿虎扑食般的食堂里，简直就是一股清流。

打完饭转身遇见宋玠的辅导员，年轻的辅导员一脸八卦，冲着宋玠挤眉弄眼："又带你家小童养媳来吃饭啊。"

宋玠与阮姜是自小一起长大的青梅竹马，从阮姜进学校第一天开始就不是秘密，多的是人乐得看不可一世的宋玠被阮姜吃得死死的。

阮姜在宋玠身后探出半个脑袋，大眼睛看着辅导员，扬着眉毛笑了笑。

晚饭过后，宋玠送阮姜回寝室，路过学校超市，阮姜嚷嚷着面膜用完了，一头钻进超市里，随手拿了两盒保湿面膜，仰着自己的脸蛋对着宋玠："你瞅瞅，太阳晒得都起了小红疙瘩。"

宋玠上手去捏了捏，果然摸到了几粒小疙瘩。阮姜皮肤又白又细，薄薄一层，平日里指甲轻轻划过都能留下印子，宋玠有些心疼。

3

军训到九月三十日结束，正好第二天就能回家过"十一"，加之今年中秋同"十一"叠到了一起，多放一天假。阮姜握着小拳头，兴奋不已。

这么死去活来被摧残了小半个月，阮姜可是怕了，只觉得这最后一天的时间过得实在是太慢了，恨不得把手表吊在眼前，仿佛时时刻刻盯着就能让指针走动得快些。

宋玠在辅导员办公室讨论关于直博的事情，宋玠没什么顾虑。不过要准备许多材料和论文，除去这些，他剩下的时间，大多是要奉献给那个小祖宗的。

宋玠感慨自己现在就像是等待召唤的宠物，谁叫阮姜与室友整日厮混在一起，反而少了时间同他一起。分明进大学之前，她是那样黏他。

阮姜中考吊车尾进了市一中，宋玠没少回来给她补课。可在她高二数学考了三次三十分以后，宋玠只觉得，自那以后，教她学数学就变成了前半生最令人窒息的操作，每次他都恨不得撬开她那脑壳，看看里面是不是净装西北风了。

阮姜大约也是个傻的，考了三十分却一点也不沮丧，喜滋滋地把卷子收藏起来，说得以纪念宋玠人生中难得的最无能为力的几件事之一，这也是一桩丰功伟绩了。

阮姜黏宋玠黏得紧，日日都要煲电话粥，每周都是要宋玠回来的。不管多忙，见不到人，眉毛就要垮，偏偏宋玠见不得她垮眉毛的可怜样。

为了进宋玠的大学，阮姜高二时二话不说转了艺术，每天拿着画笔对着宋玠的照片画头像。起初真的辣眼睛，宋玠看了都恨不得自剜双眼，死活不承认那人鬼不像的东西是他。阮姜在他耳朵边絮絮叨叨："你嫌弃我你嫌弃我你嫌弃我，不跟你好了不跟你好了不跟你好了……"就跟个小唐僧一般。

宋玠翻了翻白眼，从阮姜的笔盒里找了根最粗的马克笔，在画纸上画了个大叉："不好就不好，你把我画成这模样还想跟我好呢，不成不成，我要抛弃你了。"说着他还从口袋里抽了张皱巴巴的餐巾纸，装模作样地抹了把脸，"我的盛世美颜，竟被你糟蹋成这样。"

阮姜捂眼，转过脸去。半晌调整好神色，一脑袋栽进宋玠怀里，黏黏糊糊地叫唤，撒着娇。宋玠揪了揪她的辫子，挠了挠她的后颈，跟逗小奶猫一样。

"好吧，朕大人有大量，就原谅爱妃了。"他说这句话的时候，正遇上阮姜的同学午休归来，站在画室门口，抽了抽嘴角，决定去买瓶冰矿泉水清醒清醒。

宋玠一向不怎么要脸，也不怎么正儿八经，想起这事却还是忍不住笑了出来。特别是他当时看见那同学的表情，实在是如同踩了屎壳郎一样难看。

操场上正在举行阅兵式，宋玠绕了半圈先去超市买了两瓶冰矿泉水，然后去操场等阮姜。他到操场的时候正好遇见阮姜所在的方阵走过来，排头第一个，个头最小最纤细的那个，就是他家阮姜。她难得地板着一张脸，故作老成，偏生看着滑稽，让宋玠忍俊不禁。

他冲着阮姜吹了声口哨，却被泼天的一声"首长辛苦了"给盖了。他搔搔脑袋，找了个双杠坐了上去，一边打着瞌睡一边等阮姜解散。

阮姜走完一圈，教官领着他们找到地方坐下，屁股刚挨到凳子，旁边的同学又开始捅她：“你看那边，坐双杠上的是你家阿玠哥哥不？”

阮姜眯着眼瞧过去，模模糊糊只能看到一大坨黑色的影子：“不知道。”

“八成是，你家阿玠哥哥可真是二十四孝男朋友。”

阮姜控制不住脸上的肌肉，扯着嘴笑：“哪有那么好？”

她声音细细的，隐隐有些得意，刚说完就被坐在前面的教官回头瞪了一眼。阮姜合上嘴，又肃了肃表情，尽量让自己看上去正经一些，可这表情直逗得旁边的同学憋笑憋得脸红脖子粗。

4

军训结束，十月来临，天气说变就变，下过两天雨，温度唰地降了好几摄氏度，清晨起床甚至都能感觉到几分凉意，说来今年这天凉得也早些。

宋玠答应了阮姜今天带她出门玩，“十一”国庆人潮汹涌，两个人在地铁里被挤成了两张肉饼，出来的时候大口喘了几口气，才觉得像是活了过来，还没开始玩就已经有些累了。

欢乐谷的大门口一眼望过去都是黑乎乎的脑袋，两个人在人群里穿来穿去跟走迷宫似的。远远看见高高的木翼双龙，尖叫声响彻云霄，阮姜脸颊泛红，一双眼睛亮晶晶的：“我要去玩这个。”

宋玠抬头一看，只觉得眼前一黑，一颗心随着那尖叫声提到了嗓子眼，看了阮姜两眼，干巴巴地开口：“女孩子家家的，去玩玩旋转木马就行了。”

宋玠什么都好，除了不要脸和不着调以外，还有个致命的弱点，他怕高。

阮姜认识宋玠很多年了，但也是前两年才发现他恐高的。宋玠那厮，最会做戏，伪装得严严实实，竟没一个人知道。他从小到大，穿越走廊永远都是靠着墙壁走，乘坐电梯永远都是两眼望天，从不低头，爬山、登高什么的活动一概不参加。

说起这恐高，还是那年两人正式在一起的时候，阮姜才发现。

也不过是高中毕业的那个暑假，十八岁的小姑娘正抽了条往开了长，从前圆乎乎的一张小胖脸也渐渐褪了婴儿肥。竟没想到这丫头还是个尖下巴，一笑起来，两个梨窝深深陷在脸颊上，恍若盛了春天的酒，光看着，就能触到那悠然的醉意。

宋玠准备升大四，课程不算紧，每周都能回去看阮姜。周五下午早早就收拾了书包，回了家。碰巧阮姜和同学回了学校填志愿，宋玠心血来潮去接她。

宋玠掐着时间，五点半左右到了高中门口，就站在高中门口的那棵梧桐树下，长身玉立，白衬衫被风吹得轻轻抖动，从学校里陆陆续续出来的学生无不侧目。

宋玠几乎是一眼就在穿着校服、千篇一律的学生里看到了阮姜。她梳着简简单单的马尾，露出一张小巧干净的脸，正在同身边的同学说话，脸颊上的梨窝若隐若现，染着粉色的脸颊每一寸都透着青春与朝气。

他刚想走过去，突然发现阮姜身边那同学竟是个人高马大的男生，在一众青春痘爆发的男生里，还算清秀笔挺。男孩同阮姜说话，面上带着显而易见的羞涩，似乎含着青涩的情意。宋玠嘴角尚未来得及翘起，就黑了脸。再一瞧，那男生伸手到阮姜的头上……人影幢幢，看不清究竟在做什么，宋玠不知为何心头火起，烧得好似有头困兽，嘶吼着要冲出来。

“阿姜……”他穿过人群，朝阮姜那儿走了两步，终是按捺不住叫出声。

阮姜猛然回头，看见不远处的宋玠，眼睛里就像突然点亮了星星，蹿出几缕光泽：“阿玠哥哥！”

说着她冲他跑过去，临到面前顿了脚步。长大后，这许多年里，她都不曾再扑进他怀里撒娇了，只是像株柔软的丁香般站在他面前，红着脸，素白的手拉扯着他的袖子。

“你回来啦！”少女清亮的嗓音就像铺天而来的清爽的水，眨眼便泼熄了宋玠心里的无名火，还裹挟着一种暖意，如羽毛亲吻皮肤一般，轻柔地包裹起心脏。

宋玠抬手摸了摸她的脸，一如既往，跟嫩豆腐似的，他轻轻掐一掐，每一个动作都透着亲昵。不着痕迹地往阮姜身后看上一眼，那男生面上的情意早已退去，站在原地不知所措。呵，十八岁的少年，还嫩得很。

少女眼角眉梢都透着开心，梨窝深深陷进脸颊里，引得宋玠伸出手指轻轻地戳了戳。

“我晚上还要和同学去吃饭呢。”她语气娇嗔，夕阳洒在睫毛上，酝酿出一道温柔的色泽。

“吃完给我打电话，我去接你。”

阮姜重重点头，揪着宋玠的衣袖不肯放。

5

宋玠晚上八点五十就去等了，路灯微光如萤，少年立于灯下，投射出一道长长的影子。

阮姜一出餐厅，看见的便是如斯景象。心脏像揣了只兔子，一边蹦跶一边挠着心壁，这便是她最喜欢的少年啊。

宋玠冲她招手，路灯下，阮姜的面容模糊而充满诱惑，像富有水分的桃子，引得人只想轻轻咬上一口，看是不是能沁出丰沛的甜汁。他鬼使神差地去牵阮姜的手，小小一只握在手里，暖乎乎、软绵绵。宋玠有些恍惚，两人上一次牵手是什么时候呢，似乎是四年前还是五年前，当时他们都还是孩子。

彼时两双手大小相差不大，牵在一起，摇着晃着一同归家。而如今宋玠的手不知大了阮姜的手多少，五指一张便能拢住所有。

“走，我们回家。”

路灯下，少年牵着少女，步履稳重，少女马尾飞扬。一眼，便是世间最好的景致。

宋玠晚间洗了澡，换了衣服，到对面去串门。阮姜还在吹着头发，宋玠拿了她的志愿书出来看。里面掉出来一个信封，宋玠眉心跳了跳，心里一个咯噔。他原是想等阮姜上了大学，再同她表露心迹。可如今，他还没出手，情敌就已经出现了。不妙，不妙。不能怂，再怂下去，到嘴的女朋友就要飞走了。

于是，阮姜吹完头发回来看到的，就是宋玠端坐在书桌前，桌上摆着一个信封。

“那个……”阮姜心虚地觑了觑宋玠的脸色，暗叫不好，正要伸手去拿那信封。

一只大手压下，宋玠捏着信封在她眼前晃了晃：“这是什么？”

阮姜望天。

“情书？”

阮姜继续望天。

宋玠把信放进阮姜手里，慢悠悠地道：“来，拆开看看。”

“……”阮姜不敢动。

“怎么不看，你不看，我怎么知道是哪个臭小子想挖我的墙脚？想抢我的女朋友？你说，是不是下午跟你说话那小子？看我不揍他。”

话音刚落，宋玠舌尖一痛，说话太激动，咬着舌头了。疼痛终于让他的脑子清醒了一些，后知后觉地红了脸。

阮姜也是红了脸，抿着嘴，梨窝下陷，细声细气地道：“谁……是你女朋友了。”

“啧，小浑蛋，不想对我负责了是不是！”宋玠眼睛一瞪，不顾那红晕已经蔓延到耳朵了，有些跳脚，“你三岁跟我一起上小学，五岁看见我哭鼻子，七岁撞见我上厕所，十岁弄坏我的积木，十二岁拿我的零花钱去买海报……我跟你说，这一笔笔账算下来，你是要以身抵债的！”

“没，没，没有。”阮姜看着宋玠，大气都不敢喘一口，面色涨得通红，心脏在她的胸腔里跳得飞快，好似要破体而出。

宋玠松了一口气：“没有就好。”说完，他抬手摸摸阮姜的头，“来，给我抱抱。”

一晚上，阮姜心思涣散，眼神一个劲儿地往宋玠脸上瞟。

宋玠左手虚虚握拳，抵在唇上，笑了出来。他眨了眨眼睛，趁着下一次阮姜又开始偷瞄他的时候，凑过去，在那张水嫩似豆腐的脸上轻轻亲了一下，正亲在那深深的梨窝之上，仿佛沾了梨窝里的酒，刹那就醉了。

“我回去了，今晚早点睡。”宋玠起身，俯身抱了抱软乎乎的小姑娘，“晚安，我的小仙女。”

“晚安。”阮姜呆呆地点头，面色已经红得快要滴血了。

宋玠转身欲走，一双小手突然拉住他，少女仰着头，逆着光，眉宇间掺着缠绵的情愫：“男朋友？”

宋玠笑了笑，大拇指蹭蹭她的手背：“嗯，女朋友。”

6

两人正式在一起后，没多久，第一次约会，阮姜缠着宋玠去了欢乐谷。

宋玠被阮姜拉着去坐了一次摩天轮，彼时他心道，这种时候是万不能掉链子的，咬咬牙，硬着头皮白着脸坐了进去。摩天轮才升到半空，宋玠眯着眼往下瞧了一眼，腿就开始抖了。

阮姜这小丫头小时候憨厚，成长的过程中却被宋玠惯得蔫坏，她凑过去亲宋玠，只觉得对方嘴唇抖个没完，扑哧笑了出来：“原来你怕高呀。”

她的小模样十分得意，仰着小脸眯着眼。

宋玠掐了掐大腿，这时候，不能怂，怂了就再没法翻身了。他两眼一闭，伸手去揽阮姜。

两小少年，青梅竹马，自无猜之年走来，同心同意。

摩天轮转到最中间，窗外是满城的灯火闪烁，窗里是一点青涩的初吻。

7

欢乐谷里正是人潮如织，前脚贴后脚，宋玠走在阮姜身后，尽力护着她。阮姜还算有良心，从跳楼机上下来，拉着宋玠去坐旋转木马，也不知道如今的小年轻都是怎么想的，那旋转木马外的队伍连起来都能绕地球一周了。

宋玠面色如土，扯了扯阮姜的辫子：“咱们还是去别的项目看看吧，你看这，人太多了。”

阮姜面上沁着薄薄的汗，脸颊红扑扑的，未见一点疲惫：“你去排队，我去买两个冰激凌。”

宋玠借着拍头的动作翻了个白眼，然后乖乖去旋转木马那边排起了队。小姑娘身量小，钻进人群里就跟小老鼠似的，一会儿就不见了踪影。

他原本还想着她身上好歹带了手机，人多也不怕，念头刚起，手就摸到了包外面的小隔层里有个方方硬硬的东西，拉开一看，天，手机没带。但愿她身上带了现金，不会被人以身抵债。

队伍缓慢地前进着，宋玠都已经从栏杆外面排进了栏杆里，还不见阮姜回来，心下有些着急了。他想去找她，却又怕前脚刚走，后脚阮姜回来找不着人。宋玠无奈，只能在原地焦躁地等着。队伍又往前行了一小段，他恍惚听见远远有人在叫他：“阿玠……阿玠……”

他猛地转头去看，只见小姑娘一手拿着一个甜筒从人潮深处跑来，一边跑一边叫他。

宋玠突然想起一首曾在自家表姐收藏的专辑里听过的老歌。

还记得那场音乐会的烟火，

还记得那个凉凉的深秋，

还记得人潮把你推向了我，

游乐园拥挤的正是时候……

欢乐谷汹涌的人潮成了背景，恍恍惚惚的嘈杂渐渐在耳边远去，目光里有一个姑娘，被这背后的人潮推着往前走，朝着他走。她一路跌跌撞撞，却噙着似火的笑靥，笑靥散成风，吹进心里，吹得心上的青草微微摇摆，撩得温柔又甜蜜。

待阮姜走近，宋玠抬手给了她的头一下："去这么久，手机也不带，我还说你怕是要被人家拖去抵这冰激凌的债了。"

阮姜却笑眯了眉眼，像是得了什么小便宜一般，手在裤兜拍了拍："我也是过去了才发现，但是我居然在我的裤兜里发现了五十块钱，大概是上次用现金没掏出来，直接洗了。"

是了，宋玠一头黑线，他怎么就忘了，这位阮姜小姐最擅长的事情就是口袋藏钱。从冬天到夏天，无论穿哪件羽绒服，无论穿哪条短裤，总能从里面摸出被洗得皱巴巴的人民币，小到一块钱，大到一百，大约是老天都不让她饿死吧。

8

"十一"过后，继续上课。

阮姜非常自觉地起了个早，背好书包，下楼就看见宋玠站在女生宿舍门口等她，手里提着热气腾腾的小馄饨，加了醋和辣椒，远远就能闻见这酸辣的香气。

她喉间唾液积聚，狠狠咽了两口，看着宋玠的表情无比热忱和期待。

"走，今天陪你去上课。"

宋玠特地来陪阮姜去上大学的第一节课，阮姜冲他嘿嘿笑得讨好又乖巧，惹得宋玠手心发痒，撸了两把她的头发。

本来想要一把浪漫，却没想到，两个人都被这第一节课恶心得不行。

原来他们班第一节课是人体结构，艺术基础课，那小老头戴着副眼镜，一上台就摆弄他讲台上的电脑，屏幕上没一会儿便出现一个视频："今天，我们来学人体结构，第一节课，先让大家放松放松，我们来看一个视频。"

视频一打开，宋玠只觉得自己胃里翻江倒海，早上吃的早餐都要返到喉咙口了。他转眼一看，阮姜小脸煞白，捂着嘴，眼睛里浮着水光，一看就是难受得紧。

这小老头还说让大家放松放松，一上来就放国外医学教学用的解剖视频，教室里干呕声一阵一阵地响。

宋玠强压着不适，把阮姜揽进怀里，好声好气地哄着："好了好了，不看了，咱们不看了，这小老头怎么这么坏，一早上给咱们看这种东西……"

阮姜把自己的脸塞进宋玠怀里，衬衣上洗衣液的味道清淡香甜。她用力嗅了嗅，压下胃里的翻腾，耳朵对着宋玠的心脏。少年的心跳，平稳有力，一下一下，震在她的耳膜上，落在她的心里。

她恍惚间想起，当年上小学的第一天，母亲嘱咐她下午一定要等阿玠哥哥放学一起回来。小小的阮姜郑重地把这件事放在了心里。

一年级放学放得早，三四点就结束了学习，可五年级不一样，而且当时宋玠正在准备参加数学竞赛，放了学还要留下来听数学老师补课，讲奥数。

阮姜班上的门落了锁，她背着自己的小书包一楼一楼摸索到五年级的楼层，趴在窗户上找宋玠。一连找了好几个教室才找到他，小小的阮姜把胖脸贴在窗户上，挤成一张平坦的大饼脸，数学老师年纪有些大，猛一抬头差点吓了个仰倒。

宋玠也抬眼去看，阮姜看到她的阿玠哥哥看见她了，贴着窗户咧开嘴笑，那模样着实有些伤眼睛。宋玠那时年纪也小，小少年红了红脸，细声细气地对老师说，这是自家妹妹，等自己放学。

数学老师缓过神来，大笑了两声，只觉得这小丫头有趣，领着她进来，从口袋里掏出留给孙女的糖果，让她坐在教室的角落里等她的阿玠哥哥放学。

宋玠偷偷转头冲她凶，她却咧着掉了牙的嘴，笑得像个小弥勒佛。

当年是她陪宋玠上课，如今是宋玠陪她上课。

当年是宋玠冲她龇牙咧嘴凶巴巴，如今是她冲宋玠龇牙咧嘴凶巴巴。

事情总是在重复发生，时间变了，身边的朋友变了，环境变了，不变的是他们两个人，从来都不曾分开。从始，也至终。

小剧场

宋玠是个天才，但上帝给你开了一扇门，就会给你关上一扇窗。比如，做饭。

宋玠直博以后，在学校附近租了一间单身公寓。

乔迁新居第一天，宋玠像模像样地邀请了阮姜去新屋里做客，大言不惭地说要做一道咖喱饭。这是他在微博上刚学的一道菜，也是他整个人生学的第一道菜。

等阮姜来了，看着宋玠煞有介事地围着围裙在厨房里忙碌，十分满意，只觉得宋玠非常有当家庭煮夫的天赋。

这个自我感觉在一个小时后，彻底成了一个破碎的梦。

一勺饭刚放进嘴里，香料混合而成的浓郁味道从舌尖一直冲到鼻子，阮姜差点没呛出几滴眼泪。太……难吃了，这根本不像一个天才做出来的饭。言情小说欺骗了我，嘤嘤嘤……

17、二十四番花信风·寒露

寒露：斗指甲，太阳到达黄经195°。白露后，天气转凉，开始出现露水，到了寒露，则露水日多，且气温更低了。所以，有人说，寒是露之气，先白而后寒，是气候将逐渐转冷的意思。

二〇一七年十月八日，农历八月十九，丁酉年，庚戌月，戊辰日，寒露。

〔第十七番〕
你是我的星星

1

十月八日，国庆最后一天，全国都在放假，唯独台里，抢着时间录节目。

林悦知刚把手里的台本放下，就被孙PD叫过去帮忙。正是下午四点钟，她的胃隐隐有些痛，高强度地工作到现在，起身的刹那，眼前有一瞬发黑，她掐着手臂醒了醒神，继续工作。

换班之后，林悦知打算去茶水间吃点东西垫补垫补，刚扶着额头转身，撑了一天的精神瞬间就垮了下来，眉宇间是深重的疲惫。唇瓣干白，让她看上去格外虚弱。

去茶水间之前要先去一趟洗手间，她需要好好洗个脸。

可大约是精神恍惚了，她拖着脚步走进洗手间，下垂的眼底映入一双男式皮鞋，皮鞋上方露着白净精致的脚踝，踝骨凸起，形成起伏的线条。

林悦知一愣，心里一个咯噔，但脑子到底还是慢了半拍，慢慢抬起头。

“你……”站在便池边的男人，手还放在裤子上，一脸错愕地看着林悦知，张了张嘴，半天才找到自己的声音。

“啊……不好意思不好意思，走错了……”林悦知没等那人把话说完，右手捂住眼睛，一边转身一边抱歉，脚跺了跺地，飞似的往外走。她一口气憋在胸口，一直到出了洗手间的门才将将松下，卸了全身的力气靠着墙。

竟然是陆寅，一个……过了气的男演员。林悦知心口起伏得厉害，心脏在胸腔里恨不得挣脱血管的桎梏，狂跳而出。

陆寅最红的那几年，被誉为国内最有潜力的少年明星，才华横溢加上一张极俊美的脸，剑眉星目，唇红齿白，目光清澈坚定，一身气质冷清，骨相既正且朗，往那儿一站，便是妥妥的“陌上人如玉，君子世无双”。

他是高考那一年消失的，一夜之间，仿佛从未出现，除了那些旧新闻以外，再也找不到一丝踪迹。去年年初，同样也是一夜之间，陆寅突然又出现了。他戴着鸭舌帽在路边买水的样子，被一个娱乐记者拍了下来，第二天微博上突然弹出一条新闻——“如玉少年，再现人间”。新闻在短短两个小时里刷爆微博。

林悦知平静下来，贝齿轻轻咬了咬下唇，抬脚正欲朝女厕走去，身后传来平缓的脚步声。她回头，对上陆寅的目光，漆黑如潭的一双眼睛，清澈、冷静、温和、莫测。

2

下午五点半，林悦知临时接到节目换人的消息，一线小生钟烨行程有变，请了来台里谈事情的陆寅顶上，孙 PD 让她赶紧新编几个问题。

林悦知攥着台本发了会儿呆，然后找了个角落，从小包里掏出一支黑色水笔，立马就写上几个问题。她对陆寅太了解，几乎不需要思考。

陆寅进演播厅的时候，众人正在忙碌，几乎没人注意到他，他平静的目光四下看了一周，然后停在了角落里一个蜷缩的人影上。他一向矜持没什么表情的脸上，嘴角轻轻抽了抽，那丫头，就是刚刚闯进男厕所的人。最尴尬的是，他那时候，还没有方便完，大约算是这辈子最尴尬和丢人的事情了吧。他抚了抚额头，竟难得有些不自在。

林悦知写完问题，把台本递还给主持人，然后继续当她的小透明，穿梭在演播厅的各个角落里。她抬着箱子往后走，冷不丁撞到了人，一边转头一边说“抱歉”。她身量一米六左右，转头却只到那人胸口。仰着头看去，林悦知眼皮跳了跳，慌了手脚，立马往前走了两步，转身，一个劲地道歉，粉白的脸带着耳后根，一路染上红霜，活脱脱成了个血馒头。

陆寅看着她的头顶，正中间有一个小旋，发丝柔软顺滑，乖巧地披散在身后，人却像只土拨鼠一般，叽叽喳喳，他嘴角提了提：“没事。”

声音淡而清，如玉石击耳，听得林悦知耳根子一阵酥麻。

她不再说话，闭了嘴，死死压着心脏的狂跳，弓着腰，低着头，抱着箱子侧身而过，等有些距离了，才松上一口气。她闭了闭眼，吸吸鼻子，仿佛还能闻见陆寅身上浅浅淡淡的柚子香气。少年陆寅，曾经在一次采访里说，最喜欢的水果是柚子。想来如今，竟是半分都没有变。

节目开录，林悦知总算可以歇口气了。她坐在角落的小凳子上，其实早已困顿疲惫，哈欠一个接一个地打，缩成一团，像只可怜巴巴的小猫，可偏要死撑着眼睛，连盹都强忍着不打，眼睛就黏在陆寅身上，远远地看着，舍不得转开。

陆寅十八岁退出娱乐圈，二十八岁复出，中间十年，没有新的照片流出，没有新的新闻爆料，就像是人间蒸发。林悦知就这样，一晃等了十年。陆寅变化大，可骨子里的清贵较当年有过之而无不及。林悦知只要看着，便满心欢喜。

3

陆寅在台上的角落里坐着，原就是来救场，也不是什么焦点人物。整场下来，他就没说上几句话，安安静静地坐在一旁，不声不响，可那气质气场，生生像是跟台上隔成了两个世界。

他端起面前的水，轻轻抿了一口，抬眼就对上角落里那个小丫头的视线。那人直直地看过来，见他抬眼，立马转开视线，仓皇而逃，心虚得像是欠了债不还的小贼。陆寅轻笑，目光落在那姑娘脸上，脸很小，却很圆，两只眼睛在那张脸上显得大得不像话，黑漆漆的，很是水润。山根有些塌，可鼻峰和鼻尖挺翘，小巧圆润。他犹记得，母亲似乎说过，这是……旺夫相。

晚上九点，节目录制完毕。陆寅起身离开，孙 PD 走过来，拍拍他的肩膀，对他笑了笑："和当年一样稳重，不错。"说着孙 PD 从助理手里拿过一个纸袋，递给陆寅，"这是给你准备的礼物，不值钱，就是个心意。"

陆寅接过，笑道："多谢孙老师。"说着，他打开纸袋，里面放着一张卡片，抽出来一看，草草两句祝福语，普通的黑色签字笔写的。可那字太过惊艳，陆寅瞧了一眼便觉得有些眼熟，但和印象中那位大师的字有些许不同，字体大气阔然，笔锋凌厉高傲。

"这字写得好。"

孙 PD 探着脑袋看了一眼："嘿，就是我们部门一个小姑娘随手写的，哪有你说的那么夸张。”

陆寅摇摇头，笑而不语。外行人看热闹，内行人看门道，他练书法许多年了，这点眼力还是有的。

林悦知拎着纸袋子出来，递给各位明星的编导。

孙 PD 一眼看到她，乐了，拍拍陆寅，指了指林悦知：“这就是那个小姑娘写的，人勤奋又能吃苦，是个好苗子。”

陆寅摸摸鼻子，笑得有几分尴尬。

陆寅晚上十一点还有一个越洋会议要开，同孙 PD 道过别后，拎着纸袋便离开了。林悦知站在舞台的阴影里，看着他的背影，手揪着衣摆，却是难得地满足。这大约是她离他最近的一次了，下一次，恐时长久远，不可期。

4

陆寅周末空出了半天的时间，去拜访他的书法老师付老，老人家在他少年时对他照顾甚多，不亚于亲人。

付老住在郊外，年岁已近古稀，不过老人家倒是精神矍铄，身体康健。陆寅开车到的时候，他还扛着小锄头在门口刨菜。

两人说笑着往屋里走，陆寅虚扶着付老的胳膊，举手投足尽是妥帖到位。

“外公，我刚刚买回来的盐你给放哪儿了？我怎么找不着了。”厨房里传出一道女声，清脆响亮。

陆寅抬头，看见厨房门后，突然冒出个毛乎乎的头。那人抬眼看过来，便跟掐了脖子的鸭子似的，顿时没了声响。他没想到会在这里看到她，也没想到，她竟然是付老那个赞不绝口的外孙女。意料之外，似乎又在情理之中。再想起那日收到的卡片，那一手漂亮的硬笔书法，便也难怪了。

付老在一边拍拍脑袋：“哦，我给放那个小柜子里了。悦知啊，你赶紧泡壶茶来，招待招待客人啊。”

林悦知木讷地点了点头，轻声答了句：“哦，好。”

陆寅勾着唇笑了笑，把手里的礼物放到茶几上，扶着付老坐下，然后非常自然地进了厨房，厨房里弥漫着鸡汤的味道，鲜香浓醇。

“我记得老师的茶叶总是放在这个柜子里，不知道有没有换地方。”陆寅说着便抬手打开了柜子，眼底有着笑意，果然，还在这里。

他伸手拿了茶叶，熟门熟路地拿起烧水壶灌了自来水，插上插头。他就那样靠在料理台边，看着围着围裙正在煲汤的林悦知。

林悦知浑身僵硬。

“没想到，你竟然是老师的外孙女。”陆寅说话温和亲切，却又不失礼数地保持着距离。

林悦知拿着汤勺，有些尴尬，兀自舀了一勺汤打算尝尝味道。随意“嗯嗯”两声且当回应，拿着勺子往嘴里塞。

“啊……”猛地被烫到，她条件反射往后一退，勺子里的鸡汤洒在了料理台上。

陆寅直起身子，扯了两张纸巾就过去帮她擦汤渍。没想到，手还没伸过去，林悦知就跟受了惊吓的兔子似的，背过身拿个脑袋顶对着他，连头都抬不起来。

“没……没事。”男人身上清冽的味道近在咫尺，林悦知只觉得热汤的温度一路从嘴唇滚到了心尖尖上，烫得心头直发颤。

陆寅知趣地退了两步，距离适中。水壶里的水烧开，发出尖锐的鸣叫声。陆寅把纸巾放在林悦知身旁，探身取了水壶，拿上茶叶出了厨房。

林悦知重重喘上一口气，手捂着心口，迟来的羞赧席卷了整张面容，在蒸腾翻滚的热气里，寸寸染红。

那日，陆寅只在付老家待了半天，中午匆匆喝过一碗鸡汤，醇香自舌尖而下。他已经很久没有好好坐在家里，喝上一口亲人熬的汤了，特意撇去了油层，清爽又香浓。他竟一时有些欲罢不能，本想着再喝几碗，秘书的电话就已经催了过来。

离开之前，陆寅留了自己的私人电话号码和公司地址。

在玄关换鞋的时候，林悦知叫住了他：“陆……陆先生，等一下。”林悦知仓皇起身，那一声“陆先生”叫得急促，带着忐忑紧张。

她转身进了厨房，捣鼓半晌，拎着一个保温盒出来，递到陆寅身前：“你能来看我外公，外公很高兴，我也……很感激，不嫌弃的话，这鸡汤你拿回去喝吧。”

此刻她微扬着脑袋，大约是鼓足了勇气，轻咬着下唇，面色绯红，连眼角那一小片细嫩的皮肤都泛着微微的红，目光清澈柔和，带着显而易见的羞涩，和微微颤动的忐忑。

陆寅伸手接过鸡汤，目光一如既往地温和："谢谢。"

5

十月底的天越发凉了，综艺大爆发时期，林悦知每日里忙得前脚不沾后脚，饥一顿饱一顿。被同事送进医院的时候，医生说是胃溃疡。

昏昏沉沉里，她一睁开眼睛，竟是外公一人坐在病床边上，浑浊的眼睛时不时帮她瞧着点滴。老人家年纪大了，熬不住，没一会儿就要打盹，银白的脑袋一点一点的，看着扎心得很。

外公揉揉眼睛，睁眼发现她已经醒了："你这孩子，净不让人省心。"

林悦知面色还没恢复，笑里还余着苍白无力，却尽力安抚外公，劝他回家。付老年纪大了，脾气反而犟了，说什么都不肯回去。也不知他一个老人家是怎么从郊外赶到医院的，林悦知一时竟拿他没了办法。

趁着外公去洗手间的空当，林悦知平躺在病床上，脑子里过着能来帮忙把外公劝回家的人。她想来想去，居然没有一个帮得上忙的。

父母就不说了，母亲是独生女，也没个兄弟姐妹，外婆早早故去，外公一个人住在郊外，学生是很多，林悦知认识的却寥寥无几。到头来，眼前竟浮现了一双温和冷清的眼睛，目光偶尔凌厉。

她从枕头底下翻出手机，打开通讯录，一个空格，然后是陆寅二字，安安静静躺在通讯录第一个位置上，这是上次他留下的号码。

林悦知咬咬嘴唇，拨了出去，心里却犹如擂鼓，一时间各种想法充斥脑海。他会不会不接？会不会拒绝？会不会，连她是谁都不记得？她犹豫着，越想越觉得这通电话过于冒失，正欲挂断，那头传来一声："喂，你好。我是陆寅。"

林悦知的喉咙就像是塞了团棉花，死死堵住咽喉口，她张了张嘴，半晌才挤出一句话："陆先生……我是林悦知，付老的外孙女，我想请你……帮个忙。"

付老下午窝在林悦知的病床旁边眯了一小会儿，再醒过来，眼前却站了个高大的男人，穿着黑色的西装，正在给自家外孙女调点滴的速度。

陆寅调完点滴，回头就看见付老正慢慢地挺直腰板，准备坐起来，他伸手便扶了过去："老师，您慢一点。"

付老眨眨眼："小陆啊，你怎么在这儿？"

陆寅扶付老坐稳，慢慢道："我临时有点事来医院，碰巧看见您在这儿打盹。

我秘书就在医院外面，一会儿我让他先送您回去，林……悦知这儿，我来看着吧。”

付老仿佛听错了，在林悦知和陆寅之间看了两眼：“怎么好麻烦你……”

“不麻烦的。”

陆寅坚持，付老想了想，突然意识到了什么，低头轻笑，拄着拐杖站起身，捶了捶腰：“行，到底是老咯，熬不住了。小陆啊，我这宝贝外孙女，可交给你了。”

陆寅只觉得这话里似乎还有话，却没有深究，点了点头，搀着付老到了电梯口，然后让秘书上来接。陆寅安顿好付老，转身回病房，皮鞋在空旷的医院走廊里敲打出令人安定的声响。

林悦知再醒过来的时候，陆寅已经打好了米粥，安静地坐在一边看文件。脖子上的领带被他取了下来，就放在身边，衬衣最上面的扣子松开一颗，夕阳从窗外透进来，陆寅逆着光，被光线勾勒出一道完美的轮廓。

她撑着手肘想坐起来，被子的摩挲声惊扰了陆寅，他放下文件，抬眼就看到林悦知一脸无措地看着自己。陆寅心下总觉得有些好笑，自己究竟是什么洪水猛兽，她每每见到自己，总是小心翼翼，动辄就红了面容。

他想起接到林悦知的电话的时候，其实看在老师的面子上，他来帮这个忙也无可厚非。可听到她的话的那一刻，他脑海里浮现的，分明是那日，林悦知抱着鸡汤，自以为掩饰得很好，站在门口期期艾艾地同他说话，那目光太浅白，让人一眼就能看穿。

他想，或许是为了那罐鸡汤吧，暖了四肢百骸，总归要有点回报才行。

陆寅推了下午的会，就这样在这病房里安安静静坐了一下午。

6

相熟便是从那一场病开始。

林悦知站在陆寅公司楼下的时候，还是有些紧张，早上她在家煲了汤，外公坐在沙发上看报纸，冷不丁来一句：“上次小陆在医院照顾你那么尽心，你中午给他送点汤过去，谢谢人家。”

她握着勺子，低低应了声：“好。”

于是便有了此刻，她站在公司前台，怀里抱着一个保温桶一脸尴尬的场面。

前台小姐很有礼貌，同林悦知说话间，电梯里下来一个人，是正当红的小鲜肉，戴着帽子，身边跟着经纪人。

陆寅回国开了家不大不小的娱乐公司，旗下签了一些人，他自己则游离在这个圈子的边缘地带，偶尔露露面。但因着已经过气，而且为人低调，也没扑腾出大水花。倒是他签下的几个年轻小伙子，眼瞧着势头正盛。

前台小姐正在给陆寅办公室打电话，没一会儿就见陆寅匆匆从楼上下来，连西装外套都没穿。出了电梯，他一眼就瞧见穿着焦糖色大衣的林悦知，怀里抱着个保温桶，面色有些茫然。

“悦知……”

林悦知恍然回头，那一声“悦知”仿佛是个错觉，让她有些恍惚。周围有人看过来，林悦知讷讷朝陆寅那边走了两步：“外公让我给你送点汤过来，没有打扰你吧？”

有人说生病是拉近距离的最好时机，一个脆弱一个关怀。这话许是对的，林悦知同陆寅确实是熟悉亲近了不少，但他毕竟是她年少起的偶像，总归还有些不由自主的客气。

陆寅心头暖上一暖，他当年随父母一道移民出国，这次回国创业也是只身回来。事业繁忙，圈里风气不好，他见过很多自荐枕席、打着暖心旗号的女人黏过来，总有些厌恶。

只有林悦知，自第一次见，她小心翼翼地同他保持着距离，极力掩饰自己眼里的仰慕与喜爱，每次和他说句话都要斟酌半晌，生怕引了他的误会，惹他厌烦。而她围着围裙在厨房里煲汤的模样，温婉和煦，好似一汪温泉水，温温暾暾，不疾不徐。

她将保温桶递给他的时候，目光里没有半分讨好，只有真切的关心。

都是家人手里的掌中宝，何故要在旁人面前做小伏低，委委屈屈，连话都不敢随心而言。看她这样，陆寅心尖有些酸软。

“走，我带你上去。”他过来，接过林悦知怀里的保温桶，连带着说话的声音都轻柔了两分，领着林悦知进电梯。

前台小姐瞪圆了眼睛，等回过神来，一个劲地激动，好似洞悉了什么天大的秘密。

“我是不是打扰到你工作了，我就是来送个汤，没别的事，不用特地招待我的。”林悦知握着玻璃杯，泛粉的指尖印在杯上，越发显得纤细软嫩。

陆寅却不接这话，只拿了保温桶在林悦知旁边坐下，拧开盖子，海带排骨的香味扑面而来。排骨的肉香裹挟着海带的鲜味，凝成一股暖和又清爽的热气，一路从鼻尖熨帖到五脏六腑。

“我正饿着。”陆寅拿过勺子，一勺温热香滑的汤汁入喉，转头看向林悦知，弯了嘴角，那一笑就像把时间拉回到了数年前。那时他噙着最阳光、最干净的笑容，一身的少年气，朝气蓬勃，眼眸弯弯，好似盛着星辰大海。

林悦知一愣，她已经很久没有看到陆寅这样的笑容了，那时的陆寅在娱乐圈里成长，越来越内敛，越来越沉默稳重，连笑都带着疏离和客气。而这带着距离感的气质让他一步步走上神坛，可现在，他似乎又带着这样的笑，从神坛而下，双脚踏上了地，走到她面前。

光环褪去，他也不过是一个普通的男人，怀着最温柔的心。

他喝的是她亲手熬的汤，这个认知让林悦知突然红了眼，好像一场梦，带着现实的烟火气息，从她的心里绽开一朵花。

7

新闻最先是从微博上爆出来，连续霸占三天热搜头条，让陆寅这个名字再次以浩大的声势进入大众的视野。视频和照片是真的，内容却是假的。但谁又在乎真假呢？陆寅有女友这个消息，在最近毫无波澜的娱乐环境中，显得尤为打眼。一时间，各种猜测如雪花一般覆盖了微博。

场景不少，率先爆出来的是林悦知胃病出院那日，陆寅特地来接她回家，跑前跑后地办出院手续，拎着行李往外走。而林悦知错开半步跟在他身后，两人上了一辆车，朝郊外驶去。有几张错位的照片，看着就像陆寅低头亲吻林悦知，再亲密不过。第二条视频，是林悦知那日抱着汤去公司找陆寅的时候，他从电梯里出来，步履匆匆迎向她。

消息写得有板有眼，好似亲眼见到就是这么回事。

林悦知这段时间一直在忙节目，偶尔同陆寅联系也大多都是用微信。说起来他还和林悦知视频过几次，都是在深夜，陆寅坐在办公室里，一脸疲惫，或刚处理完文件或刚开完会，不知道为什么，打给林悦知，却只为了说几个笑话。林悦知工作很辛苦，可每每接到陆寅的视频，哪怕是累到极致，也会耐心地听完他的絮絮叨叨，听到笑话还配合笑笑。

看到新闻的时候，林悦知慌了手脚，顾不得时间场合，赶紧给陆寅拨了电话，对方几乎是秒接，林悦知喉头发紧："怎么办？"

电话那头传来一声叹息："我知道，别怕，你安心工作，我来处理。"声音里带着些许讨好和安抚，温柔得不像话。

林悦知瞬间就被治愈了，松了一口气，却也不敢放松："对你影响大吗？"

陆寅那头顿了半晌，才道："不大，我不介意。"

不介意……林悦知耳根发热，咬咬唇，听见电话那头有旁人的说话声，想着打得真不是时候，赶紧挂了。她原地来回踱了两步，想了想，上网打开微博，清空，改昵称，好在没有别的社交工具了，即便人肉，应该也找不出什么。

身后有人叫她，林悦知把手机揣进兜里去忙了。

而陆寅那头，办公室里坐着几个人。公关部经理说话说得唾沫横飞，要怎么怎么公关，突然见老板接了个电话，面上表情温柔得能掐出水来，柔声安抚着那头的人，用脚趾头都能知道是谁打来的电话。

得了，不用公关了，恐怕这消息反而如了陆寅的意，公关部经理默默闭了嘴。

陆寅挂了电话，垂着眼眸不说话，长长的睫毛在眼睑下投下小片阴影。这脸变得太快，一时让人辨不清神色了。他倏忽一笑，摸了摸下巴："狗仔这事，做得虽然让我不是很高兴，但也中了我下怀，我说话之前你们谁也别说话。"

众人点头，相互看了一眼，领会了对方的意思：要有老板娘了。

其中某经纪人突然想起那天在公司前台，看见的那个小巧的身影，微微一笑，一种众人皆醉我独醒的优越感油然而生。

事件在陆寅的放任下愈演愈烈，起初还没有什么恶言出现。渐渐地，开始有人说林悦知坏话了，而当事人已经与世隔绝，啥也不知道。

8

凌晨两点，陆寅突然发了一条微博，就像在深夜里投了一枚炸弹，炸起一片水花。

微博内容是：我家小师妹的汤煲得不错，贤妻良母款。后面还跟了害羞的表情。

简直是"实锤"，这下谁也说不出什么了。

第二天陆寅一直在等林悦知的电话，从早上八点一直等到晚上十二点，一直都没等到，这回轮到陆寅忐忑了。

熬了一夜，第二天一早，林悦知就接到了陆寅的电话：“你……看了微博没？”

“没有，又发生什么了吗？”林悦知彼时刚醒，人还迷糊，坐在床上，手指在被单上无意识地画来画去。

“喀……那，那你去看看吧。”陆寅说完就挂了电话，倒是让林悦知一头雾水，只得摸出手机，登上微博。

然后，当天孙PD接到了林悦知的请假电话。林悦知早上下楼梯一脚踩空滚了下去，摔破了头，已经去医院包扎了。

她看到了陆寅的微博，转发和评论已经过了百万，热搜榜单上一溜下来全是他，什么#我家小师妹##陆寅家的小师妹##陆寅脱单##陆寅牌狗粮#……各种话题层出不穷。

林悦知两颊发烫，心脏跳得飞快。医生正在给她包扎头，看见她的脸以可见的速度红成了猴屁股，顺手给她量了个血压，测了个心率，医生惊呆了。

“你要不要去做个全身检查，或者去心内科检查一下，你的心率和血压都太高了。”医生建议道。

林悦知窘迫，摆摆手，捂着脑袋灰溜溜地走了。

当天下午，一个昵称为lin923的微博账号，转发了陆寅的原博，写了五个字：你喜欢就好。后面@陆寅。

陆寅是下午五点才看到这条微博的，彼时窗外夕阳正好，初冬的暖光温柔而明媚，透过大大的落地窗投射到地上，天边火烧云滚滚而来。

陆寅坐在电脑前，笑得温柔而惬意，他拿过手机给林悦知发了条消息：“我一会儿下班去接你，晚上一起吃饭。”

没一会儿，林悦知回信：“好。”

9

到了年底，各大卫视都铆足了劲打对台，看谁家请的明星更大牌。

孙PD和陆寅私交好，陆寅在少年时曾经受过孙PD不少方便，现在自然是回馈的时候，加之林悦知就在孙PD手下干活。于是，陆寅便成了最先定下来的明星。

跨年晚会当晚，陆寅到得很早，目光在现场转悠了一圈，看到摄影机后面影影绰绰的某人忙上忙下，连看他一眼的精力都没有。难得作弄心起，陆寅就那样悄无声息地踱步过去，冷不丁伸出一只手帮林悦知扶住设备。

林悦知被这突如其来的一只手吓得一脚没踩稳，直接栽进了陆寅怀里。只听得一声低笑，耳边贴着的胸膛发出震动，她抬眼一看，陆寅正弯着唇，眼睛里盛满笑意，反射着舞台上闪烁的灯光，就像是落满了星星。

“胆儿小。”他启唇吐字，嗓音低沉性感。

林悦知有些羞赧，推开陆寅，退了两步，四下看了看，微微皱着眉，细软的声音憋得小而轻：“你，离我远一点。我在工作……”

陆寅挑眉：“啧，现在就开始嫌弃我了。”

林悦知猛地摇摇头，捏着嗓子又说了一遍：“我在工作，让人看到不好，你先去休息吧。”目光带着讨好和请求。

她可从没想过，走进了陆寅的世界里，才发现他原来不过是个大男孩，黏人又喜欢撒娇。这样再普通不过的男人，反而让她有了踏实感。

其实晚会从来也就那样，没有特别好看的，也没有特别难看的。可是，林悦知工作的这家卫视在众多跨年晚会里莫名杀出一条血路，成功登上热搜榜榜首，而这导火索，又是陆寅。

原因无他，就是有网友在看过晚会之后，发现陆寅出现在镜头前的时间，零零散散加起来，竟然长达半小时，这在以往的晚会或者红毯上是极为罕见的。那镜头来来去去就在陆寅那儿晃，也不知是角度原因还是光线原因，那镜头里的陆寅格外俊美，面若冠玉，鼻若钩悬，薄唇轻抿，显出明显的下唇窝，线条自下巴而下，勾出喉结的起伏，实在有种禁欲的性感。

这个晚会，成功将陆寅推得火热，一夜涨粉数十万，视频转发的数字也是令人咂舌。#这种性感小鲜肉比不了##有一种性感叫陆寅##陆寅一出，谁与争锋##男神果然是永远的男神#……各种话题再一次将陆寅全面淹没，网络效果出人意料。

就在这时，某当红小鲜肉更新了一条微博：“别说我知道内幕不告诉你们，我当时就在现场，掌镜的是我们陆家小嫂子，一晚上那镜头对着我们老大动都不动。”

微博一出，林悦知这次真正到了风口浪尖。陆寅也跟着起哄，转发了那条微博，发了个意味不明的笑的表情。

微博出来的那天，林悦知正在上班，突然感觉四面八方的目光朝她投射而来，一阵寂静。接着，孙PD的声音响起：“你竟然是贤妻良母型。”

林悦知面色乍红，窘得连手脚都不知道该放哪儿了，摸了手机出去就给陆寅打了电话。

陆寅坐在办公室里，冬日阳光散布，暖得让人想睡觉。就像林悦知一般，暖融融的，沁心入脾，上了瘾便戒不掉。

“我从来都是坦坦荡荡，与你，也一样。别的姑娘有的，我都会给你，只会多不会少。”

林悦知在电话这头轻笑，渐渐笑出了眼泪，不知从哪里涌出的汹涌情愫，将她的心裹挟而下，整个软成一汪水，向着陆寅流去。

我从未想过有一天，你自神坛而下，我自逆流而上，我们相遇。

小剧场

陆寅其实有点黏人。他第一次去台里接林悦知下班的时候，众人还惊讶一下，后来，见怪不怪了，连网友都懒得再看这男神接媳妇下班的新闻了。

直到有一天，林悦知穿了一件宽松的衣服，不显腰身，看着人像是胖上不少。

热搜又炸了，各种推测林悦知怀孕了，说得有条有理，逻辑缜密。要不是陆寅还没碰过她，怕是自己都要信了。这一猜测不得了，因为林悦知和陆寅还没结婚。

于是，陆寅的微博下面成了求婚支着的最佳场所，各种奇葩求婚方式一个一个蹦出来，让人哭笑不得。陆寅每天光看评论就能乐上一天，时不时还给某些极有创意的评论点个赞，或者回复一下，热闹得不得了。

林悦知忙完，打开微博，@她的消息都快把微博炸掉了，一条条看下去，笑得嘴角直抽。

睡前，林悦知给陆寅发了条消息：“外公把户口本给我了，你挑一天，咱们去登记吧。”

发完她就溜了。

第二天，陆寅更新了一条微博：“【笑脸】不好意思，朋友们，你们的招我都没用上，因为，我被求婚了【图片】【图片】。”

18、二十四番花信风·霜降

霜降：斗指戌，太阳到达黄经210°。天气已冷，开始有霜冻了，所以叫霜降。

二〇一七年十月二十三日，农历九月初四，丁酉年，庚戌月，癸未日，霜降。

〔第十八番〕领导，你掉马了

1

会议室里一片寂静，谁也不敢出声，连呼吸都放轻了。

江眠坐在最角落处，手里握着手机放在桌子底下，她低着头，长发披散，遮住了眉眼，听见自己的心怦怦直跳。她的手藏在桌子底下，偷摸着发了条微博：“被黑脸阎王请喝茶，坐在会议室里瑟瑟发抖，害怕……”

微博刚发出去，忽然听见会议桌主位，副总裁放在桌上的手机“叮”了一声，吓得江眠浑身僵硬，大气都不敢出。

傅斯年看完文件，一肚子气，上个月的工作目标没达到，这个月还是没达到，工作效率简直低得离谱，面色随着情绪越来越黑，越来越冷。他用力合上文件夹，“啪”的一声，惊得会议室众人肩膀一紧。

江眠被这突如其来的一声吓到，手机没拿稳，一滑就滑到了地上，发出一声闷响。那一刻，心都提到了嗓子眼，她赶紧捋了捋头发，遮住脸，低下头，把自己往角落里埋。

傅斯年一抬眼，目光一下就锁定了江眠。只见那姑娘瑟缩成一团，半点不敢抬头，他目光一滞，到嘴边的话生生咽了下去。不能吓到她，不能吓到她……

在心里默念十遍，想起刚刚手机的提示音，傅斯年轻咳一声，很自然地拿起手机，打开，特别关注，卜芥发了新微博：“被黑脸阎王请喝茶，坐在会议室里瑟瑟发抖，害怕……”

傅斯年那张俊脸突然就扭曲了一下。

原本等着副总裁大发雷霆的主任正紧张着，冷不丁听见副总裁黑着脸道：“郑主任，你来我办公室一趟，其他人……”声音一顿，看着江眠的头顶轻轻动了动，傅斯年叹了口气，“散会。”

郑主任抹了抹脑门的汗，一脸绝望，赴死一般麻木地抬脚，跟着傅斯年进了他的办公室。

江眠跟在人群后面出了会议室，路过傅斯年的办公室门口，听见屋里“噼里啪啦”一阵动荡，男人浑厚的嗓音充满了怒气，就像攒足了力的锤子一般，被人一下砸到地上。江眠抖了抖，赶紧溜了。

进公司之前她就听说过，原子游戏的副总傅斯年是个脾气很差的人，常年面无表情，一双眼睛又深又黑，就像 X 光线一般。看着你的时候，恨不得把你的毛细血管都看清，那些个小九九在他面前完全不够玩。当真是在世阎王，凶残等级十颗星，连蚊子苍蝇都不敢靠近他。

江眠还记得两个月前入职第一天，就看到一个身高八尺、满脸络腮胡的壮汉从傅斯年的办公室出来，哭得面目扭曲、声嘶力竭。然后面露凶相的傅斯年突然开门，从里面扔出来一个文件夹，冷声道：“带着你的东西，回家找你妈哭去吧。”

江眠第一天就被这样的傅斯年吓到了，闻名不如见面，黑脸阎王果然很残暴，嘴还毒。彼时傅斯年说完这句话，抬眼就看见了江眠。江眠呼吸一窒，僵硬着脸，挤出一个比哭还丑的笑：“傅……傅总……”最后一个“好”字还没说完，木门在她面前“砰”的一声关上了。

2

整个下午，办公室里鸦雀无声，没有一个人敢离开座位半步，连上厕所喝水都免了。

五点半下班，江眠收了包弯着腰，蹑手蹑脚地离开。进了电梯总算是松了一口气，她靠着电梯壁狠狠吸了口气，被低气压笼罩一天，这会儿才算解放。可即将关上的电梯门又突然打开了，一只穿着皮鞋的脚踏了进来，带着慑人的气势。江眠一口口水差点把自己呛得背过气去，是黑脸阎王！

傅斯年看了她一眼，脚下有一秒的停顿，然后再自然不过地拎着公文包走进来，按下负一楼。

江眠站在后面，看着傅斯年高大的身形，他脊背宽阔，典型的衣架子，往她面前一站就能把她挡个严严实实。江眠心里一阵纠结，打招呼？还是……不打招呼？打招呼尴尬，可不打招呼似乎更尴尬。

“咯咯，那个，傅总下班啊！”话音刚落，江眠的表情就皱成了一团，右手拍着嘴，说什么呢，傻了吧唧的，这个点不下班难道还上班啊。

傅斯年站在前面，听见身后软糯的女声传来，肌肉一阵紧缩，整个脊背都僵硬了。他没想到她会主动跟他打招呼，该，该说什么？纠结半天，他丧气地“嗯”了一声。

窄小的电梯空间里安静了下来，江眠吐吐舌头，不作声了。

一楼很快就到了，江眠抬脚往外走。临出电梯，她想了想，回头给傅斯年鞠了一大躬：“傅总再见，傅总慢走。”

傅斯年嘴角抽了两下，张了张嘴，半天还是只憋出了一句：“嗯。”

电梯眨眼便合上，从最后的缝隙里还能看见江眠纤瘦的背影，穿着姜黄色的套头卫衣，牛仔裤包裹着两条纤细的腿，走起路来一蹦一跳，就像只古灵精怪的兔子。

坐进车里的傅斯年，只觉得整个后背都被汗浸湿了，扯了扯领带，打开微博，照例先去卜芥的微博里逛了一圈。最新几天的更新里，一共出现了五次黑脸阎王，傅斯年对这个外号实在耿耿于怀，可是又因着他以极高的频率出现在她的微博里而感到窃喜，心情真是矛盾。

傅斯年把手机放在腿上，然后双手在膝盖上擦了擦，再捧起手机登了微博小号，一个字一个字地打：“她怕我，我明明一次都没有凶过她，委屈！开会的时候，我看到她偷偷玩手机了，她还以为我不知道呢，哼！！但是她今天穿着黄色的小卫衣，好可爱，想摸……”嘴角抿起来，脸侧陷出一个不大明显的酒窝，一个严肃黑脸的男人瞬间就莫名显得年轻了好几岁。

3

不知道为什么，半秃头的郑主任不仅全须全尾地从傅斯年的办公室活着出来了，而且还安安稳稳地待在他的岗位上，半分挪动都没有。

为此，郑主任不止一次在江眠他们面前，大夸特夸傅斯年，虽然严厉，但真是个好人。江眠在后来很长一段时间，听得耳朵都起茧了。

十一月有一场漫展在国际广场举办，江眠作为现在风头正盛的古风歌手，自然是不能缺席。于是周五下午她请了半天假，早早就离开了公司。

假条由郑主任递交给了傅斯年签字，傅斯年看着请假条上清秀的字，眉眼难得舒展，大手一挥，“傅斯年”三个龙飞凤舞的大字就挨着江眠的名字，写在了请假条上。两个名字并排搁在一起，说不出地和谐，傅斯年摸了摸字迹，心情那叫一个荡漾。

次日漫展在早上十点开始。江眠很早就被经纪人抓起来化妆，到九点，戴好面具，坐在贵宾休息室里打盹。

傅斯年早早就到了，打着和举办人合作的旗号，堂而皇之地进入漫展场内，还占据着二楼视线最好的位置。

他正对着楼下舞台发着呆，听见手机在喧嚣里发出一声提示音，打开就是江眠的新微博——一张在休息室里的自拍，上半张脸被面具挡住，只露出大大的眼睛，小嘴鼓成气泡鱼一般，她道：“即将上台，让我听到你们的欢呼声！”

傅斯年下手就是轻点一个赞，然后点开照片，保存。

这一波猥琐的操作，傅斯年自以为没谁会知道，可谁料，漫展举办人就站在他身后，看到这一波神操作，立时瞪大了眼睛，大气不敢出一声。想不到，面容严肃、气场冷峻的傅总，竟然粉古风萝莉卜芥。苍天！原谅他眼瞎！

而这时的傅斯年还不知道，掉马第一步，已达成。

4

转眼“双十一”，江眠晚上约了一场同学聚会，因着高中同学有几个都在十一月底办婚礼，于是把单身派对和同学聚会挪到了一起，还选了个十分“吉利”的日期——十一月十一日。

眼看着下午五点三十，傅斯年从办公室里出来，正好看见江眠飞奔而去的背影，鲜活灵动，傅斯年漆黑的眼睛里不禁掺了一丝柔和，转瞬即逝。再转头，又是那个阎王脸了。

江眠和同学吃过饭，直奔KTV。一行二三十个人，浩浩荡荡跟扫街似的，面泛红光，香水味和酒精味混杂在一起，形成一股独特的气息。

江眠酒量不大行，却是个酒鬼，越是不会喝酒越喜欢喝，醉了就坐在那里傻笑，一双月牙眼弯起，眸子里透着酒意蒸腾的水汽，越发显得水润亮泽。

江眠被 KTV 里的光晃得实在是晕得受不了，捂着嘴一路冲出去，跑进了洗手间，趴在马桶上就是一阵吐，胃里翻滚个不停，吐得撕心裂肺。

等她吐完了，总算有了两分清醒，洗了个冷水脸，回去的路上，途经一间小包厢，在门口还能隐约听见歌声，是一首她翻唱版本的《隔烟水》，歌是首超好听的歌，可这人唱得实在是——一场灾难。

江眠酒意上涌，好似吃了熊心豹子胆，虎虎生威地把那小包厢的门推开了，眼睛都没睁全乎，往里跨了一步："跑调啦！唱得这么难听……"

原本就在跑调的男声直接劈了音，跟杀猪似的。那人一向不苟言笑、肃黑肃黑的脸上，跟见了鬼一样，突现一种仿佛要垮掉的惊讶表情。

是傅斯年。他僵硬地坐在一边，表情管理彻底掉线了，一脸茫然外加生无可恋，活像只求爱失败的大孔雀。

江眠吼完猛地一睁眼，看着傅斯年那张眼熟的脸，酡红的脸原本还在笑着，一下子就僵了，语气惊恐："傅……傅，傅，傅……"

"傅斯年。"傅斯年开口解救了她的结巴。

江眠摇摇脑袋，拍拍脸，最后狠狠掐了一下胳膊，疼得龇牙咧嘴。歌曲唱完了，小包厢里一片安静，空气凝滞许久，江眠结结巴巴地道："啊，啊，那个，我走错了走错了……"

"等一下。"傅斯年突然叫住她，"今天的事儿……"

"今天我什么也没看到，什么也没听到……"江眠抬手捂住眼睛，拼命往门口挪，然后转身跟耗子似的蹿走了。

剩下傅斯年一个人坐在小包厢里，说了一半的话愣是噎在了嘴里。

江眠回到大包厢，拿起包就要走，嘴里说着"明天还要上班"，心里想着"老板在隔壁，我哪里还敢浪"。

闺密眼瞧着留不住，顶了顶某个一直在偷看江眠的男人，示意他赶紧表现表现。男人长得人模狗样，还称得上一句清秀，暗恋江眠也有好些年了，这会儿受到了鼓舞，跟在江眠身后，说要送她回去。

江眠大大咧咧，因着一向也同他不熟，两人在包厢门口你推我拉。

傅斯年出门就看见这一幕，只觉得十分扎心，脚步在原地顿了好一会儿，嘴抿了又抿。最后在那男人的手即将搭上江眠肩膀的时候，终于忍不住了，不自觉朝那边走了两步："江眠。"

江眠回头，只觉得头皮发麻："傅总。"

"过来，我送你回去。"傅斯年语气是因为紧张，透着十足的僵硬，偏偏旁人听来，整个就是恶声恶气。

江眠一惊，支支吾吾："那个，我同学……"

"过来，我送你回去。"傅斯年好似是知道江眠要说什么，语气更差了，脸色也黑了几分。

江眠只觉得周围温度都降了下来，脊背上汗毛直竖，膝盖发软："好，好吧。"恶势力在上，小人物不得不从。

于是，某暗恋同学就这样眼睁睁看着傅斯年半路从自己手中劫走了江眠。

5

两人坐车上，傅斯年不出声，江眠也不敢出声。

车窗外不断闪过的霓虹灯投射在他脸上，江眠侧头看过去，男人眉眼深邃，棱角分明，从额头到眉弓到鼻子到下颌，一路的线条凌厉流畅。

其实就是因为他的长相过于英气和凌厉了，加上长期严肃的表情，所以总让人觉得他凶巴巴的，极具震慑力。但光从长相上来说，傅斯年是很好看的，那种非常深邃的五官，无论是分开还是组合到一起，都很好看。

江眠今晚喝了酒，饶是现在酒醒了不少，但人多少还是余着几分醉意，胆子也比平日里大了不少。瞧着傅斯年此刻没那么凶悍了，她倒是起了些轻松的心思。

"傅总，您为什么总是凶巴巴的？温柔一点不好吗？像大老板那样，多受小姑娘喜欢啊。"江眠调整了一下坐姿，舒服了许多。

傅斯年熟练地打着方向盘："温柔的有老邢一个就够了，我严肃是因为小错不可忽视，我要对所有人负责。"

他说话没什么腔调语气，平平淡淡的，江眠听着却有些脸红，想起刚刚那一大屋子的男人，也不过小傅斯年四五岁，却没一个有这样的担当。

"挺……挺好的。"江眠拨了拨头发，看着车窗外飞速掠过的风景，一时有些尴尬。

傅斯年趁着等红灯的间隙，斜着眼睛瞟了一眼江眠。女孩侧颜柔和温顺，鼻尖小小翘翘透着俏皮，睫毛上下扇动，仿佛扇在心尖上，让人又痒又软。

车在江眠家小区门口停稳，江眠松了安全带："谢谢傅总，还特地送我回来。"

泡过酒的嗓音甜得发腻，尾音拖着，软软的，听得傅斯年耳根子有些烧得慌："没事。"说罢他轻咳两声，侧身从后座拿了个纸袋，"我上次出差带了些当地的特产，我家也没什么人吃，这些一直放我车上，不介意的话，你拿回去吃吧。"

江眠原是要拒绝，一双水眸对上傅斯年的眼睛，想了想，咬咬唇，到底还是伸手接了："谢谢傅总。"偷偷看了一眼，是那种酸酸甜甜的小点心，江眠的最爱，她不由得笑开了，对傅斯年道了几声谢，转身下车。

傅斯年看着江眠下车，把车门关上，车里还余着她身上清甜的香水味和淡淡的酒精味，让他有些头脑发晕。他坐在车里深呼吸了好几下，车窗被敲响，一打开就伸进来个毛茸茸的脑袋。傅斯年很庆幸现在天黑了，车里也没有开灯，不然他此刻脸上的羞赧和红晕就要被看个一干二净了。

江眠歪着脑袋看着他，笑过后的眼睛里装着水，好似盛着星星："谢谢傅总，傅总回家路上注意安全，小心慢行，还有，傅总晚安。"

说完她缩回脑袋，转身就走，可安静的夜里，还能听见她风铃似的笑声。

当晚，傅斯年的小号上更新了两条微博。

"她喝酒了，然后发现了我唱歌跑调。我希望她忘记这件事，阿弥陀佛，菩萨保佑。"

"我送她回家了，她好像不怕我了，还对我笑，对我笑！我终于把攒了很久的礼物送出去了，我知道她最喜欢这个牌子的点心，我买了这么多次，终于送出去了一次！撒花！送她回家，她跟我说晚安！晚安哎……好甜！"

当晚，江眠的微博也更新了。

"其实黑面阎王是个大好人，其实他很可爱，唱歌会跑调、会脸红、会惊讶、会不好意思，他还以为我没看到他脸红，故作镇定。其实他是傲娇吧……好可爱，嘤，想戳……"

6

同事发现江眠变了。

以前谈论起傅斯年，江眠都是和所有人一起，对他是又怕又惧，可现在再说起他，江眠却是半分怕都没有了，往往露出一种意味深长的笑容，像是洞悉了某些不为人知的小秘密，却不愿意和旁人分享。半秃的郑主任在办公室里说傅斯年好话的时候，她还会轻巧地附和几句，一脸认同。

那日江眠在同事面前维护傅斯年，甚至还被他听了个正着。不过是因为有些事情没做好挨了骂，同事在茶水间里说傅斯年的坏话，约莫是气狠了，话说得刻薄又恶毒。

江眠不是第一次听人这样骂傅斯年了，可偏生这次听着十分刺耳，原是不打算作声，最后还是忍不住开了口："你自己没做好还怨别人说你，什么道理。他给你发工资，给你报五险一金，给你福利休假，怎么亏待你了？你这么恶毒。"

谁也不知道，当时傅斯年就站在茶水间外，从头到尾没有出过声，那张常年没什么表情的脸依然看不出什么情绪，他站了片刻就回了办公室。

所有人都以为他丝毫不知道有这么一个小插曲，可只有那些狐朋狗友知道，这事把他感动得不行，每次说起来都是一脸深情，简直就跟中了毒一样。

十二月中旬，下了场小雪，那日江眠和经纪人约好出门逛街。经纪人穿着大衣，要风度不要温度，江眠把自己裹成了熊，整个脑袋埋进了围巾里，就剩个小辫子露在外面。

"十二月底的漫展你到底去不去啊？老赵可跟我说了，你现在势头好，人气高，正是好时候。"

江眠搓了搓手，模样很是猥琐，拿着冰糖草莓，坐在咖啡厅里"嘎吱嘎吱"啃着，格外与众不同，囫囵道："看时间吧，有时间就去。"

"你这话说得让人家怎么安排？去就去，不去就不去，你给个准话。"

江眠抽抽鼻子，看着窗户外面："那我也没办法啊，我有工作的啊，请假一天要扣钱的，你赔啊。"

"瞧你那财迷样，你唱一场不比扣的多多了。"

江眠却没回话，眼睛直勾勾看着外面，也不知道在看什么，连冰糖草莓都不啃了。

经纪人顺着看过去。只见傅斯年手里牵着个小男孩，穿得圆滚滚的，一小步一小步跟在傅斯年身边，突然摔了一跤，在地上挣扎了半天也起不来，笨拙的模样超级无敌萌。连一向严肃的傅斯年都忍不住笑了出来，哈出的白气在他面前散开，平添了两分仙气。

他笑起来竟然有酒窝，眉眼俱弯，那张棱角分明的脸瞬间柔和了下来，严肃与凌厉散了个干干净净。傅斯年弯腰，双手掐住小男孩的腋下，一把把他抱了起来，刮刮他的鼻子，笑意盈盈，如水一般温柔。

“我仿佛知道他为什么从来不笑了！简直妖孽啊，啊啊啊啊啊啊……”江眠一边喃喃自语，一边从竹签上咬下来一颗草莓。

也不知道她想到了什么，一双眼睛跟狼见了肉似的，散发出绿光。

“原子的傅总啊，老赵正准备找他合作呢。啊啊啊，对了，我忘了跟你说，上次漫展老赵不是全程陪着傅斯年看展嘛，无意间发现……”经纪人说到这里，左右看了看，凑到江眠耳边，小声道，“这傅总是你的粉丝，微博 ID 叫一二三四。”

江眠错愕，转头：“你说什么？”

“真的，我不骗你，老赵亲眼看到他给你的微博点赞，百分之一百确定。”经纪人睁大了眼睛，一脸认真。

江眠回家之后，立马搜了一下“一二三四”，发现这个博主除去日常给她点赞以外，关注的大多是社会热点或者弱势人群。傅斯年那个男人，坚不可摧的外壳之下，是一颗柔软善良的心。他的温和是埋在水下的冰山，轻易不露于人前。

江眠突然想起进公司之前，不知道是听谁说起过傅斯年这个人，说他“吃软不吃硬，其实比邢总好说话很多。商场上，无论是谁，都更愿意去面对傅斯年，因为他坦荡、正直，尽管脾气不好，但为人正派。”

江眠想着这样的傅斯年，心跳骤然失去了节奏。他……是她的粉丝。

而此刻的傅斯年，丝毫没有想到，他竟然掉马了，小号一已掉。

7

傅斯年那个 ID 为一二三四的号被卜芥回关了。当他看到他和卜芥的状态是互相关注时，第一反应是惊慌失措，手心都冒汗了。

然后他看到卜芥新发了一条微博 @ 他：“超喜欢这位粉丝……”

傅斯年大脑一片空白，坐在办公室里，胸口起起伏伏。这是怎么一回事？！

他手抖了一上午，连办公室的门都没出过，生怕撞见江眠，都不知道该拿什么表情见她比较好。他偷摸从抽屉里掏出一面镜子，东照照西照照，练了好几个温和的表情都不大对，十分心塞。他丧气地坐在办公室里，文件也看不进去了。

江眠也坐在办公室发了一上午的呆，眼睛一直在傅斯年的办公室门口徘徊，心道：是不是真的啊，有没有搞错啊，一二三四真的是他吗？我微博都发了，他怎么一点反应也没有……

同事瞧着她状态不大对，问了句：“你怎么了？”

江眠叹了口气：“告白失败。”

同事瞬间眼睛一亮，八卦之魂燃起：“怎么了怎么了？说说。我帮你分析分析……”

江眠又叹了口气，趴在桌子上：“没什么好分析的，人家一点反应都没有。”

“相信我。”同事掏出手机，点了几下，进了微博，点开一个叫“不要爱吃肉”的微博，“这个博主超可爱，你知道吗。他暗恋一个女生，不敢说，就总是发微博记录那个女生每天做了什么说了什么，超级可爱，最近被一个大V转发，可火了。我在评论区支着，条条评论都是置顶的。”同事说着，把手机递给江眠看。

江眠接过来，随手翻了翻，起先是浑不在意，只觉得又是什么噱头，可越看越觉得这些微博内容……有那么几分……似曾相识。好像她曾经也做过微博里说的这些事。

从头看起，可以追溯到她出道的那一年。微博从一开始就说他曾经在某一次漫展上，看到戴着面具瘦瘦小小的卜芥维护一个买了票进来看展却被保安为难的小孩，那是他第一次关注到卜芥。

越关注就越觉得可爱，小小的姑娘，善良明媚，诙谐幽默，起先他只是欣赏，慢慢地变成喜欢。直到有一天，他无意间在漫展后台看到了掀起面具擦眼睛的卜芥，看到了她的脸。然后又有一天，他在公司招聘收到的简历里看到那张脸，笑容张扬而明媚。他把她招了进来，放在身边，每天都能看到她，可是她很怕他，他不知道该怎么办……

微博有很多很多小事，连江眠自己都不记得了，他却为她记得清清楚楚，连哪一天穿什么衣服都写得一清二楚。字里行间就像一个刚刚有心爱之人的小男孩，恨不得向全世界展示这满满的幸福感，光看着就觉得要满溢出来。

江眠的心怦怦直跳，有种猜测呼之欲出，但又觉得太过荒唐离谱。她坐在办公桌前，脑子里一片混乱。安静的办公室里轻响一声，她抬眼看去，傅斯年拿着文件走了出来，面色如常，没什么表情，连眼风都没飘过来一下。江眠难免有些沮丧，手里扯着一团纸巾，撕成了碎渣。

8

傅斯年今天的工作效率低得离谱，坐在办公室里，老半天才能写下一个字。想起中午出办公室交接文件那会儿，他是死命控制住自己才没有看过去，可女孩那赤裸裸的眼神都快把他后背烧出个洞了，让他手足无措。

也不知道江眠下班了没有，依着她的习惯，一般到点就走，不会在办公室逗留。傅斯年看一眼桌上的钟，嗯，六点了，已经下班半个小时了，想必她已经走了。想了想，他实在工作不下去了，收拾了东西下班。

傅斯年乘电梯下到停车场，走到车旁边，正准备按车钥匙开锁，一抬头看见一个人盘腿坐在车盖上，一脸幽怨地看着自己，也不说话，就那么直直地盯着。

傅斯年手里的钥匙“啪嗒”一声掉到了地上，他目瞪口呆地看着坐在车盖上的江眠。两个人大眼瞪小眼，你看着我，我看着你。

傅斯年艰难地咽了口口水，江眠敲了敲车盖：“我问一句，你答一句，行不？”

傅斯年艰涩地点头。

“一二三四是不是你？”

“……”

“是，还是不是？”江眠又敲了敲车盖。

“是。”

“不要爱吃肉，也是你，是不是？”

“我……”傅斯年显然没想到，这下别说马甲了，连底裤都掉光了，“我我我……”

“我知道，就是你！”江眠一下站起身，站在车盖上，居高临下地俯视傅斯年，看着他那张凶巴巴的脸突然红成了猴屁股，眼神涣散，哪里还有半分精英的模样。

“不是，不是，我……我只是……”傅斯年此刻舌头打结，都不知道该说什么好了。

江眠却突然跳下车，整个人轻盈又灵活，站在傅斯年面前，侧着脸贴上了他的胸膛，半晌抬眼：“心跳这么快，爆表了吧，这么喜欢我？”

傅斯年拎着公文包的手紧了紧，攥着细细的带子，指节都暴出了青筋，咽喉干涩，喉结滚动了好几下。江眠的目光半分不让，死死地盯着他。傅斯年没法，突然像是想通了什么，卸了口气，重重地松了胸膛，连脑袋也垂了下来：“嗯。”

江眠听着这细细小小一声“嗯”，刻意板着的脸瞬间松了，笑成了一朵花：“真的这么喜欢？”

“真的。”

小女人的小骄傲突然就成了大骄傲，江眠退了一步，手扶上车的后视镜，就那样笑弯了腰。随后十分娇滴滴地抬起手，仿佛老佛爷一样：“赏你个机会，送我回家。”

傅斯年方才暗下去的眼睛顿时亮了，一向沉稳的他连手都不知道往哪里放了，脚下飘飘忽忽，好似踩在云端。他抬手去握江眠一直抬着的小手，软软的，好似无骨，小小一只在他的掌心安安静静放着，散发着暖意。

江眠小下巴仰得高，多嘚瑟呀！她可是黑脸阎王的心上人，以后出门横着走都不怕了。

下车的时候，江眠松了安全带，坐在副驾驶座上，侧了身子面对傅斯年：“知道怎么交女朋友吗？”

傅斯年目光认真，摇摇头。

“要疼我爱我，体贴我保护我。最重要的是，不可以对我黑脸，记住了吗？”

江眠一字一顿说得认真，傅斯年一字一顿听得走心。他柔了眉眼，整张脸都软了下来，静静地看着江眠，郑重地点了头。

“多多指教，男朋友。”江眠伸出手，娇俏地看着他。

傅斯年伸手碰了碰她的指尖，先是握住了五指，然后慢慢往上，握住整只手：“多多指教，女朋友。”

小剧场

那日开完会，傅斯年强压住火气，叫了郑主任进办公室，一通教训是免不了的。郑主任被训得满头大汗，时不时从口袋里掏出一张碎花手绢擦汗。

终于等傅斯年发完脾气了，办公室里一片寂静，郑主任大气都不敢喘一声，生怕被炒鱿鱼。半晌，他却听傅斯年道：“回去工作了。”

郑主任呆愣：“啊？”

傅斯年眼睛一瞪："回去工作了，你是不是不想干了？"

"想干想干……"

"去吧。"傅斯年挥挥手，看着郑主任就要走出办公室，想了想又叫住了他，"那个，我听说我在公司里名声不大好。虽然我不怎么计较，但总归还是要有点规矩，你回去，咯咯，那个，帮我说点好话。"

郑主任死鱼眼瞪得老大，恍似被雷劈了一般，半天才找回自己的声音："哦哦，哦哦哦，好。"

19、二十四番花信风·立冬

立冬：斗指乾，太阳到达黄经 225°。习惯上，我国人民把这一天当作冬季的开始。冬，作为终了之意，是指一年的田间操作结束了，作物收割之后要收藏起来的意思。

二〇一七年十一月七日，农历九月十九，丁酉年，辛亥月，戊戌日，立冬。

〔第十九番〕老师早上好

1

陈栩是抖音上的宠物博主，粉丝即将破百万。也不知道是谁起的头，拉的旗，粉丝福利就跟约好了似的，让陈栩学着抖音上的撩汉方法去拍个撩汉的视频。

室友大芬一边嗑瓜子一边嘲笑她自作孽不可活，嗑完瓜子，拍拍手，眼瞅着外面天气好，一拍桌子，拉着她就出了门。

H 大一出校门就是地铁站，方便得不得了。地铁上稀稀拉拉站着几个人，大芬扯着陈栩站在角落里，从陈栩的口袋里掏出手机打开抖音，一双狼眼四处扫荡，一边看一边和陈栩咬耳朵："等着，我就不信这一路上没有帅哥。"

陈栩心中无力，只觉得丢脸，一个劲地唉声叹气，萎靡不振。

途经普济三路，上来一个人。大芬眼睛一亮，扯着陈栩激动得不得了。

陈栩顺着大芬的视线看过去，只见男人身形颀长，背着双肩书包，一手拉着扶杆，一手拿着 Kindle 不知在看些什么。刘海有些长了，软软搭在额上，偶尔从睫毛上扫过。他戴着口罩，遮住了半张脸，露出来的眉弓和山根都极挺直，眼窝深陷，睫毛黑浓。

她们从侧面看过去，只觉那微微下垂的睫毛如同微型小扇子一般，顺着眨眼的频率，上下扇动。

大芬拽着陈栩的手，眼睛都绿了："快去快去，此乃极品，绝对的极品。"

陈栩对这陌生人的脸倒没什么兴趣，只是觉得早死晚死都得死，晚死不如早死，早死早超生。于是一咬牙，硬着头皮就上去了。手往扶杆上一抓，她心虚地抬头看了一眼男人，又转头看了一眼大芬。大芬却是早已准备好了手机，镜头都对好了。

大芬冲着陈栩不停地打手势，要她快点开始。陈栩咬咬唇，眼一闭，手往上一挪。

……

“哈哈哈哈哈哈哈，哈哈哈哈哈哈哈……”

“别笑了。”陈栩捂着脸，坐在路边，浑身散发着生无可恋的气息。

话分两头，说回刚才。陈栩的手顺着扶杆往上挪，刚碰到男人的手，男人抬眼看了一眼陈栩，安静片刻，走开了。陈栩站在原地，窘迫得不知道该如何是好，只能强装镇定。大芬握着手机，在角落里笑得直抽抽。也不等陈栩看一眼录得怎么样，随便加了两个特效就发了出去。

心如死灰，大概就是此刻陈栩的心情了吧。百万粉丝的抖音博主，第一次撩汉，不仅失败，还被嫌弃，吓得对方半路就逃了。可想而知，大概会被嘲笑很久吧。

2

连柏川是德国留学回来的精英，在国内工作了两年，因为此前被助理卷了设计手稿去了对手公司，导致公司错失了一个大项目，总得有人出来背锅，于是他被暂时停职了。

同事是H大毕业的高才生，因着两人私交不错，正好H大设计系近来在招辅导员，就把连柏川的简历发了一份给自己导师，事情就这样顺其自然了。

连柏川来到H大的时候，电脑里学生名单和各种资料一应俱全，交接得都很全面了。系主任交代了各班班长通知所有同学中午十二点半到大会议室开个小会，正好让连柏川和大家见个面，认个脸熟。

连柏川用了一早上的时间把学生资料翻了个遍，直到翻到陈栩的资料。

登记照是红底的，女孩穿着白色高领毛衫，小脸还余着孩子气，下巴微微抬起，嘴角高高翘着，露出一排糯米小牙，眉眼弯弯，脸颊带着肉，目光自信又充满活力。

不用怎么费力地回忆，连柏川几乎是在眨眼间就想起她来。他手里的笔在桌上轻点了两下，啧，地铁里那个莫名其妙的小姑娘，竟然是自己的学生。

陈栩是系里出了名的刺头，成天逃课，可各科老师还拿她没什么办法，因为人家是学霸啊，不管怎么逃课，每次交上去的设计作业，总是一骑绝尘，让老师惊艳。不仅如此，她还参加了国内不少设计比赛，证书是一茬一茬地往回搬。

陈栩在系里太过出名，不到一个上午，那些光辉事迹就被老师们在连柏川面前扒了个一干二净。

3

其实辅导员平日里同班委接触的机会更多，和普通学生几乎没什么交集。

艺术专业的老师其实不缺舌灿莲花的，他们人前倒是挺一本正经，人后就特别喜欢说学生的笑话，挤眉弄眼的，怕是表演系进修回来的。

连柏川每每听都觉得有趣，尤其是他们谈起陈栩时唾沫横飞的样子，连柏川脸上的笑憋都憋不住。他没见过陈栩几次，算上在地铁里那次，一共也才不过三四次罢了，可陈栩那张极具辨识度的脸，加上老师们的念叨，让她在连柏川脑海里的形象反而鲜明了起来。

再见陈栩，是十二月初的深夜。

连柏川是被保安一通电话吵醒的，好在他最近住在学校分配的教师公寓里，还以为出了什么大事，连鞋都没来得及换，只披了件羽绒服就冲出了宿舍。

远远看见保安室灯火通明，他不由得快走几步，从保安室的窗户边路过，看见一个背影，穿着大红色的羽绒服，耷拉着脑袋。保安站在旁边，手里拿个手电筒，冲她絮絮叨叨，看到他来了，才转了话题："陈栩，你辅导员来了。"

陈栩闻言脊背一挺，转身，看到连柏川鸡窝似的头发、羽绒服里的睡衣和脚上那双棉拖，表情有些错愕，没想到他会来得这么快，这么……狼狈。

"老……老师……"陈栩喉间有些哽噎。如今的一幕，和那年多像，又多不像。

那年高三她在外地集训，中秋节前夕，培训机构给他们放了假回家过节，陈栩买了最早一班火车，在深夜两点抵达老家。

没想到的是，家里大门换了锁，父亲电话不接，叫天不应叫地不灵。原因不过是前些日子小区里来了小偷，父亲换了锁；而电话和门铃则是因为她同父异母的弟弟夜间闹觉，为了让他好好休息，所以全都关了。

那一晚她在家门口枯坐了一夜，彻底失去了亲情，从此流浪放逐。

在连柏川出现的那一刻，陈栩几乎绷不住自己脸上的表情，在晦暗的光线里，堆满了悲戚。连柏川就像一盏灯、一个清道夫，在这一刻，点燃了陈栩心里的残烛，然后用抹布轻轻拭去了厚厚的灰尘。

陈栩自己都不知道，在他出现的那一刻，她心里的苍凉都散了几分。

4

连柏川此时面色有些不好，强压着火气，瞪了她几秒，转身和保安说话。

“走，我送你回宿舍。”连柏川紧了紧身上的羽绒服，初冬更深露重，他着急出来，现在冷得厉害。

陈栩自知理亏，闷头不吭声，跟在连柏川身后，拖沓着脚步，肩膀垮着，浑身的疲惫。

深夜的校园只有昏黄的路灯，撑着一寸光。两人一前一后，步履缓慢。一个穿着黑色羽绒服，一个裹着大红色羽绒服，脚步出奇一致。连柏川听着身后沉重的脚步声，脚下一顿，后背就被一颗头颅撞上，只听得小声一句“哎呀”。

陈栩捂着脑袋抬头就对上连柏川铁青的脸，心里有些发慌：“老师……我不是故意回来这么晚的。”大概是疲惫加上理亏，她难得低声下气。

“一个女孩子，凌晨一点回学校，翻墙还被保安抓住。陈栩，你还真的是让我开了眼界。你是不是觉得自己够聪明，学习够好，老师都喜欢你，所以行事就可以毫无顾忌？”

“没……没……”陈栩后退了两步，微低了头，路灯光线微弱，看不清她的神色。

“我不管你在外面做了什么，为什么这么晚回来，但是麻烦你对自己负点责，学校在郊区，你要是出了事谁负责，我给谁交代……”连柏川头一回当老师，难免有些掌握不好说话的尺度，看着陈栩陡然变白的脸，顿觉自己的语气可能严厉了些，连忙收了话。

校园空旷，说话的时候，风里似乎还有回音。冬夜冷风一吹，心头火熄了几分，连柏川盯着陈栩头顶的发旋，有些无奈，转身继续往前走，脚下的影子在身后蔓延开来，陈栩踏在那修长的影子上，重重叠叠一片。

这个点，宿管阿姨早就睡了，值班室黑漆漆一片，宿舍楼就像是暗夜里蛰伏的巨大动物，沉默安静，一动不动。陈栩站在风口，抬手捂了捂耳朵，不自觉地跺了跺脚。

连柏川看了她一眼，裹紧了身上的羽绒服：“走吧，先跟我回教师宿舍。”

陈栩犹疑一瞬，又看了一眼黑洞洞的宿舍大楼，没别的选择，只能跟着连柏川走。也不知道她是脑子里哪根筋抽了，加班到半夜，还要傻乎乎地跑回来。

教师宿舍开了暖气，暖意从脚底板直升上脑门。连柏川倒了杯热茶递给陈栩，然后进洗手间换了衣服，再出来已经是裹得严严实实了。

陈栩局促地坐在椅子上，手里捧着热水杯，热气腾腾，迷蒙了视线，目光跟着连柏川打转，看着他前后检查了门窗，然后拎起钥匙。

“我去办公室，热水器的水已经烧好了，我拿了一套新的睡衣放在洗手台上，你今晚就在这里睡，明天一早回宿舍，走之前把我的门关好就行。”连柏川弯腰换鞋，踏出宿舍门，随手就要关上，他顿住，“我不知道你在外面做什么，但我相信你不会做出不该做的事情，我只是觉得，你一个女大学生，夜里回来太过危险。你未来的路，还很长。以后，希望你能多对自己负责。今晚就在这里安心休息。”连柏川抿抿嘴，“别怕。”

最后两个字几乎逼出了陈栩的眼泪，她背过身坐着，藏了那双逼红的眼。

陈栩坐在屋子里听见他拉了拉门，确认已经关好，然后是一阵沉闷的下楼声。半晌，她起身走到窗边，宿舍楼边的路灯泛着冷光，从门洞里走出一道身影，穿过那一束冷光，脊背宽阔挺直。这……是她的新老师啊。

5

第二天，陈栩六点就起床了，把连柏川的宿舍草草收拾了一番，裹紧了羽绒服一路小跑溜回了寝室。

连柏川在办公室里醒过来的时候已经快七点了，躺椅睡得他浑身僵硬，颈椎钝钝地疼，吸了吸鼻子，有些头疼。他起身把躺椅一收，打开办公室里的窗户，伸了个懒腰，抄起钥匙就往教职工宿舍走去，一边走一边想着，也不知道陈栩起床了没。

出乎意料，宿舍里清冷一片，纱窗挡不住冬日的风，却让这小小的空间里充斥着清晨的清爽之气。被子叠得不算好，歪歪扭扭，连柏川卸了力气往床上一躺，鼻间还能闻见清淡的香气。他闭着眼睛，却还能看见昨晚坐在保安室里，可怜巴巴望着他的那双眼睛，明明做错了事，却像只委屈的小京巴。

如果第一次在地铁里见到她的时候，他没有躲开，她还会继续做些什么呢？毫无疑问，连柏川对这个在一众老师口中特别又难搞的学生，生了些许兴趣。这孩子一天到晚神神秘秘的，也不知道在做些什么。

中午系里有毕业生选导师的会。陈栩和大芬走到教学楼门口，正好遇见从办公室里出来的连柏川，他低着头正在看文件，脸好看得不行，线条流畅利落。

陈栩面上却是有一抹不易察觉的尴尬和不自在，昨晚刚在人家宿舍睡了一夜，今天再见到，浑身跟长了刺一样，恨不得躲在大芬身后，让她整个被挡起来。

可大芬总是拆台，开口欢快地喊了声："连老师……"

连柏川回头，先看到的是那双眼睛，目光游移，有些心虚，半个身子正努力地往大芬身后躲。他暗笑，小丫头片子整天不知道在想些什么。

陈栩路过连柏川身边的时候，虚着嗓子飞快说了声"谢谢"。

连柏川弯弯嘴角，目光却没什么波动，回了声"不用"。

大芬心思粗糙，丝毫没发觉这一来一往的暗潮涌动。

会开得很快，说了一些基本的导师选择和毕设主题之后，就散了场。

连柏川收拾着桌上的字条，抬头看见大芬和陈栩正往外走，他想了想，出声叫住了大芬："林大芬，你留一下，我有点事找你。"

大芬茫然地点头，一个人逆着人流回到会议室里，站在连柏川身边："老师……"

连柏川端了杯水给她，指了指对面的椅子："坐。"

人群渐渐走完散去，整个会议室里就剩下连柏川和大芬两个人，难得地，大芬觉出了两分紧张。连柏川却是笑笑，坐在椅子上姿态放松，眉眼清淡。大芬看着那眉眼，不知怎么的，总觉得有些眼熟。

"别紧张，你是陈栩的好朋友，又是室友，我就是想问一下陈栩的情况。"连柏川的手搭在桌上，修长白皙，指尖修剪得干干净净。

"什么情况？"大芬一头雾水。

"关于她经常不来上课，还有……晚归。"

大芬心里一个咯噔，她是陈栩的闺密，陈栩是怎么一回事，没人比她更清楚了。她原是什么都不打算说，可看这样子，八成是被连柏川撞见了什么。大芬无奈，摸摸鼻子，挑着重点，简单透露了一下陈栩的情况。

6

大芬走后，连柏川一个人在会议室里坐了很久，久到下午两点已经陆陆续续有学生来上课了，他才起身回了办公室。

谁也不知道，那天下午，连柏川在楼梯间给滨城最有名的广告公司去了个电话，只说了两件事：第一，陈栩是他的学生；第二，可以让陈栩继续在那里工作，但工作时间不能超过下午五点半。

Bingo 的老板在电话那头“啧啧”两声，然后轻笑一声：“你帮我拿下那个项目，我就答应你。”

“好。”

后来过了很长一段时间，陈栩才突然意识到自己已经很久没有加过班了。每次她去公司工作，下午五点半，总监会准时准点来催她下班回学校，偶尔还会给她洗脑说要好好学习，注意身体。这状况来得莫名其妙，却没有半分踪迹可寻。

下班一早，玩抖音的时间自然也多了起来，鉴于上次的撩汉视频以失败告终，还被粉丝嘲笑了大半个月，为了挽尊，陈栩和大芬决定再录一次视频，这次用抖音上热门的“手扶电梯撩小哥哥”。

正好是圣诞节前夕，那日两人收拾收拾，去了 H 大附近的商场，准备去买圣诞节礼物。大芬站在楼层指示牌旁边，指着手扶电梯：“咱们现在在这里等着，一会儿要看见有什么好看的小哥哥从那边下来，你就从这头上去，然后你俩遇到了，你就拍一下他的手……”

“能行吗？”陈栩咽了口口水，手心有些冒汗，撩陌生人本来就是一件需要勇气的事，更何况她还失败过一次。

“成败在此一举，我们好歹也是抖音百万粉丝的偶像……”大芬总是充满了迷之自信，眼睛里冒着精光。

陈栩一咬牙：“行吧，我去了。”

她说着就往电梯上走，左手边的下行电梯上下来一个男人，穿着枣红色的羊绒大衣，黑色的高领毛衣把他的下颌骨衬得格外好看，戴着口罩，头发短短的，干净利索。陈栩深吸一口气，手扶着电梯，看着那人一点点靠近。擦肩而过时，她分明看到那人转头看过来，目光里带了些什么，但她有些紧张，就没有细想。

最后一刻，陈栩伸手过去，抓住了那人的手，死死捏了一下，然后放手，电梯带着他们又逐渐远去。陈栩握了握拳头，回头看了一眼，只见那人正仰着头看她，然后缓缓抬手，摘下口罩，露出一张再熟悉不过的脸——连柏川。陈栩腿一软，差点在电梯上跪了。

大芬站在下面，嘴巴大得都快装下一个手机了："妈呀，妈呀！"她手忙脚乱地把手机收起来，冲上去就是一个大鞠躬，"老师好。"

连柏川摸摸额头，加上上次在地铁里，这已经是第二次了。他冲大芬点点头，然后转过身，从下往上，看着已经站在二楼电梯口发愣的陈栩，招招手，示意她下来。

陈栩脸都涨红了，撩小哥哥撩到了自家辅导员，这该是一件多么悲惨而尴尬的事情。

连柏川也不着急，就那样站在楼下，身边立着大芬，等着陈栩磨磨蹭蹭过来。

"第二次了……"连柏川抬手就在陈栩额头上敲了一下，动作熟悉而亲昵。

陈栩嘟嘟囔囔："什么第二次？"

"上次在地铁里，我没理你，你还来劲了，又跑出来玩套路。姑娘家家的，这种举动很轻浮，知道吗？"德国留学回来的连柏川，从小接受的教育也是极为严格和严谨的，养成了一副少年老成、一本正经的保守性子。他教育起学生来，倒是头头是道。

自从知道了陈栩的情况，他就对她多了些关注，而关注一多，自然也就能发现其实她是个极为刻苦的姑娘，面上瞧着总是胡来，但这骨子里不符合年龄的韧性，让他有些动容。于是这会儿教训起她，语气倒不严厉，更多的是轻松和调侃，仿佛他们不是师生，而是普通朋友。

陈栩此刻哪里想得到这么多，脑子里一直盘旋着的是那句"在地铁里"。苍天，难道上次，也是他？

这真怪不得连柏川，他今天刚剪的头发，戴着口罩，只有一双眼睛露在外面，别说是只相处了不过两个月的学生了，就是老同学也不见得一眼就能认出来。

大芬却和陈栩的情绪不同，她明显被一种激动和兴奋支配着，眼睛里闪着猥琐的光。

7

那日，陈栩都不知道自己是怎么回的学校了。

连柏川的车里有股淡香，似乎是某个牌子的男士香水，但丝毫不呛人。车里车外干干净净的，犹如新车，她坐在副驾驶上，连柏川就在她身边，大芬一个人缩在后座上，眼珠子在前面两人之间转来转去，鬼头鬼脑的模样。

陈栩心跳有些快，鼻间的香气和那晚在连柏川的床上闻见的如出一辙。那一夜在她的脑海里实实在在留下了不浅的印象，深夜路灯下的背影更是像被下了咒一样，总是在陈栩眼前晃。一个陌生的老师，在萧瑟的夜里，给予她最大的温暖，和毫无理由的包容。

十二月二十五日，星期一，圣诞节，系里搬了一棵巨大的圣诞树放在教学楼门口，树下堆了很多包装精美的礼物，都是学生自发放在那里的，一种有趣的交换，谁也不知道会拿到谁的礼物，这活动是设计系历年的传统。

连柏川被学生撺掇着凑了个热闹，礼盒里是他从德国带回来的一套设计工具，他对学生倒是大方。

大芬咬着棒棒糖，拖着陈栩挤了进去："快拿快拿，一会儿都被抢光了……"

陈栩披头散发，被挤得跟个女鬼似的，一边挪着身体，一边抬手拨着头发，长发从额上分成两边捋到脑后，她眨眨眼睛，甫一抬眼就对上一楼老师办公室门口。

站在落地窗后的连柏川，穿着灰色羊绒衫，袖子撸到了小臂，正抱臂看过来。灯光在他身后晕出光层，落地窗的玻璃上映着外面五颜六色的光晕，把他整个人笼在炫目的光里。他刚剪过的头发清爽又利索，露出玉雕似的五官，嘴角似是含笑，正隔着落地窗，看向她。

灯火阑珊，所有的情绪都在四目相对的那一刻变得暧昧起来。陈栩的脸颊有些烧得慌，她匆忙低头，随手拿了个盒子转身就出了拥挤的人群。

大芬转眼看到连柏川站在办公室门口看热闹，眼珠子一转，小跑进去拉着连柏川出来："连老师，来来来，您也选一个，一起热闹热闹……"

连柏川过来，学生手脚微顿，给他让了条道。他也不扭捏，进去随手拿了个礼盒，掂了掂，很轻。连柏川被哄闹着拆礼物，他笑得无奈，长指轻拆，一个木质的小盒子便从花花绿绿的包装纸里剥了出来，立于他的掌心，是一个木质的音乐盒，中间是一只低头喝水的小鹿，睫毛长长，粉舌微吐。

“我去，好可爱啊！这是谁的礼物啊？看看，看看……”设计系本就女生多，这样的萌物简直就是戳中了所有人的萌点。

有人把包装纸捡起来看，内侧写着两个字：陈栩。

连柏川掌心托着这个音乐盒，那双狭长深邃的眼睛里分明浮起笑意，手指轻轻拨弄，转了转，一阵轻巧的音乐徐徐而出。

大芬玩“嗨”了，蹿出来拉着陈栩，嗓门又大又亮：“陈栩，连老师拿到了你的礼物！看看你的，拆开看看……看是什么？”

身为刚才那件礼物的主人，被大芬这么一嚷，学生们都蜂拥了过来，想看看陈栩手里拿的是谁的礼物。

盒子挺大，有些重，陈栩把它搁在地上，拆包装纸拆得粗鲁，撕了个粉碎，黑色大盒子镶嵌着几个抽屉，抽出来，众人哗然。竟然是一套设计用品，勾线笔、马克笔、水彩，还有纸张和尺子，用“豪华”二字来形容都不为过。这样贵重的礼物，还是第一次见，旁边的人嫉妒得眼睛都红了。

大芬一边感慨，一边把包装纸捡起来看，表情一下变得十分耐人寻味，回头看了一眼人群外正在玩音乐盒的连柏川，笑得猥琐：“是连老师送的，连老师哦……”

陈栩有些错愕，下意识朝连柏川看过去。只见连柏川握着音乐盒，优哉游哉地把手背到背后，悠悠然露出一抹笑。没人注意到那两人的相望，陈栩眨眨眼，好似幻觉般，看见连柏川做了个嘴型，他说：“圣诞快乐。”

然后他转身，走回办公室。那背影似青竹玉立，脚步既缓又稳，恍似信步而去，和那夜荒凉路灯下，匆匆而去的背影不同，却都成了她心头的朱砂，扎进了心尖。

8

连柏川把音乐盒放在了自己的床头，每天晨起，醒来第一眼，就能看到那个低头喝水的小鹿。的确是陈栩亲手做的，做工算不上精致，甚至有些粗糙，但小鹿表情活灵活现，体态优美。按钮轻轻一转，细细软软的音乐飘出。

他枕着自己的胳膊，侧身躺着，目光凝固在那个音乐盒上，嘴角是不自知的笑。音乐盒旁边是一个小小的长颈鹿发卡，模样憨态可掬，是那夜陈栩匆忙中遗漏的。

初见时他只觉得她不着调，再见时甚至以为她不自爱，因而生出两分轻视。可在了解事实后，他只觉得她是个让人心疼的孩子，小小年纪，被亲人抛弃，肩膀上担着自己的未来，没有后路，没有避风港。

再后来，他知道她很努力，或许于艺术上有那么几分天赋，但更多的是努力和勤奋。她独立、自强、努力、自信，生活没有磨火她身上的半分灵气。这样的孩子，很难不让人怜惜，很难不让人动心。

连柏川盯着音乐盒的眼睛因为干而有些酸涩，他闭了闭眼睛，起身刷牙洗脸。今天是期末考试的第一场，早上十点，他在七号楼有一场监考。

陈栩因为大二挂过一门基础理论课，原因无他，只是因为缺课有些多，加上那门课的老师脾气古怪，为人有些刻薄，二话不说就不给过，只能等到这次重修补考。好巧不巧，正是连柏川监考的那个教室。

陈栩神色恹恹，理论课要背的东西很多，近来年终，她因为工作量大了些，又要背知识点，已经好几个晚上没睡好了，顶着两个硕大的黑眼圈，不停打着哈欠。连柏川一边拆试卷，一边拿眼角瞟她，瞧着她面容憔悴，心下突然生起了闷气。

陈栩疲惫，神经迟钝没察觉到连柏川今日的脸有些黑，只一门心思拿了试卷，埋头就写了起来。袖子里揣着小抄，因为知识点实在是太多了，背不完，她只能硬着头皮带着小抄进来。陈栩只一边打着哈欠一边卖力写卷子，偶尔眼皮抖两下，看看袖子里藏着的小抄。

连柏川眼角抽抽，昧着良心移开了视线，只当是没瞧见。

两个小时一下就过了，连柏川起身收卷子，行至陈栩身边，陈栩戴着毛茸茸的白色围巾，长发扎成了丸子头，缩着脖子仰着头，对着连柏川讨好地笑了笑。

她又不是傻子，抄小抄的时候心虚，看了连柏川好几眼，可连柏川明明瞧见了，却没有半分行动，她心下了然，满腹的感激，一双眼睛因着打了哈欠，水水润润，浮着碎光。

那模样看得连柏川心头发痒，很想去亲亲那双眼睛。

考试考完了便是直接放了假。陈栩在滨城租了间老房子，五十平方米的单身公寓，在市中心，平日里方便她上下班。她去宠物店把大将军和参谋长接了回来，一人两猫的日子过得颇为悠闲。

大芬来找她那天，天气不错。因为两次撩汉视频失败，陈栩这个抖音宠物博主都要被嘲笑上天了，大芬是看热闹不嫌事大，特地挑这没啥事的一天，来Bingo接陈栩下班要她再挑战一次。

两个人去了步行街，在吹着寒风的大街上开始了第三次撩汉视频的拍摄。

“这次咱不挑，遇到谁就谁，就你前面那个，瞧见没，上……”大芬随手指了指走在她们前面的男人，那人身形高大，穿着半长的羽绒服，只能看见个背影。

陈栩吸吸鼻子，对着镜头一脸深恶痛绝：“最后一次了啊，不管成功还是失败，以后绝对不拍撩汉视频了，太丢人……”

说罢，她小跑两步，也不知那人正面是个什么模样。陈栩走近，拍了拍那人的肩膀，大芬就跟在身后举着手机，正是激动人心的时刻。

男人脚步一顿，转头露出一张戴着口罩的脸，眉心先是一皱，继而不知为何眼里就盛开了笑意。陈栩觉得有点不对劲，但还是喘着气道：“小哥哥小哥哥，给你个东西要不要？”

“什么东西？”

男人的声音透过口罩散在陈栩耳边，陈栩微愣，抬头对上一双星眸，带着戏谑和笑意，熟悉得不能再熟悉了。陈栩头皮有些发麻，怎么又是，连柏川。

她回头看了看大芬，大芬还不知道发生了什么，挤眉弄眼要她赶紧的，别磨蹭，正拍着呢。

前有狼后有虎。陈栩眼一闭，再睁开却是带了十足的气势：“手伸出来。”

连柏川二话不说，乖乖把手从口袋里伸出来，手上还带着暖。

陈栩咬咬牙，脸颊已经是红得不能再红了。她左手贴了贴自己的脸，半晌，伸出右手，五指插进连柏川摊开的手中，十指相扣，声如蚊蚋：“我，你要吗？”

连柏川看着手里小小白白的手，软乎乎的，塞进他手心的那一刻，就像塞进了心里。他五指收拢，低头对上陈栩的眼睛，另一只手摘下口罩，俯下身凑近了陈栩面前，声音清晰有力：“要。”

大芬举着手机，看到连柏川侧脸的那一刻，几乎把拳头都要塞进嘴巴里了，天知道她多努力才压制住喉间的尖叫。

“真……真的要吗？”陈栩被那双眼睛蛊惑，周遭声音在她耳边渐止，她分明听见自己的心跳一下一下都在诉说着狂喜和惊诧。

“真的要。”连柏川做人做事总习惯留三分余地，从不说太过笃定的话。

只有此刻，他心中这三个字的分量，重逾山川，话一出口，一生无悔。

陈栩心尖的暖意倏地涌起，涌到头顶，几乎灼痛了她的眼睛。踽踽独行这些年，她终于遇到了一个港口，可以容纳她的漂泊，可以让她在感情上再有归宿与寄托。陈栩抹了一把脸，一头栽进连柏川怀里："新年快乐。"

连柏川失笑，摸摸她的脑袋："还没到新年呢。"

陈栩摇摇头，不再言语，新年快乐不过是个借口，只因此刻她不知道该说些什么，才能让她欲失控的心跳稍稍平静。

不知哪家店面新店开张，趁着临近新年，在门口放起了烟花，漫天火树银花，花下一对佳人。

小剧场

除夕，陈栩同父亲通过一次电话，给父亲打了些钱回去，只说是没买到春运回家的票，今年就不回家过年了。父亲也不怎么在意，随意说了两句注意安全，听见小儿子哭闹的声音，便草草挂了电话。陈栩有一瞬的恍惚，听着电话里的忙音，苦笑两声，然后起身去厨房给自己煮了一碗饺子。

电视里，春节联欢晚会正在播，冯巩出来的时候，那句"我想死你们啦"惹得观众大笑，陈栩抱着热水袋有些失神，也不知谁会想自己。

窗外落了雪，白白一片。"啪"一声，像是窗户被石头砸到了。

陈栩起身去看，刚打开窗户就被寒风吹一脸，凉得她发颤。楼下黑乎乎一片，突然有火光亮起，有人在楼下点着了烟花，那影影绰绰的光里，站着一个人，仰头看着她。陈栩有些近视，在她那模糊的视线里，像是有一人从天而降，裹着炫目和璀璨，落在她的面前。

20、二十四番花信风·小雪

小雪：斗指已，太阳到达黄经240° 。气温下降，开始降雪，但还不到大雪纷飞的时节，所以叫小雪。小雪前后，黄河流域开始降雪（南方降雪还要晚两个节气）；而北方，已进入封冻季节。

二〇一七年十一月二十二日，农历十月初五，丁酉年，辛亥月，癸丑日，小雪。

〔第二十番〕
咱俩凑合吧

1

二〇一六年十一月底，平城温度骤降，几乎一夜进入了冬天。

一个月前，南星和男友预订了凌飞摄影的婚纱照，原是打算拍完结婚照，十二月十七日去民政局领证。

两周前，两人爆发了一次大规模的争吵，关于在平城买房子的事。之后两人就开始冷战，一直到拍婚纱照这天。

南星存了和好的心思，早早就到凌飞摄影等着了。眼看着时间差不多了，南星给男友发了条消息，然后进了更衣室换了婚纱。

早上十点半，已经过了预约时间半个小时，男友还是毫无音信，南星打了无数的电话，连妆都化好了，坐在接待室里枯等。约莫临近十一点，手机轻轻“嘀”了一声，南星只觉得心头跳了跳，滑开手机，半晌才点进了微信。

入目是“对不起”三个字，简单却包含着巨大的信息量。恍若那朝夕的七年，不过一场大梦，醒了，就再无情分可言。

商陆走进接待室里的时候，南星已经枯坐了近一个小时，失魂落魄的模样，脸上的妆早就被眼泪冲成了一团一团的污渍。

摄影店里收了钱，也没人去打扰她，直到商陆进来。

商陆被女友放了鸽子，明明前一天晚上还好好的，可到了今天，却突然用一个分手电话打发了他。究其原因，想来是女友母亲觉得他不过开了间花店，没什么出息，也没什么钱，哪怕房子都已经买好了，也还是瞧不起他。

他知道女友母亲私下里介绍过一个富二代给她，然后……便没有然后了，他被抛弃在这摄影店里，顶着不知道什么时候戴上的绿帽子，成了一个笑话。

他攥着手机走进接待室，拖了张凳子坐下，甫一抬眼，就看到一个穿着婚纱的女人，哭得满脸是泪，一时竟有些同病相怜之感。

商陆到底是男人，虽然也伤心，但不至于像南星这般哭得不成人形，秉着同病相怜的人道主义精神，他递了包纸巾过去，嗓音沙哑低沉地道："别哭了……"

南星的假睫毛翘了一半起来，抬眼时索性一把撕了下来，泪眼蒙眬瞧着商陆，慢吞吞把纸巾接了过来，随意往脸上一抹，就是一纸的狼藉。

两人就这样在接待室里坐了下来，都是提前交了钱的，有人送来两杯热茶，热腾腾冒着气，出去的时候还十分贴心地把门给关上了。只是那些小声议论的声音多少还是进了耳朵，南星本就难过，竭力安慰自己不要把这些话放在心里，可偏偏每个字都扎进了心头，像念咒似的在她耳边响个不停。

纸巾捂上眼睛，安静空旷的接待室突然就爆出了细细的哭声，像受伤的小兽，呜呜咽咽，压在心底，全是悲戚。商陆坐在一边听着，眉眼间神色都模糊了。

时间也不知过了多久，南星不哭了，肿着眼睛发呆。

商陆看了看手表，脖子有些僵硬，他起身，顿了顿脚步，准备离开了。

南星却在他的脚步声里开了嗓子："你……能不能，陪我把婚纱照拍完？我不想我第一次穿婚纱，以后想起来，只有眼泪。"

话音刚落，南星就觉得自己的请求有些莫名其妙，正准备收回，却听见商陆脚步回转，静静立在她身后："好。"

商陆只觉得这请求有些莫名其妙，却不至于觉得冒犯。可听到南星的解释，反而有那么几分赞同，不过一组婚纱照，权当是做了一次婚纱模特，全了他们两个人对各自未来的期待，也算是个了结。茫茫人海，反正日后，应该是不会再见到了。

2

二〇一七年十一月二十二日，周三。

南星近来新换了工位，挑了个靠窗户的位置，位置不错，采光也好。

这日，南星刷微信的时候，看到有朋友转发了一个微店到朋友圈里，赞不绝口。南星随手点进去看了看，口碑倒是好，无一差评，评论都是夸这家花店的花，不仅搭配良心，也不会用蔫了的花来敷衍顾客，老板为人老实又稳重。

南星有些动心，选了个新客户优惠套餐，第一次派送时间是下周一。

周一早上十点，前台推着板车进来分发大家到的快递。南星心里期待，盒子有些大，隐隐透出新鲜的花香。她拆了盒子，几乎是一瞬，期待越大，失望就越大。这花已经蔫得不成样子了。花确实都是开得饱满的花盘，但那花瓣褶着，一点生气也没了。

南星有些生气，在微店里确认收货的时候，附加了评论，说自己这花送过来已经蔫了。虽然没有找碴的想法，但也是发了个不大不小的牢骚。

可没想到，下午两点，南星突然收到一条陌生号码发来的短信，自称是花店老板，因为他的疏忽和运送失误，导致送给南星的花蔫了，所以他特地选了一盆小型办公桌盆栽当作赔礼，已经让快递小哥送过来了，提醒南星注意签收。

南星彼时刚刚睡完午觉，人都还是蒙的，乍一看这短信写得没头没脑，半天才反应过来，暗自感叹这位老板还真是……良心。

商陆是中午才看到那条评论的，送货地点就在平城本地，只不过他这段时间生意越来越好，没有时间自己亲自送货了，便约了固定的快递小哥，每天帮忙送花，大约是路上有些不小心，花蔫了，惹得顾客不大高兴。

他向来老实，做生意也良心，循着对方留下的号码，给对方发了长串的抱歉和解释，然后挑了一盆近来养得最好的多肉，托快递小哥送了过去。

原以为这事就完了，可下午五点左右，商陆收到来自那位客户的短信，说盆栽已经收到，但是她不会养，对着这一盆长势极好的多肉，实在是不知道从哪里下手才好。

商陆想了想，客气地问了问对方晚上是否有时间。

南星对着手表看了看："九点以后有空。"

商陆了然。

晚上九点半，南星刚洗完澡出来，手机就响了，她接通："喂？"

"您好，我是'田园'的老板，请问您现在有时间吗？如果方便的话，我可以跟您讲一下多肉植物的种植方法。"

南星心道还真是负责，嘴上答了声"好"。她把湿头发放了下来，按了免提，一边回着话，一边擦着头发：“我现在有时间，您说。”

男音瞬间被放大，夹杂着轻微的电流声和被放大后的空旷感，在房间里显得尤其温柔耐心，像是深夜里讲故事的人，语速轻缓，声音低沉，带着催眠的魔力。

南星靠着床头听着，时不时“嗯”上一声，表示自己在听，可渐渐地，那睡意挡不住地袭来，电话里男音还在继续，她手里还握着毛巾，而人已经歪着脑袋睡着了。

商陆讲完，喝了口水，问了句：“明白了吗？”

那头一阵空茫，没人回答，只余一片绵长的呼吸声。

商陆笑笑，摇摇头，挂断了电话，然后打开短信，编了一条极长的消息，发送了过去。

3

南星加了商陆的微信。

那天早上醒来，对着那长长一串的消息，南星对这个良心的老板好感十足，便问了对方的微信号说以后多多请教。后来许多次，在那多肉眼瞧着要干瘪了的时候，商陆必定是准时收到南星的微信，每次开头也一定是一张照片，加上一句：“怎么办，它又蔫了。”

商陆耐心十足，每次都会非常详细地跟南星说，要怎么怎么做，它才会再精神起来。渐渐，两人便熟了起来，除了聊这些花花草草，偶尔南星也会跟他发些牢骚，第一次是聊着聊着就顺其自然说了出来，商陆也不打断，就那样安静地听着，最后宽慰宽慰，哄得南星眉开眼笑。

后来，南星便养成了习惯，三天两头就要跟他说一些工作上糟心的事，那些不敢当面吐槽的东西，一股脑都扔给了商陆。商陆脾气好，每次都是笑呵呵地附和着。有一次，他们打着电话，商陆临时说先去哄小侄子睡个觉。于是南星便听到了一段童话故事，温柔得不像话，字字句句都让人心里突然安静，然后好似被温水浸泡，酥软融化。

南星同他开玩笑，说让他也给她讲讲故事。商陆沉吟片刻，居然答应了，此后每每两人聊天，必定是以商陆最后再发一段讲童话故事的语音作为结尾。

商陆的声音并不低沉沙哑，反而温柔清亮，带着无法言喻的韵味，每句话末尾微微拖着音，就像把小钩子，在你耳膜上、心尖上，轻轻挠着，让人内心发痒，却怎么也挠不到。

南星几次中午午休时，戴上耳机，听着商陆的故事入睡，面上温和浅笑而不自知。直到同事调侃她，是不是交了男朋友，南星才恍然觉得，自己似乎有些……越界了。

后来的周花都是最新鲜的花，最好看的搭配。有一回南星亲自到前台去拿花，快递小哥说漏了嘴，说老板嘱咐又嘱咐，一定要小心送过来，平常也没见他这么唠叨过。

南星抿嘴笑了笑，也不知心里是种什么感觉，两个陌生的人，在这座城市里，通过网络、通过花，成了最信任的朋友，或许是因为距离，所以才特别让人安心，她可以毫无顾忌地说话，而不用担心会被任何人知道。

依赖往往就是这样养成的。而依赖过后，男女之间，总会萌生些说不清道不明的情愫，若近若远，若即若离。

一月，南星订了新的周花。微信上，她调侃商陆："商老板什么时候，能给我亲自送一回花，我也就觉得值了。"

商陆大概是在忙，没空打字，回了一段语音："我要是有时间，就给你送。"那头各种声音混杂，背景里还夹杂着几道"老板，这些多少钱"的问话。

南星原以为是句笑言，后来他们都没再提起过。一直到一月底，本月的最后一周花了。

那天下着雪，不算小，飘飘摇摇覆满了整座城市，银装素裹，路上行人稀少。从办公楼往下看，除去来往的车辆，也只能看见零零散散的两三个人在路上艰难地行走。

前台敲南星 QQ，要她去拿快递的时候，南星正在和客户讨论事情，对方是个事儿精，胡搅蛮缠得南星都快上火了。将鼠标一扔，南星起身去前台拿东西。

只见一个男人，穿着厚厚的羽绒服，戴着帽子和围巾，身形修长纤瘦，肩膀上落满了雪花，还没化完，沾着湿意，正背对着她。

前台指了指他身后，说了两句什么，男人转过身，怀里抱着新鲜的花，用毛巾包裹着，花瓣上落了点点薄雪，衬得粉色花瓣越发惹人怜惜。

男人面容俊朗阳光，丹凤眼，悬钩鼻，嘴唇不薄不厚刚刚好，此刻泛着红，呼吸间透出氤氲的白气。在那不断散开的白气里，是一张熟悉的脸。

南星如遭雷劈，站在原地动弹不得，一脸的难以置信和错愕。是一年前，给她纸巾，陪她拍完婚纱照的那个陌生男人。

商陆原本带着浅笑，两颗虎牙在唇缝间若隐若现，转身那一刻，他连腹稿都打好了，该怎么跟她打招呼，可还是有点紧张，这隆冬里，手心都捂出了汗。看见南星的那一刻，时间仿佛和一年前重合，那张脸也和当时那泪水涟涟的模样重合。

他还记得她当时的表情，她带着一脸的狼藉，对他说：“你……能不能，陪我把婚纱照拍完？我不想我第一次穿婚纱，以后想起来，只有眼泪。”

他后来很久都无法忘记那个场景，直到现在，她又出现在他的面前。粉色的羊毛衫衬得肤色白皙，剪着利落的短发，发尾微卷，缠绕在她精致的下巴边，生出几分温柔。他的怀里明明抱着大花蕙兰和水仙，而她站在他的面前，却像极了一朵洋牡丹，缱绻，精致。

4

周六，早晨九点，南星接到了商陆的电话。商陆这是第一次给南星打电话，彼时南星还在睡觉，一开口就是一句困倦慵懒的“喂”。

商陆一手拿着电话，一手扣着花盆，有些紧张，却故作镇定：“南星……你，你，能不能帮我个忙？”商陆等了许久，等到几乎觉得要被拒绝了，却听到了模模糊糊的一声“好”。就像是幻听一般，又轻又快。

“我先起个床，你让我帮你做什么？”南星揉着一头乱七八糟的头发，从床上坐起来。屋里暖气开得足，空气干燥，嘴巴干得泛着白皮。

商陆一高兴，下手重了些，掐断了盆栽的叶子：“那个，我今天要去送货，兼职的小孩有事请假了，我想请你来帮我……看看店。”

南星睡眼蒙眬，一双脚踩在地板上，伸了个懒腰：“好，你等我一下。”

商陆到挂电话的时候，都还没缓过神来，他也完全没想到南星会答应得这么爽快，一时好似入了云端梦里，脚底下软绵绵的。

那天晚上回家，南星坐在沙发上发了会儿呆，然后从杂物间里翻找着拖出一个大大的纸箱，里面装着南星一年前的婚纱照。身边挽着的人不是前未婚夫，而是一个面露羞涩，眉宇间有几分无奈的男人。

男人性格很好，没什么脾气，耐心又温柔，保持着礼貌的距离又不会让人觉得疏离冷淡。后来南星在失眠的夜里想，或许也只有这样脾性的人才守得住那偏安一隅的小小花店。

南星换了衣服，拉开窗帘，屋外白雪茫茫，路上雪积得厚厚的，斜刺里突然冒出一朵花，那是从邻居家阳台长出来的，粉粉嫩嫩，在周遭净白寂静的世界里，成了唯一的亮色。她戴上围巾和帽子，揣了两个暖手宝在羽绒服口袋里就出了门，雪地靴踩在雪地里嘎吱嘎吱响。

这是南星第一次到商陆的花店去，远远看见店面门口，装饰着一大片绿绿的叶子，门口有一小块院子，里面立着木头做的秋千椅，已经被雪覆盖，安静得一动不动。她推门进去，暖气扑面而来，带着浓郁的花香和不同于外面的缤纷色彩。商陆穿着围裙，正弯腰给花花草草浇水，店里暖和，他只穿着一件羊绒衫，包裹着脊背的线条。

听到声音的那一刻，商陆回头，看见南星踏雪而来，双眼就亮了起来，似乎又陡生几分无措，他放下水壶，双手在围裙上摩挲了片刻。

“你来了……坐，坐。”他把自己的椅子搬出来，动作有些窘迫，一个劲地让南星过来坐，眼睛一眨不眨地看着她。

南星卸了围巾、帽子和羽绒服，挂在门边的衣架上，和商陆的衣服贴在一起。女儿家的暖香，一点点沾染到商陆的衣服上，带着丝丝缕缕的暧昧。

“我……需要做些什么吗？”南星耸了肩膀问道。

不过是多了一个人，这不大的屋子里，气氛便随着温度点点攀升。

商陆傻乎乎地站着，见南星开了口，才慌慌张张转开视线：“哦……就是，那个过会儿，我要去市中心送花，店里没人守着，我……我就想请你帮我，看看店……”说完他还像怕南星不乐意似的，匆忙加了句，“如果不麻烦你的话。”

南星被他的举动逗笑了：“我都在这里了，还有什么麻烦不麻烦的，但是，我不是很懂这些花花草草。”

“没事！价格和名称，我都标好了，你对着算就行……”商陆像是才缓过神来，倒了杯热水递给南星。

南星接过水杯，手指从商陆的掌心轻轻划过。商陆有些愣怔，手掌蜷了蜷。

两人目光相交，片刻又挪开，又是相顾无言。

5

十一点半的时候，商陆才把挂在衣服架子上的羽绒服和围巾拿了下来，穿戴整齐，围巾上沾着南星衣服上的香水味，就在鼻尖萦绕，几分甜，几分暖。

南星起身送他，看见他的衣领折在里面，随手伸过去理了理，说了句：“早去早回。”

这衣服理完，话也说完了，她才惊觉动作有些亲近，脸一下就红了，手就像被小老鼠咬了似的飞快地缩了回来，揣在围裙兜里紧紧握着。

商陆是极易满足的那种人，一个眼神都能让他欢喜。他幻想过无数次，他喜欢的姑娘，送他出门，为他整理衣服，道一句：“早去早回。”这每一个动作、每一句话都能让他觉得满足和幸福。

他低头看她，而南星也正垂着头，不知在看些什么。商陆有些控制不住，抬手摸了摸南星的发顶，语气温柔和缓，就像之前他每次给南星录故事那般，他说：“知道了，回来给你带午饭。想吃什么？”

南星只觉得头顶的大掌温暖厚实，让她心安。她摇摇头，好似在商陆掌心撒娇，嘟囔着：“随便，我不挑食。”

商陆抱着花束离开的时候，坐在车里侧头看了一眼橱窗里忙忙碌碌的南星，他头一次有归心似箭之感，还没离开，就想着要早些回来。

他们都不再年轻了，眼看着即将奔三，成熟男女之间，也不再像少年一般拥有无限勇气，他们考虑的也许会更多，犹豫的也许也会更多。所以，朝夕陪伴比干柴烈火来得靠谱得多。谁都没说破，但这里面到底藏着什么感情，谁都懂。

自这个周末以后，南星和商陆不约而同恢复了用微信联系的日子，商陆更是每天晚上十点，准时准点地给南星讲故事，那些老掉牙、被读得烂熟的故事，从商陆的嘴里说出来，总显得那么神秘而有意思。

春节，南星是十三日放的假，七天公假加上三天机动假，休息时间还是足足的。她收拾了行李，回了爸妈那边，而那边显然离商陆的花店远了不少。

二月十四日，情人节，腊月二十九。

商陆这一天生意正好，店里的红玫瑰都堆成了山。他知道南星放了假，却只想着让南星多睡会儿，今天辛苦，倒是不舍得让她来了。

故而南星开着她爸那辆两人座的小电动车来的时候，商陆有些惊喜。店里兼职的员工早早就请了假，抱着玫瑰跟女朋友约会去了，剩下商陆一个人在店里忙得团团转。

南星熟门熟路停好了她的电动车，进门脱衣服，穿围裙，伸手递上一束玫瑰给商陆包扎，商陆抬眼，有些反应不过来，许是惊喜来得太突然，让他失了神魂。南星拍拍他的手："回神啦回神啦……人家都等着呢。"

两人这一去一来就像对老夫老妻似的，熟稔又亲昵。

商陆迅速低头做事，耳根有些泛红，把玫瑰递给客人的时候，年轻的男孩冲他们笑笑，道了句："情人节快乐。"

倒是南星反应得快，笑着回了句："情人节快乐。"

两个人配合起来默契十足，效率高了不少。商陆忙里偷闲跟南星说话："你怎么来了？"

南星整理着一大桶玫瑰，眼皮都没抬一下："我猜你今天会很忙，所以过来帮帮你……"

她话说得自然，商陆嘴角挂着笑，一边把花递给客人，一边回身，抬手把南星垂下的刘海捋到耳后，眼底是一片明晃晃的宠意和温情。

"整理的时候小心一点，别扎到手。"商陆又伸手去把南星的袖子挽得高些。

南星抬头娇嗔："知道啦！好啰唆啊，像个老头子一样。"

商陆不再言语，浅浅一笑，转身询问下一个客人想要什么。

屋外阳光晴好，冬日里暖阳照人，尤显得温暖和煦。恰逢情人节，路上成双成对，好像连空气都带着甜，裹着蜜。两人偶尔相视一笑，似乎什么都不用说，就能明白那眼中的情意。这便是情人节，浪漫而充满生机。

南星常年坐办公室，缺乏运动，站久了腰疼。晌午时分，总算忙过一阵，南星直起腰，似乎还能听见骨头"咔咔"的声音，背着手在腰上敲敲打打："真的老了，我这老腰啊……"说着便一屁股栽进椅子里。

她早晨起得也早，此刻陡然松散下来，人难免疲惫。

商陆心疼，倒了茶给她，充了个热水袋垫在她身后，然后走到椅子后面给南星按摩肩颈。南星先是一愣，肌肉一瞬僵硬，随即缓了面色，浑身都放松了，就那样瘫在那里任由商陆给她服务，好不舒服。

商陆笑道："小的服侍得可好？"

南星微闭着双眼，含着笑意抬手拍拍他的胳膊："不错不错……"

商陆力道控制得好，穴位也找得准，没一会儿南星就舒服得睡着了，手里还捧着水杯。商陆轻轻把手从她肩颈上拿开，端走了她手里的水杯，找了自己的U型枕放到南星颈下，然后搭上羊毛毯。

他蹲在南星身侧，就那样专心地看着她，连眨眼都怕浪费了时间。他抬手摸摸南星的发鬓，这些日子她头发又长长了不少，鬓角长了些毛茸茸的碎发，在他掌心软软地扫着。商陆倾身，轻柔的吻就落在那软软的鬓角，好似羽毛一般轻柔扫过，沾了女儿香，醉了神魂。

有客人推门进来，商陆转头，做了个嘘声的手势，起身掩了掩毛毯，才轻声问："您好，请问您要什么？"

客人看看睡着的南星，再看看商陆，了然地笑了笑："我要玫瑰，谢谢。"

6

四点半，太阳开始落下，夕阳染着天空卷着云，氤氲而来。这冬日里满天地的白色，在此刻全覆上了暖黄，空气干燥，温度极低，可被那夕阳照着，心里生出了些暖。

今晚平中广场有灯光节，还有很多活动。早前曾铺天盖地地宣传，想来今晚去那边玩的人不少。南星其实已经很久都没凑这种热闹了，此刻却生了冲动，想和商陆一起去看看。

路上各种堵车自是不必说，等两个人赶到平中广场的时候都已经快七点了，商陆都饿得没脾气了。那时天色已然漆黑一片，广场上所有的灯光都亮着，交织成灯海，每张年轻的脸上都洋溢着无比清甜的笑容和甜蜜。

这便是属于情人节的夜晚，是商陆和南星，都已经很久不曾领略过的风景。

停好了车，当务之急就是给商陆找饭吃，南星被他咕噜噜叫唤的肚子逗得大笑，拉着商陆的胳膊就往前挤进了人群。在摩肩接踵的人群里，南星小小的手始终攥得死紧，生怕一个松开，转头人就不见了。

人潮拥来，也不知是谁先牵起的手，两人十指交扣，掌心的温度融成一体。

南星回头，似乎被这气氛感染，粲然一笑，那一刻，所有的犹豫和顾虑都没有了，她仿佛能听到自己的心跳和呼吸，一下一下，在这重重的节拍中重生。

商陆就那样看着她笑，眼睛里是无边的宠意和喜爱，浓郁得仿佛要溢出来。

两人穿过人群，好不容易才拿到了号，坐在餐厅门口等。商陆一个大男人，却跟个小孩似的歪在南星肩膀上撒着娇，南星低头跟他说些什么。

突然……

"姐……"天外来音一般，清脆又尖利的女声响起，随之而来的是一只手掌重重拍在了南星的肩膀上，震得那边的商陆差点一头滑下去。两人抬头，见一女孩，绑着一头脏辫，手里挽着男孩的胳膊，一脸难以置信地看着他们。

“姐……你谈恋爱啦！”萌萌一屁股坐到南星身边，一个劲地冲商陆瞅着，商陆对她笑了笑，萌萌惊叫一声，捂着脸，“妈耶，笑起来杀伤力太大了。”

男孩脸色瞬间委屈，扯了扯萌萌的袖子，小心眼地瞪了商陆一眼。

南星没说是也没说不是，只是介绍着两人：“这是我表妹萌萌，这是商陆。”

萌萌凑近了，冲南星挤眉弄眼：“男朋友？”

商陆那一瞬条件反射地憋了呼吸，全身的肌肉都绷紧了，一双眼睛死死盯着南星的嘴巴，生怕她说句“不是”，明明是一个快三十岁的男人，这般奓毛的模样却煞是可爱。

好在，南星看了看商陆，然后对萌萌道：“是啊，叫姐夫，让他给你包红包。”

商场外面不知在办什么活动，突然爆出一声喝彩，这声音就像是在商陆心里绽开的烟火，碎光落下，在心上种出一片洋牡丹，商陆那嘴都快咧到耳后根了。

萌萌眨眨眼，十分狗腿地冲着商陆喊了声：“姐夫，新年好！”

商陆一个劲地乐：“好好好，新年好……”乐完了，他煞有介事地从钱包里掏了一张平中广场的购物卡，直接塞给了萌萌，“拿去拿去，等过年，姐夫给你包红包。”

萌萌那财迷眼锃亮锃亮的，毕恭毕敬地接过来，气势豪迈地起身拍了拍商陆的肩膀，觉得这姐夫太上道了。

南星嫌弃地扒拉了萌萌的手：“走走走，小讨债鬼，约你的会去。”

萌萌嘿嘿一笑，拖着男朋友就走，那男孩走之前还朝南星挤了个十分谄媚的笑。

商陆此刻肾上腺素飙升，饿都不饿了，攥着南星的手，双眼冒光：“一会儿咱们去给叔叔阿姨挑点礼物，你看我明天上门，两手空空不好看……”

南星拧了拧他的脸：“还想上门呢，想得多美啊……”

商陆正欲说话，餐厅叫到了号，两人起身往里走，商陆跟在南星身后絮絮叨叨：“要的要的，还是要上门的……你说你爸比较喜欢什么酒，我给阿姨买瓶香水好不好……”

他说话的声音渐渐被嘈杂的人声淹没，而走在前面的南星，脸上笑意盈盈，那眉眼间的甜美，几乎要将人溺毙。

身后是汹涌的人潮，身前是南星的背影，商陆就这样追随着她的脚步，目光纠缠着那纤细的背影，脚步坚定地跟在她的身后。他多希望能这样，一直走到老。

小剧场

大年三十，商陆下午早早地去了南星家，提着烟酒、保健品、香水、丝巾，恨不得什么都买点，生怕未来老丈人和老丈母娘不喜欢。

南星给他拿了双鞋："进来吧，你随便坐坐，我先去把妆化完。"

南星爸正挺着肚子，坐在沙发上喝茶，回头一看，自己闺女领了个男人回来，顿时愣在了那里。呆愣半晌，他突然号了一声："她妈，快出来，快出来……"

商陆正准备上前打招呼，却被南星爸这一声号叫吓得立在原地，动都不敢动，一直到南星妈出来。事情来得太突然，老头、老太太有些反应不过来。

商陆点头哈腰："叔叔阿姨好，我是南星的男朋友，我叫商陆，冒昧来打扰，我……"

两老人家坐在沙发上重重咳了声，南星这才带着商陆走过来，和两老对着坐，一副"要问什么就问"的态度。老头老太太对视一眼，南星妈清了清嗓子："你们……到哪步了？认识多久了？交往多久了？有意向结婚吗？"

南星爸在旁边，板着脸："老实交代，坦白从宽，抗拒从严。"

南星懒得理这俩老戏精，戳了戳商陆，示意他说话。

商陆笑了笑，一副纯良的模样，对南星使了个"你让我说的啊"的眼神，开口道："我们拍过婚纱照了，叔叔阿姨要是不介意的话，开年我就来提亲。"

南星瞪大了眼睛看他："什么时候拍了婚纱照了？我们明明……"

明明什么呢？明明一年前就拍了婚纱照，不是吗？还是南星非拉着人拍的。

老头噘了嘴，一副不高兴的模样。老太太却是咧了嘴，拍着大腿："好！好好好……我回头看看啊，今年的酒席，上半年估计订不到了，看下半年能不能，到时候，我们跟你爸妈好好商量商量。"

后来很久，商陆总觉得自己那第一次上门的经历，带着那么几分奇幻色彩，顺利得不可思议。

21、二十四番花信风·大雪

大雪：斗指癸，太阳到达黄经255°。大雪前后，黄河流域一带渐有积雪；而北方，已是“千里冰封，万里雪飘”的严冬了。

二〇一七年十二月七日，农历十月二十，丁酉年，壬子月，戊辰日，大雪。

〔第二十一番〕
麻烦交一下伙食费，谢谢

1

夏曲前些日子去武当山算了姻缘，人说让她十二月七日去理发。夏曲一头雾水，却看那大师摇头晃脑，一副窥破天机的模样，十分唬人。于是她当真在那一天去剪了头发。

她刚踏出理发店，迎面冷风一吹，吹得人浑身凉飕飕的，好像温度都被这一下全给带走了，她不自觉缩起了脖子，鼻息里呼出的白气眨眼就散在了空气里。

“啪。”天上掉馅饼大约就是这回事吧。夏曲抬头看看漆黑的天，低头看看地上的半块馅饼，再摸摸刚洗剪吹过的秀发。那一刻她心里想的不是“谁这么缺德扔块馅饼下来”，而是“我要去抄了那神棍的老窝”。

街上行人不少，这一幕被不少人看见了，哄笑声简直是堵都堵不住。

旁边人群里突然跑出来个男人，手里攥着纸巾，凑上来就一个劲儿地往夏曲头上擦：“不好意思不好意思，我手滑……”

夏曲面色铁青，浑身发抖，在这猎猎北风里，十分应景。她沉默着一把推开男人的手，转身又进了理发店。人问她干啥又回来了，夏曲气得声音都劈叉了：“洗头！”

男人跟在她身后进来了，不停地道歉。夏曲气势汹汹地转头瞪他，男人满脸抱歉，半弯着腰。头发似乎已经蓄了很久，长长的，遮住半张脸，油腻腻的，黏成一撮一撮，身上的羽绒服许是尺码不大对，穿着跟套了个加厚麻袋一样，脚上蹬着球鞋。这副尊容，说他邋遢简直都还算好的了。怎么看，怎么辣眼睛。

夏曲不想理他，随着洗头小哥去了，留下一道怒气冲冲的背影。

向禾局促地站在原地，东看看西瞄瞄，然后挠挠头，嘴巴张合了半天，还是丧气地闭了嘴，转身离开。

2

最近人称最恐怖鬼屋的“行尸走肉”去了欢乐谷，夏曲约同事一起去玩。就这屁大点事，几个姑娘叽叽喳喳兴奋了一下午。

下班的时候，裹着围巾帽子，手里拎着便当袋，几个人说说笑笑就往办公楼外面走。

这北方的冬天，自大雪开始就是“千里冰封，万里雪飘”，那雪指不定什么时候就跟不要钱似的簌簌地下，天地只剩下白茫茫一片刺着眼睛。

今天冷，人人都是揣着手往外走。几人还没走出大楼呢，就看到办公楼前面聚集着好大一群人，一片喧哗，看着就热闹。夏曲和同事来了兴趣，一下钻了进去。

要是早知道这事跟她在公司的死对头刘霜有关，她是绝对不会来捧场的，感觉自己失了面子，丢了排场。

地上大片的花瓣，铺成个爱心形状，一圈一圈的，火红一片。男人裹着羽绒服站在中间，手里的红玫瑰极大一束，几乎都把人给掩住了，男人声音有些小，在玫瑰花后面支支吾吾：“刘霜，我……我喜欢你，做我女朋友，好不好？”

听着这声音力道，夏曲都不用看，用脚指头都能猜到那告白的男人绝对是个怂货，求个爱还羞羞答答，八成要失败。

果不其然，刘霜拒绝得快，眨眼闹剧就这样散了。

夏曲也正准备离开，却见那男人手里的花“唰”地落了地，男人犹如一只战败的大狗，浑身散发着灰败的气息，垂着头傻愣愣地站在原地。夏曲不过是多看了一眼，呵，是他啊。她死都不会忘了他，那个把馅饼扔她头上的人。

果然很怂，怂得让人觉得可怜。还是那么邋遢，不修边幅，身上一点男人该有的阳刚和朝气都没有。夏曲此刻倒是生起了几分同情心。

向禾心里正难过，却有一只肤色白皙、骨骼匀称的手夹着一张纸巾出现在了眼前。他有些茫然地抬头，看见一张眼熟的脸，戴着毛茸茸的白色围巾，脸上化着淡妆，涂着艳色的口红，在这漫天大雪里，就像是从天而降的妖精。

夏曲的长相是极明艳的美，大眼高鼻厚唇，极易蛊惑人，也极易给人留下印象。乍见之下，是很具有冲击力的。

夏曲仔细瞅了瞅那张脸，憋了半天："你……没哭啊。"

"没……没，怎么了？"向禾愣了愣，心虚地回话。

冤家路窄，他遇上了自己那块馅饼的受害人。一向很怂的他，此刻更怂了。

那天，夏曲瞧着他那要哭不哭的可怜模样，一时心软，陪着向禾去了公司旁边的咖啡厅，听他说他是怎么和刘霜认识的，又是怎么鼓起勇气来告白的。

不过是相过一回亲，刘霜在男人面前贯会做样子，让多少年都不开花的铁树死宅向禾有些动心了，然后在好友的撺掇下搞了这次告白。说他有多喜欢刘霜，倒也不见得，就是向禾这人吧，有些自卑，总觉得自己配不上任何人，所以看见个觉得还行的就容易被人牵着鼻子走。结果，显而易见。

夏曲这人一向耐心不足，为人有些大条粗糙，这种知心姐姐的温柔角色不适合她。她听着向禾的情感历程，在旁边翻白眼都快把眼珠子翻出来了。最后等向禾说完，喝了口咖啡，夏曲这才开了金口："眼瞎，还蠢。你呀，就踏踏实实去找个好姑娘，珍惜你、喜欢你的，好好过日子，别折腾那些有的没的。"

她这一顿说得噼里啪啦，向禾有些傻眼，乖乖坐在那里冲夏曲瞅着，那神情要多认真就有多认真。

"看着我干什么？"夏曲往旁边挪了一点。

"谢谢你。"向禾伸手把他额前的油腻刘海拨了拨，真诚地向夏曲道了谢。

夏曲嫌弃地摆摆手，起身去结了账，两人就在这咖啡厅门口分道扬镳了。

迎着风雪，两人背道而走，就像两颗星子，越来越远，越来越远，可谁又知道会不会再次遇见呢。一切都难说，就像夏曲自己说的，人和人之间，到底要讲一个缘分。

3

没两天，夏曲家隔壁空了一年的房子终于搬了人进来。她隔壁的房子是和她家一样的结构，两家的阳台并排着，伸个手就能够到对方家的墙。

新邻居养了一条哈士奇。硕大、又蠢萌。第一天住进来的时候就蹲在对面阳台那里，吊着个舌头，黑漆漆的眼珠子眨也不眨地瞅着正在吃烤肉饭的夏曲，那口水从嘴角直往下淌。

夏曲看它实在馋得可怜，就拿了家里剩下的饭，找了个不要的塑料碗，打开窗户放在地上，哈士奇就跟百八十年没吃饭似的，一扫而空。

新邻居还没露面，这家的宠物就先来打了头阵，这开门饭吃得够满足的。

哈士奇吃过夏曲一顿饭，就像是找到了人生的目标，每天都会雷打不动地吐着舌头蹲坐在夏曲家门口，等待投喂。

起初就是喂些鱼肉，后来，夏曲逛超市的时候，不自觉地买了狗粮和狗粮盆。每天下午她下班以后，回家第一件事就是准备好狗粮和罐头，放在门口，等隔壁的哈士奇过来吃饭。

这一喂就喂了大半个月。她后来想，这样可不成，这傻狗天天吃白食吃得实在是太欢了。她平白给人家养狗，啧啧啧，不划算，得找新邻居讨些伙食费。

去欢乐谷那天屋外零下十几摄氏度，夏曲一边后悔一边裹着厚厚的羽绒服出了门。堵车严重，幸亏他们约的是三点出门，等到了欢乐谷门口都已经六点了。

今晚之最的鬼屋——行尸走肉，面积最大、最吓人。夏曲站在门口咽了两口口水，还在做着无谓的挣扎。说的时候是爷，准备进去的时候就是孙子了。她哆嗦着躲在同事身后，可同事肾上腺素飙升，兴奋得就像打了鸡血，一往无前，夏曲拉都拉不住，转眼就跑不见了。夏曲一个人呆站在那里，旁边一个女“僵尸”糊了满脸“血”逗她，她简直都快被吓哭了。

此时，一位穿着黄色衣服，正维持着秩序的工作人员小哥，看见吓呆了站在原地动都不敢动的夏曲，先是一愣，然后小跑过来，轻声问：“怎么了？”

夏曲“哇”一声大叫，两只手死死拽住他的衣服，把脑袋埋在他的背上，就像举着盾牌似的，闭着眼睛推着他往前走。

小哥身上有着淡淡的肥皂味，在这混乱迷幻的世界里显得尤为清新。她往日里不懂那种躲在男人身后被人护着往前走的感觉，只因为她自小好强，父母又都是棍棒教育，所以从不肯软弱依靠他人。而现在，那人在身前走着，两只手轻轻把身边“僵尸”伸过来的手拂去，时而微微往后弯起来，形成保护之姿。

小哥安抚地拍拍她的手：“没事没事，都是假的……你跟着我，没事的……”

许是这轻言细语起了作用，夏曲跟在他身后，情绪稍微平静了些，但还是一路鬼哭狼嚎，跌跌撞撞，也不知过了多久，才终于走完了全程，到了出口。

出口处灯火通明，那一刻，夏曲就像久行不歇的旅人看见救命的灯塔，浑身都被这光亮熨暖了，她额头还抵着那小哥的脊背，温度从他背上传过来，从那额心一点，伴着灯火，一路暖到了四肢百骸。

夏曲终于松了一口气，准备转身向工作人员小哥道谢。回头的那一刻，她看到了向禾，穿着黄色的衣服，脸上带着浅浅的笑意和羞涩，神态认真专注。他看着夏曲，目光里有路边明亮的灯光，也有狼狈奓毛的她。

向禾剪了头发，还是稍长，但好在干净清爽，刘海微微遮住眼睛，抬头才能窥见全貌，他有一双极好看极好看的眼睛，干净得像稻城亚丁的珍珠海，清亮明透。黑色的瞳孔就像是一张曲面照片，那照片里的夏曲，生动鲜活，衬着背后的光，好似也被那光染上了明亮，漂亮得让人挪不开眼。

夜色与光是美人最好的装扮，此刻的夏曲就像一幅浓墨重彩的画冲击着向禾的眼球，而那张牙舞爪的勃勃生机则像天外流火，一下落进了向禾心里，然后那赤火燎原，汹涌了整颗心脏。

“你！”夏曲后退两步，“你怎么在这里？”

向禾搓搓手，朝前走了两步：“我来帮我朋友顶班，是今天的工作人员。”他小声解释了两句，然后面带关切，轻声询问，“你还好吗？我看你脸色不是很好，要不要休息一下……”

夏曲心头跳了两下，她想起了在那长长的一段路上，耳边是鬼哭狼嚎的呜咽，身边是血淋淋的“行尸”，而她被向禾护在身后，她甚至还在那音乐的间隙里听见他说：“别吓她。”那语调温柔安静，就像是一滴水落进了夏曲恐惧翻滚的心里，霎时间让她得以安心。

可她一贯好强，丢不下面子，抬起手示意他停下，尽量让自己看上去显得镇定沉稳一些：“我很好，我很好，我一点事都没有……我要回家了。”说着她就要走，走了两步却又回头，“你今天什么都没看到，听到没，什么都没看到！”夜色掩住了她发红的脸。

向禾脾气又怂又软，闻言他便是小鸡啄米似的点头：“好好好，什么都不知道，什么都不知道。”

夏曲满意地点点头，转身离开，一边走一边拿冰凉的手贴住脸蛋降温。那凌乱的脚步，还有半路遇见扮鬼的男生乍然的尖叫声，都昭示着她一点也不好。

向禾右手虚虚握拳抵在嘴边笑了起来。这是意外之喜，他没想过还能遇见她，更没想过能看见她这么一副被吓得惊慌失措的模样。

这个女人傲娇、小气、没耐心、嘴巴毒、脾气坏，可是她又善良、简单，就像一头小狮子，容易奓毛，但也容易顺毛。总是一副别别扭扭的样子，却不知就是那副模样，反而让她接了地气，惹人欢喜。

她脸上的每一个表情、每一个眼神，都是那样真实可爱，没有一点点虚假，干净通透，总能轻易让和她接触相处的人心生好感。

4

第二天夏曲整个人都不好了，昨天夜里吹了风受了惊吓，到下午就流起了鼻涕。撑着感冒熬了两天，结果到周三她彻底熬不住了。

回家的时候，看见隔壁哈士奇依旧吊着舌头蹲坐在她家门口，见她回来，热情地“汪”了两声。隔壁门开着一道缝，屋里光线有些昏暗。

夏曲四肢酸软，头昏脑涨，敷衍地摸摸哈士奇的脑袋，开门进屋随便倒了点狗粮搁门口就没管它了，她坐在沙发上就那样迷迷糊糊睡了过去。大门开着一条缝，哈士奇硕大的背影守着那门缝，吃狗粮吃得欢。哈士奇吃完狗粮，讨好似的回头冲着屋里叫唤了两声，结果发现没人搭理它，再往屋里瞅瞅……

向禾被自家哈士奇踩醒的时候简直内伤，那家伙挺大个身子在他身上跳来蹦去，他无奈道：“你又怎么了？”

哈士奇叫了两声，弓起屁股就往外蹿。向禾觉得这傻狗有些异常，揉揉脑袋跟着起来趿着拖鞋往外走。哈士奇站在门口歪着脑袋看着他，向禾无语：“到底怎么了？你又在外面凑了什么热闹？”

他出门一瞧，隔壁的门洞开，他家哈士奇甩着肥硕的身子往里冲。

向禾在人家家门口有些尴尬，敲了敲门，没人应，推门进去，只看到一个人睡在沙发上，他家哈士奇拿脑袋一个劲儿地蹭。向禾心下一惊，走近两步。夏曲？！

女人一向白皙粉嫩的脸此刻已经烧得通红，呼吸声里带着杂音，胸口大幅度起伏。向禾伸了手去探她的脑袋，下一秒奔回家穿好羽绒服换好鞋，关了门再去夏曲家，抱起人就往外跑。哈士奇跟了两步，被向禾喝住：“柱子，看家。”

外面寒风如刀，狠狠刮着皮肤，大团大团的白气来不及散开又浓郁起来。向禾心里跳得厉害，好像是囚笼里的野兽想要破笼而出，撞得胸腔发疼。

医院人满为患，别说病床，连张凳子都难找到。向禾抱着夏曲一路挂号检查，最后护士小姐拖了把凳子到角落里，不好意思地指了指：“将就一下吧，医院是真的没地方了。”

向禾点着头表示理解，今年流感肆虐，一倒倒下一大批人。他把夏曲抱在怀里，蜷缩在角落的凳子上，一手固定着夏曲的肩颈，一手帮她紧了紧围巾和衣领。夏曲此刻就像生了病的猫，软软乖乖地缩在向禾怀里，脸贴着他的胸前。因着羽绒服面料凉，向禾松开拉链，让她靠着自己的毛衣，胸口体温渐升，好像揣着一个小火炉。

向禾低头看她，手指无意识地在她脸上轻轻滑过，还是烫。她可怜巴巴地缩着，鼻子不自觉耸动着，全然没有了平日里趾高气扬的模样，乖得让人想放在怀里揉捏抚摸。向禾抱紧了她，心里是从未有过的满足。那是一种全然陌生的情绪，来势汹汹，而他向来木讷，不知此情此绪所谓何。

夏曲醒来的时候已经快到十点了，她目光还带着迷茫和困倦，不知身在何处，只觉得浑身像被火滚过一遍，又痛又软，使不上劲。入目是一个瘦削的下巴，下颌骨线条明显，喉结突出，男人正仰着头打盹，双手紧紧抱着她。

身后是医院走廊的窗户，窗户外亮着一盏昏黄的路灯，灯光正好照了进来，那灯下有雪花在飞，纷扬混乱。夏曲往上看，那人披着窗外的银光和雪，成了她在这充满寒冷和消毒水味的环境里唯一的庇护。那庇护即使不够强壮，却为她遮着风挡着雨，把她护得一丝不漏。

第二次了，差不多的时间，在最需要的时候，从天而降，护着她一步一步往前，护着她一点一点好转。夏曲心头微微下陷，像被人温柔地捧着，只为挡住这北国刺骨的冷。也许是病中软弱，夏曲竟酸了鼻子，脸颊在那胸膛上轻轻蹭了蹭。她看着向禾的下半张脸，心道，其实他长得一点也不难看，骨相清秀，只是少了拾掇。

夏曲一动，男人一下子就惊醒了，下意识紧了紧手臂，低头去看她，四目相对，他一时有些愣怔。向禾那双眼睛又暴露在了夏曲面前，干干净净，每一种情绪都赤裸裸地展现在她面前，他低头凑近了看夏曲。

鼻息交缠，夏曲能听见自己心脏恨不能从喉头冲出来。向禾却是第一时间摸了摸她的额头，掌心反复贴了贴，才终于松了一口气：“还好还好，退烧了……”

夏曲现在的脑子里一团糨糊，根本转不动。后来她才知道，原来向禾就是她的邻居。

5

为了报答“救命之恩”，夏曲后来找了一个天气好的日子，敲开了隔壁的门。

向禾挂着两个浓重的黑眼圈来开门，那副跟吸了毒一样的游魂模样看得夏曲浑身鸡皮疙瘩都起来了。

屋里有一股浓重的泡面味，夏曲一进门差点被熏晕，嫌弃地四处看看。

“你怎么了？你这家里怕是发生了世界大战吧……”

向禾不说话，只游魂似的飘进了卧室，被子往身上一盖，闭上眼睛一秒入睡。

再醒来，天已经黑了，向禾迷迷糊糊坐在床上醒神，忽地闻见一股清淡的米香。就这样闻着他便觉得饿得受不了，好像再熬一秒就要饿晕似的。

趿着拖鞋往外走，客厅灯火通明，可他那一瞬差点以为自己走错屋了。屋子里亮亮堂堂，垃圾一扫而空，地板拖得发亮，桌子上分门别类放着那些零零散散的东西，一点混乱和污渍都没有。哈士奇在光洁的地板上滑来滑去，脸上带着一种傻乎乎的兴奋，兴奋完了就往厨房里冲，在厨房里团团转。

有女人说话：“蠢狗，快出去，在这儿捣什么乱呢！信不信我削你！”

哈士奇谄媚地叫了两声。

气氛太过美好，向禾站在原地愣了很久，已经很久很久很久没人为他打扫卫生、下厨做饭了。他早已习惯了残羹冷炙，混乱不堪。可突然有一天家里出现了一个田螺姑娘，她面上脾气暴躁，作天作地，嘴下从不留人，可内心依旧善良、温暖。这个人啊，就是嘴硬心软。

向禾走到厨房门口，看见夏曲穿着蓝色毛衣，衬得她那皮肤在灯光下几乎白得发光。锅里不知道是在煮些什么，咕嘟咕嘟，翻腾着热气和香味。

哈士奇贴着她的小腿绕来绕去，时不时在她脚下打滚撒娇。夏曲不耐烦地拿脚轻踢了几下它的尾巴，惹来它越发放肆的玩闹。

向禾觉得这世上没人会不对这样的场景动容。

夏曲偶然回头，看见向禾站在厨房门口，看着她发愣。

“你起来了。等一下，粥要熬好了……我真的信了你的邪，你家是被外星人入侵了吧，光收拾就收拾了大半天。再一看厨房，啥都没有，这还是去我家拿的东西。”夏曲发着牢骚，手抓了抓脑袋，“我看你这不是在工作，是在修仙吧？喝西北风就能喝饱……”

她话不少，絮絮叨叨的，语气还不好。可向禾听着，偏偏窝心得不得了。

在那之后，向禾就开始模仿自家哈士奇了。每天跟着那只蠢狗站在家门口，眼巴巴地等夏曲下班回家，一蹲一站，巴望着门口。

等夏曲回家了，就一起挤到她家，坐在餐桌旁边等待着神圣的投喂。

夏曲赶了一次、两次、三次……可这人就跟脸上贴了十层糨糊一样，觍着脸怎么赶都赶不走。她从一开始的关门，到后来的翻白眼，再到最后已经麻木了。

夏曲每每脸上挂着不耐，可转过身，那眸色里溢出来的温柔几乎能把人溺毙。其实，以她的性子，要是真不想给这一人一狗做饭，那赶人的法子多了去了，可她到底只是做做样子，面上不耐烦，心里软得一塌糊涂。

其实她平日里在家做饭也并不多，主要是因为一个人的生活，吃饭睡觉都只是为了生存，枯燥乏味，再好吃再香甜的饭菜放在眼前也勾不起食欲。她每每瞧见向禾和那只蠢狗满足的样子，心里总是难以言喻地产生一种充实感。好像这房子也有了人气，有了欢声笑语，夜里睡觉都觉得心安。

察觉到喜欢他，便是在那第一顿饭上。洗手做羹汤，本就是一种心甘情愿的欢喜。

6

过年放假，两人自是各回各家，各找各妈。

初七回城，向禾一直在等夏曲。

夏曲拖着行李箱回来的时候，就看见这一人一狗站在老位置，眼巴巴地望着她，眼里是几乎要汹涌而出的喜悦和想念。她想，就这样吧，我真的很喜欢他。

某天下班回家，夏曲做完饭，板着一张脸，凶巴巴地道：“你家狗吃我的喝我的，你也吃我的喝我的，老娘有几个钱够你们吃啊！我跟你讲，赶紧给伙食费，还有劳务费，不然我就一锅开水倒你俩身上，好好烫烫那一身厚皮。”

向禾一脸赞同地点点头，然后低头吃饭。

夏曲被气得差点仰倒，一嘴饭吃得跟吃肉喝血一样凶狠。

第二天，吃饭的时候，向禾突然递上一个文件夹，一副郑重的模样。

夏曲丈二和尚摸不着头脑，拆开来看，竟然是向禾的存折、银行卡、身份证、房产证、护照。夏曲一脸蒙：“你这是干啥？”

向禾浑身上下每个毛孔都写满了真诚：“伙食费，密码我今天去改成了你的生日。”

夏曲看着这人一脸傻样，不知是个什么滋味。他其实有颗赤子之心，只是从没人发现，也没人珍惜。他所给予的爱与保护都是全心全意的，被他爱护，其实很幸福。夏曲脸上的动容只持续了一小会儿，随即她又故作凶狠：“我是你谁啊，我要你这些，这些破玩意儿干啥！”

“那……那个，不是伙食费嘛！以后日子还长呢，我这是预付，预付……预付后半辈子！”向禾被这么一问，有些羞羞答答了。

夏曲闻言只觉得心跳突然失控，她转过身深呼吸了两口，再回头，掂了掂手里的文件袋，故作凶狠：“就这些还想预付后半辈子呢。”

向禾急了，话说得磕磕巴巴：“不是，存折是我的存款，那卡是我的工资卡，以后……以后都给你！”

“都给我？”夏曲面上的笑已经压抑不住了，那份凶狠也挂不住了。

向禾重重点头：“嗯。”

夏曲突然就笑了起来，她其实在向禾面前不常笑的，更多是一种傲娇表情，向禾给她在手机里的备注还是“不高兴小姐”。而这样灿烂的笑在那张明艳出色的脸上越发显得诱惑，让人挪不开眼。

夏曲只是笑，没有接话，而向禾此刻紧张得不像话，后背的汗都浸湿了半片衣裳。他们都知道，也都在等一个答案。

夏曲笑了许久却一声不吭，向禾等得心都要枯了。

自卑再次涌上心头，这次来势汹汹几乎让他溃不成军。同以往每次告白都不一样，绝望如同磨着灵魂的钝刀子磋磨着他所有的一切，他就像个等待行刑的罪犯，直到听见那句：“那我就勉为其难，养你下半辈子吧。”

一时间，向禾就像傻了一样，脑子里一片空白，像是被人抽走了整个脑子，无法思考，无法呼吸，手脚发麻，浑身所有的力量都被卸了去。

他忽然笑了起来，那笑里掺着不明显的泪，隐在了眼角细细的纹路里。他一无是处，一无所有，何其有幸，遇见夏曲，这大约花光了他几辈子的运气吧。

夏曲把文件袋拿回卧室放在了保险柜里，折身回来，拍拍手，挑眉：“以后你就是我罩着的人，胆子尽管大一点，我在背后给你撑腰。”

她这话说得跟山大王似的，向禾却一个劲地点头，手搓着上衣衣摆，笑得像个大傻子。

7

向禾木讷，情商不高。他喜欢上夏曲，追根溯源，竟然不知道是什么时候，许是第一次，又许是第二次，总之，应当是很早。

而他是什么时候发现和察觉的呢？是某一个周五。

向禾和哈士奇照例等着夏曲回家，左等右等等不到，以为她在公司加班。向禾拽着哈士奇冒着风雪跑去了夏曲的公司，却看见夏曲被一群人环着，说说笑笑走远了。那背影就像人群里一颗红外线点，牵引着向禾的目光。

自卑席卷而来。他回到家，屋里一片漆黑，到处都是干干净净，一尘不染，和从前的模样大相径庭，空气里仿佛还有夏曲身上的香水味。

哈士奇安静地趴在向禾脚边，向禾坐在沙发上发着呆。他究竟想怎么样呢？他究竟想要什么呢？向禾摸摸心口，那里一片茫然空虚。

他想着，如果有一天，夏曲回到自己的生活里，而那生活里不再有他，他会有多难过。这种想法刚冒出一点头，就刺得他浑身发痛。

他想拥有她，他想成为她生活里不可缺少的部分，他想进入她的生活，占据她的生活，他想成为她舍不掉的包袱。

如果有一天，他被夏曲拒绝，那他会怎样？向禾想，他大约不会放弃，会厚着脸皮守着，一遍一遍献上真心，他会尽他最大的努力去争取。

他几乎是在那一刻突然明白，原来，他爱她，原来，这才是爱。

小剧场

夏曲某日心血来潮，拉着向禾去剃了个板寸。出乎意料，向禾那张不显山水的脸，配上这板寸竟有几分好看。眉毛形状很好看，却一点也不锋利。眼睛细长，笑起来弯成两条弧线。

向禾常年都是那样用头发把脸遮去大半的，现下剃了板寸，不大习惯，忐忑地问夏曲："好看吗？"

夏曲捏捏他的脸，凑在他旁边，笑眯眯道："好看多了，果然还是剪了头发清爽多了。瞧这小脸俊的，村里头一枝花啊。"

从镜子里看，两人的脸并排在一起，说不出地和谐。向禾害羞地笑笑，看着镜子里的夏曲，眼角眉梢都是满足和幸福。

走出门的时候，向禾心里美滋滋的，谁不喜欢听自家媳妇夸自己，一夸就飘飘然。结果他们没走两步，天上再次掉下个馅饼，正落在夏曲头上。

向禾看着楼上跑下来的小哥，不知道想到了什么，脸色大变，赶紧揽住夏曲的腰，带着她往回走："别生气别生气，我陪你再去洗个头……"

他说着就走，中途还回了个头，狠狠瞪了一眼那正准备道歉的小哥。

小哥："……"

22、二十四番花信风·冬至

冬至：斗指子，太阳到达黄经270° 。冬至这一天，阳光几乎直射南回归线，北半球白昼最短，黑夜最长，开始进入数九寒天。谚云：“吃了冬至面，一天长一线。”

二〇一七年十二月二十二日，农历十一月初五，丁酉年，壬子月，癸未日，冬至。

〔第二十二番〕
等风来，等花开

1

秦盏收留了一个男人，在他第五天来便利店的时候。

第一天他买了包烟，蹲在便利店门口抽完了整包，落了一地烟头；第二天买了一碗泡面；第三天买了一袋牛奶和一包饼干；第四天是几瓶啤酒，灌得满脸满身；第五天，买了五串关东煮，然后蜷缩在便利店里睡了一夜。

他长得很好看，五官硬朗清晰，浓眉高鼻组合出两弯深邃的眼窝，那眼窝里的一双眼睛透出成年男人独有的神情，本来干净的脸上长了凌乱的胡楂，却衬得那张脸越发不羁。原是雅痞，可因着失去了眉眼的意气风发，竟有几分颓丧的俊朗。

直到天蒙蒙亮，街边出现了扫雪的人，秦盏准备换班回家，走到门口犹豫了一下，还是转了脚步到角落里把男人拍醒：“天亮了，回家吧。”

秦盏慢慢吞吞地走着，穿着一件旧羽绒服，风吹得她面色苍白泛青。

男人一出门就冻得瑟缩，搓了搓脸，转身闪进了旁边的巷子，找了个避风的地方蹲下去蜷成一团，活像个邋遢的流浪汉。

其实秦盏没走远，就站在巷子口看着，一直看着他，眼睛被巷子里的风吹得干冷发涩，黑黢黢的眼珠里一片空茫。

“为什么不回家？”男人身前落下一道阴影，秦盏的声音跟冬天的雪一样凉，透着僵硬。

男人抬头："没家了。"

"你愿不愿意跟我走？"秦盏拎着袋子的手指不自觉地缩了缩，然后将另一只手伸到男人面前，"我收留你。"

男人仰头，眼睛一动不动地盯着她。逆着冬日清晨冷淡的阳光，他看到秦盏模糊的五官、冷静的神情，最后目光落在那只苍白的手上，指尖因为寒冷泛着紫色，掌心覆着薄茧。她就那样固执地伸着手。

男人盯着那只手看了许久，突然就笑了出来，笑出了眼泪。他站起身，像看一个疯子："你认识我吗？你知道我是好人还是坏人吗？你就收留我。"

秦盏收回手，转身往外走："我知道。你是'盛天'的创始人方泽年，前段时间刚刚破产。新闻里天天都在说这事。"她没回头，也不管方泽年究竟有没有跟上来，只自顾自地说着，"我想去吃煎饼，你快些，晚了就买不到了。"

她的声音古井无波，像是在说一件无关紧要的事情，方泽年脸上渐渐凝固出一种难以言喻的嘲讽和悲戚，他就那样红着眼睛鬼使神差地跟了上去。他被秦盏的善意诱惑了，那如同最后一根救命稻草一般的伸手，他无法拒绝。

秦盏住的地方离便利店不远，在一片老居民区里，楼道没有灯，又窄又脏。方泽年年少创业一举成功，日日都活在最精致舒适的地方，早已忘了世上还有这样暗疮遍地的角落。

门锁有些生锈，秦盏使劲转了几下才打开。屋里狭小昏暗，墙面发黄，家具破旧。秦盏熟练地把暖气打开，到厨房倒了一杯热水，三两下喝完，进了这房子里唯一一间卧室，木门关上，发出"吱呀"的声音。

方泽年的身后是刺骨的冷，身前是屋里渐次而起的暖意。屋里有股潮湿的气味，可至少温暖、干净，比起这些天的露宿街头要好上不知道多少，这从前他半步都不踏入的地方，如今成了最后的栖身之所，何其讽刺。

2

也许是骤然安下心来，方泽年半夜就发起了高烧，温度直逼四十摄氏度。

等秦盏清晨回来，才发现这人在沙发上已经烧得神志不清，她一下就慌了，二话不说架起方泽年就往外走，勉勉强强走到小区门口，拦了辆出租车，直奔市医院。

高烧加过度疲劳体力透支，方泽年晚上十点才醒过来，转过头就看见秦盏趴在他身边，手里攥着已经半干的毛巾，借着走廊的光还能看见她眼底浓重的青黑。

他起身动了动，正准备下床去洗手间，秦盏就惊醒了，一双眼睛红得跟兔子似的，声音沉重又无力，透着浓郁的疲惫：“你醒了啊。”

“嗯。”方泽年看着秦盏的脸，抿抿嘴，只觉得高烧过后的身体，依然烫得吓人，温度刺激着心脏一下一下地跳动。

洗手间逼仄、潮湿。方泽年抬头看着镜子里的自己，形销骨立，面色苍白，哪里还有当初意气风发的模样。

秦盏睡在病床旁边陪房的小床上，闭着眼睛，安安静静。

方泽年则睁着眼睛，看着头顶的天花板，洁白一片，空空荡荡。

“秦盏……”他叫她。

“嗯？”

方泽年转过身，枕着手臂看她，目光从她平平无奇的脸上轻轻滑过。眉毛疏而淡，山根有些塌，鼻峰鼻尖倒算笔直，唇瓣薄白，整个人看上去一点生气都没有，就像一个垂垂老矣的人，散发着无望的气息。

“你为什么收留我？”方泽年的嗓音在空旷的夜里，压低着音调，像小爬虫一样爬进秦盏的耳朵里，“我们以前，见过吗？”

这个问题就像一颗石子投进了湖里，方泽年分明看见秦盏的喉咙有一瞬间的僵硬，随后便是长久的沉默，只听见小床“吱呀”的声音。终于，她翻身背对着他，嘴巴动了动：“没有。”

随着这两个字而来的，是铺天盖地的回忆。其实，他们见过的。

秦盏二十一岁的时候，喜欢上了一个男人。那个男人彼时已经二十七岁了，是“盛天”投资的创始人，方泽年。

那时候的方泽年正是一个男人最意气风发的时候，从头到脚无一不讲究精致，配上那张无可挑剔的脸，一时间风头无两，迷妹无数。

秦盏初初见他，是他被母校请回来做优秀校友的经验分享。

秦盏看着台上的他，就像看着灯塔，几乎是一见钟情。她仰视着他，那个男人眼里有光，那光照进了二十一岁的秦盏心里，生根发芽。后来秦盏所有的努力，都是为了某一天能同他并驾齐驱，甚至足以与之相配。

年少轻狂，她在拿到“盛天”offer的那一天和朋友在酒吧得意忘形喝多了酒，半夜回家的路上就出了事。她撞死了人，被判三年有期徒刑。一个背着人命的人，是不配拥有未来的。从此以后，她和他只会是云泥之别，至死恐怕都没有再见的机会。

三年监狱生活将她磋磨成了行尸走肉，当她再想起方泽年，只剩满心荒凉。

直到那一天，她在电视新闻里看到“盛天”破产的消息。直到那一天，她看到狼狈的方泽年走进便利店。那时候，她在想，这不该是方泽年，方泽年也不该是这样。于是她收留了他，用自己瘦弱的肩膀扛起方泽年坍塌的世界。她想，我就用这潦草的余生，再送你一程，送你重新站起来，送你重新披甲上阵。

病房里一片安静，身后是长久的沉默，方泽年闭上眼睛之前，说了声“谢谢”，语气平静，透着满满的心如死灰。

3

年关将至，方泽年在这小屋子里待了也一个多月了。衣食住行，都是秦盏一手打理，处处妥帖。秦盏沉默寡言，平日里两人也无甚交流，每每与方泽年的目光对上，总能看见她仓皇地转开视线，满脸的僵硬和麻木在那一刻才会有所波动。

半月来，秦盏收集了不少招工的广告单，就压在厨房开水瓶的下面。她每天都在想，要怎么样才能劝方泽年出门找工作，可每次临到头了，话在嘴边就是说不出口。她知道方泽年的心态，昔日走得太高，到了金字塔尖，突有一日摔下来，那种疼，剜着心沁着血，不是说站起来就能站起来。

方泽年几乎足不出户，日日躲着，狼狈而自欺欺人地躲着，仿佛这样就能和这个世界彻底隔绝。秦盏看着，难免有些急，却不知道该怎么办才好。

而且，她近来有些烦躁，她没钱了。两人份的饭菜，全天开着的暖气，电表、水表上跳着的数字，给方泽年挂水吃药花去的钱，每一笔支出都让她心惊。秦盏靠在料理台上，撸了一把干枯的头发，一向木然的表情难得出现了一丝裂缝，死寂的眼底是满溢的慌张和无措。

她想笑，却笑不出来，想哭，也哭不出来，只有满腹的无奈和困窘。她连自己都养不起，怎么去养另一个人？

想了想，秦盏从开水瓶下面把那沓花花绿绿的招工广告抽了出来，筛来筛去选了一张招发单员的广告，白天只需要工作六个小时，从早上十点，到下午四点。最合适的是，酒店就在便利店旁边，离家近。

方泽年发现秦盏整日不归家，是在二月初的时候。

她每天早上匆匆回来，给方泽年做好饭菜，然后睡上三个小时，又匆匆离开。下午也是一样，忙得脚不沾地。整个人以肉眼可见的速度，迅速消瘦了下去，若是不说，还以为是哪家难民营逃出来的。可她给方泽年准备的菜色里渐渐有了荤菜，给他买的换洗衣服多了几套，不是什么大牌，但也不算便宜……

情人节当天，秦盏清早一回来就倒在了地上，浑身瘫软无力，面色难看得就像个死人一般。吓了正在阳台晒被子的方泽年一跳，一个箭步冲过来抱起她就往房里冲。

"怎么了？是不是病了？"方泽年有些发慌，手在秦盏的脸上探来探去。

秦盏没力气挣扎，只拍了拍他的手："没事，没吃早餐，低血糖犯了。能不能……麻烦你，帮我热一下厨房里的粥。"她有些狼狈地避开方泽年探究的眼神，难得挤出个安抚的笑，"没什么大事，老毛病了。"

方泽年将信将疑，给她掖好被子，乖乖去厨房热粥。

粥就在炉子上，打着炉子就能热。方泽年一边搅着锅里的粥，一边四处打量着破旧狭小的厨房，看见了那个红色的开水瓶，目光下移，下面压着的那沓花花绿绿的广告单显了出来，像是被人翻过许多次，边角都卷了起来。

方泽年有些愣，抽出那沓广告单，他还能看见上面用铅笔涂抹过的痕迹。秦盏的字很好看，秀气又纤瘦，这些广告单也不过是单薄的纸片，此刻却都像淬了毒的刀一样，用最轻的力气深深插进了方泽年的眼睛里，疼得方泽年连呼吸都好像呛着血。他攥着那沓广告单，越来越用力，手背上经脉凸出，指节泛白，血管仿似下一秒就能爆开。

人有无数办法回击假象，但面对现实始终溃不成军。手里的每一张纸都是现实，是窗外凛冽的风刮着心头的肉，刮得血肉模糊，毫无还击之力。遇见秦盏，他何德何能。

4

方泽年端粥进去的时候，秦盏已经睡着了。屋里拉着窗帘，光线昏暗，床上鼓起一个包，秦盏在被子里将自己蜷成一个蚕蛹，那是最没有安全感的睡姿，可她在尽全力去给予方泽年最大的安全感。

她穿着睡衣的脊背露在被子外面，显出一条极明显的脊椎骨。在浑浊的光里，那脊椎骨的线条像一把弯刀，骤然劈开了方泽年眼底的平静和心里的死灰。

就是这样一个女人，从那日清晨的风雪里走来，站在他的面前，问他要不要跟她走。她伸出的手粗糙起茧，五指透凉，掌心却带着一丝几不可察的暖意，坦然地放在了他的面前。

九点半左右，秦盏被闹钟闹醒，睁开眼睛就看见床头已经凉掉的粥。她两三口吞下，洗了个冷水脸醒醒神，就准备出门。

方泽年坐在沙发上，背着光，神色不明："你去哪儿啊？不多休息一下吗？"

秦盏忙着出门，一边换鞋一边答道："出门有点事。"

今天情人节，街上人多，传单还能多发些。她揉揉眼睛，出门的时候还在交代："饭菜我放在桌上了，你用微波炉热一下就能吃，晚上我回来做饭。"

方泽年听见关门的声音，然后转过头，看着客厅里，电视机旁边的微波炉，目光沉沉，漆黑一片。半刻钟过后，方泽年换上羽绒服，出了门，他腿长步子大，没一会儿就跟在了秦盏身后。

街上是成双成对的情侣，女孩们怀里抱着玫瑰，笑得幸福又灿烂。那样的表情，很像方泽年前妻脸上经常出现的表情，可事实证明，不是笑得开心就是真的爱，更多的也许是虚荣。

看见秦盏折身走进一家酒店，方泽年顿住脚步，就那样站在街角，半掩着身体等着。直到看见一个穿着布朗熊玩偶服的人出来，手里拿着一沓传单，站在酒店外面给来来往往的人发着。

大多数人都拒绝了它，它迈着笨拙的脚步，四处晃荡着，耍着宝卖着萌，时不时做些滑稽的动作，逗笑了女孩，便能送出去一张传单。

年二十九，情人节，到处都是笑声，到处都是笑容。可方泽年看着它，视线模糊，他想知道，那玩偶服下面的人，有没有累，有没有哭。

那布朗熊一直在发着传单，到中午十二点，去隔壁包子店买了两个素馅包子一杯豆浆，坐在还有积雪的台阶上吃着，露出来的那双手生着冻疮，又红又肿。

吃完了，工作继续。方泽年看见布朗熊的脚步越来越沉重，行动越来越迟缓，可玩偶服的熊头始终在笑着，天真又可爱。

"你烦不烦啊，都说了我们不要，不要，你听不懂啊！"

年轻男人训斥的声音传来，方泽年抬头去看，那一对小情侣，男孩把女孩护在身后，面色不耐，伸手推了一把布朗熊，布朗熊晃了两下栽倒在地。

方泽年就是在那一刻失去理智的。他脑子里只有秦盏那张平淡无奇的脸，疏淡的眉毛，暗淡的眼睛，只有秦盏平日里安静的样子，只有早上那抹虚弱的笑，只有她瘦削的脊背，只有那双粗糙红肿的手。

女孩的尖叫声骤起，凄厉又夸张。

"滚！"方泽年站在秦盏身前，看着被自己打倒在地的男孩，双目赤红，面色狰狞。

然后他转身一把掀了玩偶的头套，把秦盏揽进怀里，力道大得吓人，秦盏似乎都能听见自己的骨骼在"咔咔"作响。

方泽年发狂一般抱着秦盏，鼻尖是劣质洗衣粉刺鼻的香味，那是从前他最讨厌的香精味道。他在此刻却觉得，这味道混合着秦盏身上的暖意，成了他后半生最眷恋的味道，也成了他后来全部的勇气。而秦盏已经冻僵的脸贴着方泽年的胸膛，心却暖得想哭。她听见方泽年在她耳朵边上说话，带着难以自持的哽咽："不发了，咱们不发了，咱们回家，我带你回家。"

原来啊，这世上的梦想真的有成真的一天，她迷迷糊糊地听着，抬手抹了抹脸，一手湿意。

街边的花店里正在放王菲的《两个人的圣经》。

然后两个人，一言为定；

千辛万苦，三更半夜；

四海为家。

一无所有都爱一回。

一间房，一张床；

两个人，一直睡；

一弹指，一刹那；

一辈子，不翼而飞。

5

这个年，两个人过得都不怎么好，却满足得不得了。

时隔多年，守着一个小屋，蜷缩在一起看春节联欢晚会。窗外有人放烟花，有人点鞭炮。这一年所有的痛苦与折磨，被这世俗的热闹一冲，都散在了天空里，只剩下满地狼藉。收拾收拾，一切如旧。

今年的冬天格外冷，雪格外厚。三月里开春，温度依然低，可是到了三月中旬，南方的樱花照开不误，北方的梅花凛冽独秀。不过无论如何，总归是日日渐暖。

秦盏调了班，不再上夜班了。方泽年找了一份营销的工作，在之前秦盏发传单的酒店里。他每天朝九晚五，没什么野心，也没什么企图，饭局、酒局一律不去，每天下班都去便利店接秦盏。

天依然黑得早，五点半的时候，暮色四合，路灯渐次亮起。

秦盏跟来接班的同事打过招呼，交接了手上刚算好的账。方泽年也正好下班过来接秦盏，远远就看见个头小小的秦盏，裹着小棉衣站在门口的路灯底下等他，这是方泽年近来最喜欢也最心疼的场景。

秦盏从不站在便利店里等，哪怕外面风雨再大，她也坚持站在便利店门口的路灯下面等他，生怕他下班过来不能第一时间看到自己。

方泽年也不是傻子，他谈过恋爱，有过一次婚姻，还在商场上摸爬滚打这么多年，单那份眼力就不是常人能比。虽说秦盏心思沉，总把自己的情绪掖在心里，可方泽年还是能看出来，她在用心待他。在这平日相处的日子里，秦盏眼里心里都是他，她付出了仅有的一切，还在极力掩饰着自己的情绪。方泽年有时候甚至会想，他们从前是有过怎样的交集，值得她这般相待？

秦盏的长发潦草地绑在脑后，大大的围巾包裹着她的半张脸，方泽年在不远处看着那被路灯照亮的侧脸，睫毛被风吹得轻轻抖着，鼻峰挺直，鼻尖小巧。其实秦盏是个很耐看的人，初见只觉得一般，可越看就越觉得那五官凑在一起韵味十足。又或许是情人眼里出西施，在方泽年的眼睛里，再没有比秦盏更好看的人了。

方泽年发工资，两个人晚上去吃了一顿火锅，这一顿花了小两百块钱，是方泽年自破产后吃得最好的一顿了。

两个人对坐着，隔着腾腾而起的烟雾。秦盏吃不得辣，却偏偏要涮辣锅，整个人都辣成了一只红彤彤的虾，一边吃一边淌着泪花吸着气，间隙里抬头朝方泽年不好意思地一笑，那双眼睛还含着辣出来的泪花，轻轻一弯，成了一道完美的弧线，眼尾微微上扬，透着几分娇俏和生机。

她笑起来的样子，这样好看。方泽年怔怔地想。

火锅店里味道重，熏得两个人都是一身的火锅底料味。

两人沿着河边小道走回家，风还带着寒意，这一热一冷的，秦盏控制不住地打了两个喷嚏，却见方泽年换了个方向，站到她左前方，给她挡着风，接着又伸手抓着秦盏的手塞进羽绒服口袋里。秦盏先是一愣，随后挣扎了片刻，想把手从他手里抽出来。奈何方泽年力气大，固执地扣住她的手，拽得她动弹不得。

两个人十指相扣，掌心相贴，濡湿的掌心传递着各自的温度。秦盏心里涌出大片大片温热的水，包裹着她身体里的每一个细胞，她甚至能感觉到自己的血液在血管里流动，带着无法自抑的幸福和满足。

6

秦盏在便利店的同事准备结婚了，喜帖第一时间给到了她手上。虽然秦盏向来沉默寡言，也从不跟同事们在一起玩闹，但这并不妨碍她的好人缘。一个不多话的聪明人，脾气绵软，倒是挺惹人喜欢。

方泽年看到喜帖的时候，倒是觉得有几分意思，举着喜帖对秦盏道：“我们去给你同事买点新婚礼物吧。”

于是两人周五下班，真的去市中心逛街了。

方泽年背着秦盏买了两张电影票，给了她一个惊喜，这是他们看的第一场电影——《南极之恋》。看到一半，听见旁边有小姑娘在笑，笑赵又廷在电影里的做派着实滑稽。

可方泽年一点也笑不出来。在他眼里，秦盏更像赵又廷的那个角色，只身在外，披荆斩棘，这样的相像，让方泽年心疼的情绪几乎要把心脏胀破。

他转头去看秦盏，她看得认真，想来是已经很多年没有来电影院看过电影了，手里捧着的爆米花一点都没动，神态专注又温柔，彻底褪去了平日里的不苟言笑和自卑。方泽年眼底发热，不敢再去看她。

电影结束的时候，旁边的小姑娘突然吐槽：“这种时候还看极光，赶紧送回去抢救啊喂。”

方泽年被这话逗笑了，扯着秦盏的袖子正欲同她分享这个段子，却乍然瞧见秦盏眼底满满的憧憬和渴慕，她的嘴角甚至还带着笑。

女人许是天性浪漫，但除了浪漫以外，他看到的更多是羡慕，对于陪伴的羡慕。那时候他在想，那就一辈子陪着她吧，两个人，安安静静活在这个世界不为人知的角落里，过着平凡的日子。

市中心的电影院往往能遇到熟人。许是运气不好，方泽年还真的遇到了熟人，一个从前总是有求于他，卖他三分薄面的小企业高层。

这是方泽年人间蒸发后遇见的第一个熟人。可想而知，场面不会太好看。不过几句交谈，所有的气氛都被破坏了，似乎是触动了他忌讳的那根弦，接下来的行程，方泽年的状态总是不大对，神色恍惚，面色难看。

秦盏一如既往地安静，走在方泽年身边，连气息都放轻了："方泽年，这个世界上每天有人出生，有人去世，人生起伏不过都是再平常不过的生活罢了。无论我们遇见什么人，过什么日子，都只是我们生活里最普通的一天。

她说这话的时候，他们身边匆匆跑过一个男人，满身风霜，疲惫不堪，脸上却是狂喜："生了！我马上就到，我媳妇还好吧……"

方泽年忽然就不介意了。如她所说，遇见什么人，就和每天吃什么、喝什么、做什么一样，没什么不同。

万物万态，各自守心，一切都没有了计较的必要，释怀便是从这一刻开始。

7

周末秦盏调休一天，和方泽年两个人窝在家里晒太阳。

秦盏拿着她从手机市场淘来的二手手机，逛着淘宝，准备给方泽年买春夏的衣服。方泽年就坐在她身后看书，一本书看了一上午，连动都不想动。时光静好，岁月安宁，让人无比满足。

他瞥了一眼秦盏，看到她正在刷一个 PU 皮的包，两百多块钱。

秦盏看了又看，手指在界面上上下滑动，却始终没有点击"加入购物车"。她看了那个包很久，然后轻轻叹了口气，退出，再点进一家男式服装店，利落地买了几件男式衬衣、外套和一条裤子，眼睛都没眨一下。

方泽年看着她这一连串的动作，有些愣怔。没有那些钩心斗角，没有被金钱权力迷住眼睛，他这小半年里连睡觉都觉得十分安稳。他站在云端太久，竟忘了脚踏实地是这样让人心绪安定，让人沉迷深陷。而这一切都是秦盏带给他的，这个女人给他辟了一方天地，哪怕狭窄，却充满了安稳和温情。他竟然有些心生贪恋，甚至在想，这样的日子一直过下去其实也没什么不好。

他原以为自己出去找工作，秦盏就不会那么辛苦了。可是不够，对于两个人的生活来说，这远远不够。碌碌无为地挣扎求生，曾经是他最鄙夷的生活方式。他一边享受着秦盏的付出，一边欺骗自己这样就可以了。可现实不是这样，秦盏依然很辛苦，他曾经放肆给予旁人的一切，如今分毫给不了秦盏。

可是，人回望满是疮痍的过去是需要勇气的。方泽年对着手机里导师的电话，犹豫了很久。他可笑的自尊、不肯冲过去低头的骄傲，让他难以启齿。

8

方泽年下班的时候，秦盏还没交班，正和同事说话。同事是个家境不好的单亲妈妈，看到秦盏的新包有些羡慕："这包好看，你家方泽年给买的吧？他对你真好……"

秦盏只安静地听着，把东西收进方泽年前两天给她买的包。她有些粗糙的手在包上小心地抚了抚，笑意浅淡："让他别花这冤枉钱，我原来那个还能用的。"

"男人愿意给你花钱是好事，你可别傻……"

同事后面说了什么，方泽年没太听得进去了。只不过一个两百多块钱的包，他从认识秦盏到今天，他也只送过她这一件东西而已。

晚上那顿饭，方泽年吃得心不在焉。秦盏不敢多问，安安静静吃过饭，收拾了碗筷，却没看到身后方泽年复杂的眼神。

夜里方泽年站在秦盏的房间门口，背着光，面色模糊成一团，他问她："你喜欢我送你的礼物吗？"

试问哪个女孩会不喜欢恋人送的礼物，可秦盏铺床的动作没有任何停顿，随口道："花那些钱干什么，我也用不上，回头我还打算给你买几件好一点的衣服，你总归是在人家公司里上班。"

她说得漫不经心，方泽年听得心尖发痛。

秦盏直起身的那瞬间，就落入身后那人怀里。那人穿着廉价的棉质睡衣，袖子卷到小臂，露出精壮的手臂，此刻就横在她的腰间，带着灼人的温度。方泽年的下巴抵在秦盏的肩膀上，鼻尖碰到她裸露在外的脖子，激起一片细细小小的鸡皮疙瘩。

"我会给你更好的……"方泽年的声音低沉沙哑，就在秦盏耳边落下。

那一字一句落在秦盏的心上，敲击出一阵一阵的战栗。她想，她应该听懂了方泽年的话。这样就够了，只要他能重新站起来，一切都值得。

长久以来，心底所有的重担都放下了。秦盏脸上露出释怀的笑，那笑容里没有了沉甸甸的负担和伪装，像极了当年明亮飞扬的自己。她笑着说："好。"眼睛看向窗外的月亮，干净的轮廓，一如当年她在大学里遇见方泽年的那个夜晚。

第二天早晨，方泽年醒来的时候，怀里是依然熟睡的秦盏。她的脸在被子里烘成了绯色，头发缠在颈上脸上，睡姿乖巧安静。他在秦盏的眼皮上吻了吻，大拇指揉揉她绯红的脸蛋，小心翼翼地翻身起床，蹑手蹑脚地出了卧室。客厅里整整齐齐的被子昭示着他已经成功转移了阵地，那是他已经许多年不曾感受到的幸福。原来人在经历过大起大落以后，还能拥有这样简单的幸福。

方泽年点了支烟，打开手机，这是他自从破产以后，第一次给从前的导师打电话。为了秦盏，他可以向任何人服软，向任何人低头，他可以，从头开始。他不要再安于现状，不要让秦盏继续过这样操劳的生活，他愿意为了她重新披上盔甲，重新走入战场披荆斩棘。这次他什么都不怕，因为身后有她。

小剧场

领证的头一天，是方泽年到新公司以后做成的第一笔投资，很成功，公司还特地给他办了庆功宴。

秦盏去接他的时候，方泽年已经半醉了，赖在秦盏身上不肯撒手，一个劲地撒娇，脸往她脖子里钻，呼出的气喷在皮肤上，一阵一阵发痒。

秦盏拖着他走，两个人沿着河走回家，路上有春花簇簇、灯火丛丛。

"方……泽年？"身后有人在叫。

方泽年回头，梧桐树下垂着灯条，光里站着一个好看的女人，鬈发披肩，长裙猎猎，五官精致秀丽。方泽年眯着眼睛，半晌嗤笑一声，透着浓浓的讥讽，然后回头继续赖在秦盏身上往前走。他在秦盏耳边嘟嘟囔囔，不知道说了些什么。

秦盏方才看到那个女人，难免吃了醋，不耐烦地推了推他，皱着眉："你到底在说啥？嗡嗡嗡，我一个字没听清。"

方泽年带着酒气逼近，摩挲着她的鼻尖："我说，秦盏，我爱你。"

那声音很温柔，像是泡了蜜一般黏稠。

刚刚看见前妻的那一刻，方泽年心想，如果过去的一切都是为了遇见秦盏，那我从此不再怨恨，我感激所有的一切，把她送到了我身边。

23、二十四番花信风·小寒

小寒：斗指子，太阳到达黄经285°。小寒以后，开始进入寒冷季节。冷气积久而寒，小寒是天气寒冷但还没有到极点的意思。

二〇一八年一月五日，农历十一月十九，丁酉年，癸丑月，丁酉日，小寒。

〔第二十三番〕
我有病你有药吗？

1

老一辈人总有些迷信风水。因此，川谷跟自己爷爷奶奶说一月五日搬家的时候，遭到了两位老人家的强烈反对。只因为那老式挂历上白纸黑字写着：忌入宅。

可川谷不信那一套，照计划喊了一大堆朋友，在一月五日那天早上搬进了新居。于是，当川谷从楼梯上摔下来，腿撞上楼梯边凸出来的一块大理石装饰的时候，他疼得晕晕乎乎，脑子里却还在想：这么灵的吗？

好不容易被朋友送到了医院，几个人在医院大厅待了许久都无人问津。听说是路上发生了车祸，现在伤员都往医院送呢。川谷咽了口口水，觉得场面太大，有些吓人。

终于，一个小护士眼睛尖，看到了他们，过来草草问了两句，然后朝一个纤细修长的白色身影小跑过去："舒医生，那边有个病人，摔了，疑似骨折……"

舒末手下正忙着，橡胶手套上全是血，她回头看向川谷那边，戴着口罩的脸只露出一双眼睛，那眼睛充斥着烦躁、焦急，似烈火一般，口罩里传出闷闷的声音："找个地方先让他们坐会儿，我处理完手上这个就过去。"

川谷这厢刚被小护士安顿好，和朋友几个人躲在角落里瑟瑟发抖，忽地吹来一阵风，血腥味浓重，可里头还夹杂着一丝清爽。一双干净修长的手映入眼帘，指甲修剪得整整齐齐，在他腿上捏了几下。那突如其来的锐痛一下子就让他白了脸，就要出口的叫声生生被堵在了嗓子眼。川谷指着对方鼻子，那手抖啊抖的。

“怎么回事？”

川谷疼得直抽抽，朋友在旁边插了句：“摔了，从楼上摔下来的。”

只见她眉头轻皱，口罩上方那双好看的眼睛波澜不惊，起身对小护士道：“带他去缴费拍片。”

川谷刚从疼痛感里回过神，就看见她转头欲走，一下急了怂了，伸手就去扯她的白大褂：“哎哎，医生医生……我这，没事吧？”

舒末居高临下，口罩下露出部分线条分明的下颌线，眼里有着隐隐的不耐：“先去拍片子。”说罢她头也不回地又栽进那大型灾难现场。

果不其然是骨折，舒末匆匆帮他上了石膏，交代两句就继续去忙了。

川谷对这个眼睛长得很好看，身上味道很好闻，可是很不好说话，下手很重的医生印象深刻。去医院拆石膏的时候，他一眼就认出了坐在急诊值班室里的舒末。

舒末的手干净修长，如葱段凝脂，在川谷腿上按着，衬得川谷那毛发茂密、粗黑粗黑的腿跟条猪腿一样。她戴着口罩，露出来的眼睛漆黑平静，感觉此刻正在菜市场选骨头一样。舒末检查完，看了看片子：“恢复得不错。你动动，看还有没有哪里不舒服。”她声音清冷，语气干净利落。

川谷只觉得脱了石膏一阵轻松，踩在地上使劲跺了跺，傻呵呵一笑：“挺好挺好。”

舒末眼皮一抖，手在病历本上写了几行字，合上然后递给川谷：“这段时间注意不要剧烈运动，伤筋动骨一百天，虽说恢复得不错，但还是要注意。”

川谷接过病历本，连谢了好几声。出门的时候，正遇上小护士端着饭盒进来，冲舒末说道：“舒医生，我给你打了饭。”

川谷在门口回头，正看见舒末抬手把口罩拿下来，脸上有些诧异：“这怎么好麻烦你。”

小护士嘻嘻一笑：“没什么，急诊室事情多，我也是顺手。”小护士话音一落顺势往舒末对面一坐，“舒医生，我有个亲戚腿脚不好，想来这边找您检查检查，您看您什么时候有时间能不能帮忙看看，安排个床位。”

舒末一下就明白了意思，合着收了这碗饭是吃人嘴软，她把手上的筷子往饭盒旁边轻轻一搁，筷子碰撞的声音很轻，但是办公室里的气氛陡然就变了。

“我每周三、周五专家号，你可以让他先挂号。”

“那个……我不是那个意思……”

“谢谢你的午饭，多少钱，回头我转给你，我下午还有个专家会诊，要提前看看病例……”舒末话转得突兀，干巴巴的，听着不太舒服。

川谷本来是被舒末口罩下面完整的仙女颜震惊在了原地，不知不觉就听完了这一段小插曲，心下难免觉得舒末过于不近人情了，这年头找关系这事都不算事了。

仙女姐姐一个，但是过于规矩刻板，不好接触。

2

腿好了没几天，舞团有团员要参加街舞比赛。作为队长，川谷得给他们编舞、调整动作。川谷的腿刚好，本来依着医嘱是不能做剧烈运动的，可比赛在即，他哪儿管得了那么多。

老话说得好，不能作死，腿还是没恢复完全，川谷一个失力就崴了脚。

这下可好，吓得一众队员慌了神。阿豆抽出自己的手机拨了个号码，嘀咕了半天，然后冲川谷道：“我姐刚评上骨科副高，厉害着呢。还好已经是下班时间了，我带队长去找她。”

阿豆是两年前进的舞团，极具天赋，人也长得帅气好看，一笑两颗小虎牙。

队员一听，呵，好家伙，专家呢，二话不说，跟着阿豆就往医院冲。

值班室门口，阿豆背着川谷敲门。

门后传来一阵脚步声，没几秒，门一开。女人穿着白大褂，背着光，一手插在白大褂的口袋里，一手搭在门把手上，抬眸看向他们，眉目间明显轻轻一皱。

她没戴口罩，川谷看见她的那一刻，分明听见身后一阵抽气声。舒末五官很好看，川谷上次就知道。是那种完全不食人间烟火的仙女颜，五官拆开单看，每一个都极为精致，合在一起又是另一番味道。眉目清淡疏远，仿佛藏着山川清河。唇不点而赤，很罕见的天然唇色，唇峰微凸。

“姐，我队长脚崴了，你给看看呗。”阿豆二话不说就往里一走，把川谷放在椅子上。

舒末往椅子上一坐，开口道：“我不是说了，这段时间不要剧烈运动。”

川谷挠挠脸，有些心虚。

“躺那儿去，把鞋袜脱了。”舒末指了指值班室里的那张病床。

川谷瞬间脸色就不好看了。他今天跳了一天舞，出了一身汗，还……还没洗脚呢。

热心队员阿豆，丝毫看不到队长的脸色，乐呵呵地把川谷往床上一扶，蹲下身去麻利地剥去川谷的鞋袜，川谷顿时很尴尬。

舒末开口却并无异样：“还算运气好，伤得不严重，喷点药，休息几天就能好。”

她的手指冰凉，带着消毒水的味道，干燥又干净，触碰到川谷脚踝的时候力度很轻，就像羽毛一样挠得他有些发痒。这位常年嬉皮笑脸、脸皮极厚的男人，难得地脸红了。

临走的时候，一直以来都不苟言笑，甚至有些凶巴巴的舒医生开了口，语气有些僵硬：“舒亭，别忘了周末回家吃饭。”

阿豆不耐烦地薅了一把头发：“他们都不乐意看见我，我回去干啥？”

舒末也不说话，就拿那双黑白分明的眼睛看着他，看久了让人有些瘆得慌，阿豆对自家姐姐还有点怕，嘟囔道：“知道啦。”

回去的路上，川谷看着窗外疾闪而过的灯光，状似不经意地问了句：“阿豆，你跟你姐姐关系不好啊？你姐也不喜欢你跳舞吗？”

阿豆单纯，摸了摸鼻子：“我跟我姐关系一般般。她这人交流起来没什么意思，从来都是一板一眼，古板老旧。”阿豆喃喃咕咕抱怨着，“不过她这样也好，至少她从来没管过我跳舞。”

川谷对她越发好奇，脑海中又浮起他想起上次离开前，回头看到的印象深刻的一幕。她身后是窗户，外头透着冬天的阳光，折射着还未化去的雪色。她穿着白大褂，里面是一件淡黄色的衬衣，被这泛着冷光的阳光笼住，生生晕出一股神圣不可侵犯之感。

3

舒末没想到她会收到舞蹈比赛的邀请函，还是弟弟那个不听话的队长亲自送来的。那天中午她吃过饭，刚回办公室就看见川谷跷着二郎腿坐在里面东张西望，看见她的时候二话不说就递过来一张精致的邀请函：“你弟弟的比赛，要不要去看？”

舒末伸手接过来，有些不解：“舒亭让你送过来的？”

川谷摇摇头：“不是，是我觉得他应该很想你去看看，毕竟，我们队里其他参赛队员都有家人会去。”

舒末倒是没想到他会说这话，原本打算回绝，可听到最后一句话，还是犹豫了。那毕竟是她亲弟弟，她到底还是疼他的。她没说什么，只是收下了那张邀请函。

川谷离开的时候，舒末还在看那张邀请函，脸上说不出是个什么表情，奇奇怪怪的。川谷其实心里挺没底的，他对舒末不了解，去送邀请函也只是一时冲动，后来想想，还是觉得有些鲁莽。只是直觉，或许，可能，她会愿意去的。

所以在看到舒末拎着包从医院出来的时候，川谷心里生出一种剧烈的兴奋，仿佛摸到了什么门道一般。原来是个脆皮豆腐，心里软着呢。规矩是规矩，规矩之外，也不是那么不好说话的。

舒末推了一台手术，特地请了假出来。这是她第一次为了私事在工作上请假，请假的时候，主任还狐疑地看了她半天，看得她浑身都觉得尴尬。

她一出门就看见川谷站在医院门口，穿着羽绒服，围着一条黑色的大围巾，看见她出来，脸上一个大大的笑容，露出一排白净的牙齿。

舒末很少接触这样不熟悉的人，看着川谷冲她笑，一时有些愣。

“走吧。”

“你怎么在这儿？”

“快点，一会儿该迟到了。”男人一边笑一边说话，唇间白气直冒。眉宇英挺，鼻梁高悬，嘴唇有些薄，长相甫一看有些平平，但是一笑起来，好似五官都活了起来，生动极了。

舒末被这笑攫住了眼神，红了脸。

“其实，我自己可以去的。”舒末对川谷来接她这事很是不能理解，因为他们毕竟……不算熟。人家突然来这么一下，倒弄得她不知道怎么反应才好，是该客客气气地感谢，还是照常就行……舒末在心里斟酌了一下。

川谷耸耸肩：“顺路而已，再说了，阿豆也是我兄弟，接他姐姐这种事不算事。”

舒末顺着台阶往下，十分憨直地接了句：“谢谢你们平时照顾我弟弟。”

川谷摆摆手：“都是兄弟，相互照顾而已。”

舒末从来都是没有这样的朋友的。

读书的时候，她眼里只有红榜上高高在上第一名的位置。只有安安稳稳坐在那个位置上，爸妈才会满意，所以她没有心思和时间去参与到小女生的谈话和交往里。

工作以后，她有她的事业和病人，每天都是极度疲惫，更是没有心思和时间去和同事们一起八卦、聊天、逛街。这些年，她都是一个人这么过来的。

川谷看着舒末脸上茫然的表情，倒是有几分信了阿豆的话。她这人因为过于循规蹈矩，加上成日里一副“生人勿近”的样子，不惹人喜欢，自然没什么人愿意同她交往。

可你若是接近她，多说上两句话，就会发现，其实她并没有那么难以接触。

街舞是一种很热烈、很能激发共鸣的活动，攻击性和友谊性共存。

舒末的位置在第一排的角落里，既能看清舞台，又能避开汹涌喧哗的人潮。这是川谷托人留的好位置，舒末很满意。

“以前看过阿豆跳舞吗？”川谷不动声色地往舒末那边挪了挪。

舒末在这陌生的环境里有些拘束，脊背僵硬，双腿并拢，双手握着包摇摇头：“家里不喜欢舒亭跳舞，我平时也忙。我原来知道他跳街舞的时候，挺惊讶的，我们家都没这基因。”

或许是因为环境太过放松，旁人太过投入，她常年紧绷的神经难得被音乐和尖叫声缓和。加上川谷既是她的病人又是她弟弟的队长，这会儿说起话来，竟是难得地自如，少了陌生和客气。

川谷的脚跟着台上音乐的节奏一拍一拍地点着地：“街舞最迷人的地方在于，它的灵魂不受束缚，它宣泄着生命、自由和渴望。我想你们家，应该没有谁比阿豆更自由、更懂得享受和挑战人生。”川谷说这话的时候，正逢舞台上一束灯光扫过。

舒末听到这话有些惊讶，转头去看他，却看见灯光下的他，眼底流光溢彩，诉说着无尽的享受和无上的骄傲。她从来都如同死寂一般的心，在光怪陆离里，在看着身边男人眼底的光，然后慢慢扫向那张脸的时候，重重鼓动了两下。

川谷说得没错，她弟弟舒亭曾经对她说：“我只是想做我自己喜欢的事情，我又没碍着谁，也没伤天害理，只是想过得开心和自由。”

她也曾想过，自己想做什么呢？没有答案，于是就不了了之，困在笼子里的鸟如果对笼子外的世界无所适从，那么就算开了笼门也飞不走。自那以后她便再也没有管过舒亭，她羡慕着、克制着，久而久之，便放任了。

4

舒末那日看着弟弟成功晋级，心里不知道为什么沉甸甸的，没有多少高兴的情绪，她似乎被这场比赛拖入了一个怪圈，陷入了一场思考。

“不去恭喜他吗？”川谷站在她身边，也不知道是什么时候凑过来的。他离她很近，近得都能嗅到她身上消毒水的味道和隐秘的清香。

舒末摇摇头，起身出了门。夜里还有些冷，川谷跟在她身后，双手插兜，步履不疾不徐。路过一家便利店，舒末深吸一口气：“请你吃消夜，就当作是谢礼，谢谢你带我来看我弟弟比赛。”

川谷笑而不语，只跟着她往里走，挑了几串关东煮，和舒末并肩坐在橱窗边上。舒末眼前只有一杯粥，冒着淡淡的热气。

窗外马路上有人踩着滑板，笑闹着蹿过。舒末看着那些年轻的脸上浮着笑，看着他们开心地嬉闹，有些出神。川谷三两下解决了关东煮，只觉得胃里一下子暖了不少：“玩过吗？”他扬扬下颌。

舒末笑着摇摇头：“从来没接触这些。”

川谷擦擦嘴，然后一把拉起舒末的手腕就往外跑，站在便利店门口对着那群少年呼号一声：“嘿……借个滑板。”

其中一个扎着脏辫的少年脚下一个翻花，把滑板踢向他们：“一起来玩啊……”

舒末穿着高跟鞋，手里拿着包，站在原地茫然地看着川谷。川谷恶从胆边生，蹲下身，速度极快地扒了舒末的高跟鞋，袒露出那一双圆润光洁的脚。

“踩上去，别怕，我扶着你。”川谷肩膀上背着舒末的包，一手拎着高跟鞋，另一只手牢牢把住舒末的腰，低头看着她，“试试……你看他们，笑一笑闹一闹，也无伤大雅。”

男人身上的气息突然袭来，她还能感觉到他身上的温度，舒末哪里经得起这样的惊吓，一双脚踩在地上，拉着川谷的手下意识就往后退：“不不不，我玩不来这个……”

可川谷毕竟是个男人，手劲大，拉着舒末不放，眼瞧着他越逼越近，对上她那双没了冷静自持只余慌乱的眼睛说："不试试怎么知道玩不来，你和他们有什么不一样吗？没多一只手，没多一只脚。"

话音刚落，便利店里突然传出来《我们不一样》的歌，川谷正灌鸡汤呢，脸都绿了。再下一瞬，远处那群玩滑板的少年集体接了句："有啥不一样？"

"噗……"舒末忍不住了，猝不及防地笑了出来，眼尾微微上翘，竟有别样的风情。

川谷看着她，强制自己别开眼睛，然后也笑了。

舒末舔舔嘴巴，有些紧张："那……试试？"她下意识看向川谷，全然没意识到手已经攥紧了他的衣摆。

川谷轻咳两声，勉力掩饰着自己因为对方的笑而泛红的脸，扶着舒末的腰推着她往前滑："一只脚踩在上面，一只脚踩地……你看看他们的动作，慢一点，不着急。"

舒末一双脚娇生惯养，滑板玩得脚疼，可从脚板心升腾而起的一股子疯狂，好似在冲击着这一身包裹得严严实实的皮肉，几乎要破体而出。

等她好不容易掌握了一点门道，能一个人摇摇晃晃往前滑行一段距离的时候，她回头一看，川谷站在初春带着寒气的灯光下，笑看着她，温柔得像大树，许她难得地放肆。那一刻，经年累月硬着的心肠就那样软了。这数十年里从未有人这样……纵容她心里原本应该肆意生长的对自由的渴望，她想她动心了。

5

四月春来，舒末刚查完房往办公室走，路过呼吸科，瞅见一个熟悉的人影戴着口罩坐在注射室里挂点滴。不过就迟疑了一秒，那人转过头看向她，眼睛一亮，冲她激动地招手，那谄媚的模样就差身后插根尾巴了。舒末叹了口气，昨天晚上川谷给她发消息的时候，可丝毫没提到今天看病这事。

"你这又是怎么了？三天两头往医院跑，都快把医院当家了。"舒末接了杯温开水递给川谷，交接的时候碰到了他的手，有些烫。舒末后脖子红了红，把手抽了回来。

"过敏，每年春天都觉得要活不下去了。"川谷可怜巴巴地开口，嗓子都哑了，口罩边上露出来的皮肤泛着红肿。

许是因为从事医生这一行，舒末尤其听不得“活不下去”这几个字：“胡说八道什么呢？”她眼刀子一刮，杀伤力依然巨大。

如今川谷可不怕她，这人就是脆皮豆腐，一戳就散，哪怕真惹生气了，缠着撒几个娇也铁定有效。

骨科有护士在叫她，舒末帮川谷调了调点滴速度，转身离开。川谷眼巴巴瞅着那纤细修长的背影，摸摸自己红肿的脸，安慰自己鲜花总归是要插在牛粪上的，不用灰心。晚上舞团和外面的朋友有一场友谊battle赛，昨天晚上他就跟舒末说过，可舒末没答应要去。川谷要没见着人还好，这会儿见着人了，哪还有放过她的道理？

于是舒末下班收拾东西的时候，没由她说个不字，就这样半胁迫半蛊惑地被带去了酒吧。

酒吧是battle的最佳场地，音浪都能晃动地面，鼓点一下一下敲打着，像是打在舒末心头，震得发颤。

“瞧着，今儿晚上我给你跳个battle王回来。”川谷扩出片还算清净的角落，把舒末安置在那儿，冲她挤了挤眼睛。

川谷把阿豆招来，也不管这小孩震惊不震惊，就把他姐交给他了，然后自己脱了外套进了battle场。

“啧，姐，看不出来啊……你这是打算仙女下凡了？”阿豆拱了拱她的肩膀，这动作不过是寻常姐弟该有的亲密，但他们俩已经有很多年没有做过了。舒末的眼神瞬间就柔和了下来。

话音刚落，音乐骤起。那人在舞池里陡然开始舞动，动作干净利落，灵活自如的身体跟着音乐的节奏律动，像是变了一个人。有些人，生来就是舞台上的王者，理应收割所有人的目光和崇拜。川谷，便是这样的人。

舒末看得入神，原本混乱的心跳跟着川谷的动作和每一个鼓点慢慢沉静下来。许久许久，川谷一直在场上，直到最后赢。然后她听见他喘着气对着话筒说：“舒末，要不要来我的世界？！”

她耳畔突然空茫一片，只剩下自己血液流动的声音和心跳的闷响。她听见那个小小的、一直被死死压制的真实的自己说——要。就像一个还在青春期的小姑娘，情窦初开，满心欢喜，连羞怯都仿佛沾着春水。

6

医院里的同事觉得舒末变了，说不出哪里不对劲，但似乎就是不一样了。笑容变多了，那笑容里还带了烟火气，带了人味，让人觉得亲近许多。

川谷常常到医院看她。每每大摇大摆跑去舒末的办公室里等她回来，就跟二大爷回家似的。舒末刚做完一台手术，早就饿得前胸贴后背、两眼发花了，打了饭回办公室。一进门，就见那人撑着脑袋坐在办公桌前看着她，满脸笑意："恭迎我们舒大夫得胜归来。"

舒末揉揉眉心："贫。"

医院食堂的饭不算好，少油少盐清淡得很，川谷瞅了一眼她的饭盒，眉头就皱了起来："成天吃这些，都快吃成和尚尼姑了。"

舒末累得慌，味同嚼蜡，无所谓道："吃饱肚子而已，至少干净健康。"

"啧，可怜的娃。"川谷摇摇脑袋，"今天晚上值班吗？"

舒末摇头："今晚陈医生值班。"

话音刚落，川谷立马伸手盖上了那惨绿一片的饭盒："别吃了，晚上我带你吃好的去。"

舒末近来过得就像是在梦里一般，在医院还是那个一本正经的舒医生，一下班就被川谷带着到处玩。他们在市中心的广场上和一群小孩一起溜过冰。单排轮的鞋，舒末站都站不稳，一屁股栽到了川谷怀里，折腾半天都站不起来。身边都是七八岁的小孩，戴着头盔护膝护肘，溜得飞起，他们俩倒在地上笑作一团。

川谷急吼吼地让舒末换衣服："我带你去吃我舞团练功房后头的那家牛肉面，快点快点，去晚了就没了。"

他今儿个是骑摩托来的，超级酷炫的哈雷机车，就停在医院外面的露天停车场里，插了钥匙踩了离合，一阵轰鸣声骤然而起。舒末坐在后座上，两只手死死掐着座椅两边。

川谷戴着头盔低头看了看自己空荡荡的腰，抿了抿嘴，然后双手往后一抓，带着身后的女人趴上了他的后背，两条柔软的手臂圈在腰上。

"害什么羞啊？随便抱，豆腐随便吃。"川谷还十分大方。

舒末被他这番突如其来的动作闹了个措手不及，鼻尖撞在川谷的背上，是一阵极具侵略性的男性气息。川谷背上的肌肉硬实紧致，舒末撞上去的时候甚至能感觉出形状。饶是舒末已经二十七八了，还是老脸一红，想把手臂抽回来。

可那人禁锢着她的手，不让动，头盔里传来模糊的声音："别动，抱紧了……"

这话熏红了她的脸面脖颈，她抱着川谷，身体因着惯性而向前，贴得紧紧的。头盔里很安静，舒末能听到自己几乎发疯了的心跳声。

川谷隐在头盔里的脸上始终带着浓重的笑意，嘴角翘着，合都合不上。

7

面馆里人不少，市井味道浓厚，夹杂着香菜牛肉热腾腾的香气，也夹杂着人与人之间黏稠的气息。老板脖子上挂着一条毛巾，看见川谷进来，上来就一巴掌拍了拍他的肩膀："好些日子没瞧见你了。"

川谷歪歪头："这不来了嘛，特地带人来尝个鲜。"川谷说着侧过身，露出身后的舒末。

老板有些胖，瞧见舒末一下就笑开了："哟，仙女儿似的姑娘，怎么就被你这只猪给拱了。"

舒末被老板的目光看得有些面热，僵硬地别过头，有些不习惯。

川谷挤了挤眼睛："狗嘴里吐不出象牙，什么叫被猪拱了，我明明也算是英俊潇洒了。"

两个人在好不容易挪出来的角落里坐下，桌面上还有些油渍，川谷抽了纸巾铺上："这种路边小店，确实不怎么讲究，但味道是真的好，你凑合凑合……"

"没事……"她坐在川谷身边，看着他细心地给处理着一切可能引起她不适的东西。他看着糙，其实心细得很。一个男人对一个女人用不用心，见微知著。

其实她觉得没什么不好接受的，耳边的喧哗、手边的油渍、粗糙的纸巾……只要坐在旁边的是他，这些都没关系。

牛肉面很筋道，牛肉也是货真价实，分量足肉质好。舒末饭量有限，吃了小半碗就饱了。她看着剩下的面条，回味着嘴里的滋味，还真觉得挺浪费的。

川谷吸溜吸溜吃完自己的面，然后无比自然地拿过舒末剩的面，两三口就吃了个干净。

"哎……"舒末被他这吃剩饭的举动弄得有些羞赧了，耳尖泛红。

川谷擦擦嘴，莫名觉得舒末剩的小半碗比自己那碗好吃多了："我不嫌弃你。"

这话说得又糙又直白，舒末忍无可忍，伸手往他肩膀上拍了一下。那一下不轻不重，好似隔着一层膜拍在川谷心里，如同隔靴搔痒，一点也不过瘾。

舒末又羞又恼，气冲冲走在前面。川谷讨好卖乖跟在后面："不就是吃了你半碗面，你说你小气不小气。"

舒末还嘴："你才小气，你全家都小气。"

她一向是沉稳的，偏生每次都被川谷逗弄得跟个小孩一样，喜怒哀乐统统放在了明面上。现在更是越来越任性了，有时候无意间流露的小女儿情态，让她看着就像个十几岁的小姑娘。

川谷吹了声口哨："好啦好啦，那为了弥补我吃了你半碗面……"他眨眨眼睛，卖了个关子，"我带你去看日出。"

哈雷机车在深夜的城市里划出一道模糊的影子，带着轰鸣，直冲城北。

山脚下有租帐篷的店家，两人租了一顶，吭哧吭哧背着上了山。

在山顶俯瞰城市，犹如灯火海洋，影影绰绰，她从来不知道这座匆忙、冰冷的城市还有这样温暖的一面。这数以万计的灯火，连成一片一片，山风吹来，好似跟着风一起晃动，暖黄色的灯海，是游子归家的指引，也是旅人驻足的温暖。

"真好看。"川谷凑近到舒末耳边，也不知说景还是说人。

舒末转头去看他，两人鼻尖轻触，鼻子相交。

眼里有星辰大海这句话，舒末从来都觉得是瞎话。作为情商为负的医生，她会解释人的眼睛是由眼睑、睑结膜、球结膜等结构组成的。星辰大海代表眼睛很亮，能反射光线，这说明人很健康。可此刻的舒末，看着川谷清亮的眼睛，里面有一片恍惚的灯海，好似传说中的星辰大海，能让人溺毙其中。

川谷出其不意，往前一凑，亲了亲舒末的薄唇，然后舔了舔嘴巴："嗯，牛肉面的味。"

好好的气氛里两人突然就笑开了。舒末弯着眉眼，露出一排牙齿，她从来没有这般大笑过，肆意妄为，无所顾忌。

清晨的阳光是带着凉气的，驱散了一夜的雾色，水汽在空气里缓缓蒸发。

川谷看着怀里睡得正香的舒末，再看看帐篷外面的太阳，刚露了个金边。

"醒醒……别睡了，太阳出来了。"川谷凑在舒末耳朵边上哼哼唧唧。

舒末皱了皱眉，把脸往川谷怀里埋了埋，手拨了拨发痒的耳朵。

川谷看着那方小巧的耳垂，咽了咽口水，然后猛地低头咬了咬，惊得舒末一个鲤鱼打挺起来，捂着耳朵，惊恐地看着川谷。

川谷冲她眨眨眼，指了指帐篷外。

舒末回头，正见万丈金光拔地而起，从远处的地平线冒出头来，染遍了整个城市。她看着黑暗从城市的每一个角落被驱逐，清晨的鸟叫，穿过空旷的风和空隙，被一遍又一遍传达。这还是她第一次看日出。原来最初的那一刻，赋予所有人的，都是充满希望的未来。

川谷在她身后，偷摸着伸出手钩住那双第一次见就开始觊觎的手指，一点点攀上去，一点点钩着。舒末的手指动了动，然后手掌舒展开来，同川谷十指相扣。

川谷厚着脸皮凑过去亲她："阿末，我喜欢你。"

舒末心里是从来没有过的轻松，身上所有的压力好像都随着清晨的水蒸气蒸发了，她笑了笑，然后闭上眼睛。这是她二十七年生命里第一次的爱情，一场义无反顾的爱情。所以，就让她为所欲为一次吧。

小剧场

舒末头一回带着自家爹妈去看自家小弟的决赛。票还是川谷弄来的，就冲着自己后半生的幸福，他愣是跑前跑后搞来几个正对舞台的位置。

川谷在后台紧张兮兮地向阿豆嘱咐："千万要赢啊，你队长这辈子的人生幸福就靠你了。"

说得阿豆丈二和尚摸不着头脑，一脸茫然。不过既然是队长所托，他自然是竭尽全力的。

这个才二十二岁的少年上台就是王者降临，浑身的气势跟着就铺开了。

观众席里坐着舒家爹妈，两个老古板从来没见过这种街舞，也从来没进出过这种嘈杂的环境。可看着台上自家儿子那股子劲，听着耳边铺天盖地为他加油喝彩的声音，与有荣焉之感油然而生，二老的脊背都不自觉挺直了不少。

出结果的时候，二老面上波澜不惊，可舒末知道，这两人淡定稳重的时候根本不是这样的，低头一看，果然，那两双手都捏得紧紧的。

川谷在一边很热心地给未来岳父岳母解释动作技巧，半晌突然听见老丈人一声："闭嘴。"

川谷默默闭上了嘴，看着老丈人向着台上的专注神情，委委屈屈地冲舒末努了努嘴。舒末摸摸他的脑袋，就像是在安抚一只奓毛的猫。

后来很久，舒家老丈人对自己女婿的印象就两个字——聒噪。

24、二十四番花信风·大寒

大寒：斗指丑，太阳到达黄经300° 。大寒就是天气寒冷到了极点的意思。大寒前后是一年中最冷的季节。大寒正值三九刚过，四九之初。谚云：“三九四九冰上走。”

二〇一八年一月二十日，农历腊月初四，丁酉年，癸丑月，壬子日，大寒。

〔第二十四番〕论男朋友是男神他弟该怎么办

1

一月二十日，纪水水男神黎川新演的电视剧开播了，电视剧里出现了黎川在电视剧里饰演的男主的电话。这号码一出，当即被各大粉丝截图转载，传得全网都是。

纪水水是黎川的脑残粉，自然不会放过这个机会，当晚焚香沐浴，来回洗了五遍手，然后端起手机拨了那个号码。她原以为会像以前电视剧里的电话那样，不是打不通就是空号，可出乎意料，那个电话，通了。

“喂……”电话那头的声音和黎川本人的声音如出一辙。

纪水水激动过头，一个手滑就挂断了。等她重新反应过来，脸蛋一下子红了个透，坐在床上突然爆出一声尖叫。

再后来，她一直还想再打一次，但明知道能打通反而没那个贼胆了。

室友的电话是半夜打进来的，鸡鸣的手机铃声恨不得撕碎安静的夜，吓得正激动失眠的纪水水一个激灵，原来是生化成绩出来了。

纪水水是生物专业的本科生，上学期刚上生化，难得让人想哭爹喊娘。她在朋友圈里发了一条动态：“上辈子杀了猪，这辈子学生物。”一时间获赞无数。

期末考生化，那叫一个望卷兴叹，会做的就没几个。这会儿听到室友说成绩出来了，纪水水有点紧张，搓了搓手心里的汗，心情十分复杂地进了教务系统。

红色的大大的五十四分挂在那里，看得纪水水的心拔凉拔凉的。得了，开学重修是逃不掉了。

三月初，开学前一周，班长就在群里发了生化重修的名单，纪水水的名字高高挂在第一个，想看不到都难。

除了这个名单，随之来的是一个小道消息，话说生化老教授手上一个研究生开学了要来当助教，第一批赶上这个助教的，就是纪水水他们几个重修的。

说完了，班长还发了张像素极低、模模糊糊的照片在群里。除了能看出个人的轮廓，啥也看不出来。纪水水盯着那张照片看了会儿，莫名觉得眼熟，可挠挠脑袋，始终想不起来究竟哪里眼熟。

2

温徐南刚忙完一个项目，这会儿是急着回来，导师让他帮忙带本科生的生化，他现在都还没来得及认认脸。

他一进教室就看见稀稀拉拉的重修学生里，正中间一个穿大红色棉服的女生，头一点一点地打着瞌睡。那衣服颜色鲜艳，着实扎眼。

突然一声鸡鸣震得她连跳带蹦地站起来，弄得台上讲课正讲得唾沫横飞的老教授和教室后面刚回来的温徐南蒙了又蒙。

鸡叫还在继续，纪水水茫然转醒，手忙脚乱地挂了电话，冲着台上老教授笑得心虚，一个劲地点头哈腰道歉。温徐南站在教室后面，一时忍俊不禁，也不知出于什么心思，挑了那女孩身后的空位，就那样坐了下去。

老教授转身的时候，纪水水瞅准时机，偷摸着低下头去看手机，是一个粉丝群里认识的好友，说黎川新电影路演已经到了阳城，约她明天一起去看。

纪水水两眼发光，扯着身边室友的衣摆，凑过去嘀嘀咕咕："明天黎川新电影路演来我们这儿，我想去，你明天帮我答个到吧。"

室友默默伸出一只手，纪水水从善如流地从口袋里拿出自己的饭卡，谄媚地放到室友手里。

温徐南坐在后头听得一清二楚，挑挑眉，竟然是黎川的粉丝吗？

约莫是注意到了身后打量的目光，纪水水别过头对上温徐南眼镜后的眼睛，朝他点点头笑了笑，然后转过身端端正正地坐好。

她顺便手藏在桌子底下给旁边室友发了条信息："我后头那男生长得可真

好看。”

室友轻咳两声，然后斜着眼睛瞄了两眼纪水水身后，回了条：“还真是。”

温徐南看见纪水水的那一刻就想起了曾经养过的一只短腿柯基，胖墩墩的小屁股，最喜欢的事情就是在他怀里撒娇。对这样的萌物，他有着天生的好感。

3

纪水水是从路演现场离开的时候被叫住的。叫住她的声音像极了她男神黎川，她条件反射下还以为是男神在叫她，激动地回了头，却发现是昨天坐在她身后的男生。

温徐南就站在她身后不足两米的地方，靠着身边的柱子，双手插兜，嘴角带笑。

纪水水明显还记得他，自来熟地小跑过去：“同学，你怎么也在这里？”

温徐南道：“过来有点事，你呢？”

“嘿嘿，我男神路演，我过来捧场。我准备回学校啦，你回去吗？一起走？”纪水水脸颊上因见到男神而激动的红还没褪完，泛着粉。

“好啊。”温徐南跟在纪水水身边。他身形颀长清隽，足足高了纪水水一个半脑袋，看着就像爸爸带女儿似的。

寒风凛冽，纪水水把毛线围巾往脖子上绕了两圈，遮住了大半张脸，甚至把半个脑袋都埋了进去。

温徐南低头去看她，女儿家粉润的脸蛋藏在围巾里，就像是半开不开的小茉莉，睫毛被风吹得微微颤动，在眼睑下面落下浅浅的阴影。像个乖巧可爱的小兽，浑身都充斥着软萌无害的气息，可那皮囊下头，尽是不安分的灵魂。

回学校的公交车是出了名的挤死人，好不容易抢了个座，纪水水简直觉得自己人品大爆发。

温徐南长身玉立，就那样站在纪水水的位置旁边，长手拉着手杆，凭着傲人的身高，愣是把纪水水和身后汹涌的人群隔成了两个世界。

纪水水鼻尖还能闻到温徐南身上淡淡的暖香，顿觉十分感激，她扯了扯温徐南的衣摆，从口袋里掏出一颗巧克力就塞了过去。

公交一路开得快且稳，可马路上有几个年轻人拽着狗突然从车前跑过，惊得司机一脚狂踩刹车，车里的人这一下被带得东歪西倒。

纪水水坐在位置上，被惯性一带，差点往前飞出去，好在温徐南手疾眼快一把把她抓了回来。可等纪水水好不容易稳住了身形，又是一阵小刹，刚抬头就看见一庞然大物从天而降，然后……一屁股坐到了她怀里。纪水水被这一下坐得差点一口气背过去，小腹遭受重压，两条大腿颤颤就抖了起来。

坐进了一个女生怀里，温徐南甚至能感觉到屁股底下两条纤细的腿，和身后软绵绵的身体。他是完全没经历过这种事，饶是他一向稳重都有些不好意思，慌慌忙忙站了起来："不好意思，不好意思……"

纪水水无力地摆摆手："没事没事……"欲言又止了半天，她突然来了一句，"大哥，你多重啊？"

温徐南破天荒地，红了脸。

公交一路到了校门口，纪水水背着包吭哧吭哧下了车，突然想起什么似的转头道："我叫纪水水，生物专业大二，你呢？"

温徐南此刻俨然已经恢复了人前那副稳重温和的模样，金丝边框眼镜遮住了些许笑意。他伸手抬了抬镜架："温徐南，生物专业研究生。"

纪水水看着他的眼睛，愣了两下，然后傻乎乎地点点头表示记住了。晚上她还有一节课，眼瞅着时间来不及了，匆匆忙忙和温徐南挥了手道别，赶紧跑了。

温徐南站在原地，看着那小丫头后脑勺上的马尾一晃一晃，恨不得飞到天上去。

晚上上课的时候，班级群里炸开了锅，班长发了一张不知道从哪里搞到的高清照片，然后附言："生化助教温徐南，硕士二年级，硕博连读，单身，高颜。江湖传言性情温和，祝各位重修的朋友好运。"

群里人人都在讨论这助教颜值未免太高了，头发通通向上梳起，露出饱满的额头和一对剑眉星目，金丝边框眼镜架在鼻梁上，要不是眼神过于正派，整个就是一股子斯文败类的气质。纪水水倒抽一口气，助教竟然是……温徐南。而她不仅逃课被他抓了个正着，而且还被他坐了大腿。这是怎样的孽缘？

4

一周后，生化重修课由温徐南来上，老教授两天前就带着几个研一的学生去外地做学术交流了。温徐南踏进教室的前一秒，就看见纪水水端了碗馄饨，跟小耗子似的蹿进了教室，留下一股子逼人的酸辣味和鲜虾香味。

温徐南推了推眼镜，嘴角勾了勾。啧，上课吃早点啊。

纪水水刚坐下，后脑勺突然一股子凉气蹿了上来，她搓了搓，然后乐呵呵地埋头去吃馄饨。她鬼鬼祟祟地抬头，就看见讲台上的温徐南正看着她，面部带笑，好似一点也不介意她课上吃馄饨。纪水水心里猛然生出一阵好感，冲他挤了挤眼睛，然后偷偷摸摸地举了个大拇指，表示不愧是一起挤过公交的交情。

可没想到下课的时候，温徐南站在讲台上幽幽地说了句："纪水水，到我办公室来一下。"

室友掐了掐她软乎乎的拜拜肉，幸灾乐祸道："秋后算账来了。"

纪水水心下暗道：不会吧。

纪水水耷拉着脑袋就像蔫了的公鸡一样站在办公室里，温徐南也不开口，就那么径自翻着纪水水五十四分的卷子。半晌，他屈着手指敲敲桌面，抬头对上纪水水圆溜溜的眼睛："在 PH6.0 的缓冲液中电泳，丙氨酸基本不动。这种题都不会？上课的时候脑袋里是在跑马吗？"

他说话语速缓慢，一点嘲笑语气都没有，可纪水水听在耳朵里偏偏就觉得他在嘲讽她。她一时间恶从胆边生，大眼睛凶巴巴地瞪着他："就是不会，你打我。"

"我打你干什么？越打越蠢，你赖上我了怎么办？"温徐南也不生气，心下反倒觉得好笑，小丫头还挺横，怎么没见着她在教授面前横一个看看。

纪水水脸本就圆，一生气，两腮不自觉地鼓起，活像个气极的河豚，一撸就奓毛。

"这样吧，从今天开始，晚上七点在图书馆等我，我给你补补课。瞧瞧你这基础烂得一塌糊涂，生化基础不打好后面更难学，你这一关过不了，这学期还得挂科。"温徐南拍一巴掌，给颗甜枣。

纪水水一听有免费补课，气也不生了，忙不迭地点头，跟小鸡啄米似的。虽然对生化深恶痛绝，但毕竟是主修课程，她还想顺利毕业呢。殊不知，这才只是水深火热的开端而已。

5

纪水水出门前对着黎川的海报飞吻了好几下，一脸依依不舍，抱着书在图书馆等着。

实验室临时出了点小问题，温徐南到图书馆的时候已经迟了半个小时，一进去就看见纪水水在角落里趴着睡觉。他轻喘了两口气，蹑手蹑脚地走近，只见小丫头趴着正睡得熟，压扁了半张脸，小嘴嘟着，时不时吧嗒两下。眼睫毛安安静静地覆在下眼睑上，又浓又密，脸颊睡得红扑扑的，显得越发软嫩。

他坐到她身边，鼻间嗅到淡淡的奶香。小丫头嘴唇殷红，满面单纯，好似对一切都不设防。他凑近了去看，只觉得心跳慢慢就乱了节奏。看着那软乎乎的脸蛋，他有些控制不住地想伸手去摸一摸，最后果真伸了手，却不是摸，而是轻轻掐了一下。

纪水水被这一掐弄醒了，眼睛迷蒙着四下看了看，下意识抬手蹭了蹭嘴角。视线聚焦，总算是看到了站在跟前的温徐南，轻轻“呀”了一声，然后带着还未睡醒的迷糊糯糯地小声抱怨：“你迟到啦，我等好久了……”言下之意，是你的错，不怪我睡着了。

温徐南只觉得耳根被这刚睡醒的撒娇声调勾得有些发痒，心下软了软：“是我不好，清醒了吗？醒了咱们开始补课。”

纪水水点点头，热络地把书包里的书一把掏出来。

“……”

一阵尴尬的沉默。

“你带杂志过来补课？是想让我给你讲什么？”温徐南推了推眼镜，面上还在笑，却愣是让纪水水抖了三抖，脖子都不自觉缩了起来。

杂志上黎川放大的脸笑得人模人样，身边温徐南的气压越来越低。

“平时分扣个十分吧，唉，我本来对你还抱有很大的期待。”温徐南假惺惺地叹了口气，然后打开手机备忘录，写下几个大字：纪水水，平时分 -10。

纪水水眼睛都瞪圆了，她生化成绩稀烂，就靠这点平时分在关键时候拉一把了，现在看到那“-10”，心都戳痛了。她立马捂住心口，装出一脸痛不欲生的可怜相。

身边的人目不斜视，起身走向后面的书架。纪水水跟在他后面偷看，只看见那人高高瘦瘦，腿长手长，在书架前停下，抬手去拿一本生化的参考书，衬衣下摆微微勾起，牛仔裤包裹着翘臀，和腰间紧实的肌肉形成一条极流畅的线。纪水水看着看着，脸“腾”地就红了，她想起那天在公交上，他一屁股坐在自己腿上……热气突然就蹿到了头顶，她一时只觉得躁热得慌。

温徐南一回头就看见纪水水站在原地成了个水灵灵的胡萝卜一样：“你在想什么？”温徐南随手撸了一把她的头发。

“没……”纪水水下意识地大声反驳，惹得周遭回望，她兀自镇定了一小会儿，才又开口，“没，上……上课吧。”

图书馆里一片安静，只有零星的翻书声和脚步声。角落里，温徐南压低了声音给纪水水讲课。男人的嗓音原本是极干净清亮的，这会儿在耳边却显得温柔、磁性，像情人间的絮语一般轻柔，更像是磁铁一般勾人，一点一点把纪水水的神志吸了过去。

温徐南正在讲氨基酸的分类，刚讲完蛋氨酸，一抬头，就看见纪水水双眸湿润，目光虚着不知道在看什么，咽喉间不自觉地动一动。

“你脑子里又在跑什么马？从头到尾魂不守舍。”他十分无奈，掰过纪水水的头，拧住她的小翘鼻，二人四目相对。

“跑……跑马了……”纪水水哼唧两下，耸耸鼻子，她和温徐南之间的距离太近，近到她都能感觉到他们之间温热的鼻息。心跳就是在这一瞬间突然乱了，不是像揣了只小兔子，而是像一百匹马跑过，留下震动和轰鸣。

温徐南叹了口气，松开她的鼻子：“我再给你讲一遍，就一遍，你要再不听，过了这个村可就没这个店了。”

纪水水可能真不是学生化的料，饶是精力再集中，还是听得迷迷糊糊。

温徐南却是个辣手摧花的，讲完课临走前留给了纪水水一张手写的卷子，语气和煦，面容温柔：“明天晚上七点前交卷，错一题……平时分扣一分。”

纪水水听罢，哪还有什么旖旎心思，粉红泡泡一个接一个“嘭嘭”破掉，看着那张手写的卷子，脑袋直发疼，满脸悲愤：“温徐南，你不是人！”

温徐南慢悠悠地在卷子上写了一串数字，然后合上水性笔盖子：“这是我的号码，你记一下。明天晚上七点，我在这里等你，要是你不来，平时分再扣十分。”

打蛇打七寸，攻人攻其短。毒，太毒了。

6

纪水水近日天天都很烦躁，卷子难做，生化难学，温徐南难对付，喵生太艰难了。她的平时分已经被扣得不能看了。偏生温徐南那厮还善用美色诱惑，回回把纪水水迷得五迷三道，只能事后生气。

她每次都跟自己说，下一回一定硬气一点，好好跟他掰扯掰扯。可她每次一看到温徐南对她笑，脑袋里就“嗡”地空了，等回过神来，卷子上江山一片红，平时分“-1-1-1……”减得她肉痛。

室友摸着下巴，一脸深沉道：“你和温徐南这是，相爱相杀啊。”

纪水水脸红，却仍暴躁道：“谁跟他相爱相杀，我只想杀了他。”

“大不了你不去了呗，你看看，有人单独给你补课你还不高兴，我们可都没这待遇。唉，同人不同命啊……”室友佯装心痛。

虽然纪水水每天骂骂咧咧，可还是老老实实背上包去图书馆上课。为了啥，要真追根究底，除了那所谓的平时分，可不就是为了纪水水每天都想看到温徐南的那点小心思。

纪水水某天晚上头也没洗，衣服也没换，活像被吸了阳气一般垂头丧气地到了图书馆。本来她存的是在温徐南面前卖惨的心思，却在看见温徐南抬手把对面女生头顶上的柳絮拿下来的那一刻变成了无边的怒火。

她在这里饱受折磨还坚持每天都过来赴约，可这温徐南倒好，竟然还在图书馆这么神圣不可侵犯的地方撩起妹来。

“温徐南……”

身后幽幽出声，温徐南回头就被吓了一跳：“怎么跟小难民似的。”他也不嫌弃，捋了捋纪水水的油头。

纪水水一爪子拍掉他的手，刚才这人就是拿这只手去撩妹的，嫌弃！

对面的女生轻笑，冲纪水水眨眨眼睛，然后对温徐南道：“那我先走了。周末见。”

纪水水轻哼一声，温徐南往纪水水身前站了站：“知道了。”

于是这一晚的纪水水跟温徐南闹了一晚上的脾气，温徐南一开始还不知道为什么，难得地没有在这小炮仗面前提平时分的事情。临走的时候，温徐南在图书馆门口看见一对吃醋吵架的小情侣，推了推眼镜架，突然就福至心灵地笑了出来。

纪水水磨磨蹭蹭跟在后面，突然前面的人停下脚步，轻声道：“我嫂子今天来学校见恩师，顺便给我带了点水果，你要吃吗？”

纪水水一双大眼睛一下亮了，灼灼地望着温徐南，大声道：“吃！”

7

头一晚温徐南讲的内容有些难，这天纪水水对着卷子一整天也没做出几道题，急得都快哭出来了。眼看着要到晚上七点，抽抽噎噎地找出第一次温徐南给她的卷子，照着那个号码准备输进手机给温徐南请个假，却突然发现这号码她已经存过了，名字是她男神黎川在新电视剧里演的那个角色的名字。

纪水水还以为自己输错了，连按了好几下，这才觉出几分不对来。她再把电视剧里的号码截图翻出来，一个数字一个数字对着，原来是她把那号码的六和九输反了位置，歪打正着竟然存成了温徐南的电话。

她突然想起一月二十日那天晚上打通的电话，决定再拨一次。

“喂，你好。”

纪水水吞了吞口水：“温徐南？”

“纪水水？怎么了？”温徐南电话那头有隐约的人声。

纪水水看着那串号码出了神。其实，从一开始，那个电话就是打给了尚且不相识的温徐南，不知道这算不算一种缘分？

小姑娘到了思春的年纪，捂着脸，桌面上还摊着那张手写的卷子。台灯暖黄明亮，照在她的脸上，恰恰能窥见那弯起的嘴角和绯红的脸颊。

室友回来就瞧见纪水水一副春心荡漾的模样，“啧啧”了好几声，戳着她软嫩嫩的脸颊，揶揄道：“瞧瞧这荡漾的小模样。这是动了什么春心？”

纪水水把室友的手拍开，娇瞪了她一眼：“荡漾什么呀。”

室友随手把她桌上的镜子拿过来，举在纪水水面前：“看这眼含春水，面若桃花，你要说你没春心荡漾，那就是我眼瞎。”

温徐南到图书馆的时候，看见纪水水乖乖巧巧坐在那里，灯光从上往下，勾勒出她脸部的轮廓，线条光滑圆润，皮肤白皙透红。她正嘟着嘴吹自己的刘海，表情灵动又可爱。他今晚喝了点酒，看到这一幕，只觉得酒气有些上头，眩晕里带了些沉醉。他跑过去揪了揪纪水水的小辫：“真听话。”

纪水水抬头就看见男人双颊有些红，浅淡的酒气萦绕身边，她耸耸鼻子：“你喝酒啦？”

温徐南往她身边一坐，酒气放大了男性身上的侵略气息，熏红了纪水水的脸。他把玩着纪水水的小辫，一扯一扯：“喝了一点点。”

“那你还能给我讲课吗？我跟你讲啊，讲课这种事情是很严肃正经的。”

纪水水一把把自己的辫子抢回来，嫌弃地推了推温徐南。

温徐南手放在桌上撑着自己的脸，侧着身子看着纪水水，另一只手又去戳她腮边的软肉："嗯嗯，严肃严肃。来，我给你讲卷子。"

一张卷子讲得颠三倒四，纪水水都听不下去了，把笔一扔，泄气道："算了算了，你看看你，醉得糊里糊涂还来给我讲卷子，越讲越糟糕。"

温徐南今晚尤其好说话，居然没有反驳，就看着纪水水气鼓鼓地噘着嘴巴收拾包。他又不怕死地凑过去捏她的脸，却不想惹得小猫奓了毛，伸爪子一挠："你讨厌不讨厌，谁让你捏了。"

温徐南无奈："你怎么天天都不高兴呢？总是一副生很大气的样子，我惹你了吗？"

纪水水美目微瞪："就你惹我不高兴了！卷子那么难，我又听不懂，你还讲那么快，我头发都要掉光了……你还要扣我平时分！"

温徐南着实拿这个小祖宗没办法："卷子是按照期末考试难度来出的，你要是不做会，下次再挂科怎么办？好歹做个六十分吧。"他抿抿嘴，凑过去哄纪水水，"平时分是吓你的，不会真给你扣。"也是因为喝了酒，放在平日，他哪儿会这样跟哄小孩似的哄她。

纪水水傲娇地斜睨他，似有不信："真的？"

"真的。"

小姑娘面色这才转了晴，肉乎乎的脸笑起来，还讨好似的往温徐南那边挪了挪，小声道："那我也不跟你生气了。"纪水水收了小包，拉了拉温徐南的衣摆，"走，我请你吃消夜去。"

纪水水得知自己的平时分保住了，小模样甚是喜人，眼角眉梢都是笑意。

温徐南自然从善如流，插着手，晃晃悠悠跟在纪水水身后一路就出去了。

学校后街晚上正热闹，纪水水点了碗米酒小汤圆，然后给温徐南叫了碗馄饨。温徐南装作没瞧见她那得意的小表情，舀起一个馄饨放进嘴里，肉质新鲜，汤底鲜香。

纪水水晃了晃脑袋："香吧，我最喜欢这家的馄饨。"

温徐南晚上喝了酒，这会儿胃里空空正难受，一碗温热的小馄饨进肚，就像胃里揣了只暖乎乎的小手，浑身都舒爽了。纪水水低头喝了口米酒，眯着眼睛就像餍足的小猫，让人恨不得伸手过去撸一撸她的下巴和肚子。

从那天起，温徐南每天跟纪水水补完课都会带她去后街吃点东西。纪水水不瘦，身上有点小肉肉，但从来没说过一句减肥的话，吃得更是不少。温徐南这么养着养着，倒真有了一种养女儿的错觉。

8

四月清明，纪水水回家祭祖。

三天小长假她在家睡得四仰八叉，最后一天晚上，纪爸纪妈拖着她去了一场饭局。她一进门一股香风扑面而来：“哎哟，这就是水水吧，当年她出生的时候，我还抱过她呢，一转眼长这么大了。”

纪水水被这香气熏得头晕眼花，迷茫里和对方打了个招呼，然后就听见她说：“哎，来来来，我介绍一下，这是我外甥温徐南。我太久没回国了，这会儿出门去哪儿都得让他领着，不然一眨眼的工夫就能走丢……”

纪水水的脑子一下就清醒了，抬头看过去就见温徐南在不足一米远的地方，脸上带着一如往常那样温和大方的笑。见纪水水看过来，他还冲她眨了眨眼。

纪水水挠挠脸，觑了觑自家爹妈，不知为何，有些心虚。

几个大人聊得热火朝天，不知怎的，说起了温徐南还有个哥哥叫温徐川，在娱乐圈混得不错。纪水水耳朵在听见“娱乐圈”三个字的时候突然一竖，女人的某种直觉突然灵验。她冲那阿姨笑了笑，一通撒娇卖萌：“阿姨，那个哥哥是明星吗？我好像没听说过有叫温徐川的明星呀。”

话音刚落，她突然听见筷子搁到桌面的声音，然后是一声轻哼。温徐南难得脸黑了一次，没好气地道：“没有叫温徐川的，但是有个叫黎川的，我妈姓黎。”

纪水水嘴巴微张，眼看着尖叫声就快到嗓子眼了，温徐南手疾眼快塞了个包子到她嘴里。

“唔唔唔……唔唔唔……”纪水水拉着温徐南的衣摆，目光热切，就像见了肉一样，两眼放光。

纪爸纪妈同时捂脸，太丢人了。

吃完饭，纪妈和阿姨打算找个地方好好聊聊天，纪爸晚上还约了人打羽毛球，于是各自散了。只有纪水水，一路一脸亢奋，拉着温徐南的衣服，亦步亦趋地跟着。

“你给我电话吧，求你了！”纪水水揪着温徐南的衣服不放。

温徐南丝毫不为所动，按理说一般只要纪水水撒娇了，他就是没法拒绝她的。

偏生这会儿，她非要黎川的电话，温徐南满心烦躁，不想理她。

“温徐南……你就给我吧……”纪水水干脆一屁股蹲下，抱着温徐南的大腿不肯走了。

温徐南深吸两口气，压抑着想把纪水水打晕扛回去的冲动，然后也一屁股蹲下，对上纪水水错愕的眼睛：“我哥他有女朋友了，你可以死心了。为了不让我嫂子多心，他是从来不会把电话号码给任何一个女、性、的。”温徐南的镜片上反射出路边的路灯，浮出一层亮色。

头一次看见这样的温徐南，纪水水有些害怕，磕磕巴巴连话都说不清了。

温徐南却不心软，反而更凑近了些，抬手捏住纪水水的下巴：“我哥你就别想了，我，你倒是可以想想。”

话音刚落，纪水水眼前就落下了一片阴影，温热的嘴唇凑过来，落在她的唇上，像吸葡萄似的轻轻吸了两下，然后不轻不重地咬着碾磨着。纪水水被这突如其来的吻搅得脑子乱哄哄一片，只觉得血气上涌，心脏跳得剧烈，恨不得破体而出。

“张嘴。”温徐南稍稍离开，说了两个字，然后捏了纪水水的下颌，舌头一下就探了进去，霎时好似探到了棉花糖尖上，软绵绵的，甜甜的，心瞬间就软得不像话。

纪水水憋得脸色通红，感觉自己下一秒就要背过气了。

温徐南这才放过她，拇指擦了擦那红嘟嘟的唇，目光暗沉。

纪水水好半天才反应过来，两只手捂住嘴，一双眼睛滴溜溜直转。半晌，她特别小声，就像是说什么悄悄话一般道：“你亲我啦！”

“嗯。”

“你喜欢我呀！”

温徐南挑眉：“嗯。”

“嘿嘿嘿，嗝……”纪水水也不知道是什么脑回路，安静半晌就开始傻笑，笑着笑着打起了嗝，小胸脯一挺一挺。

温徐南哭笑不得，两个人就这样面对面蹲在马路牙子上傻笑。好半天，温徐南感觉到有人拉他，低头去看。只见纪水水一双眼睛像水洗过一般透亮，里面是显而易见的欢喜。她捂着嘴，嘘声道：“我也喜欢你，你别吃醋，黎川只是偶像，不是我喜欢的男孩。”

温徐南嘴角不自觉地翘了翘，反而有些不好意思，目光移开，看向纪水水身后大片的灯火：“嗯。”

小剧场

温徐南知道纪水水的男神是黎川，心里嗤笑。自家老哥明明是全不着调嬉皮笑脸的性格，愣是装得深沉多情，一跃成了全民男神。

那天去给黎川送老妈熬的汤，温徐南坐在黎川的休息室里，上下打量着自家老哥，愣是没觉得有比自己好多少。

他离开的时候正好遇见了纪水水，小姑娘那时和他相识还不久，却是一副十分自来熟的模样。温徐南觉得有些可爱，看着那张向日葵一样的大脸盘子，手心发痒，很想摸上去掐上一掐。他好奇那手感是不是真的像看上去那么软绵。

那一刻他生出一股冲动，这向日葵如果能一直向着自己，不知道是一种怎样的感觉。这样单想着，他就觉得满足。

后来他可以正大光明掐的时候，才发现，自家小女朋友就是一只脾气不好，非常容易奓毛的小猫，一个撸不顺，爪子就伸出来了。可偏偏，他喜欢得不得了。

番外：等待旷日持久，可我甘之如饴

二〇一八年二月四日，农历腊月十九，丁酉年，甲寅月，丁卯日，立春。

1

“Daniel 突然离职，现在国内市场一团乱，我完全没想到你会回来接这个烂摊子。”

车窗外是巨大的飞机轰鸣声，昭示着又一架飞机起航。

程晞一边对着镜子补口红一边道：“我老早就想回来了，你又不是不知道，管他是不是烂摊子，先做了再说。”口红往唇瓣上一抹，晕成一道樱色。

“这是行程表，没法让你休息了，明天有一场广告商招标会，你今晚辛苦一下，先做做功课。”林芝把文件夹扔给程晞，发动车子就往外开。

程晞扫了几眼，看见其中有一家广告公司叫“零点”，她一时有些发愣，这个词像是从很久以前的远方卷土重来，熟悉得让她眼底发热。

她想起了一个人，那人曾经是零点乐队的脑残粉，整日里穿着校服唱着二〇〇三年那首《越来越》，嗓子扯得脖子青筋直冒。二〇〇八年，周晓鸥退出零点，他还跑去理发店推了个一模一样的光头，好在少年头发长得快，没几天就长出了一层浅浅的头发楂子。

这一晃，已经十年了。他在她的记忆里，一直都是那个明媚的少年。

等红灯的间隙里，林芝看见程晞对着零点的资料发呆，随口道：“这家公司成立已经好几年了，前几年一直都不显山露水，规模也不大，非常低调。但是近两年在国内风头很盛，算是厚积薄发型，我之前研究过他们，说真的，我觉得很不错。”

程晞仓皇回神，应了两声，草草翻到另一页。

2

原本林彦枢并不打算亲自去招标现场，可临了想来想去还是觉得不妥，毕竟从前没有和欧美化妆品品牌合作过，加上竞争对手都不是省油的灯，思来想去，还是决定和团队一起去。

后来林彦枢回忆起来，只觉得万分庆幸。

时隔十年，每个人变化都很大，可他还是一眼就认出了坐在会议室最前面那个位置上的人。从前的马尾已经放下，长发披在肩上，鬓角拢在耳后，露出一对晶亮的耳钉。妆容干练又大气，可眉眼之间那股清淡还和从前一样，只是不知道，她还记不记得他。

“老大，我讲得怎么样？”项目负责人从台上下来，搓着手往林彦枢那边凑了凑。

林彦枢正看着程晞的背影发呆，猛一回神：“哦，还行。”

“那你觉得我们中标的可能性大吗？”

林彦枢摇摇头：“没什么希望。”

这也是实话，来了他才发现竞争不是一般激烈，还有几家老牌公司都曾经和他们有过合作，大家创意都不差，零点在里面还是太弱。

项目负责人一下子就哭丧了脸：“可我刚才明明看到他们大区经理，看着咱们的计划书笑了。”

林彦枢笑着摇摇头，如果她性格没大变，那么就很正常了，程晞这个人情商很高，礼节满分，性格随和，做起事来雷厉风行，但从不给人难堪，当年在班上，人缘最好的就属她了。

散会的时候，程晞听见有人在身后叫她，声音微颤，带着显而易见的紧张。

她回头，那人站在会议室的阴影里，身形高大颀长，穿着黑色的西装，头发梳得一丝不苟，眉眼俊俏，眉毛飞扬，鼻峰和下颌线条笔直又凌厉。其实像又不像那个人，五官长开了，但眉宇之间虽然多少还有当年的影子，少了那一身的痞子气，如今看着倒是稳重成熟了很多。

那一刻，她有些不敢开口，直到他走近：“程晞，我是林彦枢。”

程晞脑子里所有的东西都像被大风瞬间刮了个干干净净，空白一片，攥着文件夹的手指泛着白。她周围喧哗一片，而她只听得见那一声“程晞”，像是十年前，他坐在她后座，一天到晚“程晞程晞”地叫唤。原来当吹去记忆的浮灰，她连细节都不曾忘记。

“程晞，作业借我抄抄。”

“程晞，帮我打瓶水呗。”

“程晞，周末一起去玩吧。”

“程晞，我英语又考了五十分。”

“程晞……”

“程晞……”

……

NYU（纽约大学）开学的第二周，她在英语笔记本的缝隙里看到了一句话——程晞，我喜欢你。

然后她在QQ上等了他一年，那个头像灰了一年，到最后，她再也没有用过那个QQ号，直到被注销回收都没有再登录过。

3

情人节后一天就是除夕。调回国的第一个新年，程晞老老实实待在家里，哪里都没去，感受到了十年未曾感受到的热闹和窝心。

夜里父母早早入睡，灯火通明的家里只有程晞一个人守岁，这是出国以后才养成的习惯，每一年都会在异国守岁，守完整个夜晚只为了给父母祈福。

十二点，电视里春节联欢晚会倒数计时，然后恭贺一声“新年快乐”。几乎是同时间，程晞接到了林彦枢的电话：“程晞，新年快乐。”

程晞喉间有些哽塞，缓了好一会儿她才回了一句：“新年快乐。”

电话那头有风呼呼刮过的声音和烟花炸开的轰鸣，两个人沉默许久，林彦枢才开口：“程晞，我在河滩公园跨年，你……要不要来？”

程晞想拒绝，却听见自己说了一声“好”。

4

程晞去得很快，在河滩公园熙熙攘攘的人群里找林彦枢，她找不到他，有些着急。拨了电话过去，她一边喘气一边问：“林彦枢，你在哪里？”

“我在公园走廊从左往右数第六根石柱旁边。”林彦枢穿着一件白色羽绒服，双手揣在口袋里，仰着头看河滩边的烟花。炫目闪烁的光一阵一阵照亮那张脸。

程晞挤过人群找来，仰头去看他。似有感应，林彦枢转头看见了她，朝她招手，那张成熟男人的脸上突然就笑开了，露出一排齐整的牙齿，那笑容灿烂又飞扬，和从前一模一样。

“高中毕业那年，我原本打算过年的时候带你来看跨年。可惜，你走得太快了，我走得太慢了。”林彦枢似是漫不经心地道。

程晞心口发酸：“我在美国，给你发过消息。”

她的声音不大，烟花在耳边炸开，林彦枢却听了个明明白白。

“我知道。”他轻叹，“可是我那年高考连三本都没考上，配你实在有点磕碜。所以我复读了一年。原本想着，考完就去找你。但是等我考完，已经找不到你了。”

一道烟花坠落，一道烟花升起，始终找不到一致的步调，所以无法一起绽放。

程晞眼底发涩，不知道该怪自己没有继续等，还是该怪他来得太晚。

5

半夜回家的路上飘起了雪，落在程晞和林彦枢的肩头，还没来得及化就又覆上一层。街上人烟稀少，只有昏黄的路灯孤零零地立在路边。程晞走在林彦枢身边，这一场同行，他们都等了十年。

有些恍惚，程晞脚下踩空，往前一扑，险些跌倒。

林彦枢手疾眼快，一把拉住她，手圈在她的胳膊上，羽绒服被冷风和雪刮得冰凉，他却舍不得放开。

程晞往后退了两步，想挣开那只手。林彦枢就跟牛皮糖一样黏了过去，程晞又挣动。黏得久了，程晞猛然抬头，细眉微蹙，神色委屈，那双一向柔和的眼睛里盛着水泽，被路灯照亮：“撒手。”

林彦枢看着她，突然就想起当年他非要她去看他打篮球赛，那天他们小小地吵了一架，具体原因已经不再记得，只记得当时他嬉皮笑脸地拉着她。她也是这样，恼羞成怒，小声啐了句“撒手”。

时光仿佛被折叠了起来，许多东西渐渐重合。

林彦枢只觉得后脑发热，手上反而用力几分，终于忍不住道：“如果今天我们走到你家，雪没停的话，你可不可以再给我一个机会。”

程晞有些错愕，好似此刻站在她面前的不是十年后的男人，而是十年前那个毛头小子，毛毛躁躁，却真实得可爱。

雪花落得不大不小，谁也说不准什么时候会停。

无论是林彦枢还是程晞十年来嘴上不曾说，却一直在等的，也不过就是这样一场谁也不知前路的缘分，到如今，谁都不愿意再继续浪费时间了。于是从了心，服了软。

“好。”程晞话音刚落的一刻，雪花骤然变大，在天空里簌簌飞扬。

等待旷日持久，而我甘之如饴。

重逢那日，腊月十九，立春，阳和起蛰，品物皆春。

仿佛昭示当年阴错阳差的擦肩，即将回归正轨。